Staread
星文文化

他喜欢绝
逐渐危险
无法自拔

林绵绵

我又初恋了

·完结篇·

林绵绵——著

天津出版传媒集团
百花文艺出版社

图书在版编目（CIP）数据

我又我又初恋了．完结篇 / 林绵绵著．-- 天津：百花文艺出版社，2023.9
ISBN 978-7-5306-8333-0

Ⅰ．①我…　Ⅱ．①林…　Ⅲ．①长篇小说—中国—当代　Ⅳ．① I247.5

中国国家版本馆 CIP 数据核字（2023）第 111700 号

我又我又初恋了：完结篇
WO YOU WO YOU CHULIAN LE：WANJIE PIAN
林绵绵 著

出 版 人： 薛印胜
责任编辑： 李　信　　**封面设计：** 呆桃君
特约策划： 林　璧
特约编辑： 林　璧
出版发行： 百花文艺出版社
地址： 天津市和平区西康路 35 号　　**邮编：** 300051
电话传真： +86-22-23332651（发行部）
+86-22-23332656（总编室）
+86-22-23332478（邮购部）
网址： http://www.baihuawenyi.com
印刷： 北京盛通印刷股份有限公司
开本： 700mm × 1000mm　1/16
字数： 363 千字
印张： 20.25
版次： 2023 年 9 月第 1 版
印次： 2023 年 9 月第 1 次印刷
定价： 49.80 元

如有印装质量问题，请与北京盛通印刷股份有限公司联系调换
地址：北京经济技术开发区经海三路 18 号
电话：010-67887676
邮编：100176

目　录

CONTENTS

目　录

CONTENTS

第一章

肩膀借你靠靠

对姜津津来说，今晚无法安然入眠。

她居然得到了周明沣的黑卡。

思来想去，她觉得发生了这么好的事情当然是要跟好朋友说的，更何况她从来都不是一个能藏得住事的人。姜津津来到这里后，其实也认识了几个朋友，不过真正能称得上关系好的，那就只有孙文清了。思及此，姜津津果断地在微信通讯录里找到孙文清，给她发了个表情包，试探一下这个点她有没有在线。

姜津津：“我给你看个宝贝（图）”。

孙文清不愧是姜津津微信通讯录里的置顶好友，很快就回了一个乖巧模样的表情包。

姜津津顿时来了精神。没想到这个点，孙文清还能马上回复消息。要什么男人，这样的姐妹就能相伴一生！

姜津津也不卖关子，找了个好的角度，将周明沣的黑卡拍照发了过去。

孙文清：“这是我能看的宝贝吗？”

孙文清：“我想问一下，这就是传说中的黑卡吗？”

姜津津：“是的，周明沣今天给我的！你都不知道，今天他带我跟周衍去了那个慈善晚宴，宴会上不是要搞什么竞拍吗？他让我随便拍，没有上限！我居然一个都没拍！今天也被自己的节约美德感动到了呢。”

孙文清："就没有一个看得上的吗？"

姜津津："所以我决定明天来一次'野性'消费，刷卡，买买买。你有空吗？"

孙文清："必须有！不过你准备花多少？"

姜津津美滋滋地开玩笑道："起码不能低于一万吧。"

孙文清："？"

孙文清："好吧。够奢侈。"

两人有一搭没一搭地聊着，还来了一波表情包比赛，等到快十二点了，姜津津终于来了睡意，跟孙文清道了晚安后就准备关灯睡觉了。睡前她还迷迷糊糊地想：周明沣可真是拼啊，这个点了还在外面处理公事。

凌晨一点半，周明沣终于回来了。

他面色沉沉地来到卧室，在床边坐下，凝视着姜津津的睡颜。

也不知道看了多久，他探出手，动作轻柔地用指腹蹭了蹭她的侧脸，继而帮她将头发捋在耳后，手指在她的耳垂处停留了几秒。

有人说过，周明沣是位十足的绅士。在他身上，几乎从来都不会有唐突的时候。

在遇到姜津津之前，周明沣对自己的自制力有着绝对的把握。大学时期，他整天忙于创业，跟同宿舍的舍友也不曾真的深交，熄灯之后他们的闲聊，他几乎不会参与，但偶尔也听到几位舍友会发出叹息，比如，该怎么去和心仪的女生搭讪，谈恋爱了想亲亲女朋友会不会被拒绝……他当时听了也没太在意。

不是所有的男人都会沉迷于男女之情。

坦白说，在面对那些舍友时，年少轻狂的他曾认为自己跟他们不是一路人。现在看来，他周明沣也只是再普通不过的男人。

他多希望她一直这样。

第二天，姜津津醒来的时候，周家父子俩都出门了，上班的上班，搬货的搬货。

她跟孙文清约好了要在外面玩一天。

离约定的时间还早，她吃过早餐后，便开车来到便利店门口。离开学也只有一个月不到的时间了，姜津津已经在网上发布了招聘信息，这几天陆陆续续有人投简历过来面试。至今她还没找到合适的，不过情况比一开始还是好多了，现在至少是有人想过来上班的。徐从简这样的员工是可遇不可求的，姜津津充分怀疑，他拉高了自己的心理预期，以至于现在过来应聘的人，她都会下意识地去跟徐从简对比。

这一对比，问题就很多了。但是这样是不对的，她的创业生涯中，能碰到一个徐从简是意外的惊喜，哪能拿他当标准去要求别人。她已经跟徐从简说好了，开学之后他就高三了，白天肯定是不能过来的，晚上也够呛，但就此辞退他，她也舍不得。所以，等招聘到合适的人后，她会跟徐从简签一份合同，按日结工资。

姜津津在便利店一直待到中午才离开。

徐从简目送她走远，之后他又开始研究起别的配方来。徐从简的内心深处，一直知道自己能做什么、不能做什么。其实，这段时间也不是没有其他的便利店挖过他，开的工资跟条件也比现在高。可不知道为什么，他不想走，甚至于想到九月份后，他再也不能每天都过来工作时，心里还会有怅然若失的感觉。他很想为她再做点什么。

姜津津接到了孙文清后去了地处市中心的一家百货大楼。

现在购物都讲究方便，吃饭、看电影、买东西，甚至是地铁站入口都在一栋楼里。姜津津嘴上说着要去买买买，实际上，她心里有一本账，该买什么、花多少她都要记下来。她什么都不缺，出来购物也不过是出于想刷黑卡的新鲜感和冲动而已，她在护肤区给周衍拿了几瓶男士防晒喷雾后，终于转战楼上。

孙文清看中了一家店里的一个杯子。按她的说法是梦中情“杯”，只可惜这是不对外销售的商品，而是赠品。

店员介绍，这是购物满一万元赠送的杯子。孙文清一听这个数字就夙了，这家店主打的是男士衣饰，她又没男朋友，她爸也不穿这种风格的衣服，如果要这个杯子，等于花一万块钱买个杯子？她又不是疯了！

姜津津看出孙文清是真的喜欢，便道：“正好我今天还没刷卡，这样吧，我买些需要的东西，把杯子送给你？”

孙文清脱口而出：“不用了吧，你买来送给谁？”

姜津津眨了眨眼：“你是‘单身狗’，我不是啊，我有老公啊。”

孙文清：“……”

打扰了。

姜津津说着要来刷卡，但刚才给周衍买的防晒喷雾加起来也不超过五百块，实在没好意思拿出那张黑卡来。

所以，到现在为止，她还一分钱都没花。

姜津津来了兴致。

她开始在这店里挑选适合周明洋的衣服，拿了他的卡，给他买点东西好像也是应该的。挑了一圈，她终于挑中了一件衬衫，这衬衫剪裁得体，能够想象得到穿到周明洋身上是什么样子。他一向一丝不苟，总将衬衫最上面一粒扣子也扣得严严实实的，不过他回家后，会慢条斯理地解开扣子。

孙文清见姜津津看着衬衫发呆，走了过去，轻轻地撞了她一下："想什么呢？"

姜津津立即一脸正色："什么都没想。"

孙文清："……"

她又问道："看中这件了？"说着探出手偷瞄了一眼标签，顿时呼吸一紧，谁能告诉她，为什么一件衬衫要好几万？

姜津津点头："不过我不知道他的尺码。"

孙文清诧异道："你第一次给他买衣服吗？"

"是的。"姜津津想起什么，"他还没给我买过衣服呢，我亏了亏了。"

孙文清："这也要计较？"

"当然，他都没亲自给我买衣服，不过这次就算了。"姜津津弯了弯唇，"谁叫他昨天给了我卡。"

姜津津不知道周明洋穿什么码，于是拨通了杨管家的电话，询问了这件事。

谁知道一向对周明洋喜欢喝什么牌子纯净水都一清二楚的杨管家，这次居然说："太太，我不知道呢。"

姜津津心想：信你有鬼。

杨管家一本正经地说道："太太，你可以跟先生打个电话确认一下。"

姜津津爽快地说："那好吧。"

就当是满足杨管家那点小心思了吧。

姜津津只好又拨通了周明洋的号码。她也不确定这个时间点他有没有空搭理她。

周明洋接到姜津津电话时，正准备起身去会议室开会，看到来电显示，他顿住脚步，一边接通电话一边对刘助理说道："你们先去，我先接个电话，等会儿过去。"

刘助理了然，拿着资料先去了会议室，顿时偌大的办公室里只有周明洋了。

周明洋来到落地窗前，他没想到这个点她居然会给他打电话，温声道："什么事？"

姜津津还在看那件衬衫，想象着周明沣穿上的模样："你衬衫穿什么码？"

周明沣："给我买？"

"嗯，啊。"姜津津见缝插针地自己夸自己，"我今天一笔都没刷呢，这第一笔就是给你买衬衫。"

"谢谢。"周明沣应道，顺势说了自己的码数，"记住了吗？"

姜津津："记住了。"

周明沣暗自摇头。

他说的"记住了吗"跟她理解的似乎不是一个意思，不过算了。

事实上，她能想到给他买衬衫，这就已经是一个不小的奇迹了。

"不用谢。"姜津津语气矜持地说，"毕竟是花你的钱买的。"

店员在看到姜津津拿出黑卡时，心里别提多诧异了，但面上未显露一点。

在这里耳濡目染这么久，她一眼就看出这个年轻美女提的包是大牌的限量版，售价近百万，背得起这种包的非富即贵，但她也没想到，这美女能拿出一张运通黑卡来。

看来这人的背景比她预料的还要深。

店员刷了卡后，递了钢笔让她在小票上签上名字。

姜津津笔尖一顿，郑重其事地签上了"周明沣"这个名字。

与此同时，周明沣步伐沉稳地往会议室走去，他在想，每一笔消费，她都要签一次名。

他倒是希望她能多多消费，多写几次他的名字。

刷了卡后，店员将孙文清看中的那个杯子也包了起来。等孙文清跟姜津津走出店门，孙文清才感叹道："太奢侈了，太奢侈了，我有一种花了四万多买了一个杯子的错觉。"

"奢侈什么。"姜津津挽着她的胳膊，笑嘻嘻地说，"这个杯子就送给你啦，算是我的七夕礼物。"

孙文清知道这个杯子的价格，也知道如果不是因为她喜欢，姜津津不会去买那件衬衫。她心里很感动，自然也会付出实际行动，到了一楼后便去排队买奶茶。谁知道她们居然在店里碰到了一个熟人。

"李先生？"

Edwin 来这边有事，却没想到碰到了自己的一个顾客以及自己的同事。

三个人在店里碰到也算是一种缘分，孙文清这才知道，姜津津居然跟她充值的美甲店老板是同事。这次都不用姜津津感慨了，孙文清便直接说道：“这个世界还真是小。”

Edwin倒是有些尴尬,主要是被同事知道自己是开美甲店,并且店还关张这事,好像不太好。

在很多人眼里，男人做美甲，做这类“女人才会喜欢”的事，那可真是……

可他喜欢赚钱、拼事业，这有问题吗?

虽然他的确不太在乎别人怎么看自己，但毕竟是一起共事的同事，如果因为这个影响到工作上的合作，那真的是……

姜津津却是惊喜到不行！！！

她现在相信老天爷绝对给她开了“金手指”了。不然为什么当她困扰于开美甲店没有美甲工这件事时，就恰恰好发现了 Edwin 居然是同道中人!

虽然跟 Edwin 相处时间也不算很长，但她看得出来，Edwin 实在是很厚道，也是难得的“衣品好又不显油腻”的帅哥。如果跟这种人合伙的话，姜津津相信，绝对会事半功倍，而且之前孙文清给她看过 Edwin 设计的美甲款式，毫不夸张地说，绝对领先当今市场审美好几年。顿时，她有了一个大胆的想法……

孙文清临时有事被学校叫去当壮丁，于是，三个人中少了一个人，就只剩下姜津津跟 Edwin 了。

两人买了奶茶后又正好碰上饭点,在姜津津的热切邀约之下,Edwin答应了她,一起去吃晚饭。

姜津津不喜欢迂回婉转地浪费时间,刚坐下来点好菜,便直截了当地问:“我听文清说你之前跟人合伙开的店关了？”

这算是很委婉的说法了。

其实是合伙人跑路。

她之所以动了这个心思，也跟 Edwin 在自己的店关张时的处理方式有关。这年头开的店突然倒闭，还愿意给予客人补偿的老板真的不多了。这就是人品过硬的证明。

“嗯。”Edwin 很疑惑姜津津怎么会对这件事感兴趣。

下一秒，姜津津凑近了他，双手合握放在桌子上，一双眼里满是生动的神采：“那你，有没有想过再找一个合伙人？”

Edwin：“……”

接下来，姜津津向 Edwin 展示了自己的作品，以及想要开店的决心。

我又初恋了

她有便利店要管理，等周衍开学以后还要去学校，起码每天要在学校待一个小时，所以她就算开美甲店，也不可能像穿书前那样几乎将所有的心思都放在美甲店里，因此，这个时候，她就需要一个信得过的合伙人。也正是因为这个人还没出现，所以她开店的计划才一再搁置，也是这个时候，姜津津才发现，自己支的摊子有点多了。

便利店是不可能关的，现在都开始盈利了，那么学校方面，她最多也只会做一个学期。

在她的计划中，等周衍高三上学期结束后，她就可以收回部分精力，到那时候就可以考虑重新干回老本行。

Edwin 听了以后，心无波澜。

他突然出声问道："津津，你有男朋友吗？"

他顿了顿，又改了一下自己的问题："我是说，你有伴侣吗？"

姜津津一顿，不知道该怎么回答。

她这种情况算不算有伴侣？应该……算吧。

Edwin 对姜津津的沉默心领神会："你很好，不过……"

姜津津心想，她这是马上要被发好人卡了吗？

Edwin 是一朝被蛇咬十年怕井绳。开店这种事充满了不确定性，他一个人的确是做不来，可如果非要跟那种有伴侣且伴侣是'恋爱脑'的人合伙，那还不如不干。就算姜津津现在没有伴侣，难道以后不会有吗？要是店正在上升期时，姜津津伴侣的'恋爱脑'发作，他真的怕自己到时候会忍不住要打人。

"我现在没有继续开店的想法了。"

姜津津不知道 Edwin 的那些经历。

听了他的拒绝，虽然很遗憾，却也知道不能勉强，只能面露可惜地回道："那好吧，不过你哪天要是有想法了，可以联系我。"

两人虽然当不成合伙人，但毕竟还是同事，性情相投，又有共同话题——美甲。

一顿饭吃下来还是很愉快的。

在离他们这一桌不远处，有个女人鬼鬼祟祟地找角度拍照片，服务员都忍不住走上前，温声制止："小姐，您好，请问您有什么事情吗？"

钟佳赶紧拿餐单遮住自己的脸，压低声音，一脸做贼心虚的样子，说道："没事，没事。"

服务员面露狐疑。钟佳匆忙结了账后便离开了。服务员倒是有心想提醒，却也不确定钟佳究竟偷拍的是哪一桌的客人，跟经理汇报了情况后，这事也就过了。

钟佳从店里出来，飞快地来到停车场，坐在车里，手抖着翻着相册，越翻越激动。

瞧瞧她都拍到了什么！

她居然拍到了姜津津跟一个陌生男人约会的照片！

好啊，可算是让她逮着姜津津的把柄了，就知道这女人不是安生的性子，这才跟姐夫结婚多久就干这种事！钟佳仿佛拍到了什么世纪性的大新闻，一刻也等不了了，马上开车前往森林别墅。哪知道她被别墅区的门卫拦在了门口。

钟佳跟保安交涉无果，只好停车下来，叉着腰将那年轻的保安小哥骂得狗血淋头："你不认识我？你知道我是谁吗，不让我进？你知不知道我是这边的住户？！就你这种素质，这辈子也就只能当保安了，你把你经理叫来，看他认不认识我！"

保安小哥满脸通红，气得不行，却也只能忍耐着："对不起女士，系统识别不了您的车牌号，的确不能放您进去。"

"那我之前怎么能进去，我来了不知道多少回了！谁不知道我是这边的熟人！"

保安小哥隐忍道："临湖别墅的业主跟物业打过招呼，没有卡牌密码的，一律不许以他们的名义进入别墅区。"

钟佳闻言怔住。

她第一反应便以为这是姜津津搞的把戏，明明她以前过来就没事的，保安认识她不会拦着，怎么现在就要拦着她了？

一时之间，她心头怒火丛生。

拿起手机来就要拨通杨管家的号码，哪知道电话还没拨出，便看到周衍从一边走来。

钟佳一个激灵，心想，这照片现在给周衍看，说不定能起到更好的效果！

瞧周衍之前那样子，恨不得把姜津津当妈了，不过他当时一定是被她忽悠住了，现在周衍看到这些照片，心里难道不会生气吗？这个年纪的男孩子可是最容易冲动了，她知道的，周衍因为冲动易怒这个性子，不知道给姐夫惹了多少事。

其实钟佳也知道，自己嫁到周家的可能性是微乎其微了。

正是因为这样，所以才不用像以前那样收敛忍耐。

她得不到的东西，自然也不希望别人得到。可以这么说，周明沣会不会喜欢她、会不会娶她无所谓，她已经不那么在乎了，但她一定要让姜津津不痛快。

“阿衍！”

钟佳快步来到周衍身旁。

周衍今天提前了一个小时下班，没想到还没到家就碰到了这位姨妈。一时之间觉得很晦气，眉目之间也是满满的不耐烦，说道：“不是让你别来了吗？”

钟佳听出他话里的嫌弃，心里顿时一梗。

难怪她姐姐对这个亲儿子也没那么关心，周衍这性子简直太不讨人喜欢了。

“阿衍，有件事我不知道该不该说。”

“那就别说。”周衍瞥了她一眼，说完就要往别墅区里面走去。钟佳赶忙叫住了他：“是跟你后妈有关的！”

周衍停下了脚步。

钟佳一边低头打开包扣，一边说道：“我也是怕误会了你后妈，想来想去，觉得这事不能瞒着你跟你爸爸，所以就过来说一声。兴许里面有什么误会，你们一家人好好聊一聊。”

“其实啊。”钟佳压低了声音，“我今天去逛街，看到你后妈跟一个年轻男人一块儿，又是去买奶茶，又是有说有笑地去吃晚饭。我就拍了照片。阿衍，这里面应该是有误会的。可今天我能撞到，改天别人也能撞到，要是有人利用这个做文章，那不是让你们家不得安宁吗？所以我来了……”

她还有一箩筐的看似劝解，实际上是火上浇油的话要说。

周衍却打断了她，一脸冷漠地伸出手来：“我看看。”

钟佳便将手机递给他。

她确定自己将姜津津的脸拍得一清二楚，除非姜津津有一个双胞胎妹妹，否则这件事就过不去！

周衍低头看着手机里的照片，随手翻了翻，神情漠然。

他动了动手指，将钟佳拍的照片都删除了，为保险起见，还将她相册里的“最近删除”也都删了个干净，最后，钟佳的手机里再也没有那几张照片了。

钟佳还以为周衍是认真地在看照片，结果等周衍将手机还给她，她才发现她拍的照片都没有了。

她不可置信地看向周衍：“阿衍，你怎么把照片删了。”

周衍扫了她一眼，十分冷漠。“手滑。”他说完顿了顿，“你很无聊。”

“你就这么相信她？！”钟佳心里很受伤。如果姜津津是他亲妈，她也就认了，可关键姜津津是他后妈啊！

周衍："不然呢？相信你这个外人？"

钟佳："……"

钟佳闻言，心里更加受伤。

周衍却懒得理会她，径直走了。钟佳顿时也没了要跟周明泮告状的心思，因为她突然觉得，就连周衍都这样相信姜津津，那周明泮……为了不让自己再受到更大的伤害，钟佳决定，就当这事没发生过。她也懒得提醒周明泮可能"头顶青青草原"这件事了。

她回到车上，尽管下了决心不管了，可心里还是很愤慨。

她心里不爽，那别人也要更加不爽才行。

想来想去，她就想到了她姐姐钟菲。她要告诉钟菲：你看，你儿子现在心里哪里还有你这个亲娘，他认别人当妈了！

钟佳也懒得管时差这件事，直接拨通了钟菲的号码。

过了好久，钟菲才懒洋洋地接了电话，语气却是无比嫌弃，训斥道："你没时间概念吗？你知道我这边现在是半夜吗？"

钟佳："……"

她提着一口气，阴阳怪气地说："不好意思哦，姐姐，我是太心急了。没有吵到你休息吧？今天我看到了阿衍的后妈跟一个好年轻好帅的小伙子约会，就想着过来跟阿衍还有姐夫说一声，你猜怎么着？阿衍看了以后居然把我手机里的照片删了，还跟我说我这个姨妈是外人！现在我们都是外人了，那以后他还认我们吗？"

"就这事？"钟菲语气非常冷淡，"这种事值得你打电话来吵我？"

钟佳："姐？"

"你本来就是外人。"钟菲说，"你不会以为自己是周家人吧？"

钟佳："不是，阿衍后妈有可能出轨了？！"

"那又怎样？跟你有关系？"

钟菲有起床气，这会儿一扫以前的清冷，说出来的话让钟佳一再呼吸困难："你知道我这边几点吗？"

一通训斥后，那头又传来男人低沉的声音，仿佛是在安抚钟菲，钟菲骂了一句"真是不懂事"后直接挂了电话。

钟佳听着电话那头传来"嘟嘟嘟"的忙音。

她茫然了。

怎么回事？？？

周衍跟钟菲的态度，让钟佳都开始觉得：是不是疑似出轨，真的不算什么大事？所以，他们一个两个才能这样淡定？是她有问题，还是他们有问题？

周衍的确不相信姜津津会出轨。

没有原因，就是对她这么信任。

他一边往临湖别墅走去，一边拨通了姜津津的号码。

姜津津跟 Edwin 已经道别了，她正在回来的路上，看着周衍来电，也没多想便接通了电话："干吗？"

周衍无奈："我刚才给你拆了一个炸弹。"

"什么意思？"

"钟佳来了。"周衍一手插着裤袋，悠闲地往家的方向走去，夕阳拉长了他清瘦的身影，他语气随意，像是在跟姜津津邀功一样，"她拍到了你跟李哥吃饭的照片，说你跟李哥约会，说你出轨，看样子是想把照片给我爸看，我删了。"

姜津津在心里翻了个白眼："她怎么这么闲。"

她都不懂钟佳怎么想的，周明沣就算脑子里进了很多水，也不可能在跟前妻离婚后，娶前妻的妹妹吧！既然没什么希望，又何必整天找机会生事，还尽做这种令人啼笑皆非的事。

"谁知道。"周衍说，"我算不算给你拆了一个炸弹。"

姜津津失笑道："你好像都不怀疑我会出轨。"

"还好吧。我看到照片里的人是李哥就没想那么多了，李哥又不喜欢你。"

姜津津："……"

"不过你俩怎么一块儿吃饭？"周衍语气里有着控诉，"还吃的川菜。"

所以他是不满她没叫他一起？

"就碰到了，想跟他谈一谈开店的事。"姜津津顿了顿，心情悲伤，"但他拒绝了我。"

周衍幸灾乐祸："是吗？哈哈哈……"

"对了。"他就快走到家门口了，便放慢了脚步，"你还是跟我爸说一声比较好。"

"知道。不过你这姨妈真的很闲，也很无聊啊。"姜津津也很不爽，"怎么的？！

这年头谁规定了已婚人士还不能跟异性一起吃顿饭了？！吃顿饭就是出轨，她怎么想的？！”

“谁知道。”周衍说。

姜津津前脚刚到家，周明沣后脚就回来了。

他浑身上下都笼罩着一股低沉的气息，是姜津津从没见过他的一面。他一向都是温和谦逊的，现在却是晦涩又阴沉。姜津津跟周衍面面相觑，都不知道发生了什么事。周明沣的嗓子有些沙哑，眼睛里也有着红血丝，十分骇人，他沉声道：“阿衍，去收拾行李，晚上的飞机。”他停顿了一下，艰难地说，“你舅公去世了。”

周衍愣住。

姜津津也有些不知所措。

周衍的舅公，也就是周明沣的舅舅。她来到这里后，还没见过周明沣的舅舅，却不算很陌生，因为前不久周家就收到了一个巨大的包裹，有脆李子、土鸡蛋、土蜂蜜，还有腌制的木瓜丝，这都是周明沣的舅舅寄来的。那个木瓜丝是周衍的最爱，纵使每天的菜色十分丰富，他吃饭的时候都要吃上几口。

至于那两罐土蜂蜜，都进了姜津津的肚子。

所以，即便她从未见过这位舅舅，此时此刻，看着周明沣跟周衍都难过的神情，她也忍不住有些难受。

周衍红着眼眶，一言不发地上楼收拾行李。

事实证明，像周明沣这样的人，即便处于失去至亲的痛苦中，他还是如此的条理清晰，他坐在一旁的沙发上，抬头看向她：“马上就要走，我已经让刘助理订了机票，私人飞机起飞要提前申请，时间上来不及了，你别介意。”

姜津津“嗯”了一声。

“我不放心你一个人在家。”周明沣抬起手，按了按太阳穴，语气低沉，“不过如果你这边走不开的话，也没关系。我跟阿衍回去也足够了。”

姜津津看着他。

其实听到他说，他不放心她一个人在家时，她是有些想笑的。

怎么会不放心呢？她又不是小孩子。

可嘴角还未牵起，看着他周身的悲伤气息，她眼睑低垂，轻声道：“没有走不开，而且也应该去送送你舅舅。”

周明沣看向她，那双沉稳的双眸，此时都是她看不懂的神色，过了半晌，他应了一声。

时间有些赶，周明沣跟周衍都没顾得上吃晚饭，在用人帮忙收拾好行李后，他们就准备出发去机场了。姜津津知道要离开几天，特意去跟徐从简打了招呼，叮嘱了徐从简如果有处理不了的事情，可以跟杨管家商量。

一路无言，机场每天都上演着离别与重逢。

周衍跟周明沣的行李都不是很多，也就不需要办理托运。

候机厅里，周明沣正站在落地窗前看着外面的停机坪，机场光线明亮，灯光照在他身上，竟然有一丝丝寂寥。很多人的伤心难过，都是无声无息的。机场明明是人来人往、很热闹的地方，可在姜津津眼里，周明沣似乎与世隔绝，孤身一人。

周衍去买咖啡了。

姜津津犹豫了很久，终于起身，一步一步地来到了周明沣身旁。

她不知道的是，暮色降临后，落地窗就如同一面镜子，周明沣原本是在思考事情的，突然不经意间瞥见她朝他过来，一步一步没有停顿，也没有犹豫。

姜津津一向擅长炒热气氛，可这个时候，她也不知道能跟周明沣聊些什么。

两人默默无言地站了片刻，周明沣手搭在栏杆上，目光随意地落在停机坪，轻声说道："我像阿衍这么大的时候，并不比他懂事多少，靠着别的手段赚了一些钱后，就想着去大城市找寻商机，也没有什么心思念书。那时候我太自负，认为念书只会花钱，实在是没什么用，即便我没有学历，我也能闯出自己的路来。"

姜津津听着，也不出声。

"那是我第一次看到我舅舅发脾气，他说他砸锅卖铁都要供我上大学。录取通知书到的时候，我舅舅喝了快半斤的白酒。"周明沣的声音几乎是平静的，可就是这平静之下，姜津津听出了藏在深处的黯然，"其实这些年来，我一直想把他接过来，但他不愿意离开故乡，而我太忙了，忙到一年都见不了他几回。"

姜津津不知道该怎么安慰他。

她确实也无法感同身受。

因为从未有哪个亲人为她这般付出，她体会不了至亲至爱离开人世的悲痛。

她想了想，探出手拍了拍自己的肩膀，笑着对他说道："肩膀借你。"

原来他也会有脆弱的一面。

周明沣凝视着她，表情放松了些："好。"

不过他没有靠着她的肩膀。

毕竟两人身高差近二十厘米。

他伸出手，在姜津津错愕的眼神中，揽住了她的肩膀往怀里带了带，他低头看向她："欠着，等没人的时候再靠。"

姜津津忽而笑了："这还能欠？"

"当然。"周明沣指了指落地窗里不远处安静坐着看向这边的周衍，"请理解一个父亲的自尊心，如果被他看到我靠你肩膀，可能以后我的威严要大打折扣，这可不是什么好事。"

姜津津扑哧一笑："好吧。"

周衍买了三杯咖啡回来，看到的就是他们拥抱的这一幕。他找了个位置坐下来，看向不远处——

男人挺拔俊逸，女人窈窕美好。

一个是白衬衫黑裤；一个则是珍珠白荷叶边连衣裙，一头微卷长发温柔垂在肩头。

他的手搭在她的肩膀上，两人相依，自然又亲密。

周衍鬼使神差地拿出手机，做出假装看消息的模样，将这美好的一幕拍了下来。

周明沣的老家在江皇，是一个地级市。

这几年发展迅速，于前年建了一个机场，所以交通算是很便利了，从燕京到江皇并没有直线航班，中间要转机一次，等周家父子跟姜津津到达江皇时，已经是晚上十一点了。刘助理办事妥当，他们一下飞机便有专车送他们去殡仪馆，江皇的殡仪馆在比较偏僻的地段，也是这两年才修建起来的。从市区到殡仪馆这段路不是很好走，一路颠簸，司机胆战心惊地解释："周总，这段路常年都有货车，所以路况不是很好。"

周明沣温声道："嗯，我知道，你慢点开，安全第一。"

司机这才松了一口气。

后座宽敞，不过周衍不想当电灯泡，于是非要去坐副驾驶座。

姜津津很累了，摁亮手机一看，马上就要十一点半了。

没冲凉、没卸妆的她，此时真的是很累了。

周明沣突然伸出手轻轻地拉了一下她的手，见她看过来，低声说道："我看了导航路程，还要半个小时，你靠着我睡一下。"

姜津津也没扭捏，老老实实地朝他挪了过去，歪着头，靠在他坚实的肩膀：

“你也可以靠着我眯一会儿。”

周明沣也没跟她客气。

周衍通过车内后视镜看到，他爸跟姜女士两人头靠着头，似乎陷入了熟睡中。

亲人逝世带来的痛苦，并不是一瞬间排山倒海袭来的，它是无声无息的。

就像现在，周衍都有一种仿佛置身于梦中的错觉，他甚至从内心就没觉得那个对他无比慈爱的舅公已经离世了。

他还在想，等他到了，舅公就会将泡在井水里的西瓜搬出来给他切好。

等车停稳后，司机想出声提醒后排的周明沣，被周衍拦住了。等到了殡仪馆内，周衍才猛然意识到舅公去世了，心里虽然一阵悲痛，却还是惦记着在后座的两人。按照江皇的习惯，亲近的子孙辈都是要守夜的，以他爸跟舅公的关系，他爸肯定要守上一整晚……周衍抿了抿唇，他还是想让他爸休息一会儿，多休息十分钟也是好的。

哪知道周衍刚有这个念头，后排就传来周明沣低沉醇厚的声音：“到了？”

司机看了周衍一眼。

周衍回道：“刚到。”

姜津津也醒了过来。

三个人下车，殡仪馆外早就有人守着了。一见到周明沣，赶忙迎了上来：“周总，您一路辛苦了！请节哀！”

周明沣看了一眼那两个西装革履的男人，似乎是在回忆这两个人是谁。

其中一个人反应比较快，递上了自己的名片：“周总，我是新凯建筑的王元盛，这次听说了您舅舅的事悲痛万分，知道您在燕京很忙，就过来帮您招待吊唁者。”

姜津津听懂了。

周明沣根本就不认识这几个人。

这几个人消息灵通，知道周明沣的舅舅去世，就赶忙过来吊唁，顺便帮忙做一些力所能及的小事，毕竟丧事大多繁杂。他们肯定也猜到周明沣一定会过来。

要是以前，姜津津看到这种场景，未尝不会觉得对方势利、会钻营，可现在，她看着这两个人大半夜还在这里为一个陌生人的去世忙前忙后，不禁感慨万分：大家都不容易啊！

周明沣显然比姜津津更圆滑，他接过那人的名片，还握了个手：“多谢，辛苦你们了。”

正是盛夏天，王元盛也是油光满面，一听这话，一扫之前的紧张：“周总您太客气了，您为江皇的建设才是出了力，这都是我们应该做的。”

在两人的带领之下，周明沣带着姜津津和周衍进了一个吊唁厅。

周明沣一进去，其他的亲朋好友纷纷迎了上来，一时之间无比热闹。

姜津津跟周衍都很默契地想退出这个“热闹”，哪知道还是被眼尖的亲戚们抓住了。

寒暄之后，周明沣步履沉重地走向冰棺。

一瞬间，原本热闹的气氛陡然沉寂了不少。

姜津津耳旁是周明沣某一个远房亲戚的话：“其实这也算是喜事，明沣他舅舅没吃苦呀，今年也七十了，身体上没病没痛的，在我们这里，算是享福了。”

对很多老年人来说，在睡梦中离世，是特别有福气的一件事。

人老了以后，器官也会逐渐老化，还有不少人饱受癌症的痛苦，人瘦得没形了才会断气离开，说是活活痛死的也不夸张。

姜津津仿佛听不到别人说话。

她看着周明沣在冰棺旁弯腰，不知道看了多久。

江皇的习俗是直到火化，香不能断。吊唁厅里满是檀香味，烟雾缭绕，隔着一段距离，姜津津也看不太清楚周明沣有没有掉泪。

或许有吧。

到了他这样的年纪，经历过风风雨雨的他，可能只会在至亲逝世时才会流泪了。

她真真切切地感受到了他的悲恸，却很安静、很安静，仿佛没有。

周明沣弯腰凝视着冰棺里的舅舅，过了许久，这才直起身子，来到灵位前磕头上香，动作缓慢却也细致。他侧过头，看了姜津津这边一眼，周衍走了上去，他戴上了这边习俗里要戴上的白布，来到了周明沣身旁，父子俩没有交流。周衍今年才十六岁，猛不丁地发现舅公居然真的去世了，他一边磕头一边咬着牙流泪。

姜津津随即也走了过去，她要去拿香，周明沣声音喑哑地说：“别烫着，我给你点燃。”

说着，他拿出打火机点燃了三支香拢成一炷递给她。

经过一番你推我让，周明沣决定留下来守夜，殡仪馆里有配套的休息室，也跟宾馆一样有房间，房间里有床也有洗手间。不过周明沣还是坚持让周衍和姜津津去市中心刘助理安排好的酒店。周衍跟姜津津都拗不过周明沣，只好让司机又送他们离开。

等姜津津跟周衍回到酒店冲了凉后，已经是凌晨一点多了。本来还挺困的两个人，到了这个点反而开始精神起来。

周衍穿着睡衣，敲门来到了姜津津的房间。他本来是想留在殡仪馆守夜的，可周明沣不同意，今天晚上注定无法安眠，在微信通讯录里看了一圈，也找不到能聊天的人，他试探着来找姜津津，没想到姜津津也睡不着。

两人你看着我、我看着你，还是姜津津想起了周衍今天晚上都没吃饭，便道：“要不要出去吃消夜？”

周衍果然是周明沣的“好大儿”，他点了下头后，又状似无意地说道：“我爸今天也什么都没吃。”

姜津津想了想，的确。

周明沣下班后直接回了家，因为要赶飞机，他跟周衍都没顾得上吃晚饭，飞机餐也没吃。周衍倒还好，他不用守夜，可周明沣空着肚子熬夜，怎么想都觉得是一种酷刑。姜津津又想起他今天弯腰看向冰棺里至亲的悲恸、落寞神情，说道：“那我们给他带点吃的过去？”

“嗯。”周衍实在是别扭，明明关心爸爸，却还是嘴硬地说，“随便你。”

到殡仪馆下车时，谁都没有想到周明沣要守夜这件事，于是他的行李箱也还是放在车上，司机送他们回酒店时，也就顺便将周明沣的行李给了她。他要熬一整个晚上，不洗澡的话应该会很难受吧。想到这里，她看向周衍：“你爸爸的行李没带，牙刷、毛巾什么的都在这里，殡仪馆那边也不知道有没有，就算有的话，也不知道他用不用得惯，要不这样，你给他打个电话，问他要带哪些东西？”

姜津津不好意思直接问周明沣，主要是因为那都是很贴身很隐私的行李。虽然她现在跟周明沣的关系，确实是有那么一种说不清道不明的暧昧，可暧昧之所以是暧昧，那就是什么都没说好、什么都没说透，进一步可以发展成情侣，退一步也可以变回陌生人，真到了她可以去翻他行李的关系，那就不叫暧昧了。

就像，周明沣要是翻她的行李，那她对他的好感度会瞬间降至负数。

周衍根本就不理解姜津津的心思，闻言说道：“为什么是我打电话？”

姜津津理所当然地说：“你是他儿子啊。”

周衍现在跟姜津津相处时间长了，关系也熟了，再也不是从前那个话少的继子，时不时说出来的话能把姜津津呛死。

这不，她话刚说完，周衍反应奇快，立马说道：“你还是他老婆呢。”

姜津津："……"

很好。

周衍："老婆比儿子亲。"

他可没说错，反正他是看出来了，在他爸心里，老婆就是比儿子亲。

姜津津："嗯？"

周衍这个男孩有很多很多的优点，但他同时也很执拗。姜津津也知道，他说了不想做的事，那她就算磨破嘴皮子，他也不一定做。但是，还好事情也不是没有解决办法的，她不必为难自己，在周明沣还未沦陷之前主动捅破窗户纸。她瞥了一眼放在地上的行李箱，这也难不倒她，就干脆把整个行李箱带过去吧！

不过给周明沣带消夜这事，还是要提前给他知会一声的。

姜津津让周衍拎着周明沣的行李箱下楼。

司机刚才将车留给她了，她便让周衍在一楼大厅等她。她去停车场开车，在去往停车场这一段路上，寂静无声，不过随处可见摄像头，这家五星级酒店是去年才开张的，安保系统做得也很到位。她一边往停车方向走去，一边拨通了周明沣的号码。

那头很快接通了。

可能是熬夜的缘故，周明沣的声音有些飘忽，也有些沙哑："还没睡？"

手机贴着耳朵，传来的声音清晰得仿佛他就在她耳畔低语一般。

"嗯，也睡不着。"姜津津说，"周衍想吃消夜，我带他出去吃点东西，反正离得也近，要不要给你们守夜的人带点消夜？"

现在殡仪馆都是提供一条龙服务。江皇这边的习惯是丧事也要吃酒席。今天姜津津还在听周明沣的一个远房表妹抱怨，说殡仪馆的酒席太难吃了，都没吃饱。这个点殡仪馆应该不会提供消夜，就算提供了，可想而知味道都不会太好。

丧事一般是要办好几天的。她听周明沣提过这边的习俗，比如周明沣的舅舅是今天去世的，那么今天就算是第一天，等到第三天一早就要火化，然后入墓园，等骨灰盒放入墓园后，这场丧事才算结束。

她这个人就是这样，别人对她好，她也会对别人好。仔细想想，周明沣对她一直都很不错。从来没有唐突过她，对她的一些举动也很包容。

周明沣说道："我去问问亲戚们。"

说着，他似乎走到了另一个地方，并没有捂住电话，于是，姜津津也就听到了他们之间的对话，听到了他的亲戚们夸她细心、夸她人好。

江皇的方言算是很接近普通话了，不过有的话姜津津这个外地人还是听不大懂。

正在她猜测一些词是什么意思时，周明洋的声音再次传来，背景音也没那么嘈杂了："他们说谢谢你，消夜的话随便买一点就好。也是你考虑周到，大家守一整夜的话到后面的确会饿。"

"他们？"姜津津问，"你不饿吗？你晚上都没吃饭。"

周明洋顿了顿，语气有些迟缓，像是自言自语："忘了。"

姜津津呼吸一滞。

有时候她都觉得自己太过敏感了，就像是做阅读理解一样。

可这一句"忘了"，也让她这个旁观者再次体会到了他此刻的真实感受。

人在悲伤到一定程度的时候，是会忘记吃饭、忘记睡觉的。

"周明洋……"姜津津发现自己词穷了，正好她也走到了车旁，便道，"算了，见面再说吧。"

"嗯。"

姜津津发动车子，缓缓驶出停车场，在酒店外面接到了周衍。

江皇的深夜并不热闹，不过找了一圈，还是找到了夜宵摊子。跟周明洋相处也有这么长时间了，姜津津是知道他的习惯的，这个点又是这样的时候，恐怕他也没有心思吃消夜，便在老板炒粉的时候，对周衍说道："我去便利店买点东西。"

说完她便步行去了不远处的便利店。她在店里找了一圈，也没找到她觉得周明洋会吃的东西。

在收银台看到了她高中时常吃的薄荷糖，带着一丝怀念的心情，她买了两盒薄荷糖。

现实世界跟书里世界差不了太多，很多东西都是一样的。

这个牌子的薄荷糖味道很绝，几乎没什么甜味，就是特别清凉，让人在大夏天时吃上一颗，一秒从昏昏欲睡变成精神抖擞，高考前那段时间，光是这薄荷糖她都不知道吃了多少。

买好消夜后，姜津津就开车载着周衍一路颠簸来到了殡仪馆。

一进吊唁厅，姜津津就在一堆人中，一眼看到了周明洋。

其他人要么在聊天，要么在玩手机，只有周明洋坐在一旁，他目光所及之处是那张遗照。

姜津津跟周衍的到来，让精神颓靡的亲戚们为之一振。

其实他们也不一定是饿了，但这个时候有人带来消夜，会让人心理上感到安慰。

就如同姜津津猜测的那样，周明沣压根就没碰那些消夜。两人从吊唁厅出来，已经是凌晨三点，原本就很安静的场所，这会儿更是无比沉寂，月光倾洒而至，周明沣将衬衫的袖子卷到了手肘处，他靠着柱子，抬头看向夜空，姜津津就靠着柱子的另一边。她侧过头看了一眼周明沣，正好能看到他的侧脸。

如果这里不是殡仪馆，如果不是周明沣舅舅的丧事，那么他们现在还真有几分在演偶像剧的意思。

一根柱子，他靠着一边，她靠着另一边。

姜津津从包里拿出一盒薄荷糖探出手递给他。

两人指尖触碰到，周明沣接了过来，晃了晃，发出声响："什么？"

"薄荷糖，可以提神。"姜津津说，"怕你不喝速溶咖啡，也没见你抽过烟。"

周明沣头仰着，在他的角度看不到姜津津，可她在离他最近的地方，他沉声说了一句："谢谢。"

随即打开盒子，吃了一颗糖。

说是薄荷糖，但几乎没有甜味，清清凉凉的，一开口便是清冽的气息。

"话怎么这么少。"周明沣见姜津津半天不说话，主动开腔。

姜津津是不知道该说什么。如果聊感同身受，那么聊到至亲去世这个话题，彼此都难受。如果无法感同身受，那就更不用聊了。

"你是在说我以前话很多吗？"姜津津问。

周明沣笑了笑："也不是，只是习惯了每天睡觉前听你说些话。"

习惯是很可怕的，哪怕自制力强大如周明沣，也逃不过这习惯。

"好，正好有件事要跟你说。"姜津津不由得庆幸钟佳今天又来闹事了，让她有素材，不至于挖空心思找话题，"你前小姨子看我不爽，找我麻烦，怎么办？"

周明沣声音一顿，迟疑地说："前……小姨子？"

"钟佳，钟女士。周明沣，你不管管吗？"姜津津语气貌似特别委屈地说道，"我跟我同事吃饭被她看到了，她拍了照，还说我出轨，这日子没法过了！"

"还过不过了？"她又佯装生气地补充了一句。

还没等到周明沣回答，她自己先笑场了。

周明沣无奈地捏了捏鼻梁："我觉得还可以过。之前说过，她的话你不用理会。”

“她是不是天天跟踪我，盯着我啊。”姜津津又问，“那你呢，如果看到照片会误会吗？”

“误会你出轨？”

“嗯。”

周明洋站直了身体，来到姜津津面前：“你不是说了，是同事吗？”

姜津津：“所以，你信？”

“你不值得这一点信任？”

“我当然值得！”姜津津抱胸，一副要兴师问罪的模样，“不过，你小姨子太烦人了。”

“前。”周明洋纠正，“前小姨子，现陌生人。”

姜津津扑哧一笑。

“好了。”周明洋抬起手看了眼腕表，“不早了，你先带阿衍回去休息吧。”

“噢！周总是在转移话题吗？”

周明洋一脸疲倦到了极点求放过的表情说道：“嗯，放我一马，等我休息好了，我再来处理这件事，顺便赔偿你的精神损失？”

“这还差不多。我还想再说一遍……”

周明洋果断地接过话茬：“嗯，我前小姨子太烦人了。”

姜津津眼睛眨了眨：“再说一遍。”

她从包里拿出手机，摁了录音键。下次钟佳再找碴儿，她直接放出“大杀器”。

周明洋：“……”

姜津津不知道的是，她的到来让周明洋几乎空寂的心得到了纾解。周明洋尽管还未到四十岁，但这些年来经历得太多，他早就知道会有这一天，生离死别这种事，从人出生开始便要经历。只是没有想到，这一天会来得这样快。这些年他送走了很多至亲，原本以为已经习惯了，但这种事又怎么可能习惯得了。他只是学会了将伤心难过藏得更深，因为生活中还有很多的事要去做。

姜津津带着周衍又回了酒店，不过也没睡几个小时就醒了。也有别的亲戚在这家酒店入住，吃早餐时，姜津津就碰到了周明洋的小姨。周明洋的小姨今年也有六十多岁了，不过仍然精神矍铄，没聊两句，便说道：“你跟明洋结婚时，正巧赶上我孙女生孩子，没人照顾月子，我实在是走不开就没去。对了，你叫什么名字？”

“小姨，我叫姜津津。”姜津津笑眯眯地说，“津津有味的津津。”

小姨怔了一怔：“你写给我看看，我怎么觉得这个名字有点耳熟？”

就连坐在姜津津旁边的周衍都愣住了。

难不成认识？

姜津津只好在手机里打了自己的名字。

小姨从包里取出老花镜看了又看，目光从手机转移到姜津津的脸上，想起什么，一拍大腿，周衍被吓了一大跳，差点打翻了手边的橙汁。

“难怪看你眼熟呢！”小姨面露激动，“你爸爸是不是姜荣生，你妈妈是不是叫陈婉香？”

姜津津呆了，点了下头。

她还是了解过小说中姜津津的家庭背景的，小说里那位的户口本上，爸爸的确是叫姜荣生，妈妈叫陈婉香。

“我就说！”

接下来小姨说的事情就更让姜津津震惊了。

小说中姜津津的爸爸是机械厂的工人，有一次跟着厂里出差来这边交换技术，正好碰到了老周家房屋倒塌，那个时候是深夜，房屋也不如现在这样密集，邻居们住的地方离得都远，根本没发现发生了这样的大事。周明沣的爸爸在外务工，家里只有周母跟周明沣，姜津津的爸爸花了很大的力气找人，又将两人救了出来。后来也是姜父背着周母跑了几里路，及时去了卫生院，才保住了性命。

所以，可以说，姜家夫妻对周家是有救命之恩的。

小姨还在感慨：“我姐姐一直都在念叨你爸妈还有你，你出生的时候，我姐姐还拿了你的名字去求平安符，所以我才觉得你的名字耳熟，没想到还真是你！”

本来两家是有着书信往来的，可渐渐地，搬了几次家，又随着周父周母去世后，彻底断了联络。

周衍听了有些讶异，他原本以为他爸跟姜女士就是顺其自然地恋爱结婚，没想到还有这一出！电视剧也没这样的吧？

姜津津听完，却是若有所思。

小姨在知道姜津津就是那个津津后，就越看越顺眼了：“真是天大的缘分了！明沣爸妈要是还在世，肯定也会很喜欢你。不过，我记得你要比明沣小很多吧。拿你的名字求平安符那会儿，明沣也跟着他妈一块儿去了，那时候他都快上初中了吧。”

“嗯，我今年二十七。”

小姨掰着手指头算了算：“还真是大十二岁，不过年纪大更会照顾人，我们家明洋那是没的说！对了，我看你穿平底鞋，是不是……”

姜津津：“……”

她低头看自己的脚。不能因为她穿平底鞋就误会她……那个了吧？不过，就连周衍也往桌子底下看去。

这还得了，姜津津赶忙解释：“不不不，我没有，没有。”

小姨再看向她平坦的小腹，目光遗憾：“现在都在鼓励生二胎、三胎，你们也还年轻，又不是没有条件。”

这个话题很危险。

这也就是周明洋的小姨了，要是别人，她白眼都要翻到天上去。

姜津津瞥了瞥周衍，说道：“再过几年直接抱孙子得了。”

周衍：“……”

话题为什么突然转到他身上来了？

小姨的注意力果然成功被转移：“是呢！不知不觉，小衍都十六七岁了，这马上就成年了。”

姜津津看向周衍，以开玩笑的口吻说道：“以后你妈要是没空，我给你带孩子，不过你可得给我养老。”

小姨：“这还用说，小衍多孝顺一孩子呢。”

周衍：“……”

匆匆吃完早餐，姜津津就准备带着周衍去殡仪馆了。

在去停车场的路上，姜津津想起刚刚的对话：“我刚才的话，你可千万不要当真。”

不等周衍点头或者摇头，姜津津就说：“带孩子是不可能的，这辈子都不可能，就算你给我十个亿，我都不会答应的，懂？我最多，也就是给你家小孩买点小玩具，当然前提是你家小孩可爱。”

周衍非常无语地说道：“你想带，我还不给你带。”

姜津津“啧”了一声。

“放心好了。”周衍上车后系好安全带，“第一，不会让你带孩子；第二……”

他顿了顿，抬起头看向她："就算你不给我带孩子，以后你需要的话，我也会给你养老。"

姜津津听了这话，可谓是心花怒放，但是她没当真。

这年头亲爹亲妈都不敢指望孩子养老。不过，好听的话谁都喜欢。

她又想起了周明沣小姨说的事，不禁陷入了沉思。周明沣，莫非是以身相许？不过好歹，他娶姜津津的理由是有了，比如报恩？虽然这个词出现在他身上有些违和，但至少有了这个可能性，就显得这桩婚姻并不是太突兀了。

那么，小说里的姜津津呢？选择嫁给周明沣又是为了什么呢？之前，她觉得这桩婚姻怪异，主要还是出在周明沣身上。现在了解了这些旧事，算是解开了谜题一角。小说里的姜津津的想法、结婚的理由，才是关键的地方。

她不是傻子，过来这么久了，她不是没有感觉。

书中的姜津津跟周明沣的结合，究竟是为了什么，她还不太清楚，但有一点是可以确定的，两个人似乎都不是因为爱情。

来到殡仪馆，周衍很懂事地跟同龄人去处理他们这个年龄能做的琐碎小事。

在别的亲戚的指引下，姜津津来到了殡仪馆里的休息室。

亲戚说，周明沣守了一整个晚上，刚刚才去休息。

来到休息室门口，她敲了敲门，下一秒门开了。周明沣来开的，他站在门口。

他没有戴眼镜，眼睛有着红血丝，声音沙哑："来了？"

"嗯。"

周明沣抬手看了一眼时间："正好，陪我睡一下。你也没休息好吧？"

休息室的床很小，一米五都不到，比森林别墅的床小太多了。在家里时，床很大，姜津津还没有别的感觉，这会儿躺在这一米五不到的床上就不一样了！

她得收回她跟周明沣处于暧昧期这话。

仔细算算，她经历过的暧昧期没有十次，那起码也有七八次，没有哪一次像现在这样，还没有进入到推拉过程，她就跟对方躺一张床了，这算个什么暧昧呀，明明是直接进入了老夫老妻的相处模式！不，不对，是老夫少妻的模式。

就在她胡思乱想时，他大手一揽，一下子就将她揽在怀里，她也就靠在了他的肩胛处。

清冽的气息瞬间将她包围。

姜津津呆滞了。

"我睡一会儿。"周明沣的声音从头顶传来。

姜津津隐隐约约闻到了清冽的薄荷味。算了，情况特殊，她就不跟他一般计较了。

本来姜津津没想睡的，但靠在周明沣的怀里胡思乱想，再加上她根本也没睡两三个小时，身体是疲惫的，没一会儿，她耳边听着周明沣均匀的呼吸声，也逐渐入睡了。

姜津津是被一阵手机铃声吵醒的。

她迷迷糊糊地醒来，却发现只有她一个人，再看向声源处，是周明沣放在床头柜的手机。

休息室里有一个窄小的浴室。

浴室里传来水流声。周明沣应该是在洗澡。姜津津这样想着，睡眼惺忪地伸手去够他的手机，想给他送手机或者告诉他是谁打来的，哪知道目光一瞟，便瞄到了他手机屏幕上跳跃着一个名字——钟菲。

她一个激灵，瞬时清醒。

姜津津盯着这个名字，下床趿拉着拖鞋来到浴室门口，敲了敲门。

浴室里的水流声变小了，从里面传来周明沣的声音："什么事？"

姜津津像是生怕他听不到一样，提高了音量："电话来了，是钟菲打来的。"

浴室里的周明沣闻言一顿，他随手关上了花洒。

周明沣抬起手抹了一把脸上的水，听着她语气里怎么也藏不住的兴奋，甚至还有试探，说道："我不方便，你帮我接。"

在浴室外面的姜津津一听这话，心里只有一个想法：好家伙，这男人真心厉害了！这实在算得上是教科书般的反应了。

饶是姜津津都没想到周明沣会让她来接这通电话。

她虽然心情莫名荡漾，但还保留一丝理智，毕竟这是周衍的亲妈、他的前妻的电话，由她来接会不会不太合适。她又说道："我接，可以吗？"

周明沣关掉了花洒，拿着毛巾擦拭身体，闻言唇角勾起："可以。"

其实，他也猜得到钟菲打这通电话来的原因。

他跟钟菲都很理智，当年也是彼此都意识到了那犹如一潭死水的婚姻，对两人来说都是一种内耗、折磨。在一番权衡之后，钟菲主动提出了离婚。两人之间没有任何经济上的矛盾纠纷，是绝对意义上的和平离婚。离婚后成为挚友这种行为，显然不适合他，也不适合钟菲。这些年来，两人通电话的次数不多，每一次都是正事。

跟姜津津交代上一段婚姻的始末，还没到时机，正好她也没问。不过，有些事情，有些误会，还是能当下解决就当下解决。

姜津津摁了接通键，不过同时，她也打开了扬声器，顺便摁了录音键。

什么都要考虑周到。

钟菲的声音比较清冷，似乎也是才醒来没多久，有些慵懒，然而说出来的话是生疏客气的："方便接电话吗？"

姜津津一愣："你好。"

钟菲那边明显也愣住了，很快地，她就推断出接这通电话的人是谁。

这是周明沣的私人手机，她知道周明沣一向公私分明，那么，能碰到他的私人手机并且接通的人，就只有一个了。

"你好，周太太。"钟菲的语气更礼貌了。

姜津津一听这称呼，瞬间就觉得，人跟人是有区别的，看来钟佳虽然是钟菲的妹妹，但两姐妹的性子截然不同。看看钟菲这格局，真令人心生好感。

"你好，钟女士。"姜津津也很客气，她顿了顿，"周衍爸爸现在不方便接电话，如果有重要的事可以等下给他打。"

钟菲回复："不用，就麻烦你帮忙转达一下，可以吗？"

姜津津此刻快羡慕死周明沣了。

她觉得他运气太好了。

其实谈恋爱最幸运的事，不是碰上一个多么爱自己的人，而是碰到一个即便不爱了也能给予尊重的人。能碰上这样的人，太难，也太珍贵。很多的人在恋爱时浓情蜜意，一旦不爱了立马翻脸。

"嗯，当然。"姜津津回。

钟菲的语气尽管还是平静的，但仔细听，也能听出一丝悲伤来："我跟阿衍通过电话，他说……他舅公去世了，我现在在外地也赶不过去，当然也不太方便。我安排了人送花圈去殡仪馆，也托人送一份帛金给阿衍的舅婆，请她节哀。"

姜津津这才想起来，以舅舅、舅妈对周明沣的关心，过去他们也一定对钟菲很好。

难怪钟菲会特意打来电话，难怪她也这样难过。

她能感觉到钟菲是想过来送周明沣舅舅最后一程的，但钟菲应该更不想造成不必要的误会跟麻烦。

“好的。我会转告。”钟菲越是这样得体，越是这样客气，姜津津反而就越在意跟她聊天时的口吻。按照一般的情况，姜津津应该跟钟菲道一声谢的，可这一声“谢谢”她无论如何也开不了口。比起她，钟菲跟周明沣的舅舅关系更亲也更熟。

一阵沉默后，钟菲说道：“周太太，谢谢你。丧事琐碎，我就不打扰你了。”

“好，再见。”

钟菲挂了电话后，兀自坐在床上发怔。如果不是还有周衍这个儿子，她偶尔都会觉得跟周明沣的那一段婚姻仿佛是上辈子的事。

她跟周明沣都不是性子外向的人，说起来之所以结成伴侣，也不过是天时地利。他忙于事业，而她也不算清闲，可她大概没有他那样理智，所以偶尔也会想，他的心里究竟有没有她。两人的感情本来就不浓烈，到了后来，好像是因为一个孩子才勉强维持住表面的和谐，她厌倦了猜测他的心，也厌倦了自己随时会因他成为怨妇的模样，所以，她放手了。

与其为了孩子困住自己一辈子，还不如放过自己也放过他。她的人生，不该被周明沣以及周衍困住。

现在，她早已经不爱周明沣了，也曾遇到过不错的人，也拥有了心心相印且热切汹涌的爱情。如今，之所以会有类似黯然的情绪，只不过是因为她发现，原来周明沣也可以做这样的事，他不是做不到，只不过那个人不是她。

周明沣的私人手机有多重要，她是知道的。

当年她也不曾为他接过电话，这次，那个叫姜津津的女孩子之所以接了这通电话，是因为周明沣默许了。

有人从外面进来，钟菲抬起头来，是自己的丈夫方霍。

方霍手里握着手机，见她坐在床上，笑着过去，习惯性地揽着她的肩膀，帮她顺了顺头发：“跟周总通了电话？他怎么说，我们要不要过去吊唁？”

钟菲摇了下头：“不用了，不方便。刚才接电话的人是周明沣的太太。”

方霍一怔，脸上带了些笑意：“你吃醋了？”

“少来。”钟菲推了他一把，“就是感慨吧。毕竟你们这种人私人手机都很重要。”

方霍将手机递给她：“我的手机随你处置，不管公私，所以方太太就不要羡慕别人了，可以吗？”

另外一边，姜津津还握着周明沣的手机发呆，周明沣已经从浴室出来，他看了她一眼，随口问道："电话说了什么？"

姜津津回过神来，抬眸看他："我录了音，你是自己听还是听我讲？"

"你讲。"周明沣拿着毛巾慢条斯理地擦着头发，偶尔瞥了她两眼。

"钟菲知道了舅舅去世的事，她说不方便过来，就托人送花圈还有帛金，请舅妈节哀。"

周明沣早就猜到了钟菲打电话来的原因，此时面上表情不变："嗯，知道了。"

周明沣冲完凉后，人也清爽了许多。他一边垂眸扣上表带，一边说道："我们下去吧。你休息好了吗？"

"休息好了。"

姜津津也起身，本来都快走到门口了，突然回头扫了一眼那张小床。

他们两个人睡了一觉，这会儿床单有些凌乱。她心里过意不去，便快步来到床前整理。这是她来到这里后第一次整理床铺，将床铺得平平整整的，她才满意，准备离开。

当她抬起头来时，周明沣正靠着墙，目光含笑地看她。

姜津津轻咳了一声："我见不得床上太乱。"

这话没有半点可信度，周明沣也懒得拆穿她。两人离开了休息室，钟菲的效率很高，他们一下去，就看见有人送来了几个大花圈。姜津津定睛一瞧，花圈白联上的落款是——方霍、钟菲夫妇。

妥帖人做事，真是处处都细致，让人舒坦。

丧事也是有酒席的，亲朋好友们送来的帛金会登记在随礼册，主人家也会摆上酒席招待吊唁者。

姜津津以前也吃过很多酒席。真的到了这种时候，气氛并不是那样沉痛，大家也会在酒席上闲聊，这种热闹似乎也是一种隆重。姜津津太了解了，昨天她还听到周明沣这边的几个亲戚在聊房价，甚至是孩子断奶的事情……总之，亲戚们聚在一块儿什么都聊，没结婚的会被催婚，结婚了的会被催生，那么，还在读书的自然也会被问成绩，尤其周衍马上就要升高三了，亲戚们肯定会将话题岔到他身上来。

姜津津觉得，还是很有必要未雨绸缪的。

在酒席之前，姜津津拉着周明沣到了一边，压低声音道："等下要是有亲戚问周衍成绩什么的，我们可不能跟那些家长似的当着其他小孩的面贬低他！我最讨厌这种了，会让孩子很没面子的。夸几句，他不会骄傲的。”

以前她父母还没离婚时，每次她跟着父母去亲戚家吃饭。

亲戚夸她长得好，父母就说她胖乎乎的，以后肯定瘦不下来。

亲戚问她成绩怎么样，她明明成绩还算可以，在班里排个中上游完全不成问题，结果她父母非说她成绩不好，做事又马虎。

虽然说大人们都会谦虚，可是以贬低孩子的谦虚算怎么回事啊？！明明他们心里也觉得她还不错，但就是不说，非要损她，最后还美其名曰是不想让她骄傲。真是什么话都让家长说了啊！

既然现在已经预见了周衍可能会面临的窘境，那她不能坐视不理，毕竟她现在跟周衍的关系已经很不错了，路见不平总是要拔刀相助的。

周明沣说：“我从来没有贬低过他。”还没等姜津津放松，他又紧接着补充了一句，“我说的，也都是实话。”

瞧瞧这话多损，不是贬低，而是实话，这比刻意的贬低更容易让人伤心。

姜津津：“以后他真的要拔你氧气管呢！”

周明沣难得地跟她开了玩笑：“你会阻止他拔的，不是吗？我从不指望他养老。”

姜津津：“那你指望谁？”

周明沣笑意渐深看向她。

姜津津头皮发麻：“不会是我吧？”

周明沣不点头，也不摇头。

姜津津心想：这老男人可真敢想！不指望自己儿子养老，反而指望她这个半路老婆！他是喝了几斤酒才敢这样想啊！！！

“我养你。”周明沣看她都要当真甚至抓狂了，轻笑道，“可以吧？”

姜津津在心里“呵”了一声。

事实证明，姜津津的话在周明沣这里还是有一些分量的。

中午吃饭时，饭桌上亲戚们闲聊，果然话题就转到了正闷头吃饭的周衍身上。

“阿衍是不是明年高考，成绩怎么样呀？”一个胡子白花花的老爷爷笑，“你爸爸可是当年省里的状元，都说青出于蓝而胜于蓝，你肯定比你爸爸更强吧？”

姜津津听着头都麻了。

她侧过头看向周衍，小伙子果然也郁闷了。

这就是有学霸家长的烦恼。好像所有人都觉得，孩子应该要比父母强，爸爸是学霸，是名校高才生，那么儿子再差也得考个重本吧？！

当年她的一个闺密也很郁闷，因为闺密的父母都是老师，在大家甚至她父母心里，作为老师的孩子的她成绩必须优秀，但是这给了闺密不小的压力。

就在姜津津都开始忍不住同情周衍时，坐在她左边的周明洋笑着开口了："成绩倒是其次。现在的孩子各个都聪明，学习压力也大，我平时工作忙，也没顾得上他，他能成为一个正直又有正义感的人就很好了。这点也是我欠缺的。"

姜津津听了，赶忙搭腔："是呢，小衍这孩子热心肠，喜欢给人提供帮助，心特别赤诚，我觉得很不错。"

姜津津是真的觉得周衍很不错。虽然有时候莽撞了点，但的确没打扰旁人。总之，周衍看似冷淡，看似幼稚，实则很有分寸感。

周衍看了看姜津津，又看了他爸一眼，听着两人夸他的话，有点不好意思了，不过心情却好了不少。

周明洋跟姜津津都是转移话题的小能手，很快，话题又转移到了别人身上。

老爷爷开始盯着一个小辈进行一连三问："工资多少？买房了吗？有对象吗？"

一连串的问题问得小年轻一脸生无可恋。

午饭一过，姜津津就跟着周明洋出去了。

周明洋的舅舅也是有孩子的，不过在姜津津看来，周明洋的这位表弟几乎事事都以周明洋为主。因此，很多事情都是周明洋来拿主意，包括墓地的选址。最后经过商量后，他们决定将舅舅安葬在当地的一个公墓。当年周明洋在此处买了不少墓地，也将自己父母的墓都迁了过来。

江皇有几处公墓，周明洋选的这个公墓依山傍水。姜津津不懂这里面的学问，但还是看得出来，这个墓园很不错，管理也很严格。周明洋的表弟去了公墓管理处跟人咨询，姜津津便跟在周明洋身后进了墓园。这墓园有着长长的台阶，绿化方面也做得很好，幽静阴凉。

周明洋看了新墓后，来到了父母的墓碑前。

清明节已经过去了几个月，墓碑旁有一些灰尘，还有掉落的树叶，以及清明时节祭奠时用的那种照明灯。

周明洋找了把扫帚，开始细致地打扫起来。

姜津津也郑重其事地给周明洋的父母鞠躬、上香。

等周明洋再过来时，见到自己母亲的墓碑前多了两样东西，分别是香水、口红。

他这才想起来，刚才来的路上经过一个百货公司时，她说有事停一下，便急匆匆地进了商场，难道是买这个东西？

姜津津："总不能空着手来。"

见他还盯着那瓶香水和口红，她又解释道："也不知道买什么。"

她今天要跟着周明洋来墓地，周明洋的一位表妹还特意拉她到一边，跟她讲了江皇的习俗。江皇这边，第一次见伴侣的母亲是不能空着手的，同理，即便伴侣的母亲不在世了，也是一样的。

在琢磨着要买点什么适合祭奠的用品时，她想到了刘奶奶，如果周明洋的妈妈还健在，应该跟刘奶奶差不多的年纪。

刘奶奶就很喜欢这些东西，喜欢亮闪闪的美甲，也喜欢浓烈的香水。

周明洋却是一阵恍惚，儿时的一件事也因为姜津津的这一举动重现在脑海中。那时候家里条件不好，他跟着母亲去县城走亲戚，亲戚带着他们去了商店，商店里有很多他从未见过的东西，他被书本吸引了，等回过神来时去找母亲，只见母亲正拿着一管口红，脸上尽是惊奇和喜欢的神情，他原本以为母亲会买下来，但母亲看了很久，最后还是放下了那管口红，拿着钱给他买了书本。他都险些忘记了，母亲也有过那样的年纪。

他看向姜津津，视线又移到了墓碑上母亲的照片，这照片是母亲三十岁时拍的，还是那样年轻，只是脸上因为操劳染上了岁月留下的痕迹。

"嗯，她会喜欢的。"

第二章

老房子着火

在这边选好了墓地的位置，也跟管理处的人说好了时间后，姜津津跟周明沣便离开了墓园。

周明沣的表弟是个很老实的男人，话也不多，什么事都询问周明沣，人很不错，不像是那种不识好歹的人，他也很关心周明沣，坚持让周明沣回酒店休息，等到下午再去殡仪馆。老实人执拗起来，周明沣也没办法拒绝，只好跟着姜津津回了酒店。刘助理开的是两间房，姜津津怕打扰到周明沣休息，便让他睡在房间，她去隔壁周衍的房间。

周明沣看向她。

这让姜津津想起了他今天说的那一句——陪我睡一会儿。

她解释道："便利店那边要开始做账报税，不能拖了，还有 Edwin 也传了资料让我翻译。你就好好睡个觉，我去周衍房间忙。"

周明沣"嗯"了一声，算是应了。

姜津津拿着电脑、手机来到了周衍的房间。

周衍倒也没有不欢迎她，看她工作，便悄悄地关掉了游戏，自己躺在沙发上百无聊赖地翻着手机。他想起了今天她在饭桌上的话，还有她这段时间的关心，他不想打扰她，加上反正也没事干，于是就出门了。江皇他也不是很熟，小时候还经常来，长大后也就过年时会回来一次，他跟着导航路线来到了最热闹的广场附近，飞快地去奶茶店买了两杯奶茶。

他一杯，另一杯果茶则是给姜津津的。

重新回到房间，见姜津津还在忙，他轻手轻脚地将奶茶放在她能看得到的地方。

姜津津听到动静，抬起头来，好奇地问道："给我买的？"

"嗯。"周衍死鸭子嘴硬，"第二杯半价，感觉不买不划算。"

姜津津看着奶茶的标识，她可从没听说过这家奶茶有过这样的活动。

小伙子过分别扭了！

她也没跟他客气，用吸管戳开后喝了一口，面露满意："谢了。"

奶茶是她喜欢的甜度。小伙子虽然别扭，但很聪明，也知道举一反三，通过她爱喝的气泡水口味推断出她喜欢喝的奶茶口味，这一点很不错。

等姜津津忙完翻译的工作休息时，周衍逮着空，压低了声音问她："我爸有没有跟你说那件事。"

"哪件？"

周衍抿了抿唇，表情不是很自在地扭过头："就……请家长那次，你去了学校。"

其实这件事对周衍来说，算得上是他的黑历史了，偶尔他也会陷入自我怀疑中，以后遇到类似的情况，他还要冲上去吗？

"哦，哦。"姜津津想了起来，"你是说你见义勇为那一次？"

一听"见义勇为"这四个字，周衍尴尬得不行，目光躲闪："别提了。我爸跟你说了没，就那件事的内幕。"

姜津津摇了下头："没说，提都没提。"

还没等周衍感到放松，只听到她又说道："不过，我大概能猜到你说的内幕，那件事你是被人算计了吧。"

周衍："……"

姜津津终于有了一种智商碾压他的感觉了，和颜悦色地对周衍说道："我比你大十一岁呢！这十一年的饭也不是白吃的，看得出里面有猫腻。事情不是解决好了吗？"

"这是见义勇为吗？是正直的表现吗？"周衍自嘲一笑，"你跟我爸是不是觉得我特别傻，特别蠢。"

看着周衍仿佛陷入了一种自厌状态，姜津津才回忆起来，他大概也是因为这件事，才会想着十八岁以后不靠家里不靠他爸吧，看来这件事给了他不小的打击。

姜津津倒也没有给人当知心姐姐的潜力。

不过周衍都已经跟她敞开心扉了，如果她什么都不说，对他来说也是一种打击吧。

青春期的小孩还蛮脆弱的。

她斟酌了片刻，无意识地玩转着手中的笔，捋清了思路后，这才说道："你说你很傻，我们暂且就当你是傻的。"

周衍："……"

"如果世界上都是我跟你爸爸这样的聪明人……"

周衍心里缓缓打出一个问号。

"大家都来权衡利弊，只选择对自己有利的事，那么我觉得这个世界就不像现在这样好了。"姜津津突然正经地看向周衍，"这个世界上是需要赤子之心的。如果人人都是老狐狸，那有什么意思呢？！所以，回到之前的假设，就算你傻，也是傻得可爱、傻得珍贵。"

周衍耳根微微发红，大概是为了掩饰，他说道："纠正你一点，我不觉得你跟我爸是同一类人。"

姜津津无语了："你的意思是我不聪明吗？"

"一般。"周衍很诚实地回答。

姜津津翻了个白眼，果然，就不该给他半点眼神："是一般哦，不过比你聪明很多。"

周衍憋住笑："很自豪吗？我今年十六，你二十八。"

"走开，二十七，二十七！"

"好，二十七，等我二十七岁的时候会比你聪明。"

姜津津十分敷衍："哦，哦，哦。"

"等着瞧。"

姜津津发现周衍现在越来越幼稚了，之前那个高冷劲儿去哪儿了呢？！能不能回来？

很显然，周衍还是说不过姜津津的，姜津津沉默了两秒，放出了绝招："小伙子，你先考上大学再说吧！"

周衍一听，果然不说话了。

在江皇这边，火化下葬前的晚上很重要。

基本上有关葬礼的所有重要的事都在这个晚上，周明洋虽然是外甥，但他几乎包揽了所有的事情，也是作为孝子来参与到仪式中。这很累人，姜津津看着他忙前忙后，光是磕头上香这个动作都不知道做了多少回。有的人会在这种仪式上偷懒，可周明洋每一次都是扎扎实实的，因此等可以休息时，姜津津发现周明洋的额头都发青了。

她想了想，开车去了几公里以外的药店买了一盒药油。

回到殡仪馆，趁着大家没注意，她拉着他来了休息室，反手关上门。周明洋还不知道她要做什么，只见她从包里拿出一瓶药油，一边拆开仔细阅读说明书一边说道："你额头都青了，不及时处理的话，明天估计会发紫。"

姜津津如果想关心一个人，那么她就会做到极致。

这也是她人缘很好的一个原因。

不管是对孙文清还是周衍、徐从简，她从来都是关心的。如果关心一个人，就更应该落到实处，这段时间周明洋对她实在也很不错，就算不是为了那点心思，哪怕是为了回报，她都觉得这时候应该多多照顾他一些。

周明洋双眸盯着她。

她打开盖子，往手心倒了一些药油，用力地搓了搓，直到发热后，才示意周明洋："坐下，我给你推开。"

周明洋凝视了她几秒，之后才坐下。

姜津津这会儿算是居高临下地看着他了，她稍稍靠近了一些，探出手来抚上他的额头。

一阵温热的触感传来。

紧接着姜津津又笨拙地按了按，两人被一股药油味道萦绕。

等姜津津觉得药油差不多吸收了后，舒了一口气，刚想退后一步，周明洋探出手，圈住了她细白的手腕。

姜津津低头看他。

四目相对，周明洋目光里的暗涌令她怔住，这是全然陌生的周明洋，不过她也不怕。

下一秒，周明洋站了起来，高出她近一个头，她的视线平视之处，是他的下巴，能瞥见他的喉结。

她心里一紧，等反应过来时，鼻间都是他清冽的气息。

他将她抱住，下巴抵在她的发顶。

不知道过了多久，可能漫长如一个世纪，他声音喑哑地说："谢谢。"

这些年，他送走了双亲，又看着一个又一个亲人离世。

他爸离世时，他跟他妈相依为命，那时候他害怕不已，却只能一个人躲在角落里强忍着眼泪。后来，他妈也因病去世，那时候是什么感觉呢，寂寥？！

他以为他已经习惯了，可等来到灵堂，看到冰棺里躺着的人再也不会醒来，再也不会慈爱地喊他一声"明洋"时，他心里空落落的。只是这些年来习惯了戴上面具，所以他能从容地跟亲戚们寒暄，甚至能有条不紊地处理各种事。如果她没来，如果没有她，他也可以处理好这些心情，甚至过几天又能镇定地投入到工作中去，到他这个年纪，悲伤、难过已经是很奢侈的情绪了。

现在她在身边，具体来说，也没有什么变化。

她没有三头六臂，也没有什么特殊技能，不过，跟她说一下话，陪她睡一会儿，他的心里的确得到了一些安慰。

周明洋想起了前不久看到的一句话：有的人会随着年纪的增长越发冷硬麻木，有的人则会越发脆弱柔软。他是前者还是后者？他不得而知，他只知道，他眷念她给予的温度。

周衍跟姜津津帮不了太多忙，等到晚上十点时离开殡仪馆回了酒店。

第二天要火化下葬，他们要很早就赶过去。

姜津津刚卸了妆，周衍就过来敲门了。姜津津脸上敷着面膜给他开的门，她今天敷的面膜是黑色的，着实吓了周衍一跳，令周衍过了好一会儿心情还未平复。

"干吗？"姜津津想起周衍很能吃这件事，又说道，"你饿了可以自己叫外卖，我不是你保姆。"

周衍手里还拿着一套试卷，闻言抬起头："有一道题不会做。"

"嗯？"

姜津津没想到自己才芳龄二十七，就已经尝到了给孩子检查并且教导作业的痛苦！

她看着周衍指的那道题，陷入了沉思中。

怎么回事？为什么明明觉得这些知识点似曾相识，但就是摸不着头脑，她总算体会到了之前同事吐槽"别看我念了大学，但我女儿初一的题目我已经完全不懂了"是什么滋味了。

她当时还觉得同事夸张。现在想想，一点儿都不。好的，她确定了，毕业这么久，她将学到的知识全还给老师了。

但她不想承认自己不会，便用指腹按了按面膜，问他："为什么要问我？"

周衍："我微信通讯录里，只有你一个人是本科毕业生。"

这话谁能信？

姜津津立马反驳他："你爸呢？你妈呢？刘助理呢？"

周明沣跟钟菲就不说了，两人是大学同学，刘助理可是能力卓绝的高才生。

"我妈在倒时差。"

周衍抿了抿唇："至于我爸跟刘叔叔，我怕他们笑话我连这都不会。"

姜津津抱胸："那你就不怕我笑你？"

"不怕。"周衍说，"因为你看起来也像不会的样子。"

姜津津心中一阵无语。

她决定了，就算是为了赢一次，让周衍这小子见识她的知识储量，她也得把这道题做出来！

她让他把那张试卷留下："小菜一碟，你回房间，我等下直接给你发解题步骤。"

周衍一脸狐疑地回了隔壁房间。

姜津津没想到，自己已经脱离苦海，不，脱离学校这么久了，居然还要重新拿起笔解题。

她甚至还特意上网找答案，结果愣是没找到。

就在她准备将题目发给孙文清这个学霸时，她的手机响了起来，是周明沣打来的电话。

他声音低沉："还没睡？"

"嗯，啊。"姜津津随口回道："我在做题。"

"做题？"

"现在的试卷怎么这么难。周衍请教我，我还没算出正确的结果来。"

周明沣"哦"了一声："你发给我。我试试。"

姜津津："好，我拍给你，你要是解出来了，不要告诉周衍是你做出来的。"

"怎么？"

姜津津模仿他那天在机场说话的口吻："请理解我身为后妈的自尊心。"

像周明沣这样的学霸真的存在吗？

姜津津看着他发来了好几种解题方法，不禁陷入了沉思中，怎么回事？！算算时间，他已经毕业十几年了吧，为什么令她摸不着头脑的题目他还会做？！还会这么多种解题方法？！

当然，她不可以表达自己的疑问。毕竟不能让这男人得意了，她如果问了，他指不定偷偷得意成什么样子呢！

姜津津也不是只复制一个解题步骤，她怕周衍问她时，自己也什么都不懂，于是逐步开始分析这些步骤，等自己都全然理解透了，这才重新在空白的草稿纸上誊写一遍给周衍发了过去。

周衍在初中时也是学霸，不过毕竟荒废了几年，现在想重新捡起学业来，还是有一定难度的，更何况只剩下一年了。仔细想想，这也是姜津津觉得那本校园小说很合理的地方了，周衍虽然聪明，可这年头的学生中又有几个傻的呢。在原著中，他是在女主角的鼓励下奋发图强，不过，最后一年铆足劲也只是堪堪赶上了大部队，刚擦过一本分数线两分，可谓是非常惊险了。

就是这样，姜津津都觉得周衍开了"金手指"了。

以作者对周衍的偏爱，现在周衍都提前了这么长时间振作，是不是可以期待一下他会考得比原著中更好呢？

等解完题后，周明沣居然打来了视频通话。

姜津津也不着急，在酒店里找来找去，终于找到了一个好的角度，这才接通了。

周明沣似乎是在吊唁厅外面，这个点寂静无声。

姜津津装作不经意地将头发捋在耳后。

"有事？"

周明沣"嗯"了一声："阿衍跟你请教题目是怎么回事？"

"你都花式炫技，列出好几种解题方法了，现在才问我是怎么回事？"

"事有轻重缓急。"

姜津津憋住笑："好吧，他最近好像准备重新做人了，不对，是打算重新做回好学生了。这是值得高兴的事。"

周明沣捏了捏鼻梁："嗯，确实。"

两人聊着聊着，这话题就转到了隔壁正在奋笔疾书的周衍身上。

大概是夜晚沉寂的缘故，周明沣在姜津津的带动之下，竟然也打开了话匣子，聊起了周衍，他声音低缓地说道："他的确是一个很有正义感的孩子，我既为他的正直欣慰，偶尔也会焦虑。平心而论，我确实还不大会解'如何当一个父亲'

这道题。”

“你还有不会的？”她还以为周明洋无所不能呢，只是她每次见周明洋跟周衍在一块儿时，不知道多镇定多从容呢，现在听周明洋似乎为了亲子关系困扰，真是令她惊讶。

周明洋轻笑：“当然，我也没有给其他人当过爸爸。”

“一方面希望他无忧无虑，可另一方面又希望他能独当一面。”周明洋顿了一顿，然后说道，“当然最希望的是，他在看清楚社会险恶后，能保护自己，但也能继续保持着果敢、正直的一面。”

“好难哦。”姜津津躺在沙发上，“你这个要求真的太难了。”

周明洋的话听着很简单，不过姜津津毕竟也是被社会捶打过的，她知道周明洋的希望太难达到了。

“是。所以像我这样的家长很自私，自己办不到的事情，却奢望孩子能做到。自己走过喜欢的路一旦发现不像想象中那样好，于是希望孩子不要再走，哪怕孩子喜欢。”周明洋难得有这样显露出对儿子温柔的一面。

姜津津认真地倾听着，居然觉得是一种享受。

“不过每个人都有自己的路吧，看他自己选择想成为什么样的人，偶尔我也会想，如果他什么都按照我期望的去做，那他就不是我的孩子，而是我的木偶了。”

姜津津听着听着，就想起了自己曾经暗搓搓想的一件事：当周明洋的孩子真的很好，他既能够包容孩子冲动幼稚的一面，又能不动声色地为孩子的一切行为兜底，他还会用自己的方式让孩子知道事情的真相。

这样子仿佛很矛盾，但也的确算得上温柔了。

姜津津也跟他开了个玩笑：“我已经录音了，等你以后老了或生病住院，我就放给周衍听，让你感受一把病床前也是有孝子的。”

周明洋沉默了几秒钟，笑着反问：“所以，你是说，那个时候你还在我身边？”

这一句仿佛是调侃，不过周明洋这几天来阴郁的心情，在话出口时总算稍微平缓了些。

姜津津一时没反应过来，愣住了。

还没等她妙语连珠反撩回去，周明洋率先说道：“休息吧，不早了。晚安。”

说完，好像知道她正在蓄力回击一般，他直接挂了电话。

听着电话那头传来的“嘟嘟嘟”的忙音，姜津津彻底呆了。

等回过神来后，她起身来到床边躺下，回忆着自己居然被周明洋抢占先机，不禁懊恼得直蹬腿。

姜津津，你平常的机灵都哪儿去了？

怎么就被他反问住了？？？

这简直堪称败笔！

姜津津懊悔不已，却也不好再回拨过去。毕竟现在已经快十二点了。

她想可能是这段时间被周衍传染了的缘故吧，竟然幼稚到打开手机备忘录，郑重其事地记下了一笔——他噎了我一回，下次一定要还上。

周明沣又一次给舅舅上过香后，在吊唁厅扫视一圈，也没看到舅妈的身影，在询问过其他亲戚后，他走出吊唁厅，在殡仪馆里找寻，最后是在殡仪馆后面的大片空地找到了舅妈。清冷的月光下，已经头发微白的舅妈正弓着腰，拿着扫帚在扫地上的灰尘树叶。

这几天，他没见舅妈掉一滴眼泪。她的表现那样寻常，好像舅舅并没有去世。不过他知道，舅妈在酒席上看到舅舅爱吃的扣肉时，仍然习惯性地去拿打包盒打包半份。

周明沣踱步过去。

舅妈看到他的影子，停顿了一下，直起身来，探出一只手敲了敲后腰："怎么不去睡？你这两天都在熬夜，当心累生病了。"

周明沣接过了她手中的扫帚，也开始去扫旁边的树叶。

舅妈失笑："你舅舅爱干净，一看到家门口有树叶，那是非要去扫一扫的，有时候还会把街坊四邻家门口的垃圾扫干净。不知道是什么心理，真的烦他这一点。"

说着烦，可在他走后，她又越来越像他。想出来透透气，看到地面上的树叶，又忍不住找了扫帚。

周明沣垂眸，无意识地握紧了扫帚把手，抬起头来，脸上是云淡风轻的笑容："舅舅人缘一向好。"

舅妈低头，过了许久才说道："钟菲送来了花圈，津津会不会误会？"

"不会。"周明沣语气笃定，"她不会想那么多。"

"那就好。其实这些年，钟菲总是给我们寄东西，还记得你们结婚的时候，大家都说你们般配，"舅妈笑道，"你舅舅晚上还忧心忡忡地跟我说，你俩不会长久，我还说他整天没想好事。后来你们离婚，你舅舅就说，你跟钟菲都不是外向的人，你话不多，钟菲的话也很少，什么都闷在心里，时间长了是会出问题的。”

舅妈念叨着当年的许多事。

周明沣沉声道：“是我耽误了她。”

无论如何，一段婚姻里，他尝到了更多的红利，也的确是她付出了更多。一定要算的话，是他耽误了她。好在，她有改正的决心，也找到了她认为对的人生方向。

舅妈走了过来，抬起手拍了拍他的手臂：“这次也是不巧，你舅舅没看到你跟津津，看到了肯定会说你们般配。不过，我跟你舅舅都有些纳闷，你怎么突然就结婚了？”

周明沣对自己长辈，向来都不会含糊：“也不算很突然，我先前也考虑了很久。您还记得当时救了我跟我妈的那位姜叔叔吗？他是津津的父亲，去世好几年了，津津的母亲一年前查出胰腺癌，从发现到去世，不过四个月的时间，她担心津津一个人无依无靠，所以犹豫了很久才找到了我，希望我能帮忙照顾津津。”

他并没有说出全部实情来，那太复杂，他也担心朴实的舅妈会为他担心和忧虑。

十个月前，姜母找到了他，告诉了他很多事情。

他至今还记得这位已经近乎瘦削的长辈，一脸绝望地搓手，甚至还想跟他下跪。她没有别的法子，女儿因为一段恋情惹上了不该惹的人，这几年备受煎熬，连正常的社交、交友都成问题。她知道自己的身体状况，也知道自己撑不了太久，所以，她只能为自己的女儿求一个容身之所。当然，她也希望，那家能看开一点，接受她女儿会结婚、会有正常生活的可能。

坦白而言，周明沣一开始并不想答应这荒谬的请求。他想过用别的方法报答他母亲经常念叨的那位救命恩人的妻女，比如钱，比如好的医疗环境，可这些都不是姜母想要的。姜母去世前，他频繁地梦到他的母亲，最后还是答应了姜母的请求。他答应的时候，姜母明明躺在床上都不能动弹了，却还是坚持要下床给他道谢。

舅妈果然就信了周明沣的话，大概他永远给人一种稳重可靠的印象，让人永远也不会怀疑他话里的真伪。

“原来这样啊。”舅妈笑了，又拍了拍他的手，“那你对她呢？”

周明沣想了想：“最近在考虑是不是该补办一个隆重的婚礼。”

这短短一句话，便让舅妈这个过来人心里了然。如果不是上了心，如果不是喜欢，也不会说这样的话。

“不过我还在忙，她也忙。”周明沣眼里流露出遗憾，“本来还想着，等都有空时补办一个婚礼，让您跟舅舅一起，我们好好热闹一下的。”

舅妈一怔，笑说：“你舅舅知道了会很开心的。他这些年很担心你，怕你一个人孤单。”

周明沣只是笑了笑。

其实就算一个人也不一定是孤单的，但在长辈们心里，身边一定得有人才算不孤单。这世界上多的是即使和对方白头到老也仍然觉得孤寂的伴侣。当然，他一直都比较幸运。

这看似平静的生活里有太多的不确定因素。

舅妈又说：“挺好的，不过她年轻，比你小十几岁，你要多多包容她。”

“嗯，您放心，我知道的。”

在周明沣的催促之下，表弟搀扶着舅妈去休息了。

明天就要火化，这个晚上吊唁厅的人也没之前那样紧绷了。十二点之后，有人吃消夜，有人玩手机，还有人打起了扑克。这在江皇是再正常不过的了。守夜没事可做，只能自己找点乐子。

周明沣看着这一切却不想加入进去，他意外地在殡仪馆里竟然发现了舅舅的工具箱。

周明沣的舅舅在好多年前是当地有名的木工，前些年带出来的徒弟现在一个个也都发展了起来。

小时候周明沣就爱看舅舅做柜子，那时候也没有什么娱乐活动，一看就是一整天。

工具箱里工具齐全，还有着木料。

这是舅妈的心愿。家里没有一个人接了舅舅的手艺，这个工具箱留着也是落灰，不如烧了随骨灰盒一起放进墓园。

这个夜晚，周明沣坐在安静的角落，头顶是寂寥的月光。

儿时的记忆犹新，他不太会，不过那些年看得多了，做一些简单的物件还是会的。

他拿着舅舅用过无数次的工具，花了近三个小时才做成了一个小小的木匣子。他本来是为了思念舅舅，想随手做点什么，等到做成后，不禁哑然失笑，感慨自已越活越回去了。这个木匣子就送给她吧，正好可以装她四处乱放的头绳。

葬礼结束。

明明只在江皇待了两三天，但对姜津津来说，漫长得好像是一个世纪。

随着逝者入土，来吊唁的亲戚都松了一口气。按照习俗，姜津津跟周衍都不太适合靠太近，她只能站在台阶处遥遥望着在墓前沉默不语的周明沣。虽然她也知道，不用很久周明沣就会重新投入到工作中去，可这几天无意间看到他流露出来的种种，都令她有一种越来越靠近他的感觉。

仪式结束后，一家三口坐上了回燕京的飞机。

三个人都异常疲倦。一回燕京，即便是周明沣也没有时间感伤、留恋。这几天他不在，刘助理那边已经堆积了很多需要他亲自处理的工作，所以周明沣一回家就没了人影。

姜津津的情况也比他好不了多少，虽然没他家大业大，可事情也琐碎得很。光是便利店这边，需要她拿主意的事就不少。第一件就是七夕要到了。便利店要推出限量新品，同时也要做活动。碰上这样的节日，不管是什么店都恨不得蹭一波热度，姜津津自然也不会放过这个机会。她也想趁机试试水，之前徐从简妈妈给她尝的糯米糍实在是令她太难忘，她很喜欢吃这种又软又糯的食物，但又不喜欢太过甜腻，徐母将味道控制得刚刚好。但她不太确定大众的口味，所以当时她跟徐从简签的合同里，也包括徐母做的糯米糍。

徐母对此乐意之至，姜津津又找了好几家厂家，最后终于敲定了包装以及口味，也按照要求通过了所有程序。如果这个糯米糍备受好评的话，之后才可能每天都上架出售。

之前有很多人来便利店吃关东煮，她也因此加了一个粉丝不算很多的美食测评博主。博主听说便利店会推出新品，还说到时候会过来捧场，如果合她口味的话，会发一个微博推广一下。

姜津津想过了，如果这个新品推出顺利，营业额也日渐上涨的话，那接下来她要考虑去稍微好一点的地段开分店了。

便利店，便利店，自然是要便利。正好下学期她要经常去学校，如果能将分店开在学校附近的话，那是最好不过的了。她之前考察过，那附近除了周衍所在的学校，还有医院跟写字楼，那里的人都是客源。

第二件事则是，离高三开学也不过十天半个月的事了。姜津津得找到接手徐从简的员工，可能是便利店走上正轨了，她再发布招聘信息，居然还吸引了几个人来面试。

两三天下来，姜津津终于敲定了人选，是一个二十出头的年轻女孩，名叫邓沁，有相关工作经验，为人也热情开朗。邓沁正好也住在森林别墅，便想就近找个工作，邓沁的妈妈是个护工，来这边住家照顾一个老人，工作相对稳定，业主家为了留住邓沁的妈妈，给出了很好的待遇，除了丰厚的工资外，邓沁也可以留在这边跟她妈妈一起住。

邓沁很好学，徐从简教的，她都很认真地学，没两天就上手了。

七夕来临之前，徐母让徐从简邀请姜津津来家里吃饭，算是感谢。

这个暑假，因为徐从简的这一份工作结识了姜津津，徐家的经济状况好了一些。

徐从简跟姜津津说这件事时，面色有些窘迫，语气也不如平常那般清冽淡定："是我妈的意思，她很感谢你对我的关照，想问你什么时候有空，她做一桌菜请你吃顿饭。"

姜津津还是头一回见徐从简露出这般神情，顿觉好笑，本想跟他开开玩笑，但及时地想到，他不是严正飞也不是周衍，便道："那我肯定要去的，不过你介意我带家属吗？"

徐从简怔了一下。

姜津津手背在后面，以一种无奈的口吻说道："带周衍去看看学霸的家，让他也受受熏陶，他最近想好好学习了。"

"周衍？"徐从简心口一松，"好啊。"

他见过那位周先生几回。那位周先生给人一种压迫气势，他不太习惯，也不自在。刚开始姜津津说要带家属时，他第一反应就是她要带周先生过去。

她想了想，又抿唇笑道："说不定是你家风水好，你妈做的饭也不一样，他要是去了一趟，也许就跟武侠小说里写的那样打开任督二脉，成绩马上就上去了。"

徐从简忍俊不禁，眼里漾着笑意。

姜津津当然也知道，周明沣这个人气场不是一般的强，带他去徐从简家里，实在不太合适，肯定会让徐从简和徐母不自在的。当然，周明沣也没有时间，他这两天忙得连她都见不到他的踪影，每天他回来时，她已经睡了，等她醒来时，他已经去上班。

周衍倒是还处于很喜欢凑热闹的年纪。果然，姜津津一说要带他去徐从简家吃饭，他一口就答应了。最近他实在是乖巧得过分，让姜津津觉得很不习惯。

星期四这天，姜津津没去公司兼职，在去有关部门办了手续后，便开车来到味美公司附近。周衍跟特工接头一样，偷偷摸摸地上她的车，系好安全带后还舒了一口气。

姜津津带着周衍，按照导航把车开到徐从简家附近停下。

周衍这几天也很累，白天要去公司，他现在已经从搬运工变成了公司的外勤工了。经理看他形象气质佳又年轻，正好最近的货也不多，就让他出去送送资料，工作内容比以前是轻松了许多。工作虽然轻松了，可他最近想重新捡起功课来，每天下班回到家就钻进房间看书，感觉一天时间都不够用了。

他一上车便将副驾驶座调低，戴上之前姜津津送他的眼罩。

车一停又熄火，他就醒了过来，扯下眼罩，睡眼惺忪地问："到了？"

"还没，走，一起去买点东西。"

周衍只好下车迷迷糊糊地跟在姜津津身后进了超市。

"买什么？"

姜津津拿了一罐女性营养奶粉在研究，抬头瞥了周衍一眼："去别人家里吃饭怎么能空着手？"

周衍嘀咕："我又不知道。"

他又说道："家里不是有很多什么燕窝、冬虫夏草吗？"

"唉。"姜津津将那罐奶粉放在购物车里，双手抱胸，一脸怜爱地看着周衍，"小伙子，你要学的东西还有很多啊。"

周衍本来还不懂她的意思，直到排队结账，看到她买的都不是很贵的东西，这才隐约明白过来。也对，如果将家里那些营养品送到徐从简家里，徐从简跟他妈妈应该会不自在吧。

姜津津买了一罐营养奶粉、一箱酸奶以及一挂香蕉。

周衍很有眼色，他力气大，将所有的东西都提着，甚至还看向姜津津的挎包，说道："包要我给你拿吗？"

姜津津感叹了一声："真是光阴似箭。"

周衍："什么鬼？！"

"你还记不记得？"姜津津说，"就是那天我们在水果店碰上，你买果篮，我买榴梿。"

周衍想起那天的情景，不自在地咳了一声："哦，不记得了。"

“那时候你太酷了，看见我都不打招呼。”姜津津非常欣慰，“现在你居然主动提要给我拿包，我突然有一种……”

“什么？”

“你看过一个小孩给妈妈端水洗脚的公益广告吗？”

周衍无语道：“我不会给你洗脚的，死心吧。”

“我现在能体会到那个小孩妈妈的感受了。”姜津津夸张地说，“孩子长大了啊！懂事了啊！”

周衍：“……”

他将姜津津扔给他的包，又重新扔给了她。

姜津津看向他，一脸疑惑。

周衍一脸正色：“我突然想到，要拿包也该是我爸给你拿。我不能抢了他的工作。”

姜津津收回觉得周衍可爱这个想法。

两人一路互相嘲讽，终于来到了徐从简家楼下。

姜津津将车停好，这才看到了徐从简，他站在电线杆旁，穿着宽松的白色T恤，手里还提着一个透明塑料袋，里面装着几瓶气泡水，是姜津津爱喝的那个牌子。

周衍先下车，这段时间，他跟徐从简的关系发展得也是突飞猛进。

从完全不熟变成了可以打招呼，还能聊几句的关系，等开学后，两人成为朋友也不是没有可能。

徐家位于老城区，这一片房屋密集，街道又窄又乱，饶是周衍早就知道徐从简家境清贫，看到此情此景，也不由得陷入了沉默中。

周衍的生活在物质方面一直很卓越，他的朋友们家境也都很不错，比如云馨，比如严正飞，比如另外几个哥们儿。可以说，家庭条件最一般的那个朋友的父母都是高级白领。

现在看着徐从简生活在这样的环境中，他不知道该说些什么，同时他也担心自己的神情、举动会让徐从简不适，他干脆低着头，假装去看那一挂香蕉。

姜津津的反应倒是寻常，还饶有兴致地打量了一圈，问徐从简：“那家王胖子酸辣粉的味道怎么样？”

徐从简表面坦然，但内心也是晦涩的。他已经很懂事了，也早早地尝到了贫穷的滋味，原本以为自己已经习惯了旁人异样的眼光，可在等她来的时候，他看着又脏又窄的街道，还是有些懊恼。

现在听到姜津津这样问，他先是一愣，而后诚实回道："我……不太清楚。"

他又说道："应该还可以，他家生意很好，据说开了很多年了。"

姜津津摩拳擦掌："我要去买一碗试试。"

家里的厨师手艺自不用说，可她还是觉得少了点什么。这会儿看到酸辣粉摊子当然要试一试。

很多不起眼的摊子，往往都藏着令人难忘的美味。她以前租住的单身公寓后面有一条街，比这个还窄呢，但每天都有不少豪车停在路口，就是为了那家的牛肉粉煲。

"我去买。"徐从简说。

"一起？"

姜津津跟着徐从简来到王胖子摊子。

王胖子笑嘻嘻地问道："小徐，你来这住了三年，还是头一回来我这摊子吧。咦，这位是？"

姜津津也笑眯眯地说："老板，我是小徐的亲戚，是不是可以多给我加一点花生呀？"

王胖子也是爽快人："当然！今天请你吃了，上次小徐还指导了我家妞妞做作业呢！该请，该请！"

姜津津一眼就看出来，这酸辣粉正不正宗姑且不谈，但味道肯定是一绝。

徐家是两室一厅，看墙壁已经有些脱皮，但徐母将家里收拾得特别干净，地板也拖得发亮。徐母的手艺很好，做了一大桌子菜。原本周衍还有些放不开的，在尝到了徐母做的排骨后，也不拘束了，一口气吃了三碗大米饭。

周衍今天来还有一个目的，就是跟徐从简借笔记。

徐从简也不藏私，将过去两年的笔记本，能借的都借了。

夜幕降临，姜津津跟周衍准备离开，哪知道刚开门，徐家对面的租客回来，这租客一看到姜津津，瞪圆了眼睛，惊讶地喊了一声："姜津津？！还真是你啊！我差点没认出来！"

姜津津也没想到，居然会在这里碰到以前认识的人。她试图找过书中的姜津津过去的消息。可非常奇怪，那位几乎没有社交，通讯录里存的号码也都是和她不熟的同事，早就断了联系的远房亲戚，没有亲人没有朋友，甚至现在她身边的也是对她的过往不甚了解的人。她想了解书中姜津津的过去，一时无从入手。

这租客一顿寒暄，姜津津从她的话语里提出有效信息。

这个女孩子是书中的姜津津很久以前的同事，不过两人只共事过两个月，当时的公司是管住宿的，两人正好住一个房间。

“津津，你怎么换号码了呀？”女孩子说，“我之前一直想联系你，但给你打电话又说是空号，我就猜到你换号了，但我们又没加微信，前几天我还在托以前的同事帮忙联系你呢。”

姜津津暗暗压下好奇，淡笑道：“是有什么事吗？”

“之前我们不是都辞职吗？搬家的时候你问我有没有看到你的本子，我说没有，不过前段时间我重新收拾行李时，发现你那个本子恰好夹在我一个文件夹里了。当时看你挺着急的，就想着既然找到了就还给你，哪知道没联系上你。”

这个同事赶紧回了房间，拿了一个笔记本还给姜津津。

这笔记本的封面都泛黄了。

周衍凑过来好奇地看：“什么啊？”

姜津津的心跳得厉害，马上将笔记本放回包里：“我从小到大收到的情书合集。是你这种未成年能看的内容吗？”

周衍翻了个白眼，谁稀罕看。

姜津津回到家里后，反锁了卧室的门，然后才深吸一口气，怀着郑重的心情，打开了这个笔记本。

听得出来，这是对书中的姜津津很重要的笔记本。

是日记本吗？

一打开，她愣了一下，第一页居然是类似同学录的首页。

上面有那种用粉色的笔写下的自己的基本信息，有血型，有身高，有座右铭，以及喜欢的颜色、明星。

可以推断出来，这应该是书中的姜津津高中时期写的。

最让姜津津疑惑的是最下面的一行字——**最好的朋友：姜津津**。

这是什么意思？是说自己是自己最好的朋友吗？

她怀揣着疑惑，翻了翻后面。这并不是同学录，没有其他人的留言，反而后面都是书中那位随手画的东西，有小兔子，有大海，还有树木。

直到她翻到一页，那是一幅画像。画中的女孩子扎着马尾，穿着校服。姜津津越看越觉得这画像里的女孩子很眼熟，突然一个念头钻入她的脑海：这……好像是她念高中时的样子吧？

她顿时打了个激灵。

不，她跟书中的姜津津长得一模一样，那么书中那位画的应该是她自己。

她又翻了翻，有好几张姜津津的自画像。虽然看着总觉得哪里怪怪的，但她也知道，有的人是会给自己画画的。

这本画册的最后一幅画，让姜津津如遭雷击般怔住。这幅画，画了很美的烟花，还有浪漫的城堡，画里的女孩子穿着白色的毛衣裙，头上还戴着可爱的发箍，在烟花下笑得明灿。

这……是她吧？？？

她记得很清楚，在来到这里前的几个月，她跟闺密约着去了一个游乐园。

当时她穿的就是这一套，戴的也是这个发箍。

这一切是巧合吗？是巧合吧？！如果不是巧合，那画册上怎么会画她？她们不是两个不同世界的人吗？

她猛地合上这本画册，心跳得特别快，都快冲破胸膛。

周明沣回来时，姜津津已经整理好了自己的心情，至少，外人是看不出来她的不对劲。

周明沣从浴室出来，看了一眼时间，见姜津津还没睡，便问道："怎么还不睡，有心事？"

姜津津早就想好了说辞："嗯，在想便利店的七夕活动，然后下午又喝了咖啡，可能那家的咖啡太纯了，我这会儿还睡不着。"

周明沣很困了，他明天一大清早还要乘坐飞机去邻市开会。

"既然睡不着的话，一起看个电影吧。"他坐在床边提议道。

姜津津诧异地看了他一眼："都快十二点了，现在去看午夜场的电影？"

周明沣顿了顿："不是。家里有私人影院。"

姜津津"哦"了一声："好呀。"

反正她也睡不着。有些事情不是她想破脑袋就能想出结果的。

为了分散注意力，这场电影她也想看。

周家有小型的健身房，也有私人影院，不过使用的次数很少。

两人来到这房间，周明沣其实也不太会操作这些设备仪器，姜津津便凑了过去，两个人头挨着头一块儿研究商量，费了九牛二虎之力，终于知道该怎么操作了。

姜津津选了一部快节奏的喜剧爱情片。

姜津津拉着周明洋坐在沙发上。可能是为了寻求一点安全感，姜津津挨着周明洋，周明洋本来就想跟她多加亲近，趁着她看电影的时间，不着痕迹地探出手搭在她的肩膀上，揽她入怀。

周明洋的气息给了姜津津极大的安全感，同时也给了她一种真实感。

爱情片的背景音乐旋律轻快，慢慢地，姜津津靠着周明洋陷入了浅睡中。

耳畔传来她均匀的呼吸声，周明洋勾住遥控器，将音量调小了一点。

光线昏暗的房间里，周明洋的思绪早就不在那部无厘头的爱情片上了，而是怀里的她。他的耳旁是她温热的呼吸。

屏幕上，男主角正低头偷偷亲吻熟睡中的女主角，轻快甜蜜的旋律也在这房间萦绕。

周明洋也很想学男主角。可他侧过头看她，这个此时稍显不合适的想法又被他压了下去。

她很相信他。一个女人居然这么无条件地相信一个男人。周明洋偶尔会觉得姜津津太过天真。她大概也不太清楚，她对他而言的吸引力。

他一开始是冷静自持、端方守礼，更多的是他还未对她上心。因为没上心，所以能够绅士，能够君子。后来上心了，便是因为不愿意辜负她的天真。

周明洋拉起她的手放在掌心。她的手很漂亮。

不知道过了多久，可能二十分钟，也有可能是半个小时，她终于进入熟睡，大概是觉得这个姿势不舒服了，她躺了下来，趴在靠枕上，周明洋想抱她回房，刚稍稍使力想让她转过来，结果睡梦中的姜津津脾气太大，轻哼了一声，皱了皱眉翻身。

周明洋想到她好不容易睡着，实在不想打扰，定定地盯着她看了好久，这才起身走出房间。

他回了三楼卧室，将被子和枕头都抱着。

既然她今天想换个地方睡，那就随了她吧。

他走到二楼廊道处，周衍的房门开了。父子俩你看着我，我看着你。

周衍真不是故意这么晚还不睡觉。他今天拿了徐从简的笔记，一时兴起开始做题，哪知道笔没墨了，想起今天买的笔被他放在了一楼茶几上，准备下楼去拿，谁知路上就碰到了他爸。

周衍想起了这段时间，他因为这样或者那样的事晚上走出房间，都碰到了很尴尬的情况，顿时心里暗暗决定，以后八点以后，他绝对不走出房间，就当房间被人封印了，打死他都不出来了！

显然，周明沣也不想解释太多，只叮嘱儿子了一句早点休息，便抱着被子下楼了。

周衍也懒得找什么笔了，回房关上门，躺在床上，忍不住想：两人是吵架了吗？看他爸的架势，难道是被一脚踢出了房间？

周明沣抱着枕头被子，和姜津津在家庭影院睡了一觉。

在沙发上睡觉自然是不如睡在床上舒服，周明沣睡得也不算安稳，但每次中途醒来，他都会凝视姜津津的睡颜一会儿。

都说二十一天就会养成一个习惯，果然是这样，至少他现在养成的几个习惯里都有她。

周明沣醒来的时候，姜津津还睡得正香。他还要坐飞机去出差，也不能耽误太长时间，只跟杨管家叮嘱了让家里阿姨打扫卫生时不要吵到她便匆忙离开。

等到姜津津从睡梦中彻底清醒过来时，她抬头望了一眼周围的环境，这才想起来，昨天她失眠，周明沣便陪着她看了电影……她已经不太记得电影的剧情了，也不记得自己是什么时候睡着了。家庭影院的光线昏暗，一时之间，她都不知道是什么时候，正想摸手机时，却在枕头旁边摸到了一块手表，这是周明沣的手表。

她对他的手表还是有些印象的。所以，昨天晚上他陪她睡在这里了？心里涌上一股说不上来的异样滋味，她吸取了之前的教训，小心翼翼地将他的手表揣在口袋里，这才有点迷糊地从家庭影院出来。

姜津津很少有这样深沉的时刻，还好这屋子里智商最高的“老狐狸”已经去上班了，不然她也不敢保证周明沣在见到她这副样子时不会起疑心。

周衍也去上班了，当然就算周衍在，姜津津也不担心，毕竟这小子太嫩了。

两个姓周的都不在，姜津津也能放肆地发呆了。

手里捧着之前那位留下的这本画册，姜津津想，她的确应该搞清楚所有事。

可惜她只知道书中姜津津的一些基本信息，而过去发生过什么事，她暂时还没有途径知道，也不可能大张旗鼓地去查。思来想去，姜津津还是将那本画册锁在了衣帽间的保险柜里，保险柜里也有很多她之前放置的东西，她的衣帽间，除了打扫整理的阿姨，其他人一般都不会进，阿姨也不会去碰。

姜津津收到了 Edwin 的消息，通知她今天要去跟味美合作的一家公司开会。

她的主要工作是翻译，然后整理相关的会议记录，这并不是很难。只不过令姜津津惊讶的是，这几天似乎认识小说里的姜津津的人都在陆陆续续地出现。就比如，跟味美合作的这家公司的部门主管竟然是那位的高中同学。正所谓“瞌睡来了就有人送枕头”，姜津津早上还在为没有了解途径而困扰，下午就碰到了那位的旧相识。

“还真是你，我以为我认错了。”这位高中同学是个身高一米七五左右的年轻男人，穿着衬衫西裤，戴着黑框眼镜，脸上满是笑意，“这个世界太小了，前段时间我还跟会灵提到你，今天这就碰到了，让我算算，我们有十年没见了。”

姜津津实在是跟太多人打过交道了。可以这么说，她有很多识人的经验，一个人对她是善意恶意，她可以区分出来。同样的，一个男人看向她时，心里在想什么，她大概也能猜到一些。

眼前这个叫尹冠林的男人，语气热切，面上都是笑容，可他的眼神，让姜津津感到些许不适。那一双眼睛的打量，绝非是老同学对老同学的。

姜津津不经意地瞥过他左手无名指的戒指，心里断定，这个男人的人品不行。

“对了，津津，你现在在这家公司？”尹冠林问。

姜津津“嗯”了一声，态度不算热络。这人都已经十年没跟书中的姜津津见面了，那必然关系也不是多么深厚。

尹冠林负责味美公司的单子也有一段时间了，再一看味美这边的主管吩咐姜津津发资料这个举动，顿时也了然了，姜津津现在混得一般，只是味美公司一个文职。

这也正常。他想起高中时期的姜津津，虽然长得很漂亮，但成绩一般，人也不算聪明。如果是聪明的人，自然会利用这外貌优势让自己活得很好。姜津津那个时候话就不多，也只会任由别人欺负，所以就算长得再好看，她也不会利用自己的优势。现在的她只是一个小小文员，简直太正常了。

尹冠林油然而生一种隐晦的优越感。他今年二十七，正处于事业上升期，已经升职为了部门主管，月收入也还可观，前年在父母的支援下，在老家的省会城市首付了一套房子，又买了一辆代步车，说是春风得意也不为过。现在的他，要事业有事业，有房有车，再面对昔日喜欢过的女神，一时之间脸上的笑意更深。

“津津，”Edwin 突然过来，来到了姜津津身旁，挡住了尹冠林的眼神，“我来发吧，你才来，都不是很了解，你坐我旁边位置。”

Edwin 指了指角落的一张椅子。

姜津津知道 Edwin 是在帮她。她冲他一笑："嗯，好。"

尹冠林心里涌起淡淡的不悦："Edwin，津津是我的老同学，我们十年没见了，你也是够敬业，这还没到开会的点呢。"

Edwin 看向尹冠林："尹主管，我们公司总部很重视这个单子，你今天来，我们真是分秒必争，想多多了解细节。津津才刚来没多久，她对这个单子也不了解，我让她多看看资料。当然，如果尹主管不赶进度的话，我就跟经理打个电话，下次再约时间？"

尹冠林收敛了脸上的笑意："不用，工作为重。"

"还有二十分钟。"尹冠林拿出手机，对姜津津说道，"津津，加个微信。下次同学聚会我叫上你，一毕业这么多年，既然都在燕京，那肯定是要时不时出来聚一聚，你说呢？"

姜津津笑着拿出了手机，两人加上了微信。

尹冠林收起手机，看向 Edwin 时，眼里多了一些挑衅。

其实尹冠林再次见到姜津津，除了想起当年高中时的情愫以外，更多的是想炫耀。他想向姜津津炫耀他如今的得意，同样的，姜津津的出现也给了他一些灵感，他国庆节就要结婚了，妻子是姜津津当年高中时的同桌，两人的关系也算得上是长跑，但私底下，他也一直觉得，妻子是他的退而求其次选择。

高中时，他对才转学来的姜津津印象不错，总想借助讨论学习的机会给姜津津留下好印象，可她的回应从来都是淡淡的。那个时候他太年轻了，自尊心过不去，在得知姜津津的同桌兼好友孙会灵对他有好感后，他便动了一些心思，使孙会灵对姜津津产生误会，孙会灵的人缘好，在她的带动之下，当时全班都在孤立姜津津。

看着姜津津孤立无援的样子，他有一种报复成功的快感。

会议结束后，在尹冠林的相送下，姜津津跟着公司同事和领导离开了这栋写字楼。

Edwin 跟姜津津的上班时间都很自由，于是就没跟随大部队回公司，两人找了家店排队买奶茶。Edwin 转过头来，对姜津津说道："尹主管在他公司风评不算好，上半年还骚扰过一个女同事，那个女同事一直跟我对接，本来那个女同事想跟上级举报他的，但没举报成功，还被挤对离开了公司。"

姜津津看向 Edwin。

“津津，我听说，他已经有未婚妻了，前段时间他还在办公室里发过喜糖。”Edwin 说，“这种人……你离他远一点。”

其实如果不是为了跟书中那位过去的高中同学联系上，姜津津今天不会加尹冠林的微信。

她没指望从尹冠林这里了解什么，书中那位肯定不止尹冠林这一个高中同学，可是无奈的是，书中那位的朋友圈以及社交工具里，没有一个同学的联系方式。

她看得出来，这个尹冠林很想跟她炫耀，那么之后肯定会有他口中的同学聚会，她只是要借助尹冠林，去一趟这个同学聚会罢了，去了以后就立马拉黑、删除。这种垃圾就不该出现在她的通讯录里。

“谢谢你。”姜津津真心实意地说，“不过我有些事情想了解，等那之后我会把他删掉，也不会单独跟他见面。”

Edwin 听了以后就放心了：“我很不喜欢这个尹主管。我觉得，有职场骚扰这种行为的，无论是男是女，人品都很糟糕。”

姜津津正好观点跟他相同：“是的，那个女同事现在怎么样了？”

Edwin 压低声音道：“她正在搜集证据，准备告这家公司。我跟经理说过，不过这单生意是去年签的合同，等合约到期后就不会再续了。”

“经理这么棒的吗？！”

“也不算。”Edwin 说，“好像是跟周总有关，听说周氏集团很在意这一块，还有专门处理这类的律师，职员们如果碰到了这类事情，还可以给周总的助理，就是那天来公司的刘助理发邮件投诉。既然周氏集团都这样重视，那经理自然也不会去触碰雷点，所以跟刘助理商量之后，已经决定等合约到期就换别的合作商。”

姜津津一怔：“是因为周总？”

“嗯，可以这么说吧。”Edwin 笑道，“所以周氏集团的工作环境很好，连带着我们这些子公司待遇也很好，很多人都想应聘过来。你看，我们的离职率很低的。”

姜津津思绪飞到别处。其实很少有企业会注意这一块的，多的是员工投诉无门的。周明沣居然也关注到这一块了吗？！想到他专注的神情，她垂眸想了想，他说要出差几天，那是几天呢？

Edwin 接过了店员手中的水果茶：“津津，津津……”

喊了几声，姜津津才有了反应：“啊？”

“你在想什么？这么认真。”Edwin 轻笑道。

姜津津一向坦诚："我在想我的家属能不能在七夕之前赶回来。"

Edwin 一脸讶异。

七夕这一天。

周明沣跟刘助理终于踏上了回京之路。

在飞机上，周明沣突然想到值机时后面排队的小姑娘在说七夕的事，看向一旁的刘助理，不经意地说道："小刘，你跟你太太在一起很多年了吧？"

刘助理没想到周总会跟自己闲聊，赶忙打起精神来，回忆了一下："嗯，今年是第八年。"

"今天好像是什么节日？"周明沣说，"这样的日子还要你一起加班出差，你太太会不会有意见？"

"是的，今天是七夕。她很理解我工作的。"刘助理说，"而且我太太在银行上班，她最近也很忙。"

周明沣顿了顿："那你一般会送你太太什么礼物？"

刘助理语气卑微地说："我工资卡都在她手上。"

刘助理心里有几分无奈，他们老夫老妻，他的全部身家都在老婆身上，他哪有什么闲钱买礼物。

"去年我自己攒了私房钱，在出差的时候给她带了一个包。"刘助理说，"她将我骂了个狗血淋头，责怪我未经她允许，擅自购买单价超过五千的礼物。"

周明沣淡淡地笑道："那证明你们感情已经很深厚了。"

刘助理毕竟跟在周明沣身边好几年了，还是能懂他的意思，又试探着问道："周总，您跟太太过七夕吗？"

周明沣："嗯。"

不然他何必今天非要赶回来。

刘助理心领神会道："那您给太太准备了什么礼物？"

"还没。"周明沣看向刘助理，"你有什么好建议？"

刘助理心想：那我可有太多建议了！

"游艇？"

周明沣摇头道："我想她也会骂我。"

毕竟也相处这么久了，他还算了解她，她不像是会喜欢游艇的样子。真要送这类礼物，也许在她心里还不如把买游艇的钱直接折现给她。

可这样的节日，给卡或者转账也不太合适。

刘助理一下没忍住，露出了“同是天涯沦落人”的笑容，原来周总也会有这样的烦恼。

他想了想后又说道：“周总，如果您相信我的话，不如我来替您安排？”

时间太紧了。今天就是七夕，再准备礼物的话，珠宝首饰什么的都只能现买，会显得太敷衍。但是，他倒是有不错的点子。

周明沣一时也陷入了罕见的犹豫中。因为他想起了刘助理之前安排的花篮，可转念一想，或许刘助理的准备会带来意想不到的效果。

“可以。”周明沣说，“麻烦你了。”

七夕这天，姜津津直接来了便利店。便利店生意也算火爆，推出的限定新品也很受欢迎。不过因为邓沁的加入，她跟徐从简反而也不是那么忙。

下午时分，姜津津突然想起了一件事，刚才周明沣给她发了消息，说下午会回燕京。虽然他不一定知道今天是七夕，也不一定会跟她过七夕，但她也不能一点儿准备都没有。要是他想过这个节日呢，要是他准备了礼物呢，她什么都没有，岂不是很尴尬？所以还是要准备的，就算最后无事发生，也没有过七夕，那也没关系。

姜津津在便利店晃了一圈，最后确定了自制钥匙扣这个想法。周明沣什么都不缺，她又能给他买什么呢！

一下午的时间，姜津津都在忙着做这个钥匙扣。钥匙扣的吊坠是粘毛小玩偶，她选的是很小的小黄鸡，成品很萌。因为太萌了，反而跟周明沣的气质格格不入。姜津津想了一下他用这个钥匙扣的模样，不禁偷笑。

她想到在什么场合，他在众人的注视下，不经意间拿出车钥匙，结果大家看到车标钥匙上挂着这个萌萌的小黄鸡，就忍不住想笑。

徐从简走了过来，递上了一杯他冲泡的美式咖啡。还是老规矩，他在杯壁上画了一个笑脸。

姜津津觉得这个笑脸也很憨厚，仰起头来，对徐从简一笑：“谢谢！对了，今天七夕，你跟邓沁都早点下班吧，有伴侣的就出去过节，没有伴侣的就回家休息。我给你们都发了红包，记得收一下。”

邓沁从储物间出来，手里拿着手机，一脸激动：“津津姐，你怎么发这么大的红包啊！五百二十块呢！”

姜津津：“淡定！这个红包给你，去买点好吃的。”

徐从简拿出手机，也看了一眼。

姜津津给邓沁发的是五百二十，给徐从简发的是六百六十六。

徐从简看向姜津津。姜津津眨了眨眼，在微信上给他发了一条消息：“嘘，你是元老级员工，待遇会好一点点。”

徐从简是她的第一个员工。邓沁也才来这边没几天。他认真负责，又在这里工作了这么久。优秀又能干的员工，当然值得格外偏爱。

徐从简唇角扬起，回到收银台后，才回了她的消息：“谢谢。”

周明洋回来，的确是陪姜津津过节的。

一下飞机，他便打了电话，约好跟姜津津在餐厅外面碰面。

还好姜津津有所准备。今天的她特意打扮了，换上了前不久在一个小众设计师那里定制的珍珠连衣裙，设计师很有灵气，都是按照姜津津的身形优点来设计的，细带是珍珠珠链，个个圆润饱满，衬得肩背处白皙纤细。既有初恋的清新甜美，但同时又不失优雅。

周明洋在见到她时，难得地夸了一句：“很好看。”

姜津津眉梢都漾着笑意，走上去，两人配合得很默契，他一抬手，她便挽上了他的臂弯：“这可是我斥巨资定制的。”

她停顿了一下，又补充道：“斥的是我的巨资，几个月工资呢。”

周明洋：“嗯，要报销吗？”

“不用。”姜津津语气豪迈，“最近赚了不少，正好付得起。”

餐厅很热闹。出来过节的情侣太多，姜津津也没指望周明洋还能安排吃饭以外的活动，心里计划干脆直接进入老夫老妻模式，吃完饭回家算了。他要是有工作，那各忙各的，他要是没工作，那就在家庭影院找一部恐怖片看得了。可能是周明洋一直以来都太忙，姜津津也没期待过他会准备惊喜。

直到周明洋一边接电话一边开车来到周氏集团附近。姜津津还坐在副驾驶座低头玩手机。

周明洋接的是刘助理的电话。电话里，刘助理语气激动。为了不让姜津津听到，周明洋还特意换到另一边耳朵继续接听。

刘助理说：“周总您带太太来公司附近了吗？就停在天桥那边就可以。”

周明洋语气平淡，但握着方向盘的右手无意识地握得更紧了：“嗯，已经在这边了。”

其实为了给她一个惊喜，准备这些幼稚的戏码，真的很不像他。他在来的路上也不是没有犹豫过。记得大学时候，回宿舍时，偶尔看到有男同学在女生宿舍下或鬼哭狼嚎或装疯卖傻，他都当对方如瘟疫般，躲得远远的。当时自诩成熟，可二十岁的周明沣大概也没想到，今时今日，在他三十九岁这一年，竟然也做了他曾经最不屑的事。

虽然一切都是刘助理安排的，但其实他也不知道刘助理会安排什么。

周明沣看向腕表。

电话里刘助理说：“周总，您跟太太可以看向公司这边了。”

“津津。”他突然出声。

姜津津正在刷微博，闻言抬起头看向他：“什么？”

姜津津看了一眼周围，这才发现他不知道什么时候将车开到了周氏集团附近。

八点整。

周氏集团的整栋大楼开始播放烟花秀，逼真程度，令人仰头看过去，以为是在看真的烟花，堪称一场视觉享受。

来来往往的人都不由自主地停下了脚步，有一些人甚至举起手机在拍视频。

最后出来了一个字母Z，紧接着是一个稍显夸张的爱心，最后出来的是字母J。

姜津津心想，是她想的那个意思吗？？？

周明沣陷入了沉思中，饶是他也没想到刘助理安排的会是这样的惊喜，这已经超过了他能想象到的范围。下次这种事还要刘助理安排吗？他不确定了。

其实他在来之前完全可以问刘助理都安排了些什么，但他没问。他也是有私心的，他担心自己知道以后会窘迫得取消刘助理安排的惊喜，所以就干脆什么都不问，不问就不知道，不知道也就不会考虑诸多而选择取消惊喜。

不管周明沣心里是怎么想的，至少表面上，他不动声色，非常沉稳。

姜津津仰着头看向周氏集团大楼上的字体，看着看着，她就笑了，笑周明沣土，可内心深处却是悸动的。谁没有做过这种在无数人注目下被人表白的梦？！

她看着周氏集团大楼，灯光从车窗折射进来，笼罩着她，她的眼睛里也倒映着光，藏着许多少女时期的小星星。

她看外面，他在看她。

他在想，或许偶尔还是可以相信刘助理的品位的。

毕竟刘助理有老婆，经验丰富。

刘助理带着他太太在榕溪餐厅过节。包厢里，一过八点他也松了一口气，拿着纸巾擦了擦汗：“好了，希望周总以后提前一个月跟我说，这次太紧急了，也没什么好的点子，多亏了你。”

刘太太板着脸，很严肃地说：“我吃醋了。”

她老公都没给她准备过这样的惊喜！！！

刘助理：“……”

正在他绞尽脑汁要为自己狡辩时，有人敲了门，随后一前一后进来两个人。

一个人手里捧着一大束玫瑰花说道：“刘先生，这是周先生吩咐的，我们不知道您太太的喜好，准备了玫瑰花。”

刘太太一愣，那个人将那束花送到了刘助理手上，刘助理又一脸蒙地将这束花送给了刘太太。

另一个人送上了蛋糕，并说道：“刘先生，如果您跟您太太需要小提琴独奏的话，我们这边也可以安排。另外，周总说了，今天您跟太太所有的消费都记在他账上。”

刘助理喃喃道：“周总什么时候安排的？”

那人回道：“今天上午。”

刘助理一算，周总跟他说的时候是下午，那么周总早就想着这件事了？！

如果不是场合不对，刘助理都想掩面而泣了：他怎么这么幸运碰到了周总！

刘太太刚才本就是开玩笑，这会儿看着这一通安排，饶是她，都忍不住说道：“那什么，我不吃醋了。”

周氏集团的这一出，自然也引起了多方关注。

这一次太高调了，又是这样的节日。

明眼人一看 Z 就知道是周明沣的周，那么 J 呢，自然不言而喻。

一时之间知情者都惊掉了下巴，周明沣还真是很爱很爱他太太啊！

常年奔走在八卦一线的严正飞早就收到了信息，并且还迅速去了周氏集团楼下拍了照，仍然一脸不可思议，将照片发给周衍。

“没想到周叔叔是这样的周叔叔！”

简直大开眼界了。

这要不是他亲眼看到，他都不会相信周叔叔居然会做出这样的举动来。

果然还是应了那句——“老房子着火，烧起来没救了”！

周明沣都准备了这样满足她虚荣心的礼物，那她自然也不能什么都不表示。

在周明沣略显尴尬的眼神中，姜津津从包里掏了半天，终于掏出了那个钥匙扣，她摊开掌心，掌心里是那只小黄鸡。

“这是？”

姜津津：“礼物啊，七夕礼物，我亲手做的。”

“世界上独一无二的。”为了表达这个特殊性，姜津津又补充了一句，“我可没为第二个人做过。”

周明沣顿了顿，意有所指地说：“我也没为别人做过。”

其实他的礼物已经送出去了，只是她还不知道那是礼物。羞耻心这种东西，周明沣也是很多年没有过了，所以他也没有告诉她，那个现在她放头绳的木匣子是他做的。

她似乎以为这个木匣子，包括头绳，都是阿姨帮她整理的。

就像姜津津想的那样，周明沣的确没那个时间陪她看电影或者看星星，两人在周氏集团大楼外面待了快二十分钟，大概周明沣已经尴尬得能用脚趾为她抠出城堡，于是他主动提出：“我们回家吧。”

姜津津很喜欢这份礼物。跟上次的花篮有异曲同工之妙，不过这次的比花篮更得她心。她也猜得到，以周明沣的性格，这肯定不是他的手笔。

“是刘助理安排的吧？”回程的路上，姜津津还在想着那高调的表白，喜滋滋地问。

周明沣不动声色地：“嗯。”

“真想跟刘助理交朋友了。”姜津津都觉得，刘助理过分了解女人了。从花篮到这一出，哪一次不是正好戳她心坎！

这一次可比花篮高级多了。

周明沣一脸平淡地注意着路况，说道：“可能是他太太出的主意。”

“哦？！”姜津津说，“难怪呢，有军师啊。”

“他跟他太太在一起很多年了，听说今年是第八年。”

姜津津感慨道：“那很不容易。”

老一辈的人几乎都是相互搀扶着度过一辈子。对现代人来说，一辈子仿佛也是一个童话。

姜津津就没谈过太久的恋爱。最长的一段也不过才两年，并且两年里，大半时间都是异国恋，对方在留学，而她在国内，真正相处的时间都不超过三个月。

八年啊！太不容易了。

“时间会过得很快。”周明沣说。

要说姜津津对周明沣没有感觉，那绝对不是，如果没有感觉，之前的安慰拥抱，成什么了？！只是，跟周明沣谈恋爱的成本也很高。这几乎就是婚内恋爱。

姜津津决定试探周明沣一下。至少这一刻，她是想把自己的内心敞开给他看的。

谈恋爱就是这样，得两个人都同意。

“是啊。”姜津津假装不经意地问道，“你跟周衍妈妈现在也会经常联系吗？”

周明沣似乎有些讶异她会问这个问题，不过依然诚实地回道：“频率不高。她有了丈夫，就算打电话，也都是为了阿衍。”

“其实问这个问题好像不太合适……”她铺垫着。

周明沣淡淡地打断她：“没有什么不能问的。”

“那我就问了啊，就是你们为什么离婚啊？”姜津津掰着手指头，“你们是大学同学，算算周衍的年纪，几乎是一毕业就结婚了吧？”

“嗯。”周明沣目光平静地看着前方，“结婚是为了更好的生活。同样，离婚也是。”

“哦？”姜津津看向他，“那，是不爱了吗？”

周明沣脸上是若有似无的笑意：“也许。”

这回答了个寂寞。他好像什么都说了，又好像什么都没说。

姜津津无奈道：“你不爱她了吗？”

爱，这个字在周明沣的前半生里实在陌生。

“你觉得爱是什么？”他问。

姜津津来了精神，这是要跟她讨论哲学吗？那她可太懂爱是什么了：“爱应该是，每天都想跟对方在一起，通俗一点地说，想一起吃很多顿饭，想一起睡很多次觉。”

“按照你的定义，那是不爱了。”周明沣回。

“好冷血哦。”

周明沣失笑：“她对我也是一样，与其说是冷血，不如说是理智。”

“所以，你们是因为不爱对方了就选择分开吗？”

在周明沣看来，姜津津是天真的，虽然很多时候她都有自己的小智慧，可对于人生，她在他面前非常青涩。

如果婚姻，能够用爱或者不爱来评判，那就太简单了。就像现在，她虽然是他的妻子，他是她的丈夫，但实际上，他们不曾踏入婚姻。有的婚姻，会是支柱，会给人源源不断的温暖；有的婚姻，则是一潭死水，消耗着彼此，直到精神逐渐干涸。

周明沣不知道该怎么跟姜津津说他跟钟菲的事，只能点了下头：“也可以这么说。”

姜津津又问：“是你提的，还是她提的？”

“她。”周明沣向来都不会在任何人面前论及钟菲的不是。他跟钟菲已经不是伴侣，也不是朋友，但如果她有需要他帮忙的地方，他一定不会拒绝，同样，他相信钟菲也是这样想的。

“你就答应了？都没有挽留吗？”

周明沣笑说：“她现在过得更好。”

姜津津懂了：“所以，你是那种如果对方要离开、要分手，你也不会阻拦挽留，会好聚好散？”

周明沣眸色深沉，不过一会儿，又恢复了从容镇定：“嗯。”

姜津津松了一口气。她倒不是说，一谈恋爱就想到分手。只是未来的事谁都说不好，就比如她后天想吃火锅，但到了后天，就不一定真的想吃火锅。每一段恋爱开始之前，她都会确认一下对方的人品，要是对方分手就要死要活或者是坚定的一次就是一生，那她绝对不会招惹。喜欢一个人，当然会想到跟对方长长久久，可同时，也要接受自己只是对方人生路程中的一小段风景这个可能。

周明沣的人品她还是信得过的。

看看他对钟菲就知道了。姜津津侧过头看向他，心想：要不，就试试？

她收回眼神的那一瞬间，周明沣神色坦然地握着方向盘，只是唇角露出一丝笑意。

因为周明沣今天的礼物完全击中她久违的少女心了，回到家后，姜津津决定，得再送一份分量重的礼物。在周明沣去洗澡时，她飞快地找到纸笔，将一张纸对折又对折，撕成好几张后，郑重其事地拿起笔在纸上写着。

周明洋洗完澡出来，姜津津就迫不及待地跟献宝一样，将自己刚才准备的“隆重大礼包”递给他：“今天的第二份礼物。”

周明洋狐疑地看了她一眼，接过那几张纸，一看里面的内容，兀自笑出了声。

“津津按摩卡一张，可享受按摩服务十五分钟！”

“津津原谅卡一张。注：出轨、家暴、冷暴力、诈骗等犯罪行为不在原谅范围内。”

“津津陪伴卡一张，三个月内无条件召唤一次。”

他眼里是深深的笑意，显然很愉悦，拿起其中一张：“今天可以用吗？按摩卡。”

姜津津笑着答道：“当然！”

“那来吧。”周明洋说，“正好感觉颈椎有些不舒服。”

“好，那你躺着还是坐着？”

周明洋看向大床，垂眸后轻咳了一声：“坐着。”

“那来吧。”

姜津津拉着他在房间的沙发上坐下，她来到他身后，像海豹鼓掌一样活动了一下手腕后，便将手搭在了他的肩膀上，使出了九牛二虎之力给他按摩。

周明洋对她的服务非常满意，甚至还在说：“下一次节日是什么时候？”

姜津津的手腕都按得酸胀了：“问这个做什么！”

“我在想，以后就不劳烦你为送什么礼物发愁了。”周明洋面露惬意，“以后有什么节日，你就送按摩卡吧。”

姜津津：“？”

她反应过来说：“男人过什么节日？！”

周明洋慵懒地睁开眼睛，说：“如果我没记错，马上就是中秋节了？”

姜津津找准了机会，阴阳怪气地说：“不是哦，马上就是中元节，中元节哦！你要过吗？”

周明洋笑着说：“你过我就过。”

紧接着，他又补充了一句：“你要过的话，我也准备礼物。”

姜津津心想：这日子不能过了。

他不是温和儒雅吗？这周姓父子究竟怎么回事，一个身上再也没有视金钱如粪土的想法，一个现在能说会道，说出来的话能噎死人！那个成熟稳重的周明洋去哪儿了呢？

几天后，姜津津收到了尹冠林发来的消息。

尹冠林："津津，现在我们班有不少同学都在燕京，今天晚上你有空吗？一起吃个饭，以前的老同学也都来。"

姜津津："好啊。在哪儿？"

尹冠林："那就太好了，你知道华宁大酒店吗？我在这订了包厢，今天晚上七点钟。对了，你是六点钟下班吧？这样，你下班后直接打车过来，我给你报销路费，都是老同学，你千万别跟我客气，我们公司你也是知道的，不是什么大企业，但待遇还不错，我又是个主管，公司为了留住我，开了不少条件，这吃饭、打车我也能随便报销。"

姜津津看着这消息，扑哧一笑。

邓沁正在拖地，闻声凑了过来："津津姐，你在看什么段子吗？"

姜津津一手托腮："'普信男'罢了。"

邓沁常年喜欢看八卦，一听这话，立马秒懂。

姜津津处理完便利店的事，便回了周家别墅，正好碰到了杨管家，便问道："杨叔，你知道华宁大酒店吗？"

杨管家回忆了一下："知道，华宁大酒店的老板是先生的大学同学。之前还拉先生入股。怎么了？"

"我有同学聚会，正好约在那里。"姜津津回。

杨管家问道："太太，那需要我这边出面去安排一下吗？"

姜津津摆摆手说："不用。"

她就是为了这个同学聚会才加了尹冠林。有那么一句话说得好，"穷在闹市无人问，富在深山有远亲"。她这次过去就是打尹冠林脸的，所以也不准备掩饰什么。人性是很复杂的，到时候，她想知道的事情，那些同学自然都会让她知道。

不过，这一切都基于她是周太太这个身份。

那些画是怎么回事？那本画册是从书中那位的高中开始的，所以，她觉得高中阶段的信息应该很重要。或许从这方面着手，会有意想不到的收获。

第三章

不认床，只认人

姜津津要出门，自然会准备充分。既然要炫富，那就炫个彻底。

周家一直是有保镖的，她让杨管家给她安排了两个型男保镖。这年头总有穷途末路的亡命之徒想要绑架勒索，所以富豪们对自身及家人的安全更是无比上心。周明沣在这一块也大方得很，请了不少保镖，有的是明面上能看到的，有的是在背地里保护他们的。除了保镖以外，姜津津又来到车库挑选车辆，选来选去，选了一辆加长宾利，车牌号也是嚣张得很。

姜津津看着戴着墨镜、穿着西装的型男保镖们，再看看那辆高调奢华的轿车，突然有些不确定了，便问一旁的杨管家："我这样去同学聚会，会不会太夸张了？"

杨管家赶忙摇头："怎么会？！太太，你还不了解，就比如说 10 幢的赵太太，每天出门除了保镖以外，还会带两名助理，还有 19 幢的孙夫人，每次出门都会同时出动三辆车。"

"三辆？"

"嗯，因为孙夫人有一猫一狗，猫坐一辆车，狗坐一辆车。"

姜津津惊呆了："那这么说，我这还算'朴素'的呢？"

"是的！"杨管家语气里隐约有着赞叹，"太太您非常简朴，每次您都是自己开车出门，也从未举办过聚会。因为有您作为榜样，现在我们上下都开始节约起来。您没发现，现在早餐的种类减少了一部分吗？"

就她这样也算朴素吗？每天的早餐还是很丰盛啊！

姜津津：“……”

她都快不知道“朴素”这个词是怎么写的了。

为此，姜津津实在是有些怀疑人生了。她以为自己最近的生活，已经接近于奢靡了。比如，各大品牌店的经理都会给她提供上门一对一服务，她足不出户就能享受到逛高奢店的待遇；比如，每天早上杨管家都会给她准备丰盛的营养品，现在的她看到血燕，还会偶尔怀念起朴实无华的银耳羹；比如，现在几辆车换着开，衣帽间的包每天换着背……偶尔夜深人静的时候，她也在暗自烦恼：生活在这样一个“腐蚀”人心的环境中，她还能回到过去的生活吗？！

结果现在杨管家告诉她，比起别的豪门阔太，她简直太过朴素。这样说，可是会惯坏她的啊！

今天她带出去的两个保镖，是周明沣聘请的保镖里身材最好、长得最好看的，二人都在一米八以上，穿着黑色正装戴上墨镜，简直可以直接去拍电影。其中一个保镖为她开了后座门，她回头看了一眼周家别墅，摇了摇头，坐了进去。

说来也实在巧得很。车汇入别墅主路时，她碰到了同样出门的孙夫人。果然孙夫人一出门就是三辆车。

姜津津还打开车窗探头看了一眼。

孙夫人出门果然排场足，三辆都是同款的保时捷，连车牌号都是相连的，只不过想到一辆载着狗、一辆载着猫，姜津津就不由得在想：这才是豪门阔太吧！

她虽然没参加过几次太太聚会，但对这别墅区的太太们，都有简单的了解。她很愿意在这些事情上下功夫，毕竟她都把这些太太当成未来的大客户。

这位孙夫人跟丈夫门当户对，两家强强联手，谱写了一段佳话。因为这桩婚姻，两家的企业都实现了利益最大化。上一次太太聚会里，姜津津听到有两位太太聊起这位孙夫人，说孙先生似乎在个人作风方面不是很正经，跟女明星不清不楚，不过孙夫人大概不怎么在意，过着最奢华的生活。如果在燕京圈里搞个排行，谁是最会花钱、花钱最多的豪门太太，那孙夫人必然是榜首。

姜津津听了羡慕得眼泪都要掉下来了。

在去华宁大酒店的路上，姜津津接到了周明沣的电话。

这男人最近觉悟有点高。几乎每天都会给她打一通电话，时间或长或短。

姜津津接起电话时，还看了一眼时间，已经六点二十了。他难道是下班了？

“喂。”姜津津也怀疑他是想约她吃饭，不待他开口问，她便主动交代，“我现在不在家，出门去参加一个同学聚会。”

周明洋：“同学聚会？”

“是啊。高中同学来着。”姜津津说，“上次去一个公司开会，恰好那个部门的主管是我高中同学，说起来十年没见了，今天邀请我去参加聚会，反正我闲着也是闲着。你不觉得我朋友太少了吗？”

“少吗？”

或许以前很少，但现在绝对不少，周明洋对她的交际能力是有信心的。这不，上次回江皇一次，她连他关系很远的一个表妹的微信都加上了，甚至，在他们回来没多久，这位表妹还专门给她寄来了自家果园的仙居杨梅。

姜津津有些心虚：“我是说，老朋友少。这都快奔三了，偶尔也要跟老朋友老同学们聚在一起，谈谈当年的往事嘛。”

“在哪儿聚？”周明洋又问。

“华宁大酒店。听杨叔说，你跟华宁大酒店的老板认识。”

“嗯，大学同学。”周明洋顿了顿，“需要我给你安排吗？”

姜津津当然明白他说的安排是什么意思，不就是特别招待，然后顺便将所有酒水账单都记在他名下。

这样爽是爽，但不是她的目的。

而且凭什么啊，又不是她组的局，凭她什么买单？

“今天杨叔夸我勤俭、朴素。”

周明洋：“嗯？”

“你觉得呢？”

周明洋回忆了一下：“的确。”

他给她的支票，她并没有去支取，给她的那张黑卡，至今也只刷了一件衬衫。他对她也有了新的认识，她非常喜欢钱，但在她心里是有一杆秤的，什么可以用，什么不可以用，她有一个界限。他在等，等她随心所欲花他的钱的那一天。

姜津津瞬间舒爽，眉开眼笑：“你也这么觉得呀？”

“嗯。”周明洋笑，“可以不那么简朴。”

“不。那我不是骄傲了吗？”姜津津说，“今天这聚会又不是我组的，那个同学也没说AA制。你不知道吗，这种聚会都是有不成文规定的，事先不说好AA制，那么谁组局谁买单。所以，我们不能当这个冤大头。哦，不是，我是说，不要出这种风头。组局的这个同学，现在可谓是到达了人生巅峰，他想炫耀一下，我当然是要成全他啊。”

她想了想，虽然相信周明沣不会擅作主张，但还是想叮嘱一下：“不准跟那边打电话说挂你的账，知不知道？”

电话那头传来无奈的笑声：“好。”

“不说了啊。”

“嗯。”

挂了电话后，周明沣也就没急着走了，刘助理敲门而入，手里拿着一沓文件放在宽大的办公桌上。

周明沣仍然一脸若有所思。

“小刘……”

他叫了刘助理一声。

刘助理赶忙应了：“周总，什么事？”

“华宁大酒店，”说到此处，周明沣停顿了一下，后又摇头，“算了，今天晚上有什么行程？”

刘助理回：“本来七点半跟星煦工程那边有饭局的，您说让赵副总代您参加。”

周明沣嗯了声：“那通知赵副总，今天的饭局我去。”

华宁大酒店包厢里，很多昔日的同学聚在一起。

尹冠林有自己的小心思，在过去的同学中，他肯定不是混得最好的，但今天，他只邀请了混得不如他的。他也没有骗姜津津，部门主管每个月都是有报销额度的，不过今天这一顿，他没有预算，就算花个一两万块那也划算不是吗？用一两万块换一次面子，太值得了。

孙会灵却惴惴不安。每一对要结婚的普通小夫妻，想着到处要花钱，谁不是勒紧裤腰带一段时间。她看着这酒店的餐单，心越来越沉：这么多人，今天起码要花两万块。她想不通，她想拍的婚纱照要两万，不算便宜却也不算太贵，但冠林说没有必要。可那对她来说，是一生只会拍一次的婚纱照，但她一向习惯了妥协，吵了几次之后，最后订了八千块的套餐。可现在，难道这两万块的晚饭就有必要吗？她知道他有自尊心，这倒是其次，可他为什么要邀请姜津津？

想起这个名字，孙会灵是既紧张又感觉有些微妙。那一丝微妙这些年经常涌上心头，她后悔，后悔曾经那样对待姜津津。

她最不想见到的人就是姜津津了，因为这会提醒她，她曾经那样恶毒。

“冠林，今天津津是不是要来？”一个男同学突然问道。

尹冠林面露一丝得意：“嗯，她说了要来，估计要等一会儿。说起来我们是不是十年没见她了？”

他有意无意地扫了未婚妻一眼：“津津还是跟以前一样，没什么变化。”

“说起以前，”那位男同学笑，“当年真的太幼稚了，不过那时候我们也没成年，什么都不懂呢。津津这次来，应该就是不介意了吧？”

“肯定不介意啊，都是多少年以前的事，而且我们跟她是闹着玩的。对了，冠林，你还没说呢，津津现在在做什么？”

尹冠林：“她在跟我们合作的那家公司里面当一个文员。”

“那一个月多少工资？”

“不太清楚。”尹冠林想了想，“反正我们组的文员一个月拿到手也就六七千左右。在燕京，这个工资，吃不饱也饿不死。”

“哦，哦。”男同学想起什么，脸上出现一种让人很不适的笑容，他看向对面的女同学说道，“艾思，当年你们几个可真是做得过分了，不仅自己不搭理她，还让我们全班都不理她。好像有一次体育课要选搭档，你们谁都不选她，当时真是看着怪可怜的。”

这位叫艾思的女同学面露不悦：“怎么，现在打抱不平了？那当年，你们男生不也是吗？记得是谁来着，还想英雄救美，结果人家姜津津也没搭理啊。”

“就是，还好意思说我们，你们男同学才叫过分。我们最多也就是不理她。你们呢，坐她后桌的那谁，故意把水泼她身上，还猜她穿的内衣是什么颜色……”

其实，一开始姜津津转到他们学校时，大家都挺欢迎她的。毕竟她长得很漂亮，为人又不高傲。孙会灵跟她是同桌，那时候两个人关系多好，孙会灵还会邀请她去家里吃饭。

可是这种和谐的状态并没有维持多久，有一天，突然传出一件事，姜津津竟然给尹冠林发那种很暧昧的消息。谁不知道，孙会灵从初中开始就对尹冠林另眼相看！姜津津居然这样对自己的好朋友！据说尹冠林当年也动摇过，还跟孙会灵说，都是他的错，是他没有经受住诱惑，让她千万不要怪姜津津。孙会灵为此哭了好长时间！他们这些高中同学，在初中时基本上也都是校友，女生们听了这种事，心里的正义感促使她们开始看姜津津不爽，她们都选择站在受了伤的孙会灵这边，私底下也不是没有说过“姜津津是狐狸精”的话。

男生们觉得女生们很幼稚，有一些男同学为了姜津津，想要来一出英雄救美，结果姜津津谁都不理会，让男生们很没面子。男生们自尊心过不去，对姜津津也不再像从前那样殷勤，几乎一整个学期，班上都没什么人理会她。

“不要提以前了。那都是小时候不懂事，年少轻狂，知道吗？”男同学不自在地推了推鼻梁上的眼镜，“我们当时也没什么恶意。不然这样，等下津津来了，我们都敬她一杯酒，就算是为当年的事道歉了。”

饭桌上的气氛陡然因为这件事有些凝滞。尹冠林心想，今天可不是什么悔悟大会。他起身开始炒热气氛：“说这些做什么，这样吧，我跟津津打个语音电话，看她什么时候到，大家到时候都道个歉，我想津津也不会计较那么多的。”

说着，在孙会灵沉闷的表情中，尹冠林拿出手机，打开微信界面，打了一通语音电话过去。

姜津津的手机响起来时，她已经进了电梯，脸上是讽刺的笑容，她摁掉了这通语音电话。

尹冠林看见电话被挂掉，心下一愣，表情怔忪，心想她该不会是不来了吧？应该不会吧？！他现在可是她对接公司的主管，以她的性格也不敢随意戏弄他吧？！正在他纳闷时，有人敲了敲包厢的门，尹冠林心里一松：“瞧，说曹操曹操到，应该是她来了。”

包厢里都逐渐安静下来。他们的确十年没见姜津津了，不知道她现在是什么样子？不过听尹冠林说，只是食品公司的小文员……

门一开。

两位体型壮硕、西装革履的型男先进来，他们浑身上下都是不好招惹的气场。

大家面面相觑，纷纷纳闷这是怎么回事。只见两位保镖一人占据一边，恭敬地说：“太太请。”

紧接着，闯入这些同学视线中的先是纤细笔直的小腿，脚上穿着黑色系带高跟鞋，大家再看过去，姜津津已经来到了门口，她随意地取下墨镜，莞尔一笑：“不好意思，我迟到了。”

就在大家以为她现在只是一个普通得不能再普通的文员，他们依然可以肆无忌惮地将她当成谈资时，她却以这样的方式出场，众人一时半会儿都没有反应过来。姜津津才懒得去管他们此时此刻的心理状况，走进了包厢，打量了大圆桌一眼，坐在了空出来的一个偏角落的位置。两个保镖也都跟在她身后。他们为周家服务也有好几年了，业务能力自不用说，姜津津一坐下来，其中一个便站在她身旁。旁边的人稍微动一下，都会感受到这个保镖的死亡凝视以及打量。另一个保镖则旁若无人地在包厢里进行着基本检查，检查包厢窗户是不是防弹的，以及大圆桌上的酒水饮料里有没有硫酸，顺便也以锐利的目光打量了在场的每一个人，仿佛他们是什么潜在的犯罪分子一般。

在场的所有同学一脸呆滞。只能说这种身手了得的保镖，气场很足。如果是旁人这样，他们中早就有人要冷嘲热讽了，可这会儿都被保镖的气场震住，居然一个开口说话的人都没有。

包厢里的气氛瞬间凝滞。

“我们好像十年没见了吧？”姜津津懒懒地开口，打破了这死寂一般的沉默。

她这一开口，其他同学又犹豫了片刻，终于有人没能压制住自己的好奇心，开口问道：“津津，这两位是？”

姜津津笑道：“你们别介意，是我家的保镖，习惯了就好了。”

在座的同学们听闻更是暗自纳罕。

这年头需要请保镖的，那得是什么样的人家啊？！而且这两个保镖看他们跟看死人一样的眼神又是怎么回事，给人一种下一秒就会将他们全员击毙的错觉！

尹冠林目光仍然不可置信地盯着她：“津津，你不是在味美公司上班吗？”

“是啊。”姜津津毫不避讳地承认，“上次没跟你说，我因为生活太无聊了想找点乐子消遣一下，就找了家公司兼职，一个月去个三四天吧。你不知道我是兼职的？真要天天去上班，那就不是找乐子了，我先生也不会答应的。”

姜津津美目流转，轻笑出声：“尹主管，不好意思哦。我老公说了，我这个人太简单，不懂社会险恶，要是有心人知道，肯定像苍蝇一样凑上来，烦都烦死啦。下次要是再在公司碰到，你千万不要说漏嘴哦。”

“……”

其实现在的姜津津，跟他们印象中的姜津津完全不一样了。

除了长相名字一样，根本找不出共同点来。

不过都十年没见了，十年足够改变很多事情。只是谁能想到，当初那个任由全班孤立、欺负的女同学，摇身一变，成了出门都要带保镖的有钱人？！

尹冠林带着先入为主的观念，不太相信姜津津的这番说辞，他脑海里甚至有一个念头：这会不会是她自导自演，在大街上随便找两个人来陪她演戏，目的就是想让他们这些昔日的同学对她刮目相看？！不然姜津津何必那么快答应他的邀约？！

他越发觉得事情是这个样子，但内心深处，依然有些微妙的畏惧，因为这两个保镖浑身上下散发出来的气场根本不像是什么群演。他这种完全不懂的外行人都看得出来，这两个保镖身手绝对不一般。

其他一些同学也有这个怀疑，所以没说话，只是默默观望。

就在气氛一度忽热忽冷时，有人敲了包厢的门，随之包厢门打开，外面站着好几个人，为首的是一个穿着衬衫西裤的男人，他在包厢里晃了一圈，目光锁定在姜津津身上，快步走了进来："嫂子，还真是你！"

见姜津津露出茫然的神色，这人赶忙解释："嫂子不记得我了吧？上次你跟三哥结婚的时候我去过，也怪我，这段时间太忙了，都没去府上拜访。刚才这边的经理说看到三哥的车，我还以为是三哥来了，没想到是嫂子。"

姜津津这才想起杨管家的话，所以，这就是华宁大酒店的老板，周明洋以前的大学同学？不过三哥是什么？

她还有招没使出来呢，怎么助攻就来了？

她笑了笑："你好，我也是过来参加同学聚会。他说你工作忙，我也就没好意思惊动你。"

赵华宁笑容更深："三哥才是日理万机。不过，怎么在这个包厢？"他环顾了一周，"这要是让三哥知道，我以后哪好意思再找他！"

他侧过头，语气里带了些严肃的意味对旁边的大堂经理说："这是周太太，这包厢采光不好，面积又小，怎么安排的？"

大堂经理赶忙应答："赵总，是我们这边办事疏忽。周太太，不好意思！"

姜津津："别这样，我也是头一次来，他们不认识我是正常的，而且，今天我们只是同学聚会，包厢小一点会更热闹。赵总，你这样周到，我下次都不好意思再来了。"

"嫂子，你叫我华宁就好。"赵华宁看了一眼包厢里的人，也知道自己跟周明洋的太太不熟，过来打个招呼也就可以了，便道，"那好，我就不打扰嫂子你的聚会了。不过下次，下次一定要来，这酒店我早就留了三哥的包厢，你下次来直接跟经理说一声就好。"

"嗯嗯，多谢。"

最后赵华宁带着大堂经理和主管离开了包厢。

包厢内寂静无声。

这一次再也没有人怀疑姜津津了。刚才那个对姜津津那样热情周到的人是赵华宁，也就是这家大酒店的老板？姜津津难道还能请得动人家大老板陪她演这出戏？对于赵华宁，尹冠林也是见过的，不过是在财经报纸上。在燕京，赵华宁绝对算不上什么显眼的大佬富豪，但对他们这种普通人来说，已经算得上是可望而不可即的巨富了。一时之间，尹冠林心里滋味难辨。

赵华宁在走出包厢后，细想了一下，还是拿出手机，拨通了周明沣的号码。

那头很快地就接了起来，是独属于周明沣的低沉嗓音："她去了？"

赵华宁一愣："三哥你也是的，嫂子过来，怎么不跟我说一声，害我招待不周。"

周明沣："她不是张扬的性子。"

赵华宁跟周明沣是大学同学，不过两人的关系也不算特别好。赵华宁是个会钻营的人，为了拉近跟周明沣的关系，学着周明沣过去宿舍里的舍友喊他三哥。男生宿舍都喜欢搞得跟拜了把子一样，周明沣当时的宿舍是四人间，几人是按照年龄来喊大哥、二哥、三哥跟老幺。然而周明沣自己没那样叫过，也没领过所谓三哥三弟这个称呼。

周明沣知道赵华宁的性子，沉吟了一会儿，说道："公是公，私是私，你热情好客，我们夫妇是知道的。不过这一次情况不同，不要将账单记在你名下，这事你别管。"

赵华宁虽然疑惑，却还是应了。

包厢里重新开始热闹起来，比姜津津没来之前更热闹。

"津津，刚才那个是不是华宁大酒店的老板？"

不等姜津津回答，另一个男同学抢先道："是他，我在财经报纸上见过！"

"津津，你老公做什么的？"一个女同学心直口快，"我看这个赵总在你面前好谦卑哦。"

姜津津神秘一笑："没什么，就是做小生意的。"

大家一听，也就没再追问了。不过心里想的都是，信你个鬼，做小生意的？做什么小生意能让人家大老板这样殷勤？

姜津津环顾了一下桌上的其他人。尹冠林面色很难看，坐在他身旁的女人也低着头，不是很自在，还有其他几个女同学在看向她时目光闪躲。现在要说书中的姜津津在高中时期没点别的事，她也不相信。

学生时代能发生什么事呢？

姜津津攥紧了包带，她心里涌起一股无名之火。所以，如果真的发生了类似被排挤被孤立的事，那这些人，是怎么有脸邀请她来参加同学聚会的？！

她心里越怒，脸上笑容就越真切，跟同学们开始寒暄起来，几个回合，还没等点菜，其他几个同学便都放下了那点子不自在，有意无意地开始巴结姜津津了。

姜津津也是来者不拒，在别人试探着小心翼翼地提出加微信时，她也答应了。她拿出手机，跟每一个加她微信的人也都加上了通讯录。

她今天在出门之前，拍了欣欣向荣的小花园，将地址定位为森林别墅，发了一条朋友圈。几个同学加上微信后，点开她的朋友圈看，这一看，都呆住了："津津，你家住在森林别墅？"

正好也没点菜，几个热情的同学直接起身来到姜津津身旁。保镖散发着"生人勿近"的气息，也阻拦不了他们的热情。

"是的。"姜津津点了下头，"怎么了？"

"森林别墅啊！我之前听我上司说，我们公司的大老板就想在那里买房，还四处托人问，据说要是住进去，会认识更多的大老板。"

说起了这个话题，这个男同学看向坐在姜津津斜对面的女同学："谭青青，你们中介一般都是资源互通的吧，森林别墅房价多少来着？"

这位叫谭青青的女同学怔了一怔，看向姜津津后，又飞快地移开视线。

姜津津也注意着她。她似乎是在场除了尹冠林和他身旁那位女士以外，唯一一个一直都沉默的人。

有点意思，说不定在她这里可以找到突破点。

"谭青青，你是中介？"姜津津装作好奇的模样问道。

谭青青似乎也没想到姜津津会主动跟她说话，她怔忪了片刻，点了下头："嗯。"

"那太好了。"姜津津笑着说，"我最近想买一个商铺，钱倒是其次，就怕没熟人会被忽悠，你做中介那最好了。你要是不介意的话，能不能帮我看看？"

她顿了一下，以一种非常无奈的语气说："我现在觉得上班也没什么意思，唯一有意思的就是碰上了尹主管，跟你们这些老同学重聚。哎，上班是不想上了，我就想随便开个店玩一玩。"

"青青，你还愣着干吗，快加津津微信呀！"其他人催促。

姜津津也笑道："放心，都是老同学，我不占你便宜，佣金该怎么算就怎么算。"

跟周明泮在一起时间久了，她觉得自己学到了他话语中谈及金钱的半分淡定，这足够让人相信她真的是一个一掷千金的富婆了。

谭青青犹豫着，加了姜津津的微信。

这一场饭局，比尹冠林想的还要热闹，只不过主人公从他变成了姜津津，他当真是味同嚼蜡。

他突然觉得自己很可笑。在姜津津没来之前，大家谈起昔日的那些事情，语气都倍加轻松，还说了要跟她好好道个歉。

他们都相信，姜津津不会再因为那些小事跟他们计较。

可当他们知道了她现在过得很好，嫁了个巨富老公，成为豪门太太后，大家都心照不宣地没提过去的那些事，好像是要把那些事盖上一层遮羞布。有的事情，有的伤害，在以为对方是跟自己一样的普通人时，可以轻描淡写地说一句“只是小事，那时候不懂事”。可当知道对方有着雄厚背景后，他们都哑口无言了，其实他们心里比谁都清楚，那不是小事。

饭局结束后，尹冠林去买了单。中途点菜时，姜津津客气地问了一句，她能不能点瓶红酒，尹冠林咬着牙答应了。虽然姜津津没有点最贵的酒，但点的酒也不算便宜。原本尹冠林以为一顿饭两万块应该可以搞定，谁知结账的时候，比他预想的翻了一倍。孙会灵的手都在抖，既是为了这四五万块的饭局，也是为了姜津津的到来。

姜津津见尹冠林脸色都快挂不住了，而他身旁的孙会灵则一脸煞白，她心满意足了。她笑道：“尹大主管，今天让你破费了，本来我老公说挂他的账，但我想了这样做可能不太礼貌，毕竟是你请客你组局的嘛！”

尹冠林当然也心疼那四五万块，却还是咬着牙装作不在意地笑道：“没事，应该的，你太客气了。”

姜津津却没搭理他了，转头看向另一边，对着谭青青说道：“你住哪里？我送你一程吧，正好你跟我讲讲商铺的事。我还蛮有兴趣的。”

谭青青只能答应。

来到大酒店门口，那辆加长宾利已经开到了喷泉池旁，其他同学就这样看着谭青青跟姜津津上了那辆宾利。在她们走后，一个男同学感慨：“想不到啊，想不到，姜津津现在都这么有钱了，早知道……”

一个女同学冷笑：“你们难道没听说过一句话吗？君子报仇十年不晚，我不相信你们看不出来，姜津津今天就是故意的。她没有忘记以前的事，说不定这只是一个开始。”

顿时，众人鸦雀无声。

“要不，我让谭青青试探一下，看姜津津是个什么意思？”

“这个好！”

“她要是早就忘记了，我还想跟她多联络联络。你们知道，我现在要拉存款业务……”

加长宾利上，姜津津正不着痕迹地打量着谭青青。

看得出来，对方不是一个外向的人。

谭青青的手机振动了一下，她点开一看，发现是老同学发来的消息，要她去试探一下姜津津。

姜津津本来就擅长跟陌生人打交道，这会儿为了让谭青青放松警惕，主动勾起她的回忆：“这一下子居然十年没见了，也不知道以前的学校地址变没变。我看大家好像也没怎么变，就是男同学啊，太不注重管理了，我要是在街上碰到，肯定认不出来。”

谭青青肩膀微松，她想起同学的嘱托，也想起当年的事，攥紧了手机，低声说：“其实大家对以前的事情都很抱歉，他们今天是想道歉的。”

姜津津闻言，目光骤然冷淡了几分。果然，跟她猜的应该八九不离十了。道歉？这世界上的人好多都太天真了，真的以为，不管做错了什么事，不管怎样伤害了对方，说一句“对不起”就可以抹平所有的伤害。太可笑了，他们以为自己的“对不起”是什么金玉良言、灵丹妙药吗？

她低头掩饰了眼眸中的真实情绪，语气轻快地说：“啊？你不提，我都忘记了。”

她又说道：“哎，那个时候大家都不成熟嘛，都是孩子嘛。那没什么的，你看我像是介意的样子吗？”

谭青青没能忍住，侧过头看了一眼姜津津。对方的眼神一片清澈，脸上也是隐隐的笑意，露出一对讨喜的梨涡。她心里悄悄地松了一口气。

当年她并没有直接参与到那场孤立中，对她而言，姜津津不过是班里一个过分漂亮的女同学，偶尔她们也会说两句话。可有一天，大家都不理姜津津了，她去收作业时，跟姜津津说了两句话，下课时立马被几个女生叫到教室外面。她们说，如果她还跟姜津津说话，那就代表她是站在姜津津一边的人。她害怕被人孤立，于是跟这班上其他几个并不想参与到这场“战斗”中的同学一起被裹挟着，当了沉默的一员。

去年冬天，她看了一部电影，电影中说，“不作为的沉默者其实也是帮凶”。

现在看姜津津过得这么好，生活优渥，目光清澈一如当初，她心里没那么多负罪感了。气氛逐渐变好。

“以前的同学们都过得好吗？”姜津津低头看了一眼今天被她拿来当道具的钻戒，“不会只有我一个人结婚了吧？”

谭青青轻松之后，语气也轻快了许多：“大多数都没结婚。对了，你还记得石老师吧，她就是去年结的婚。你有去参加她的婚礼吗？我记得高中的时候，你总是去找她。”

姜津津一顿：“没呢，后来都断了联系。石老师现在在哪儿？过得好吗？”

“她好像在邻市吧，现在在一所高中当心理辅导员。”

姜津津心里狠狠地提了一口气。这口气憋得她几乎要掉眼泪。心理辅导员吗？她一直以为书中那位只是沉默寡言胆小的女孩子，没什么朋友，生活也很简单。可现在随着那本画册，她一点一点地发现，事情不是那个样子。

她攥紧了手，指甲几乎都快刺进掌心，她依然表面上若无其事地笑着：“那你有石老师的联系方式吗？我也很想她，想跟她重新联络上呢。”

谭青青想了想：“赵倩好像也在那所学校当老师，我帮你问问她吧！”

“嗯，谢谢啊。”

将谭青青送到她所在的街道后，关上车门，姜津津原本带着笑容的脸，此刻却是毫无表情，她吩咐司机：“回家吧。”

她得了解书中那位高中时都发生了什么，才能解开那本画册的谜底。一路上，姜津津脑子里掠过无数个可能。她坐在后座，路灯从车窗折射进来，忽明忽亮。

到了周家别墅，姜津津并没有立刻下车，而是独自在车后座坐了好一会儿，在司机小心的提醒之下，这才推开车门，往主楼那边走去，看到前方的人影，猛然顿住了脚步。

月光之下，身姿俊朗的周明沣正站在主楼的屋檐下。

他似乎是在等她，目光一如既往地温和包容。

姜津津鼻子一酸，加快了步伐，在快走到主楼的台阶时，没能控制住自己的心情，扎进了他的怀中。

鼻间满是他清冽的气息。她伸出手圈住了他的腰，周明沣神色怔然，却很快地反应过来，伸出手将她抱得更紧，下巴抵着她的头顶，两人就这样静静地相拥，周明沣仿佛什么都知道了一样，过了许久，他突然说道：“谁让你不开心了？”

姜津津：“没有。”

周明沣：“有点硌。”

姜津津退出他的怀抱，“硌？怎么？”

周明沣指了指她的鼻子：“鼻子在变长，硌到我了。”

他是在说匹诺曹的故事？姜津津回过神来，脸上却多了一丝笑意：“什么啊！”

周明沣也不勉强她：“什么时候想说了，记得跟我说。”

“嗯。”

“不开心的话，”周明沣顿了顿，“我带你出去透透气？”

姜津津正感觉心里闷得快爆炸，点头答应了：“好。”

在姜津津回来时，周衍在房间里就听到了车子的声音，他又探头看了一眼，发现姜津津还没进来，便下楼来，在屋子里晃了一圈，也没看到她的身影，以为她在车库里遇到什么事了，换好鞋子打开主楼大门，便看到他爸跟她一副要出门的架势。

这个点出门周衍的第一反应就是，他们是不是出去吃消夜？正好他饿了，带他一块儿吧！

周明沣看见追上来的周衍，无奈地推了一下鼻梁上的金丝边眼镜，表情从容、语气淡定地说：“有事。你就在家做试卷。”

周衍：“……”

他看了一眼姜津津，谁知姜津津很做作、很刻意地抬头看天上的星星。他立马又缩回屋子里，重重地将门甩上。

他才不想去吃消夜。谁稀罕吃？！

周明沣开着车载着姜津津潇洒地驶出了森林别墅，毫无丢下孩子的愧疚。

姜津津也没问周明沣要带她去哪里。实际上，她对他的点子也没抱太大的期待。事实证明，周明沣这个男人偶尔还是可以相信期待的。

周明沣带着她来了栖梧山。姜津津之前听几个豪门太太聊到过，栖梧山的地被一个大佬拍下来了，以康养为由，做了一个度假村。此处风景秀丽、空气宜人。栖梧山有几个出入口，周明沣开车一路畅通无阻，原本在门卫室看报的门卫，在看到他的车牌号后，忙不迭出来迎他进来。

“你不会也投资入股了这里吧？”姜津津问道。

“没。”周明沣指了指半山腰，“上面有一些玻璃房，这里的老板给我留了一间。我想你应该会喜欢。”

十来分钟后，周明沣带着姜津津来到玻璃房里。

姜津津何止是喜欢，简直是爱上这里了！

说是玻璃房，但四周包括屋顶都可以一键遥控拉上窗帘，除此之外还有其他保护隐私的设备。

这其实有点儿像酒店的套房。不过因为在半山腰，这氛围一下子就上去了，绝不是酒店能够比得上的。

周明沣带着姜津津坐在一旁喝茶的榻榻米上，头顶的玻璃擦洗得很干净，一抬头便是满天星，近得仿佛伸出手就能够到星月。

这一切很浪漫！姜津津觉得自己的少女心其实是变质了的。

现在让她感觉到浪漫一次的事情背后，都有着大量的金钱堆砌。比如，周氏集团夜晚滚动的字体；比如，不需要坐在外面喂蚊子就能舒舒服服看到最美的星空……

她果然是个俗气的女人！

一切都很美好，周明沣突然问道：“要不要喝点酒？正好我珍藏了一些酒在这边的酒庄，可以请人送过来。”

姜津津听到他提喝酒的事，面色复杂怪异。那次的醉酒，她第二天起来就断片了。可毕竟是发生过的事，再想起来也不是什么难事。等她第二回游泳，在泳池里泡着时，便什么都想了起来。尽管尴尬得脚趾已经抠出了梦幻城堡，但她还是装作什么都没发生……这男人现在的心思，路人皆知！

姜津津憋着笑，义正词严地拒绝：“我不喝，从今往后，我滴酒不沾，连米酒我都不喝。”

周明沣看向她。

“我怕我又砸你的手表。”

姜津津后来想起来的时候，又尴尬又懊恼。尴尬的是，喝酒误事，她当时怎么就撩了他呢！懊恼的是这男人看着温和，实际上阴险得很。

她本来打算这辈子都不轻易提起这件事的，但他现在邀她喝酒，那她必然要抓住这个机会好好“嘲讽”一下他。

“运动手表，勒紧裤腰带还是赔得起的，”姜津津抬起手，指了指他的腕表，“要是砸了你这手表，那我可完了。”

姜津津语气似乎是在后怕，但脸上的神情又是不折不扣的得意。

周明沣定定地凝视着她。

过了片刻，他一边目光盯着她不放，一边不紧不慢地解开表带。在姜津津还在危险的边缘疯狂试探时，他拉起她的手，将取下的手表，套在她细白的手腕上。

她戴着他的手表，显得松松垮垮的。

冰凉的触感传来，姜津津这才回过神来，低头一看，这一只价值堪比大平层的手表居然就戴在了她手上。怎么回事?

“砸吧。”周明沣意有所指，“不要你赔。”

姜津津傻眼了。

在周明沣眼里，她杏目圆睁的模样煞是可爱。他一手撑着柔软的床，倾身而近，呼吸越来越近。

姜津津又怎么会不懂他想做什么。此时此刻，她竟然紧张了！心跳忍不住加快，她一边唾弃自己又不是情窦初开，又不是没经历过这一遭，怎么会因为区区接吻紧张，但另一边，她又诚实地闭上了眼睛，下意识地抓紧了被子一角。

倏尔，她感觉到有吻落下。周明沣只是轻轻地亲吻了她的眼睛。

感受到他的吻落在眼睛上，姜津津的身体颤了颤。

她睁开了眼睛，一脸怔然地看他。

四目相对，她几乎可以看到他眼中的自己。他的目光一如既往地温和内敛，如果他今天亲吻的是她的嘴唇，她也会悸动，但绝不会像现在这样，无措的同时，心上仿佛有羽毛拂过。

他喜欢她，她是知道的，否则她也不会放任自己。但她明明看到了，看到了他朝她过来时，眼眸里有着她虽然不懂却也不陌生的意味。

此时此刻，她就像站在礁石之上，远远地看着有汹涌的浪花朝着她袭来，却就在要将她吞没时，这浪花骤然平缓，最后只是轻触到她。这是她第一次真真切切地感受到了周明沣式的温柔。

周明沣稍稍退开一些，金丝边眼镜下的双眸含笑看她。不是不想亲吻。只是，突然地，就更想亲一下她的眼睛。

姜津津心里泛起陌生的雀跃，她抬头看向头顶的星空，很刻意地转移了话题。

谁叫周某人这样纯情。她还以为……还以为……

“看，今天好多星星，明天是个大晴天呢。”姜津津这会儿心里乱得很，感受到了好几只小兔子在她心上拔萝卜，她都不知道自己说了什么，“以前看过一本书，书上说，每一个去世的人都会成为天上的一颗星星。”

周明沣目光霍然顿住。他侧过头看了她一眼，她正看着天空，她的脸上、眼里都有着生动的神采。

周明沣并非什么正人君子。他有过机会，他也知道，以她对他的心动，他如果真的想做点什么，这并不难，只是理智跟情感拉扯着他。一方面，他希望她永远都不要记起她曾深爱过的人，因此，他很卑劣地想将任何跟席承光有关的人和事都与她隔绝；另一方面，他也知道她在做些什么，之所以旁观，除了不想阻拦她去做想做的事以外，也是源于内心的骄傲。他希望的是，即便有一天她知道了所有发生过的事，也依然会像那天在机场一样，坚定地走向他。他无法在她不知情的情况下，诱她甚至逼她非要选择他。

他年长她十多岁，在心机城府甚至很多世俗方面，都占尽了优势。倘若连这点宽容都不能给她，那她未免也太过可悲。

“要不要去这里的酒庄看看？”周明沣突然问道。

姜津津看他。

“不喝酒。只是带你去看看，这边的风景不错，虽然这个点也看不到什么，但说过了是带你出来透透气。”

“好啊！”姜津津迫不及待地起身，“正好让我看看你在这里都藏了哪些酒。”

两人就这样准备出门了。

在出门前，周明沣见姜津津换上了来时的那双细高跟鞋，正准备开口时，想起什么，眼里掠过一丝笑意，最后他什么都没说。

姜津津步履轻快地挽着他的臂弯出门。这边修建得很好，虽然在半山腰上，但路都修得很有特色，一路上几乎都没什么蚊虫，姜津津还很纳闷：“我算是很招蚊子的体质了，怎么今天都没什么蚊子。”

周明沣指了指那些植被：“如果我没记错的话，那应该是驱蚊树和夜香树，都有驱蚊功效。”

他拉着她往怀里一带，又指向一边：“你再看看，树上是不是挂着布袋，里面装的可能也是驱蚊药材。”

“难怪。”

从玻璃房到酒庄，直线距离也不短，好在这会儿虽然是晚上，但开发商显然在这边下足了功夫，一路上夜凉如水，空气中还有着沁人心脾的清香。这边是康养胜地，温度比市内低多了，走在路上丝毫不见炎热。

本来是很舒服的，然而姜津津无法忽略脚后跟传来的不适感。她今天挑了一双新鞋，这新鞋样子好看，但也偏硬，要是在平地上走还好，关键这会儿是在半山腰上。

姜津津一脸欲哭无泪地低头看鞋尖，她今天算是被周明洋那个亲吻给亲得迟钝了，在出门前居然也没想过要换一双舒适的拖鞋。

男人误我！

就在这时，周明洋停下了脚步。

姜津津还没察觉，走出了两步才发现身旁没人了，回头一看，他站在树灯下，声线平稳地说："我背你。"

姜津津还没想清楚要不要答应，身体倒是很诚实，等姜津津再次反应过来时，她已经被周明洋背着了。

她环住他的脖子，笑嘻嘻的。不知道为什么，趴在他宽阔的背上，她突然有种自己赚到了的感觉。虽然出门的时候迟钝了一把，穿上了高跟鞋，但如果不是因为穿了高跟鞋，脚后跟受不了，她怎么有机会被周明洋背着啊。

等等！这个因果关系好像有点不对？

她眯了眯眼，故意收紧了双手，她靠近了他，下巴压在他的肩膀之上："周老板，我突然有个问题想采访你一下。"

周明洋："可以，但不要抱这么紧。"

姜津津更是勒紧了一些："不能。有个现象我不知道该怎么理解。我刚才看鞋子最多不过几秒钟，你是怎么看出我脚后跟发痛的？！你希望我理解成你经验丰富，还是……"

她顿了顿，语气有些危险地说道："还是你早就知道了会有这么一出？"

周明洋失笑，他笑起来胸腔振动，连带着趴在他背上的她也感觉到了。

她轻哼一声，稍稍松开了环住他脖子的手，用力地掐了他的胳膊一下。

周明洋只是笑，跟她在一起，总是心情愉悦。

姜津津这个人情绪总是来得快、去得也快，走了一段路后，她又放下了心里的小计较，趴在他的背上，听着他的呼吸声，主动地开口问道："我重不重？"

"你想听实话还是假话？"

姜津津：“……”那个温和儒雅又谦逊的男人去哪儿了呢？

“我想听动听的话。”

周明沣思忖了一会儿道：“凑近一点儿。”

姜津津依言抱他更紧。

嘴唇擦过他的耳垂，他跟踩了急刹车似的猛地停下脚步，吓了她一跳。

“干吗？”她问，“吓死我了，突然停下来。”

显然她还没察觉到自己不经意地做了什么好事。

周明沣目光幽深，只是她也看不到，他笑着说道：“你可以听听我的呼吸声，如果粗重，那就代表背着你很吃力。”

姜津津还真就认真仔细地侧耳倾听，突然发现，如果刚才他的呼吸声是轻快均匀，那么这会儿还真是有些……

“你是说我很重？”如果不是被他背着，如果不是穿着高跟鞋，她真想一个旋转落地后将他一脚踹飞。

周明沣叹了一口气。

姜津津：“你沉默五秒钟了。”

周明沣：“其实你这个问题难倒我了。”

“怎么说？”

“因为没有参照物，我不知道该怎么定义你是轻还是重。”周明沣淡笑道，“我也没背过其他人，所以请别在这个问题上为难我。”

姜津津一听这话，先是一顿，他没背过其他人？她心中生起一种微妙的愉悦。

“你呢？”周明沣突然问她。

姜津津一时反应不及：“什么？”

“你问过几个人背着你重不重这个问题？”他轻描淡写地问她。

姜津津傻眼了。这个问题让她怎么回答嘛！太刁钻了。她当然不是第一次问啊，可是能实话实说吗？

姜津津决定，不回答这个问题。

她抱紧了他，很做作地说：“有点困了，我眯一下啊，到了酒窖你再叫我啊。”

终于来到了酒窖。

栖梧山的员工们都很敬业，这个点依然有员工在轮流加班。酒窖的光线比较昏暗，周明沣一路上都牢牢地牵着姜津津，最后终于到了他藏酒的地方。

这里几乎一面墙都是周明沣的藏酒。

姜津津有些疑惑："我看你好像并不怎么喝酒，怎么收藏了这么多？"

"多吗？"周明沣说，"这只是一小部分，我还有个私人酒庄，你有兴趣的话，我下次带你去看看。"

"这还不多！"姜津津对酒研究不多，随手拿了一瓶，只能看到年份，"你又不经常喝酒，收藏这么多是准备做什么？等升值？"

周明沣忍俊不禁："当然不是。这都是前些年的爱好。这些酒都给你安排，怎么样？"

姜津津果然对这件事情有了兴趣，数了又数。周明沣也颇为耐心地跟她讲述这些酒的来历以及市场估值。

守在门口的两位员工你看着我、我看着你，都有些诧异。他们当然是听说过这位周总的，只不过周总并不常来。他们也经常招待别的老总，偶尔也会听到关于这位周总的一些八卦消息。

比如，周总家大业大，孩子太少了，居然只有一个儿子。

比如，周总为人正派，有人给他"送"过女人，都被他拒绝了。

总之，在这些老总口中，周总这个人深不可测，几乎没有弱点，他们也猜不透他的喜好。

可现在，周总居然大晚上带着据说是他太太的女人来了玻璃房，还来了酒窖，他还跟他太太讲红酒的历史！不是说这位周总每天忙得都见不着人吗？那位王总不是说约了周总一个月都没约到吗？

周明沣将安排权给了姜津津，姜津津也不客气，反正也闲着没事干，居然就开始掰着手指头来安排了——

"这瓶留在圣诞节开吧？"

"好。"

"这瓶放在除夕，这两瓶留我生日？"

"行。"

"那这瓶就你生日开啦，还有这三瓶，就留在周衍升学宴时开！他要是考得很好，就再开一瓶！"

她来回踱步，脸色严肃认真，似乎真是在思考这些事。

周明沣只是笑着看她。

最后剩了最贵的一瓶红酒，姜津津大脑空空了，因为好多节日都已经安排好了，一时半会儿竟然想不到这瓶酒的归宿。

周明洋走了过去，揽着她的肩膀，低声说："这瓶留给我安排吧。"

姜津津抬头看向他："什么安排？哪天开？"

周明洋凝视着她："暂时保密。"

姜津津"啧"了一声："这么神秘！"

周明洋带着姜津津走出酒窖时，一瓶红酒都没带，两位工作人员明显愣住了。周明洋今天心情甚好，他走在后面，姜津津走在前面，他似乎是有些刻意地跟其中一个工作人员解释了一句："麻烦你们晚上还要陪我跟我太太来酒窖。不过，我太太不喜欢喝酒。"

说完这句话后，周明洋便加快了步伐，跟上了姜津津。

走出酒窖，两人往半山腰的玻璃房走去，路灯、月光都拉长了他们的身影，深夜栖梧山升起雾气，两人相依相偎，竟给人一种神仙眷侣的感觉。

"周总肯定很喜欢他太太吧？"

"当然，我这个旁观者都感觉到了，他对他太太真的好细心。"

"不过周总那是什么意思，他太太既然不喜欢喝酒，怎么夫妻俩还来酒窖？"

"情趣吧，周总的意思我倒是有些能体会。"一个工作人员语气神秘地说，"周总真是客气，我们不过是陪了一会儿，而且本来也是要加班的。要是那些老总都像周总这样就好了。"

"什么意思？你在说什么？"

"你还没听出来吗？周总这是默许了。默许我们可以赚点消息费，到时候肯定是有人会知道周总今晚来过的事，他们铆足了劲儿想跟周总认识，那肯定会来向我们打听。"

周明洋最后并没有跟姜津津在玻璃房过夜。

当然他本来是有这个计划的。

不过他刚提出来，姜津津就惊恐地看向了他："那怎么行，我没带卸妆的，护肤品化妆品也没带，换洗衣服也没带！"

虽然这里有自动洗衣机跟烘干机，可她不能只穿着浴袍，里面什么都不穿吧？

"周明洋，下次你约我在外面过夜，"姜津津顿了顿，伸出两根手指，"至少提前两天预约可以吗？"

他难道不知道女人在外面过夜是一件很麻烦的事吗？她又不像他似的，不用卸妆不用护肤。

周明沣默然。

于是，在外过夜，躺在床上看星星入睡这个计划，在姜津津的一连三拒绝之下，搁置了。

在栖梧山门口，周明沣开车带着姜津津正要离开。康养中心的经理听说他来了，早就等着了，见周明沣驾车要走，经理赶忙语气恭敬地问道："周总，是哪里招待不周吗？"

他还以为周总带着太太会在这边过夜的。

周明沣侧过头无奈地看了一眼坐在副驾驶座一脸无辜的姜津津，说道："没有，你们工作人员很热情，只是我太太认床。"

经理下意识地飞快看向车内的姜津津，"好的，周总慢走。"

周明沣："再见，辛苦了。"

说完后，他关上了车窗，缓缓驶出了栖梧山。

姜津津才说道："我哪有认床。"

周明沣笑："不然呢，告诉他，因为我没有提前两天跟我太太预约？"

姜津津其实非常喜欢他在人前提到她。想想今天晚上真是不错，他还背了她好久。

她侧过头看他认真开车的模样，心念一动，义正词严地说："我不认床，我哪里都能睡，不过我认人。"

周明沣握紧了方向盘，眉梢都是笑意："认谁？"

姜津津说："接下来的话，是你这种没充值的普通游客能听的吗？要充值。"

周明沣将手机递给她，仍然专注地注意着前方路况："自己转账。"

就这样轻易地将私人手机给了她？姜津津笑逐颜开，接过了他的手机："解锁密码。"

"阿衍的生日。"

姜津津："以后谁说你不是好爸爸，我跟他急。"

卡的密码是周衍生日，手机密码也是！这是多好的爸爸！

就是在面对儿子时没长嘴罢了。

周明沣却故意曲解了她的意思："那好，你顺便帮我改一下密码，改成你的生日。”

姜津津：“不，我不是这个意思。”

周明洋：“我是这个意思，改成你的生日。”

姜津津转过头，掩饰了脸上荡漾的笑容：“好吧。”

她就勉为其难地答应好了。

“转账？转多少呢？”姜津津犯难了。

她知道，周明洋一定会说，随便你。

想了又想，她用周明洋的微信给自己转了一个五块二后又还给了他。

趁着等红灯时，周明洋看了一眼，见是五块二后，问道：“五块二？”

“对。”姜津津截屏了，得意地晃了晃手里的手机，“所以，下次你惹我，我就截屏发朋友圈，这样大家都知道，日进斗金的周明洋给自己太太发五块二的转账。”

周明洋：“接下来是我这个会员能听的话了吧？”

姜津津没想到插科打诨，也没有转移他的注意力。

那一句不认床只认人，也只是一时嘴快，现在想起来……

“是。”姜津津见时间还早，两分钟之前周衍还给她发了微信消息，果断地，她直接拨通了视频通话过去，“不过，接下来不是未成年人能听的话。嘘，我跟周衍视个频。”

周明洋：“他还没睡？”

正说着，那头接通了视频。

周衍正在做题，脸色臭臭的：“干吗？”

姜津津冲着镜头挥了挥手：“嗨，我们现在回家，要不要给你带点吃的？”

周衍轻哼：“我不吃剩的。”

这么拽啊？

姜津津自然也有治他的办法，她侧过头对周明洋说道：“他说他不吃，在前面找个垃圾桶把香喷喷的香辣蟹，还有馋嘴蛙跟干煸小鲍鱼都扔了吧。”

果然周衍不满的声音从电话那头传来：“就你这样还简朴呢？！”

“那你吃不吃呢？”

周衍：“只此一回，下不为例。”

他又解释道：“我是见不得你这样铺张浪费。”

姜津津看向周明洋：“他说我铺张浪费。”

周明沣一脸平淡地握着方向盘："他糊涂了。"

周衍："……"

虽然他知道他爸是什么德行，但这样明目张胆的，就差将"重妻轻儿"四个字刻在脑门上了，这是不是就有点过分了？

这两天，姜津津的微信消息很多。

她加了不少以前姜津津的高中同学，其中有一半都有主动跟她发消息。不过她只挑选着回。

有一个叫陈雪的女同学跟她发的消息很有意思："津津，国庆节尹冠林跟孙会灵办结婚仪式，你到时候去吗？"

姜津津斟酌着回了消息："不知道他们会不会邀请我呢。"

陈雪迅速地："当然会啊，你跟孙会灵以前关系那么好，有些事情解释开了也就好了。"

姜津津垂眸，心想：以前的姜津津竟然跟孙会灵关系很好？那像是很好的样子吗？

"有些事情"是什么事情呢？

再联想到孙会灵跟尹冠林的关系，以及尹冠林刚见到她时那种令人不适的打量，她试探着说："唉，只要她现在过得幸福就好。"

陈雪："津津，其实后来我也想了，我们当时都误会你了，他们俩这些年分分合合。尹冠林是什么人我也清楚，当年你们俩因为他而绝交，实在是有些可惜了。"

陈雪继续说道："津津，我之前听你在饭桌上说想买铺子对吗？我老公也是中介销售，这买房啊、买商铺啊，都是要货比几家的。你现在肯定无所谓这个，但作为老同学，还是想跟你介绍一下我老公，你觉得怎么样？"

姜津津勾了勾唇，还真是有意思。不过也证明她的计划是行得通的。

这不，根本不需要她多费力气，她就能得到她想要的消息。

姜津津随手回了信息："好啊。"

中午时分，她就在陈雪的盛情邀请之下，开车来到陈雪选的那家咖啡厅。

陈雪坐在靠窗的位置，看着姜津津又开了一辆豪车过来停下，心跳加快，赶忙低头跟老公发了消息："你快点来，这可是个货真价实的豪门太太！做成她这一单，够今年一年吃的了！”

姜津津走进咖啡厅，找到了陈雪，在她对面坐下：“你老公呢？”

陈雪连忙解释：“他是个办实事的，一听说你想买商铺，就去整理资料了，现在在赶来的路上。津津，不管你在不在我老公手上买，那资料我们都给你准备齐全，让你尽量避开风险，毕竟我们是老同学嘛。”

“客气了。”姜津津唤来服务员点了一杯美式，又装作不经意地说道，“之前都没问，孙会灵现在在做什么？”

陈雪小心地看了她一眼：“她啊，被尹冠林骗得不轻。她成绩不是很好吗，考的大学也好，当时想考研来着，结果尹冠林拦了她，她就没考。本来找了个挺好的工作，虽然加班多，但工资很高，尹冠林又不同意，说想让她清闲一点，能顾着家。”

陈雪语气里有着些许瞧不起尹冠林，说道：“然后她就找了个事少的工作，工资特别低，还没什么前景。”

“可惜了。”姜津津是由衷地感慨。

这样半真半假地闲聊，很快陈雪也就打开了话匣子。为了拉近跟姜津津的关系，主动地说起这两人的不是：“其实我后来跟程华谈过。嘘，这事你等下可别跟我老公提。”

“嗯，然后呢？”

“程华高中时不是跟尹冠林一个寝室的嘛，两人关系还不错，所以这事是程华告诉我的。尹冠林当时总想给你留下很特别的印象，不过你一直无动于衷。尹冠林这个人真够小气的，一时气不过，就……”陈雪顿了顿，“反正我们都被他骗了，现在想想也是，你这么漂亮这么优秀，怎么看得上尹冠林。”

姜津津放在桌子底下的手攥了起来。所以，因为这么一件事，以前的姜津津在当时被那么多人孤立了？！

她深吸一口气：“是啊。”

陈雪一怔：“津津，你还介意吗？”

姜津津柔柔地看向她。

“现在想想，我们都是被利用了，不过，还是我们做得不对。”陈雪语气真诚地说，“那天就想跟你道歉了，这些年来我每次想起这事都有些难受。”

姜津津在想，这些人当年未必就没有猜到事情的真相。只是啊，或许是为了合群，或许是为了张扬自己的正义感，他们都选择了视而不见。

姜津津已经没在听陈雪说话了，等时间差不多了，在陈雪老公还没来之前，她便借口离开了。或许是因为她跟书中的姜津津同名同姓又有共同相貌的关系，她有时候甚至觉得，书中那位就是这世界上的另一个她。

她此刻忍不住想，如果自己能在书中的姜津津高中时期来到这里多好，她会教那些败类怎么好好做人。

从咖啡厅出来后，姜津津便跟 Edwin 联系上了。她拜托 Edwin 约上尹冠林公司那个被辞职的女同事。

她知道，这些道歉对于书中的姜津津来说都太迟了。可是，这世界上没有伤害了别人之后还能全身而退的道理。

Edwin 很惊讶姜津津居然对这件事情上心了。

姜津津莞尔一笑，解释道："我跟那个尹冠林有仇。"

Edwin 了然。

那个被辞职的女同事看起来非常瘦小，然而爆发出来的力量也是无穷的，她眼里像是有火光一般："我问过了，不止是我遇到了这种事。除了我以外，现在部门里还有其他同事经常被他骚扰，在我之前，也有一个女同事跟上级反映过情况，可尹冠林威胁她，说如果她再这样下去，他就跟她男朋友说，他们已经发生了关系。所以，她忍了。"

"那公司就没有一个领导重视这件事吗？"姜津津问道。

"有！有一个女领导。"女同事神色黯然，"但这个女领导后来被调到其他岗位了。她联系过我，说公司里有这种行为的不只是尹冠林，还有更大的领导，上面怕拔出萝卜带出泥。"

"他给我造成了心理阴影。"女同事哽咽着说，"我至今不敢一个人去洗手间，凭什么我被辞退了，他还在公司？"

姜津津跟 Edwin 都沉默了。

三人正在商量着下一步该做什么、该怎么让这件事情引起关注时，姜津津的手机振动了一下，她点开一看，是谭青青发来的消息："津津，我加了石老师的微信，现在推送给你，正好我跟石老师聊了几句，她说就这两天会来燕京出差，到时候你们可以见面叙旧。"

姜津津看着那个名片推送。现在离她想要知道的事情只有一步之遥了。她深吸一口气，加了那位石老师。

正当姜津津跟这位心理辅导老师聊天约好见面时，周明沣的电话进来了。她起身来到安静的廊道，这才接通了他的电话。

“喂。”

周明沣：“阿衍说请吃饭。”

听到他的声音，再想起今早出门时周衍的耳提面命，姜津津的心情总算好了一些，脸上也有了笑意：“嗯，我知道。”

周衍的暑假时光要结束了，他拿到了工资，那是他劳动赚来的钱。

刚刚拿了工资还是热乎的，他便迫不及待地约了他们吃饭。当然他说了，他想约的是她，他爸爸只是顺带的。

“在做什么？”

“跟 Edwin，就是我那个同事，还有另一个人在一块儿喝东西。”

“嗯，在哪儿？”

姜津津报了地址：“我等下……”

她刚想说自己过去时，他回道：“你介意我过去接你吗？”

姜津津忽而笑道：“我当然不介意，你怎么会这么问？”

“怕你不想公开。”周明沣开了个玩笑，“阿衍说你很有偶像包袱。”

“怎么可能，我巴不得出门就拿个大喇叭满世界宣扬我是周太太！”姜津津顿了顿，“我主要是怕你有心理负担，毕竟 Edwin 是我同事，也是你的员工，他见过你的。”

“没有心理负担。”周明沣这样说。

姜津津想了想：“所以，你该不会还是误会了，以为我真像你前小姨子说的那样吧？”

周明沣沉默了几秒，说道：“阿衍今年十六岁。”

姜津津：“嗯？”

“他十六。我三十九。”周明沣说，“他都没误会，我会误会？”

姜津津憋着笑应道：“哦，哦。”

挂了电话后，姜津津回到座位。

Edwin 问：“等下一起吃个晚饭？正好有一家新开的美蛙鱼头听说不错。”

姜津津：“我家属过来接我。”

Edwin：“那好。下次再请你。”

十五分钟后，姜津津收到了周明洋的微信：“还有五分钟到。”

她握紧了手机，拿起包说道：“我先出去，我家属马上就到。”

虽然周明洋说不介意也没心理负担，可她也怕吓到了 Edwin。

毕竟这么突然，他也没个缓冲的时间。

“好。”Edwin 其实也不太想跟朋友的伴侣打交道，“那下次再约。”

姜津津刚起身，抬起头来，只见迎面走来一个人——一个说五分钟后到的人。

周明洋依然是穿着正装。虽然离上次他去味美公司开会已经过了一段时间了，可 Edwin 还是一眼就把人认了出来。毕竟周总外貌气度出色，见过之后短时间内是很难忘记的。

Edwin 见周明洋来到姜津津身旁，动作自然地牵起了她的手。

他看了看姜津津，又看了看周明洋。

是他想的那个意思吗？

Edwin 一脸震惊，却还是没忘跟周明洋问好：“周总……好。”

姜津津无奈地看向周明洋：“你不是说五分钟后到吗？”

周明洋面不改色地说：“可能我这边信号不好，发送消息比较迟缓。”

姜津津只好跟 Edwin 介绍：“Edwin，介绍一下，这是我丈夫。”

Edwin 的瞳孔仿佛地震了一样。

周明洋微笑颔首道：“你好。”

寒暄之后，那位女同事要去洗手间，姜津津知道她有心理阴影，主动将包塞给周明洋后，便跟了上去。

卡座只剩下还未回过神来的 Edwin 和周明洋。

Edwin 的茫然震惊，跟周明洋的气定神闲，形成了鲜明对比。

两个男人相视无言，还是周明洋主动打破了沉默，他看向桌子上的那杯冰美式，问道：“这个是津津的吗？”

Edwin 连连点头。

周明洋淡定自若地端起那杯姜津津喝过的咖啡，喝了一口。

“津津的朋友不多。”周明洋神色温和地说，“她是把你当成了朋友，才会让我过来。你不用紧张，现在是下班时间，不必把我当成周总，就把我当成你朋友的丈夫吧。”

Edwin 听了，一直僵硬的身体稍稍放松了一些。他看了一眼周明洋，想起了他之前那些好友的男友，也想起了姜津津跟他提过的合伙开美甲店的事。

鬼使神差之下，他竟然脱口而出："您不介意吗？"

话一出口，他就后悔了。后悔问出这没头没脑的一句话，也后悔自己的唐突。他跟津津虽然关系不错，可也实在不该问这句话。

要是周总没误会还好，一听他这话反而误会了怎么办？那不是让津津为难吗？

他在学生时代也有过关系很好的女性朋友，最后都因为对方伴侣的介怀，而渐行渐远。

周明洋失笑："我的秘书们都是女性，公司有几位早年就跟着我打拼的副总也是女性，包括我的私人律师也是我的学姐，这都是经常打交道的，津津从来没有介意过。"

"我们既然已经结婚成为夫妇，自然是对对方无条件信赖。"周明洋看向Edwin，又喝了一口杯中的美式，"津津的朋友不多，我很高兴她能交到合得来的朋友。

"所以，我不介意。"

第四章

做你认为对的事

等姜津津陪着那位女同事从洗手间回来时，看到的就是眼前这一幕。

周明洋跟 Edwin 居然聊上天了，而且看两人的神情，似乎聊得还很愉快。

最令人惊讶的是 Edwin 看向周明洋的眼神，让姜津津一下子就想到了一个人——刘助理。

当然 Edwin 的眼神没那么崇拜，也就是刘助理的十分之一吧。她不由得摁亮手机看了一眼时间，她离开最多不超过十分钟，这十分钟里究竟发生了什么事，让 Edwin 一秒折服于周明洋的个人魅力了！

周明洋见姜津津过来，他也从容起身，对 Edwin 笑道：“小李，下次再聊。有空的话来家里坐坐。”

Edwin 也赶忙起身，伸出手跟周明洋握了一下，郑重地说：“周总，您客气了，下次我去拜访您！”

姜津津看着他俩客套寒暄，眨了眨眼。

等到跟周明洋走出店里后，姜津津才疑惑地追问道：“发生了什么事，你俩怎么突然……嗯，聊上了？”

要说周明洋跟 Edwin 有共同话题，那也太夸张了，她也不会相信。

就像她，一开始跟周明洋也聊不了几句啊，他的工作她不懂，她的想法他也没空去研究，十来岁的年龄不是白长的。

周明洋沉吟了一会儿，说道：“我只是尝试着在进入你的朋友圈。”

姜津津抬头看向他，等反应过来后，唇角疯狂扬起，却还是矜持地问道：“哦，那结果呢？”

“结果是，还不错。”周明洋说，“至少认识了。我在犹豫一件事。”

“什么事？”

“下个月月初，我母校有校庆活动，你有空陪我一起去吗？”

姜津津一双眼睛闪啊闪地看着他。她手背在后面，一副骄傲得不得了的样子：“那我要翻翻我的行程。”

“行，我等你通知。”周明洋语气虽然无奈，但眉眼间全是愉悦之色。

今大周衍请客，姜津津就算是有再大的事情，都要排在后面，等两人坐上车后，姜津津拨通了周衍的电话，周衍报了地址，他们前去接他。

等到目的地时，周衍正坐在公交站台的长椅上，正弓着腰玩手机。隔着一段距离，看不大清楚他的神情。

在姜津津的安排之下，他现在的衣品比以前好太多了。

他正处于十六岁，即便什么都不做，浑身上下都是满满的少年感。他戴着黑色的棒球帽，压低了帽檐，一手握着手机，偶尔会抬头往马路那头张望一眼，这一眼就看到了姜津津的车。他咧开嘴笑了，将手机揣回裤袋，脸上漾着笑意，朝停车处大步走去。

姜津津一阵恍惚。短短两个月，周衍好像就变了很多。他身上再也没有从前那冷酷的狂妄的气质，现在的他更像是一个十六岁高中生。

难道这就是成长吗？

“在想什么？”周明洋扫了他一眼，问道。

姜津津一手托腮，拉长了语调说：“这以后会便宜哪家的宝贝闺女呀？！”

她说这话时，周衍正好上车坐在后座。

姜津津经常开的这辆车车内空间偏小，他又是清瘦的大个子，坐在后座，双手搭在膝盖上，还有些局促。他搭话道：“谁家的宝贝闺女？”

“我跟你爸在聊你的终身大事。”

周衍一口气堵在胸口，最后吐出一句话：“无聊死了。”

周明洋失笑：“阿衍还没开窍。”

姜津津却是笑道：“我已经开始羡慕了。”

周衍：“喂！”

怎么回事，两个大人就这样肆无忌惮地当着他的面聊他未来的恋爱对象，他目前至少近几年根本就不会谈恋爱的好吗！

"好、好、好，不逗你了。"姜津津扭头问他，一脸期待，"去哪儿吃啊？"

她又说："我可太期待这一顿了，中午可没吃饱，留着肚子呢。"

周衍也兴致勃勃地握着手机："我今天下午都在研究这个，不过看了一圈，也没选到合适的。要不，我们去超市自己买菜做一桌饭菜？"

姜津津："……"

她一脸无语地看着他："究竟是没选到合适的，还是你根本舍不得？"

周衍是不是对自己的认知不够，他可是未来的首富之子！

周衍垂眸承认了这件事："我觉得不太划算。以我们三个人的胃口，在超市花两百块买菜就可以吃得很好了，在外面吃，两百块能吃什么？"

姜津津："……"

可能是姜津津的眼神太过嫌弃，周衍突然硬气起来，全然忘记了这顿饭是他自己提出来要请客的："他不知道我每天搬货有多累，你应该知道啊！那可都是我的血汗钱，我一天也赚不了两百呢！"

有理有据，姜津津无从辩驳。

"挺好的。"周明沣语气淡定寻常，"在外面吃或者在家里吃，都一样。"

姜津津能怎么办呢，就只能答应了啊！于是，他们重新改变路线，导航去了附近的一家大超市。

周衍倒是很有兴趣，心情也很好，毕竟节约了不少钱。姜津津走到超市门口时，才猛然想起来，这好像是他们三个人第一次一块儿来超市。这难道不值得纪念吗？

"等一等。"

她这话一出口，一左一右的两个周姓男人都停下了脚步。姜津津笑逐颜开地拿出手机，示意两人进入镜头："来、来、来，拍照留念一下，今天是我们第一次一起来超市采购。"

周衍嘴上说着无聊，身体却很诚实，强势地闯入了镜头。

周明沣却是很无奈。

姜津津打开的相机软件里带有特效。他一进入镜头，头上就有着兔子耳朵，这太难为他了。

姜津津看了好一会儿，最后关掉了特效，重新回到没有磨皮、没有柔光的原相机模式。

她哀号一声："原相机的效果太恐怖了！"

她明明已经是天生丽质了，可长久以来，也都习惯了用现在市面上更火的特效相机，结果活在特效相机里久了，此时冷不丁地看向原相机，她觉得这个效果太不友好了！

周衍不愧是周明沣的儿子，一出口也有那味儿："一样啊，我觉得原相机更好。"

说着他还摸了摸头发。也就是他长得帅气质好又年轻，这要是再过几年他做这动作，姜津津都要怀疑周明沣开发了油田要让他继承。

其实姜津津这样的相貌，用原相机拍照非但不丑，反而有一份真实的美丽。

拍了几张照，周衍去推购物车，姜津津则低头挑选着照片，也没注意看路，周明沣果断地探出手拉过她，让她挽着他的臂弯。

他瞥见她相机里的照片，说道："给我发一张。"

他顿了顿，补充了一句："当屏保。"

这件事源于姜津津一次无意的吐槽，她在看过他的私人手机后，随口说，他居然用手机原始图片屏保。他当然也就记了下来。

姜津津抿唇一笑道："好小心眼哦。"

周明沣神色坦然地看向前方："大概是被传染了。"

姜津津毫不客气地掐了他一下。

今天周衍买单，那自然是周衍来挑选食材。

周衍推着购物车在一旁等着他们，姜津津一走过来，他就自然地跟她商量，不知不觉地将周明沣挤到一边去了："我想过了，我们就三个人，晚上也不太适合吃很多，就两荤一素一个汤，怎么样？"

姜津津看不惯他这样子，柔柔地笑道："要不，我们去小碗菜吃吧？点四个小碗菜就够了，米饭还管够，一顿下来只要几十块耶！"

周衍听出来她是讽刺他了："那你是想吃满汉全席呢？"

"你告诉我你的预算。"

周衍摸了摸鼻子，看了一眼被他挤到鲜果区的爸爸："两百。"

姜津津："……"

最后周衍跟姜津津在一旁商量好了菜品之后，就开始采购了。

姜津津抱胸，冷眼旁观周衍选菜，后来可能实在是看不下去了，一拍额头，嘀咕着"我是作了什么孽"便来到了周衍身旁："花甲不是这样挑的，你要挑活的呀。”

周衍震惊了：“这难道还分活的死的？”

“不然呢！”姜津津瞥了他一眼，“真是不食人间烟火的少爷。”

周衍轻哼：“那你来。”

姜津津对他勾了勾手指：“来，你看，活的花甲你碰一下它的触须，它就会立马缩回去。试试。”

周衍也伸出手，碰了一下触须伸得老长的花甲，果然，它立马缩了回去，壳紧紧闭着。

他脸上是跟发现了什么大宝贝一样的惊喜笑容：“还真是！”

“傻不傻！”姜津津也笑，“都不知道怎么挑，就说要炒花甲。”

不远处的周明沣看着两人挑花甲，再听着他们的对话，不由得会心一笑。这样的烟火气息，确实是好久没有了。

很多人似乎都有着疑惑，疑惑为什么阿衍跟她相处得不错。周明沣却不觉得奇怪，他忙于事业，钟菲也不清闲，在阿衍成长过程中，父母都有缺席，令他欣慰的是，阿衍并没有长歪，即便叛逆，为人也正直善良。这份缺席，不是谁能替代得了的。只是那个家里太过冷清，有一天来了一个家庭成员，给这个家带来了不一样的气息，阿衍便悄悄地、不知不觉地挪到了她身边。

买好了菜，也打好了价，周衍拿出手机计算器，一件一件地算着。

姜津津看他那细致节俭的神情，拉了拉周明沣的衣服，凑到他耳边说：“你瞧瞧，这打了一个多月的工，就完全不一样了呢。”

周明沣笑道：“知道赚钱的辛苦也不错。”

周衍算出结果后松了一口气，很大气地对姜津津说：“预算两百，现在一百四十八，还剩五十二的额度，都给你！”

姜津津很夸张地拍了拍胸口，说道：“吓死我了，好大的口气！不知道的还以为你要给我五十万、五百万。”

周衍貌似恼羞成怒：“那你等着瞧，我以后给你五十万、五百万！”

“你做证啊。”姜津津挽着周明沣的手，“他说他以后给我五十万、五百万。”

周明沣按了按太阳穴：“好，做证。”

姜津津想着五十二块钱不要白不要，立马一溜烟跑到冷柜区去挑选酸奶了。

她很幼稚的，故意挑选无糖酸奶，因为这样周衍就不会跟她抢。他很喜欢喝那种甜甜的，还带有很多果粒的酸奶。

回去以后，在杨管家惊悚的目光中，在姜津津的指挥下，两位周姓男人进了厨房，周衍负责洗菜切菜，周明沣则负责下厨。

周衍扭头问："你呢？"

姜津津理直气壮地："我摆盘。顺便醒酒。"

事实证明，下厨这件事，男人们也可以做得很好。周明沣虽然很长时间没下过厨了，但按照食谱里的步骤来也有模有样的。杨管家将空间都留给了他们，主楼这边只剩下他们三个人。

周衍一边吃一边说："我说得没错吧，这要是在外面吃，两百块吃个寂寞，还是家里吃得舒服。"

姜津津看着父子俩吃饭，内心涌起一种温暖。无论她之前心情有多么糟糕、多么阴郁，现在看着他们，哪怕只是吃一顿寻常的饭，哪怕只是闲聊，消极的心情得到了抚慰。

正值八月底，天黑得很晚。

吃过饭后，外面还有着一丝亮光。姜津津提出邀约，约父子俩出去溜达一圈。这森林别墅区风景好，空气也清新，饭后走一走最是舒服不过。

周衍依然是嘴上一套，身体一套。

"散步多无聊。"

他这样说着，却比谁动作都快到玄关处换了鞋。

三个人散步，姜津津走在中间，周衍跟周明沣则是左右护法。

姜津津看了看晒黑了的周衍，又看了看周明沣，很自信地伸出手臂，跟两个人都比对了肤色，得出了结论："我们现在像不像黑白三煞？"

周衍："……"

周明沣肤色不黑，但姜津津实在是白得透亮。

一般都是姜津津跟周衍两个人吵吵闹闹，周明沣只有在看不过去，或者觉得很吵时才会开口。

三个人走在别墅区，可以称得上是一道引人注目的风景。

看着姜津津带着左右护法在溜达，别墅区的太太群里已经拍了照片在进行热烈讨论："不是我亲眼看到我还不相信！这周太太究竟是何方神圣？"

没两天，周衍开学，正式成为一名高三生。

开学这天周明沣早上在工业园有很重要的会议，根本走不开，于是，姜津津便以周衍家长的身份带着他来学校报到。姜津津现在习惯自己开车到处跑，很少会出动司机，周衍也习惯了在周明沣不在时，坐在副驾驶座上。

今天对姜津津来说，是很重要的日子。

第一，周衍开学。

第二，那位心理老师石老师昨天晚上的飞机来了燕京，两人约好中午一起吃饭。

姜津津握着方向盘，想起这几天查到的蛛丝马迹，在等绿灯时，看了一眼身旁的周衍，突然问道："周衍，你在学校见过校园霸凌吗？"

周衍闻言一怔，摇了下头："好像没。"

或许有，他也没有注意到。周衍从小到大的生活环境都很简单。就比如说这所国际学校，学生分成两派，成绩好的，以及家境好的。

成绩好的没空去搭理别的事，一门心思都扑在了学习上，想为自己的未来努力。家境好的，就更不会做出这样的行为，毕竟各自的父母都不是吃素的。因此，同学之间肯定是有矛盾，但发展到霸凌这种程度的，特别罕见。何况，在学校里谁有胆子欺负周衍。

周衍见姜津津神色不对，便问道："怎么了，你以前被人欺负了吗？"

这个问题，姜津津还真不知道该怎么回答。她没有被人欺负过，但原来的姜津津有。

周衍一见她露出这种神情，便断定她以前被人欺负过，一时之间有些激动甚至愤怒，侧过身子说道："这样，你给我一份名单，谁欺负你，你告诉我！"

自家人被欺负了，这种小事他还是能解决的。

"谢谢。"姜津津真心实意地一笑，"不过，这件事我想自己去处理。"

周衍不作声了，过了一个红绿灯后，他才嘀咕了一句："我爸真没用，居然这点事都不能处理。"

在周衍心里，自己妻子被人欺负，哪怕年代久远了，那也不能坐视不理。

这还是男人吗？

当然也只有周明沣不在的时候，他才敢这样吐槽。

姜津津浅笑道："不是，你别误会，我还没跟他说，他也不知道。我还是想自己处理。”

“我爸不知道？”周衍神色怪异地看向她问道。

“是的呀。”姜津津侧过头对他说，“所以这件事你也别说，我就说给你听了。”

周衍有些得意。其实这个问题是很严肃的，他很想打听清楚，但听到她说，她连他爸都没说，只说给他听了。他心里有一种说不上来的雀跃：连我爸都没说，却说给我听。所以在她的心里，是不是他比他爸更可靠？

一路上周衍的心情都很好，在学校教学楼下面，他跟姜津津分开，姜津津去给他交学费，他去教室报到。在去教室的路上，他的表情之怪异，令经过他身边的学生都忍不住回头看。

他一会儿高兴，一会儿想到姜女士以前经历过校园霸凌，神情便十分难看。思来想去，他在教室后门顿足，从裤袋摸出手机，给她发了一条微信：“如果你处理不了，记得告诉我。”

他想以自己的方式帮姜女士出气。

很快地，他收到了她的回复：“好，好，好。”

他还来不及欣慰，她又发来了一张孩子给妈妈洗脚的图片。

周衍撇过头，脸上是“好烦但又好想笑”的表情。

他的腿长，坐在课桌前有点拘束。他懒懒地打开书包，拿出假期前老师布置的试卷。书包里还有徐从简的笔记本，他下意识地抬起头，看向整个教室据说风水最好、地段最好的位置。

徐从简已经来了，换上了校服。

周衍笑了笑，上学期打死他也不会想到，居然有一天能跟徐从简相处得不错。

还没打上课铃，严正飞从别的教室过来，见周衍正在拿着试卷对答案时，险些以为自己眼花，趁周衍一时没注意，抢过他的试卷翻了又翻，一脸惊悚：“什么情况？”

虽然身为周衍多年的好友，他非常希望周衍能够好好学习，可真当周衍一改前几年的学渣作风，开始认真学习后，严正飞反而不习惯了。

周衍翻了个白眼，说道：“拿来。”

严正飞乖乖地将试卷还给他，又凑近了他。

周衍往后一仰，一脸嫌弃：“走开。”

严正飞：“不是哥，你怎么回事？真要‘金盆洗手’？”

“文盲啊！你会用成语不？”

“好。真要‘回头是岸’了？怎么回事，你受了什么刺激？”严正飞一张嘴说个不停，“是不是周叔叔终于采取强硬措施，揍了你几顿？”

周衍忍无可忍：“上课了。”

严正飞：“哥，你告诉我呗，我太好奇了！”

周衍无奈，压低了声音，说：“未来压力大，以后要给好几个人养老。”

“好几个？”严正飞掰着手指头数了数，“不就你爸你妈。”

周衍不作声。

严正飞脑子里瞬间闯入一个令人惊掉下巴的猜测：“莫非还有你后妈？”

周衍看了他一眼，没有否认，吓得严正飞直接伸出爪子摸了一下他的额头：“不是吧！哥，你脑子烧坏了吗？你要给你后妈养老？”

周衍说：“别后妈长后妈短的。”

严正飞只好将心里话都憋了回去，又数了数，说道：“好家伙！你爸、你妈、你后妈、你后爸，未来还要加上你老婆的爹妈！衍哥你完了，你以后要给六个长辈养老。”

周衍眼皮微掀，有些不爽。

严正飞毕竟是他这么多年的朋友，一见他这表情，立马说道：“行，你好好学习。太可怜了。”

周衍已经握紧了拳头，严正飞见状，赶紧一溜烟跑了。

另外一边，以往都是刘助理来处理周衍入学这些事情。

姜津津头一回以家长的身份来交学费。这学费真不便宜，难怪家长们要花费这么大力气选一个会长出来。仔细想想，如果她是这些家长，每个学期出个几十万费用，肯定也希望能物超所值。要是学校收了这么多钱，结果各种条件都没满足，换她她也生气。既然是国际学校，收学费时丝毫没跟家长客气，那各种设施条件也自然得达到国际学校该有的水准才行。不然，送自己孩子去其他学校不好吗？

家长们能来的都来了，看到姜津津，一个个都热情得不得了。

姜津津自然知道他们客气的原因，不需要他们提，她就主动开口说道：“各位放心，既然我当了这个学期的会长，那我一定会负责。接下来除了周日以外，每天中午我都会过来一个小时，到时候我在群里发视频怎么样？”

这当然好！家长们求之不得。其实他们也没别的想法，就是希望自己花的钱值得。

花几十万的学费，结果待遇跟普通学校一样，那不是让人生气得想吐血吗？

姜津津已经想好了，这就九月份了，还有不到三个月的时间就可以参加考试了，等她考过了，味美公司的工作她是要辞掉的。本来就只是一个巩固的作用。这三个月里，便利店、学校两头跑还算轻松，偶尔去公司一趟也不算任务重。

学校这边的事情处理好后，已经快十二点了。姜津津跟周衍打了招呼后，便匆匆忙忙地离开，来到了跟石老师约好的餐厅。

跟她想象的不一样，石老师很年轻，看起来也不过三十多岁。

石老师见了姜津津，一开始还有些不自在，毕竟好几年没见了，不过姜津津一向擅长炒热气氛，等菜上齐以后，石老师的神情也轻松自在了许多："听他们说你现在过得很好，我真是为你开心。"

一个人过得好不好，从眼神从神情是可以分辨出来的。姜津津看起来比高中时期好多了。漂亮又灵动，眼神也干净得很，像是被人保护得很好的样子。

姜津津看着石老师眼里毫不掩饰的关心跟欣慰，心里感到宽慰。书中的姜津津在高中时期，虽然碰到了那样的事，遇到了那样一群坏而不自知的人，但好在那段岁月也不是一点温暖都没有。

"老师，您过得好吗？"

石老师笑道："还不错，现在学校社会都注重学生心理这一块，不像十年前。我那时候刚毕业你是知道的，来了才发现每天的工作就是帮别的老师打杂。"

十年前，所谓的心理老师，并不被学生尊敬。就算心里不痛快，学生们也不会选择去寻求帮助，因为被其他同学发现，说不定会被冠上"心理有问题""神经病"这样的名号。

姜津津想到，谭青青说书中的姜津津跟石老师关系不错。

那么那个时候，书中那位是不是也被人污蔑过。她垂眸，搅动杯中的茶。

两人一边吃饭一边聊天，主要聊的还是现在的生活，姜津津心里急切，面上却不显，直到饭快吃完时，石老师随口问道："你现在还会做梦，梦到世界上的另一个你吗？"

姜津津怔了一怔，本来用勺子挖酸奶吃的，她一时不慎，勺子摔落在碗中，发出清脆的声响。

她赶忙低下头，掩饰了脸上的神情，语气含混不清地说："这个？"

“后来我跟我师兄研究过，这也不算是坏事。”石老师脸上是一种能安抚人心的笑容，“你身体内另一个人格一直陪着你，当年我还很想帮助你，但我师兄说了，那至少也是一种陪伴。你现在还会梦到她吗？”

直到此时此刻，姜津津才将所有的事情都串联在一起。为什么以前那个姜津津会在画册上说，自己在世界上最好的朋友叫姜津津，为什么那本画册里有好多她的画像。

也许是机缘巧合，书中的姜津津在高中时期有了这样一段经历，在她最茫然无措、最黑暗的时光里，她梦到了世界上的另一个姜津津。

那个姜津津热情开朗、乐于助人、温暖明媚。她看着那个姜津津那样开心，也被治愈了。并且认定对方是自己最要好的朋友，哪怕对方对自己的存在一无所知。

她在对方不知道的情况下，和自己“最要好的朋友”一起经历了漫长的岁月。每一次开心，每一次伤心。

直到石老师走后，姜津津还坐在餐厅里。她想起了自己曾经也做过一个梦，那是一个午后，她睡了一觉，梦中梦到了自己跟一个女孩子一起逛街，一起逛饰品店，她看不清那个女孩子的脸，但她知道，她们是这个世界上最亲密的朋友。等到醒来后，她怅然若失，因为她看不清那个女孩子的脸，但那种感觉真的很好。

所以，其实大家包括石老师都误会了。书中的姜津津并不是双重人格。她不是书中姜津津的第二种人格，她是世界上的另一个姜津津，而她们是最好的朋友。

姜津津在餐厅独坐了快一个小时。她终于下定了决心，拨通了周明沣私人律师沈晴的号码。

沈晴很意外她会打来电话。

姜津津语气低沉地将高中时期经历的种种都讲述了一遍，中途时，一度哽咽。

沈晴沉默了许久，问道：“你想做些什么？”

姜津津握紧了手机：“我想起诉。这种情况如果我收集好证据，能起诉那些人吗？”

“有难度。”沈晴说，“因为时隔太久了，而且就算最好的情况发生，行为最严重的人也很难判刑。关于校园霸凌这种现象，国内还没有引起特别广泛的关注。”

姜津津“嗯”了一声：“我知道，能成功最好，不能成功的话也要试试，至少让那些人知道，我没有忘记，并且接下来我会一直盯着他们。”

如果她知道了所有的来龙去脉，仍然无动于衷，仍然想着坏人自有天收而不付诸行动，那她对得起书中的姜津津将她当成最要好的朋友吗？她会让那些人知道，即便他们没有付出代价，余生她也会盯着他们。她要让他们知道，当事人都没有忘记，他们凭什么忘记；当事人都没有放下，他们更没有资格放下。

沈晴答应了：“我会给你介绍在这方面有经验的律师，一起收集证据。”

姜津津笑了：“沈律师，谢谢你。”

“不谢。”沈晴回道，“其实我学生时代也被孤立过，懂这种滋味。”

跟沈晴通完电话后，姜津津看到周明沣发来的信息，略一思索，整理好情绪后，拨通了周明沣的号码。

他很快地接通了：“在哪儿？”

姜津津深吸一口气，还是不想让周明沣察觉到自己的难受：“在一个餐厅，跟以前一个老师刚吃完饭。怎么了？”

“没，就是想问下你下午有没有时间，今天阿衍开学，我上午没空，要不下午一起去接他放学？”

姜津津闻言笑道：“好啊，没问题。”

她想起那件事，她说给了周衍听，也说给了沈晴听，难道还要瞒着他吗？当然不。只是她不知道该怎么跟他说。

她当然知道，如果将一切都说给他听，那么她想处理起来，肯定会更容易些。

她陷入了沉默中，周明沣居然也包容了她难得的沉默。他静静地等着她。

电话里，两人都没说话，也不知道过了多久，姜津津突然说道：“我要去做一件事，可能很多人都会觉得我小题大做，可能别人也会觉得我小心眼。”

周明沣也没问是什么事，只是说道：“没关系，不必在意，去做你认为对的事。”

姜津津心情放松了：“你不问我是什么事？”

周明沣正站在办公室的落地窗前，目光深沉地看着底下的车流，他握紧了手机：“你想说的时候自然会说。”

“嗯。”姜津津尽量语气轻快地说，“那就等我办成了这件大事，再告诉你？”

“好。”周明沣想了想，低声道，“那，你加油。”

姜津津的手机贴着耳朵，几乎贪婪地听着他的低语。

她太需要一个抱抱了，周明沣的抱抱。

“周明洋。”她突然开口喊了他一声。

“嗯？”

“你真好。”

很少有人会说他好。

周明洋失笑，醇厚的笑声从听筒传至她的耳膜：“那，好人周明洋能问你一个问题吗？”

“什么？”

“你在哪儿，地址给我。”

姜津津挂了电话后，摁亮手机这个动作做了好几次，确定她没看错，现在真的四点没到！

工作狂人设不倒的周明洋，居然在这个点来找她！

姜津津内心感动地等待着他的到来。她是坐在靠窗的位置，这里的视野很好，餐厅对面是一个湖泊公园。这个点已经没什么人了，餐厅里很安静，让人可以尽情地放空自己来发呆。

还好这餐厅比较多元化，除了正餐以外，也卖甜品饮料。

半个小时后，周明洋出现在餐厅外面，他也没急着进来，饶有兴致地站在那落地窗外面看着她。

两人中间隔着窗户，姜津津心念一动。看着他沉稳的笑，她也笑了起来。

赶紧唤来服务员埋单，然后拿起包小跑着走出餐厅。

周明洋的抱抱，她来了！她这会儿卸下了矜持，张开手臂就朝着他飞奔，他早就做好了准备，牢牢地托住了她。

她笑盈盈地看着他，眼里都是他：“你居然真的来了！”

周明洋“嗯”了一声，脸上是认真严肃的神情：“其实还没下班。”

姜津津一顿：“什么？”

周明洋放下了她，只不过还是搂着她的腰：“所以，陪我去看个项目。”

姜津津：“……”

周明洋工作狂人设依然是稳稳在线的一天！

姜津津老老实实地跟着他上了车，上车后还有些疑惑：“没带司机？”

周明洋淡定地一手掌握方向盘倒车：“嗯，看完项目就回去，就没带司机。”

也是他这会儿的语气太过镇定，太过寻常。

等他开车载她来到燕京的游乐园时，她才后知后觉地问道：“这就是你说的项目？”

周明洋倾身，帮她解开安全带，依然是认真的神情，一本正经地说：“最近有个朋友想开一家游乐园拉我入股，我想看看值不值得投资，自然是要来亲自探访。”

姜津津侧过头，探出一只手捂住半边脸，脸上是止不住的笑意：“好敬业哦，周老板。”

两人下了车，周明洋牵着她走向售票处。

在等待出票时，姜津津拉起他的手，在他的掌心画了一下。

周明洋回过头：“什么？”

姜津津在空中又画了一下：“对钩，你这个学神对对钩应该特别熟悉吧！”

“你不是说过，做题的话，习惯先做会的，再做不会的？”

周明洋想起来，那次在晚宴阳台上，他的确说过这句话。她说他不懂她的快乐，他说先做会的，再做不会的，以后会慢慢摸索。

再想起刚才她手指划过他掌心的触感，他盯着她：“所以？”

“所以，恭喜你，你答对了一题。”

周明洋的眼眸里都是淡淡的笑意。什么是情不自禁，他想他体会到了。他伸出手托住了她的后脑，将她带入怀中。

其实她想做的事、正在做的事他都一清二楚，他一面担忧，一面又期待。在感知到在电话中她情绪低迷时，他做了一件他以为他这辈子都不会做的事，翘班带她来游乐园。

取了票以后，周明洋带着姜津津进了游乐园。今天是工作日，这会儿又是下午时分，游乐园的游客并不是很多，而且一路走来，看到了不少情侣，因此周明洋跟姜津津这样奇怪的组合，在游乐园里也就不显得突兀了。

入园以后，碰到了几个穿着玩偶服的工作人员。姜津津一时高兴，将手机塞给周明洋，让他帮忙拍几张照片。

结果，等她期待地拿过手机一看，整个人都无语了。

这拍的是照片吗？

没等姜津津抱怨他的拍摄水平差，周明洋自己反倒先开口：“拍得还不错。”

“哪里还不错啦？”姜津津深吸一口气，“行吧，现在我相信你不是无所不能、无所不会了，就拍照这件事，你的水平还不如周衍。”

没有对比就没有伤害，周衍的拍照水平虽然也不好，但跟周明洋一比，那实在是胜出太多了。

周明沣听了这话也不恼，淡笑道："我的确没什么给别人拍照的经验。"

这一句话，浇灭了姜津津那还未出口的一点点抱怨。

一段感情开始之时，实在太过美好。对方的一句话，能将自己轻易点燃，当然也能瞬间安抚自己。

姜津津早就不是那个到了游乐园就疯玩的小孩。除了非常刺激惊险的项目，像旋转木马、摩天轮这类的项目，她都是自动忽略的。

尤其是摩天轮，听起来很浪漫，实际上坐在舱内，旋转速度又慢，人很容易头晕。

周明沣陪着姜津津坐了过山车、大摆锤。

姜津津其实一点儿都不怕这些。只是总算借着这个机会发泄了一把内心的真实情绪，她开始大声尖叫。为了自己，也为了另一个姜津津。纵使认识了周明沣，认识了周衍、孙文清，还有徐从简他们，可她也实在很想念自己的闺密、挚友。原本的那个姜津津呢，她在哪里？这些问题，她根本就不敢深想，不是她没心没肺，而是不敢。

因为她也一点办法都没有。

周明沣就连坐过山车，神情也很淡定，与后排嗷嗷直叫的两位男士形成鲜明对比，以至于姜津津兴冲冲地来到服务台看照片时，一脸不可置信。她还准备找两张合适的照片买下来呢，结果每一帧画面里，她的表情都很夸张，而坐在她旁边的周明沣还是那样镇定，衬托得她像个憨憨。

没意思！老男人没意思！

不过姜津津很快就改变了她的想法，因为周明沣射击气球时动作实在太帅气了，最后为她赢得了一个超级大的玩具熊。

两人还算有点良心，在玩得尽兴时，也没忘记在学校奋笔疾书的周衍。

姜津津摁亮手机一看："周衍应该马上就要放学了。"

周衍所在的学校也有住校生，晚自习一般都是住校生参与，走读生比较轻松，下午放学后便可以离校回家。

"要不，"姜津津有了主意，"要不让周衍直接来这里吧？听说这里的夜场也很热闹。"

周明沣当然不会有意见："那你跟他说。"

姜津津一面低头发消息一面嘀咕："什么都让我来说，我是传声筒。"

周明洋一脸怡然自得："我跟他说，答案只有一个。"

姜津津偏过头，掩饰脸上的笑意，给周衍发了消息过去，顺便发了定位地址。

学校下课铃跟手机振动声同时传来。

周衍从口袋里掏出手机，点开一看，是姜女士发来的消息。

周衍："……"

姜津津："来玩。"

周衍："门票要钱。"

姜津津干脆就趁着这个机会，创立了一个家庭群，群名设定为——JJJ 全国后援会。

周衍率先发了消息："这群名什么意思？"

姜津津："@ 周老板，给你儿子发个红包让他买门票进来。"

周衍："……"

周明洋坐在姜津津身旁，两人在游乐园的一张长椅上。九月初，天气已经没那样炎热了，连带着夕阳照在地面也有一种别样的温柔。两人都在低头看手机。

周明洋果然发了一个红包，周衍手疾眼快，五秒内接收，绝不给姜津津"手滑点错"的机会。

周衍："我马上来。"

说着马上来的人，过了一个小时后依然没影。

姜津津忍无可忍，跟他共享实时位置，结果发现这家伙就在游乐园外面！

姜津津退出共享位置，又等了一会儿，还没见到周衍的影子，戳了他一下："还没进来？"

周衍："再等等。"

姜津津："为什么？"

周衍："再过二十分钟，我就可以直接买夜场的票，夜场的票便宜多了。"

姜津津面无表情地握紧了手机，侧过头看向身旁正优哉游哉仰头看天空的周明洋，问道："周衍现在越来越抠门了！"

校园文男主角能抠门吗？能吗？！

周明洋淡笑："他对你很大方。"

姜津津惊讶道："哪有？！"

"之前超市那次，他说给你五十二块，结果你拿了快一百，他也没说什么就付了钱。"

姜津津：“……”

是有这么一回事，但是……

“我后面又给他发了两百块红包，庆祝他成为高三生。”

周明沣终于收回视线看向她，他伸长了手搭在长椅上，从远处看着像是搭在了她的肩膀上一样。

“所以，你们都对彼此大方。”他又说，“对外人以及自己抠门一点，也不算是坏事。”

姜津津心想：所以，她是自己人了？

过了二十多分钟，周衍终于进来了，一路小跑着过来。看得出来，他也很高兴。

这种游乐园的项目有一大半都比较惊险，周衍玩了一圈，再也不死鸭子嘴硬地一边吐槽“好幼稚好无聊”，一边又唇角疯狂扬起了。

三人又按照地图指引来到了鬼屋。

这是姜津津最期待的项目了。

周衍站在门口，探头看了一眼里面很阴森，已经产生了退却心理，嘴上却说着：“好无聊，这种鬼屋我小学就不玩了。”

姜津津当然不会放过他，拽着他，带着周明沣进了鬼屋。

其实这种游乐园的鬼屋也不可怕，地方小，NPC（非玩家角色）们已经营业了一整天，早就已经累得想下班了，看到有游客进来，表演也不像一大早那样真情实感。不过即便是这样，周衍还是被吓到打嗝。

气氛突然朝着另一种方向奔去。

“桀、桀、桀……”

“嗝！”

NPC：“……”

走完鬼屋不过十来分钟，姜津津觉得很扫兴，因为一点儿都不恐怖，她最期待的关于废弃医院那一块，躺在病床上的NPC竟然无聊到在抠墙，还被她抓了个正着。

出来之后，周衍还在打嗝，周明沣却依然一脸淡定。

姜津津想到中途时，有个NPC来到周明沣身旁想吓他，结果周明沣居然还温声提醒了人家一句：“地上有水，小心滑倒。”

这个NPC也很憨厚，沉默了几秒后，很真心实意地说：“谢谢。”

姜津津看着周明沣云淡风轻的面庞，问道：“你一点儿都不怕吗？”

周明沣笑了笑，三人准备去别处，鬼屋这一块为了效果逼真，就是外面的小道上的灯光都是绿色的。

“不怕。”周明沣说，“小时候听多了半真半假的事。”

然后他语气寻常，缓缓地讲述了儿时从长辈那里听来的一个故事。

周衍听了又吓坏了，吓得嗝也不打了。

饶是经常看恐怖片的姜津津，听着周明沣用平缓的语气讲故事，也忍不住头皮发麻，打了个冷战。

周衍悄悄地往姜津津身边靠了靠。

姜津津也没拒绝，两人手臂挨着手臂，竟然找到了一丝安慰的感觉。

而周明沣，表情平静得仿佛讲的不是令人毛骨悚然的故事，而是谈论天气如何。

姜津津：“真的，假的？”

周明沣忍俊不禁，拉过她的手往自己身边带：“假的。”

周衍一见姜津津离自己都快超出一米范围了，赶忙追了上去。

“那你要赔偿我们精神损失。”姜津津抬起手臂，“你看看，我鸡皮疙瘩都冒出来了！”

周衍也搭腔：“就是。”

他不想让他爸觉得他胆小，又很刻意地解释了一句：“我是后援会成员，支持群主。”

姜津津：“……”

周明沣：“好，那去吃饭？”

最后姜津津跟周衍狠狠地宰了这没良心的资本家一顿。

几天后，姜津津从陈雪那里知道了一件事。

尹冠林被人起诉了，本来只有他公司以前的一个女同事想告他，也没太大胜算，结果峰回路转，突然又多了几个女同事一起发声。女同事将事情的来龙去脉都发在了微博上，被一个小有名气的博主转发后有了热度，尹冠林的公司为了声誉跟影响，暂时让他停职。

陈雪似乎看出来了姜津津还在耿耿于怀当年的事，便故意为了讨好她这样说道:“最搞笑的就是孙会灵了，尹冠林这次栽了，要真是立案上了档案，他以后……啧，反正这工作肯定是丢了，现在大家伙都知道了他那些事，都这种时候了，孙会灵居然还不想跟他分手，还想跟他结婚，你说她怎么想的啊？感觉完全被尹冠林洗脑了。”

姜津津很冷漠，她觉得这件事已经跟她没什么关系了。孙会灵是否能幡然醒悟，是否能一脚踹开他，这不是她关心的事，可能她这个人骨子里真的没多少同情心吧。

尽管尹冠林是那场霸凌的始作俑者，可真正默许并且推波助澜的人中，孙会灵也是一个。她不会落井下石地说孙会灵是活该，但她也不会同情一个加害者。

姜津津知道，时隔太久了，并且证据也不一定很充足，赢得诉讼的可能性太小，不过她还是要做。如果告赢了，那自然是意外之喜，如果告不赢也没关系，她的主要目的就是让每一个参与到这场霸凌中的人都能深刻反省。

周明沣的母校举办校庆活动。

姜津津对他的朋友圈子也很感兴趣，最主要的是，想去他待过的学校看看，想见见那些见证过他青葱岁月的老同学。

校庆活动果然十分热闹。周明沣现在也属于响当当的人物了，只是他比较低调，从来没接受过什么采访。他的校友中也不乏其他领域中的佼佼者，有的已经成为科研人员，投身于祖国的建设中，有的成绩优异当上了留校老师，还有几个则误打误撞地进了演艺圈，成了幕后工作者。总之，看着这些二十年前的风云人物，姜津津也有很多感慨。

果然有本事的人，不管从事什么行业，都会发光。当然，他的大学同学们……也都奔四了。

周明沣大学四年的一个舍友，更是拖家带口，带了一对特别漂亮可爱的双胞胎女儿。

周明沣在这一群人里很显眼。

姜津津想了想，大概是因为他还没发福，也没脱发吧……

这些老同学对她也很客气。平常看不出来，周明沣突然跟同龄人在一块儿，姜津津从他说话的语气和神情中，也能幻想出他在大学时的模样。

校庆活动结束后，周明沣当时的舍友们又组了饭局。加上周明沣，一共是三个人，然后这三个男人也都带了家属，因此热闹得很。

姜津津数了又数，有些好奇地问：“你们当时宿舍只有三个人吗？”

“不是，是四个人，最小的那个现在在国外定居。”周明沣一顿，说完后笑着揽过她，“不用太拘束，他们都是很好相处的人。”

今天是校庆，很多老同学也都在组局，来到餐厅，他们居然还碰到了班上其他的同学们。不过，大学时期，真正关系好的，基本上都是同一宿舍的。

因此大家都很默契，校庆活动之后，都是特别要好的那一波人聚一聚。

姜津津中途去洗手间时，还听到有两个女人在小声讨论，本来她也没认真地听，直到周明沣这个名字出现在谈话内容中——

“周明沣还真是有钱就变心，钟菲多可怜，给他生了儿子还不是照样被抛弃。”

“也不是吧。听说钟菲现在过得还挺好的，她现在的丈夫也很有本事。”

“钟菲结过几次婚了，都三四回了吧？啧！不过，钟菲今天来了吗？”

“没呢，应该是很忙吧，我也不太清楚，钟菲跟我们这些同学也很少联系，我前几天看她朋友圈，好像是在一个海岛上玩。”

姜津津：“……”

怎么回事？！钟菲明明是女人的终极目标啊！怎么在这些人口中好像过得好惨。如果这还惨的话，那她要大胆发表心声了：这种苦我也想尝。

“汪秀香居然也没来，让我白期待了。要是汪秀香也来了，那才是一出好戏，就是不知道周明沣能不能消受，又是新婚娇妻，又是白月光初恋。”

姜津津一怔：什么？白月光？不过这种谣言未经证实，还是听听算了。

姜津津根本不知道尴尬为何物，也懒得等这两个女人八卦完。她直接从隔间出来，来到洗手台，微笑着说：“借过一下，我洗个手。”

两个女人面面相觑，都有些不自在。八卦时恰好碰到正主是什么体验，那必然是极其不好受！

姜津津从包里拿出口红慢条斯理地补完妆后，捏着嗓子嗲嗲地说：“谢谢哦。”

两个女人：“……”

等姜津津做作地扭着腰离开，那个觉得钟菲很惨的女人才压低声音感慨：“周明沣居然喜欢这种类型？”

姜津津回到包厢时，发现屋内多了一个女人。这个女人五官柔美，一头黑长直，穿着白色的连衣裙，脸上几乎没什么妆容痕迹，但眼尖的姜津津只是匆忙地打量一眼，就看出来这个女人其实是精心打扮过的。

“秀香，你还没见过明沣的妻子吧？”

这一开口，姜津津就知道这是何方神圣了。

周明洋的白月光？她不着痕迹地看了周明洋一眼。

周明洋神色自若，只是简单地跟她介绍："我大学同学。"

汪秀香愣了一愣。

姜津津倒也不是不想战斗，可关键是，她连什么情况都没搞清楚呢。于是，坐在周明洋身旁也不说话了，只是对着这疑似白月光点头微笑了一下。

汪秀香这个人，长相温柔，说话也是，生怕吵到了别人一样。姜津津都要竖起耳朵才能将她说的话听全。

"温航，这次我过来也没带什么，听说你妈妈常年咳嗽，我家那边有个老中医祖上是御医，我跟他要了一个方子，你试试？"

"秀香你也太客气了！这么多年的事了你居然还记得？"

汪秀香柔柔一笑道："应该的。"

"文泽,嫂子是怀孕了吧,听说没什么胃口？"汪秀香看向另一个室友的老婆，"嫂子，我让我姥爷去山里捡了很多野山枣，做成了山枣糕。你试试，不是什么贵重礼物。"

文泽的老婆一听惊喜极了："我正好这口呢，谢谢你啊！"

姜津津就静静地、一手托腮看着汪秀香三下两下就跟其他人打得火热。

没一会儿，汪秀香终于看向了他们这边。准确地说，是看向周明洋。姜津津还在想是不是她的错觉，她总觉得，汪秀香的目光一下子变得缠绵又含情脉脉。

"明洋，以前你喜欢喝茶，我自己偶尔也会去茶山采风，跟着当地人采了茶，就这么一罐。"汪秀香从包里拿出一个铁罐来，"你试试看，合不合口味。"

周明洋侧过头看了姜津津一眼。

姜津津笑着问道："什么茶？"

汪秀香抿了抿唇，露出酒窝来："绿茶。"

姜津津一下没忍住，扑哧一笑。这个世界暂时还没绿茶这个梗，所以桌上其他人都不太懂她怎么会笑得这样愉悦。

周明洋无奈地看她，可目光里也是不折不扣的温和。他探出手，在桌子底下拉住她的，似乎是在安抚。

姜津津瞥了他一眼。

周明洋这才看向汪秀香，目光冷淡了许多："谢谢，不过我太太对绿茶过敏，我已经不喝了。"

汪秀香诧异地看了过去。别说是汪秀香了，就是包厢里其他人都因为周明沣的话震惊得不得了。谁能想到有生之年还能看到周明沣上演这一幕呢?

姜津津觉得，虽然这男人造谣她过敏，不过，看在他反应这样机智的分上，还是配合他一下吧。

她立马当着汪秀香的面往周明沣怀里一靠，一脸柔弱地说："是呢，我体质不好，对很多东西都过敏。不过，你要是想喝就喝吧，不要太考虑我。"

她后面一句话是对周明沣说的。

周明沣怀疑，他如果今天接了这罐茶叶，她回家恐怕要将房顶给掀了。于是，他含情脉脉地看着姜津津："我不喝。"

另外两个舍友看得眼睛珠子都快掉出来了。

老周你怎么回事?！你老婆年纪小，娇气一点很正常，但你怎么好像一脸很享受且乐在其中的样子!

正在大家都震惊得恨不得瞪出眼珠子时，敲门声响起。

坐在离房门最近的文泽起身,说道:"可能是服务员,或者是班上的其他同学。"

说着他去开了门，结果站在门口的人不是服务员，也不是班上的其他同学，而是——钟佳。

"钟佳?"姜津津看着门口穿着红裙的女人，一秒从故作娇气的状态脱离。

今天是什么日子！什么疑似白月光出现也就罢了，毕竟是人家学校的校庆活动。可钟佳怎么也来赶场子了?

接下来让姜津津震惊的事发生了。

钟佳矫揉造作地冲她喊："津津，是我呢。"

姜津津麻了。

钟佳扭着腰进来，非常自来熟地在姜津津身旁强势地挤出了一个空位来："津津，我就坐你旁边哦。"

不等姜津津回答，钟佳就对桌上其他人笑道："嗨，你们还记得我吗?我是钟菲的妹妹，以前我老往你们学校跑的。"

姜津津僵硬地转过头看向周明沣，试图跟他用眼神交流：什么情况?！怎么回事?！

周明沣捏了捏她的手，好像是在说：放心，问题不大。

文泽乐呵呵地说："你一说我就想起来了。"

钟佳看了呆若木鸡的汪秀香一眼，心里的小人在叉腰狂笑。

哈！哈！哈！你这个“白莲花”也有今天？

钟佳跟汪秀香也是有过节的。钟菲念大学时，钟佳年纪也不大，刚刚上高中，那时候她经常去找钟菲，一来二去的，就认识了跟钟菲同寝室的汪秀香，当年无知的她很喜欢这个姐姐，觉得她比自己堂姐好太多了！汪秀香温柔又体贴，说话轻声细语的，还对她特别关心……

谁知道有一回，她所在的高中停电，老师就放了假，没地方去的她，就想着来找堂姐钟菲。结果她到了寝室，发现汪秀香爬到了钟菲的床上。她当时还纳闷，喊了一声，结果汪秀香吓得一脸惨白，支支吾吾地解释，说是看到了蟑螂，想为钟菲打死。

这么一个插曲，她压根就没放在心上，也没跟堂姐钟菲提起。可是过了半个月，她被老师叫到办公室去。老师说她在期末考中涉嫌作弊，当时抓得比较严，学校要给她记过处分，她父母为了她的未来，跟学校交涉一番后，给她转了学，转进了一个封闭式管理的学校。

为此，她都蒙了。她的确是作弊了，但知道这件事情的人并不多。

后来她实在是气不过，却不知道举报她的人是谁，直到前些年，她碰到了当时的班主任，就问起了这件事，班主任对这件事也没什么印象了，只说了几个细节。她自己想了又想，终于锁定了汪秀香。为了证实这件事，她还特意跑到外地去套了汪秀香的话，结果还真是她！

彼时，她堂姐跟周明沣已经离婚，她还是将这事跟堂姐说了。

堂姐只是说道：“所以，你还是作弊了？哦，那不冤。”

钟佳：“……”

重点是这个吗？重点是汪秀香这个女人心术不正啊！然后她姐又说了：“你心术也没正到哪里去。”

总之，钟佳特别讨厌汪秀香，有汪秀香在，她看姜津津都特别顺眼了！

今天她也是碰巧跟人谈事，结果在酒店大厅看到了汪秀香，汪秀香没注意她，只是神色匆匆的，好像在跟什么人打电话，于是，她就跟在汪秀香后面来了这包厢。

姜津津一脸无语地看着钟佳，压低声音道：“你来做什么？”

她注意到，钟佳从进来到现在，也没看周明沣一眼，那么她就不是为了周明沣而来。

钟佳飞快地回了一句：“敌人的敌人就是朋友。”

姜津津：“……”

下一秒，破案了。

钟佳笑盈盈地对汪秀香说：“秀香姐，好久不见啊！”

汪秀香明显看起来笑容有些勉强：“佳佳，好久不见。”

钟佳听着汪秀香这样喊她，恶心得不轻。

于是她未经姜津津同意，自来熟地挽着姜津津的手：“津津，你之前还没见过秀香姐吧。秀香姐，你保养得真好，一点都看不出四十岁了呢！”

汪秀香笑道：“年龄的增长也是一种馈赠。”

“那是，不过你没有我姐保养得好，我姐现在走出去，看起来就是三十出头。”钟佳笑嘻嘻地说。

姜津津在心里狂叫：啊、啊、啊，松开！

她想挣脱开，可钟佳的手好像是螃蟹的钳子，不知道为什么力气那么大。

“对了，秀香姐，你这次好不容易来一趟燕京，有没有跟我姐聚一聚啊？”钟佳假装不知道她姐跟这个“白莲花”从大学时就不相往来了，“说起来，我觉得我姐运气好好哦，那个时候我经常去你们宿舍，你们的关系都好好。”

说着，钟佳看向了姜津津，语气亲密熟稔：“有一回我去找我姐，碰到秀香姐帮我姐整理床铺，我一出现，她都吓坏了，胆子好小哦，不知道的还以为是在做什么亏心事呢。”

姜津津一听乐了，她觉得暂且可以原谅钟佳的“自来熟”了。

“啊，我是不是又说冷笑话了。”钟佳夸张地捂着嘴巴，“秀香姐，你不会跟我计较吧？”

包厢里除了钟佳以外，几乎个个都是人精，怎么可能看不出来，钟佳这是故意的。

气氛突然变得有些奇怪了。

周明洋却仍是一副老神在在的模样，好像这一切都跟他无关。

他正在耐心且细致地给姜津津剥虾壳，周遭的一切他似乎都不关心。

汪秀香脸色难看，却还是挤出一丝笑来：“不计较，我突然想起来我还有点事，我先走了。”

钟佳立马起身，三步并作一步来到她身旁，挽着她的手：“好不容易才见到，秀香姐，你不知道这些年我有多感激你。你是知道的，我这个人成绩不好，连我姐的十分之一都比不上，高中时成绩也是一塌糊涂，要不是那次你跟我们学校举报,哦,不,反映我作弊,我爸妈把我送去封闭式管理学校,我后来也考不上大学!真是好想谢谢你啊!”

汪秀香一脸惨白地对其他几个同学说:“下次再聚,我还有点事。”

她说完,就挣脱了钟佳的手,整个人很狼狈地走出包厢。

姜津津一手托腮,热闹看戏,看来这个汪白月光也不是那么柔弱嘛。她力气很大呀,至少挣脱开了钟佳。

这简直就是一出闹剧,当然很下饭。姜津津看着另外两个老同学的家属,一脸想要八卦的表情。

钟佳将头发捋在耳后,对姜津津挥了挥手:“津津,下次再聊哦。对了,你可要记得秀香姐,她人特别好,特别热心肠,最喜欢关心别人了,比我厉害多了呢。”

姜津津:“……”

周明沣将剥好的虾放在姜津津碗中,终于抬眸看向钟佳,目光淡淡,说道:“还有事?”

钟佳本来进入了热血的作战状态,一听这话,瞬间没了刚刚张牙舞爪的气势:“没了。我想起来我还有事,先走了!”

好在其他两个室友跟周明沣也是多年的好友,默契十足。

等钟佳跟汪秀香都离开后,气氛又恢复正常,大家该吃吃该喝喝。

饭局结束后,周明沣带着姜津津先一步离开。

包厢里只剩下两对夫妻后,那自然是要肆无忌惮地开始八卦了啊!

“怎么回事,那个汪秀香真的做过那些事?咦,难怪呢,我才想起来,钟菲跟汪秀香大学四年都是一个宿舍的,可她跟明沣结婚时都没请汪秀香。果然人不可貌相,看着怪温柔的,结果私底下是这个样子。”

“不过当时我记得有听人说过,说明沣喜欢汪秀香,汪秀香是他初恋什么的。”

文泽无奈之下说道:“三人成虎。当时,我们老幺喜欢汪秀香,想追她,老幺家里条件不好,约汪秀香去外面划船,唯一一件还算得上不错的衣服被剐破了,正好老幺的身形跟明沣一样,老幺就偷偷地穿了明沣的外套……”

温航也接着说:“然后当时学校有人远远地看到了,以为是明沣,接着就传出来明沣跟汪秀香谈过。”

另外一边,周明沣牵着姜津津的手来到停车场。

一路上姜津津都不说话,周明沣很不习惯,问道:“怎么不说话?”

姜津津：“说什么，我又不知道那个汪女士是不是你的初恋，是不是你的白月光。如果是，我开口岂不是很尴尬？”

还真是醋上了，周明洋笑着“嗯”了一声：“假的白月光，我带你见见真的？”

姜津津：“见呗。”

她说这话也是在忍着笑意。好奇怪，明明她跟周明洋也没有相处很久，但她相信周明洋，退一万步说，就算那位汪女士真的是他的什么初恋，周明洋也一定早早地放下了。重要的不是别人怎么说，而是他怎么表现。

而且，至少从他目前表现出来的看，她真不觉得汪女士是他传闻中的初恋。

周明洋带着姜津津上了车，从车内储物格里拿出了一个信封递给她：“看看。”

姜津津有些期待，有些好奇，打开了那个信封，从里面抽出——存折？好古老好有年代感的物品！

存折有些旧了，打开来看，户名是周明洋。

“这就是你说的白月光？”姜津津问。

“对。”周明洋说，“以前开的存折，赚了一笔钱就存进去，本来想着等钱存够了就做点别的事。”后来，不管再怎么难的时候，他都咬牙挺过，没动这笔钱。

这个存折，这笔钱，是他的底线，是他最后的防线。那时候总觉得，哪怕天塌下来，哪怕亏得一塌糊涂，也没关系，他还有一本存折。

姜津津翻了又翻，努力地看着。

每一笔的金额都不大，但最后居然有近两万块。

这在十几年前，两万块也不少了。

所以，这就是他说的白月光？

姜津津手里是这轻飘飘的存折，但她从细枝末节处都能想象到他当年的艰辛。

“走吧，还早。”周明洋看了一眼时间，不过两点钟不到。

姜津津还在专心致志的研究着这本存折：“哦，去哪儿？”

最后周明洋带着她来到了银行，在姜津津震惊的目光中，将这两万块取了出来。

“为什么要取出来？”姜津津惊诧不已。

周明洋伸出光秃秃的左手：“差了点东西。”

差了什么？还差戒指。

周明洋带着姜津津来到了首饰店里挑选对戒，姜津津问道：“预算多少？”

导购员期待地看向周明洋。

这位一看就特别有钱！！

预算？有钱人买戒指还有预算吗，那必然没有！

周明沣慢慢地说："两万。一对戒指。"

导购员："……"

姜津津挽着他的臂弯："你喜欢黄金吗？我听说你们那个年代的人都喜欢黄金。"

周明沣缓缓地侧过头看她，什么叫他们那个年代？

"我不喜欢。"

姜津津"哦"了一声，也没把他的喜好放在心上，在预算范围之内，买了一对戒指。

当然钻石很小很小，这个价格也买不到一克拉，只是碎钻而已。

不过，比起衣帽间首饰柜里的鸽子蛋，她却更喜欢这一枚价值一万多一点的戒指。

周明沣的男戒比较便宜，只要几千块，设计很简单。

今天还有优惠，结完账下来，两万块的预算还剩几百块。

姜津津晕乎乎地看着无名指上的小戒指："还剩几百块……不如给周衍买点东西吧？"

她真是太怜爱她这个粉丝后援会的会长了。在这个时候，她还想到了他。

傍晚，周衍回到家，看着书桌上的《高考必刷题》《5 年高考 3 年模拟》《600 分考点 700 分考法》，陷入了沉思中。

尤其是一旁便利贴上的字——加油哦！努力哦！

姜津津是到夜晚临睡时复盘今天一天的言行举止，才猛然察觉到了不对劲的地方——

按照周明沣说的，这本存折对他而言非常重要，他一般都是锁在保险柜的，那为什么今天他拿出来了，还是从车上拿的？

姜津津的睡意瞬间消散，探出手戳了戳身旁的周明沣，很严肃地问道："你是不是早就知道她会来，也早就料到会有这一出？"

如果他早就知道他那个绯闻白月光会来，那他是一直关注着那个汪秀香吗？或者说，他什么都预料到了？这样的男人未免也太让人……嗯……这也就是她知道他喜欢她了，要是换成别人，她早就连夜卷铺盖走人，离这种人远之又远。要不然，搞不好自己被卖了还要帮对方数钱。

黑暗中的周明洋想笑，又觉得无奈。虽然她有时候很迷糊，但大多数时候直觉都很敏锐。

“我一向都很有防患意识。”

姜津津逼近他，在他耳旁冷声道：“据我的了解，一般有这种防患意识，就代表着……打个比方，你在家里看到一只蟑螂，那看不到的地方还有很多很多只。”

她冷哼了一声：“你到底有多少个白月光排队等着来我面前挑事呢？”

太危险了！果然应了那一句，你喜欢的人，别人也会喜欢。

像她这样挑剔的都能被周明洋吸引，那肯定也会有很多同好啊！

周明洋不知道该不该欣慰。

因为她话语里有一股酸意，他无奈地按了按太阳穴，大手一揽，将她抱入怀中。

姜津津装模作样地挣扎了一下。

这一挣扎，周明洋又叹了一口气。

“你要听真话还是假话。”

“假话。”姜津津有点生气地说道。

周明洋说：“一个都没有。”

虽然他说是假话，但也是他的心里话。到了他这样的年纪，只要自己不愿意，只要自己不想，根本就不会跟别人纠缠不清，也不会给别人凑上来打扰生活的机会。所以，一个都没有。

姜津津心酸了：“那真话呢？”

“我不知道。”周明洋语气沉静地说，“我不确定以后这种事还会不会发生。”

阴暗的老鼠躲在角落里，谁也不知道它什么时候会出来恶心人一把。

姜津津：“……”

周明洋：“你还记得我们当时说好的事吗，以后出现这种事情，给我解释的机会。”

虽然这样说很奢侈，但周明洋确实是希望，姜津津能给他一些信任。

“哦，哦。”姜津津敷衍地应了一声，后又觉得自己太亏，嘀咕了一句，“我的追求者们去哪儿了呢？这不公平的呀。”

她觉得自己不比周明洋差，自己也很有魅力的呀。

怎么现在都是他那边的爱慕者搞事，她的追求者呢？她的爱慕者呢？

不会没有吧？！

姜津津反省了一下，发现自己确实是太好了。她现在接触的人多简单啊，便利店就是徐从简这小孩儿和软妹子邓沁，去了学校要么是跟小孩打交道，要么是跟学校的老师们……至于味美公司，的确是有型男 Edwin，可她跟 Edwin 是纯洁得不能再纯洁的朋友了。她还真是让周明洋省心啊！

周明洋："……"

他双手无意识地虚握成拳，最后说道："很公平的。"

姜津津："哪里公平啦？"

周明洋很快转移了话题，还好姜津津也不是揪着不放的性子。不过今天还是有点特别的，在入睡前，周明洋不知道是不是吃错药了，居然亲了她一下。不是浓烈的深吻，而是如同蜻蜓点水般的轻啄。

姜津津还想加深一下这个吻，自己来掌握主动权的，结果周明洋躲她如躲瘟神，居然说有一封邮件没回，披上睡袍又离开了卧室。

留下姜津津一脸目瞪口呆。

姜津津想了又想，干脆也跟着去二楼书房看看，结果路过次卧时，发现里面传来声响，她轻手轻脚地走进去。在浴室门口停下，虽然是磨砂门，不过姜津津仿佛自带透视眼一般，断定里面的人是周明洋。

他不是洗过澡了吗？

都入秋了还冲冷水澡，周老板真是一点儿不养生。

第五章

乐在其中

学校的事情并不是很多，因为她是周明洋的太太，学校这边特别客气，允许她拍视频记录食堂是否干净整洁，是否做到了全面消毒，以及今天的饭菜是不是做到了跟图片一致。食堂负责人看着姜津津都是笑眯眯的。这所学校的食堂餐厅有好几栋楼，有自助餐式的，也有点餐式的，看得人眼花缭乱。除此以外，还有甜品饮料区。橱柜里都是精致的各类点心，甚至饮料区的员工随手做的果茶味道比外面奶茶店的更好。

光是逛完食堂这一块，姜津津都花了快一个小时的时间。等从食堂出来，姜津津在教学楼前看到了一个她原本应该陌生但实际上有点熟悉的女人——钟菲。她看过钟菲的照片。

周衍也发过跟钟菲一块儿共进晚餐的朋友圈。

钟菲一头干练的短发，穿着白色套装，几乎没上妆，容颜偏素淡，五官以及通身的气质给人一种很舒服的感觉。

钟菲似乎也对她不陌生，见到她后，主动过来跟她打了招呼：“周太太，你好。”

有好事者在不远处看着她们两人寒暄。

在别人的设想中，她们之间应该是剑拔弩张，毕竟一个是前妻，一个是现任，一个是亲妈，一个是后妈。可实际上，不管是钟菲，还是姜津津，两人对对方都非常客气。

钟菲今天正好来这边办事，就顺道过来看看儿子。当然也是为了跟姜津津道个歉。

钟菲一脸歉意："我听钟佳说了，她昨天去了饭局。之前也听阿衍提过几次，钟佳去你家里给你添了不少麻烦，于情于理，我觉得我都该来跟你道个歉。"

她抬手看了一眼腕表："现在时间还早。周太太，如果你有时间的话，我们去喝点东西？"

二十分钟后，姜津津跟着钟菲来到了学校附近一家咖啡厅。在钟菲身上，姜津津看到了"坦然"二字，坦然地面对年龄，所以也不会去遮掩眼角的皱纹。汪秀香有句话说得好，"年龄也是岁月的一种馈赠"。美人在骨不在皮，钟菲举手投足间，皆是无畏岁月的坦然。

"我听阿衍提过你几次，他很喜欢你。"钟菲搅拌着杯中的咖啡，"其实我心里很谢谢你，可能是身为母亲的缘故，虽然我跟阿衍并不亲近，但我还是感觉到，他不一样了。"

姜津津莞尔一笑："他是个很好的孩子。"

想起什么，姜津津又感慨："可能这就是基因？"

钟菲脸上的笑意更真切了些："他像他爸爸多一点。老实说，他出生的时候我有一点小小的遗憾，因为我是更喜欢女孩子的，总觉得女孩子跟母亲会更亲密，女儿长大以后，也更容易理解妈妈，母女俩会有更多共同语言。"

姜津津怎么也没想到，有一天她会跟钟菲两人喝着咖啡，聊着这些事情。

"好像是这样。"姜津津也很有感触，"如果是女孩子的话，拍照应该会很厉害。"

钟菲不禁笑了，她笑起来的模样，实在迷人。

"昨天你见到汪秀香了吧？"钟菲说，"钟佳也是想过去出气，汪秀香是我大学室友，我们在一个寝室相处了四年。其实她是什么人，我清楚，周明沣也清楚，所以如果你听到一些传言，不用相信，周明沣跟她并不熟。"

姜津津笑："我知道，看得出来。"

钟菲仔细打量着姜津津的神情，发现她的确没有半分猜忌，不由得艳羡。

"我想起了一件陈芝麻烂谷子的事，你想听吗？"钟菲问。

姜津津眨了眨眼："反正女人在一块儿就是闲聊嘛。"

钟菲："我从来都不屑那种使用下作手段的人，跟汪秀香也从未深交过，当年自诩看得透也聪明，却还是被她摆了一道。周明沣跟你说过吗？"

姜津津摇了摇头，“没。”

钟菲哦了声：“那不然让他到时候跟你说？”

姜津津赶忙靠近了桌子：“那什么，还是你说吧。他那嘴，跟粘了强力胶似的。”

听到这个形容，钟菲终于笑出了声，洒脱又恣意。

“当年的留校名额很难得，要求也很严格，就在我都觉得快成了的时候，有人向学校举报我，说我男女作风有问题。”钟菲脸上满是嘲讽，“还拍了照片，照片上是我跟周明沣去旅馆，虽然那个时候我们在恋爱，可当时确实是为了工作。那会儿我们都在一个实习单位，当时是去接待一个客户的，可那时候真是说不清，连后来我去医院拿退烧药，都被那人渲染成是打胎。”

姜津津一愣：“是汪秀香吗？”

“嗯。”钟菲轻点了下头，“我本来也不是想要留校的那批学生中最优秀的，但当年这件事闹得有点大，也惊动了我父母，学校那边也在乎影响。所以，我从名单上被刷了下来。当然，我自己也确实不够优异。”

即便她现在是以一种轻描淡写的态度提起这件事，但姜津津仍然能想象到，十几年前那样的环境，钟菲一个女人该有多受挫。

“那汪秀香呢？”

钟菲不置可否地一笑：“我自然不会让她好过。她也没有留校，这些年来过得也不是很如意。”

姜津津用力地点头：“就该这样，不然多憋屈。”

钟菲笑盈盈地看着姜津津，她心里也觉得很奇怪，其实她这个人话很少的，但不知道为什么，今天就不知不觉地跟姜津津说了这么多本不该跟别人说的话。

就在钟菲跟姜津津聊得愉快时，周氏集团办公室里，周明沣接到了一个陌生来电。

电话里的女人哽咽着解释：“我也不想这样的，当年的事情我也受到了惩罚，这次我来燕京……实在是没办法了，我妈妈生病了，需要很大一笔钱做手术维持生命。那人跟我说，只要我来燕京，只要我出席那个聚会就可以。我实在没想那么多，我实在是太需要钱了。”

汪秀香也不愿意来燕京。她当年因为一己之私，得罪了钟菲跟周明沣。这些年也一直过得很不顺，她说的是为了妈妈治病，但实际上，她是太迫切地想要改变自己的人生了。几百万对周明沣来说，只是小数目，可对她来说，足以改变人生。

于是，她就抱着侥幸的心理，觉得周明沣是不会放在心上，也不会在意这件小事，收了部分定金后，忐忑不安地来了燕京。

可是，周明沣知道了，也在意了，这才令汪秀香稍稍找回一丝理智来。周明沣从来都不是多么善良的人。

他听着她痛哭流涕的解释，面部表情没有丝毫的变化。没等她说完，他便挂了电话。

站在落地窗前，周明沣目光冷峻地看向楼下的车流。不知席承光当日是否想过，在他走之后，她会遇到怎样的困境。

他是否知道，他的家人想要她每一天即便活着，也要活得比死还痛苦？

天空黑压压的，风雨欲来。

周明沣的手机振动了几下，他低头一看，是微信群的消息——

仙女C位姜津津："@JJJ死忠唯粉兼站哥，放学回来的时候给我带一份香喷喷的烤鸡翅哦！要辣一点，不要放葱。"

JJJ死忠唯粉兼站哥："可以，跑腿费。"

仙女C位姜津津："@周老板，老板！"

周明沣一扫之前的阴沉，单手操作手机，在群里发了个红包。

周衍正准备放学，飞快地点开红包一看，整个人都呆滞了。

跑腿费二十块？！二十块这种小红包他爸是怎么发得出来的！

姜女士给他发跑腿费都是五十块以上！

周衍最后还是给姜津津带了烤鸡翅回来。

两个人是偷偷摸摸地吃的，都不敢让杨管家发现。杨管家虽然在周家是管家的职务，但他在周家待了十几年，不管是在周明沣心里，还是在周衍心里，他不只是管家，也是周家的一员。杨管家今年也有五十多岁了，工作能力自不用说，将周家上下都打点得很好，是周家一家三口绝对离不开的人。杨管家非常关心他们的生活，所以，这种路边摊食物出现在周家，并且被他看到的话……当然，杨管家也不会说什么，他一向都有分寸，但那担忧的眼神就是让人有一种自己做错了的感觉。

"你妈今天去学校找你啦？"姜津津问。

周衍小心地看了姜津津一眼，发现对方语气跟神情都没有不对时，这才谨慎地点头："嗯。给了我这个学期的零花钱。"

“多少呀！”姜津津很喜欢八卦这种事。

周衍说了个数字，姜津津还以为是自己听错了：“什么，三、三十万？”

零花钱怎么会这么多？！居然六位数！来到这里前，她二十年的零花钱加起来估计都不超过六位数。

这让姜津津对周衍的羡慕之情瞬间冲到了顶点。

上辈子一定是拯救过银河系才能碰到这样的爹妈吧！

“嗯，她本来要给六十万的。”周衍嘀咕道，“我不想要……”

姜津津：“你妈每个学期给一次零花钱吗？”

“嗯。”

姜津津收回白天“想跟钟菲成为好朋友”的念头，她现在不想当钟菲的朋友，她想给钟菲当女儿。正好钟菲也很遗憾没有女儿呀！

一个学期才几个月啊，这零花钱相当于一个月就六位数了。

“你这么有钱，你好意思跟我要跑腿费？”姜津津一脸鄙视。

周衍脸上的鄙视神情更到位：“你这么大年纪，还好意思要我给你带吃的？”

姜津津：“……”

这么大年纪？？？她立马掏出手机，打开跟周明沣的聊天界面，发了一段语音过去：“周明沣，我揍你儿子，你没意见吧？”

“我给你两分钟时间，”姜津津看向周衍，“撤回你刚说的那句话。”

周衍撇撇嘴：“不。我说的是实话。”

周明沣回了消息，也是语音，安静的露台上响起他低沉的嗓音：“没意见，不过你们又吵架了？”

姜津津：“他说我是老东西！”

周衍立马反驳道：“诽谤，我没这么说！”

姜津津指了指自己的耳朵：“不好意思，我这里自动理解成这个意思了。你不知道你那一句话，给我造成了多少个伤害点。”

周衍：“你这么在乎年龄？”

“那为什么还跟我爸结婚？我爸年纪更大！”不过，这句话他没说出口，怕姜津津这个告状精转头说给他爸听。

姜津津没有直接回答这个问题：“对了，你是一米七八吧？”

周衍顿时大声回答：“我一米八一，一米八一！”

姜津津用一种看小孩的眼神看他：“你们男的就这么在乎身高？一米八以上

够你们得意一辈子了吧？！”

她不给周衍开口说话的机会，又道：“建议你在手臂上文身呢，就文，本人身高一米八一。”

周衍不说话了，每当他以为自己在口才方面要碾压她的时候，她立马将他锤死。这太令人郁闷了。

“你怎么知道我妈今天去学校了。”周衍果断地转移话题。

姜津津语气轻快：“因为我见到她了，还跟她一起喝了咖啡。”

其实，要跟钟菲成为朋友这件事，她也只是想想。

她们是不可能成为朋友的。她没什么立场，也没什么资格去介怀周明沣的上一段婚姻。同样的，周明沣也不必为了她过去的情史耿耿于怀。因为，那是在他们还没有遇到彼此之前发生的事。就像她没办法跟前男友成为朋友一样，即便她再欣赏现任的前任，最好还是保持距离。她相信，钟菲也是这样想的。所以，下午时分，她们聊得再投机，谁也没主动提出要交换联系方式。

周衍一脸震惊地看着姜津津：“什么情况？！你跟我妈一起喝了咖啡！”

姜津津慈爱地看他：“淡定！我们没有打架，也没有吵架，并且相谈甚欢。你妈还让我以后多盯着你一点。”

周衍无语了。一阵沉默无言后，他又小心翼翼地侧过头看了看姜津津。

“你吃醋了吗？”周衍问。

姜津津说：“为谁吃醋？”

这问题算是问到点子上来了，周衍耳根微红。

姜津津叹了一口气：“为你爸吃醋？呵，那是给他脸了！”

周衍：“……”

“如果是别的女人，我会吃醋，但那是你妈，我就不会。”姜津津怎么可能会吃醋呢，钟菲是周明沣的过去，也是周衍的亲生母亲。更何况钟菲的为人坦荡，令人心生好感。

周衍似懂非懂。

看着他茫然的眼神，姜津津扑哧一笑：“好啦，总之没有吃醋。”

周衍鬼使神差地问了一句：“那我呢？”

姜津津正准备起身，听到这句话，又坐了下来。

他们坐在露台上一个很大的吊篮上。姜津津不知道该怎么回答他这个问题。

她从不将自己的身份定义为继母，也从来没想过要当周衍的第二个妈妈。

妈妈只有一个，谁也不可能替代这个角色。

“我不知道。”姜津津这样回答。

她或多或少还是会有一点不一样的感觉吧，但不是吃醋，而是一种很微妙的羡慕。她羡慕钟菲有这样的好儿子，羡慕钟菲有这样一个理解支持她的儿子。

不过就只是羡慕而已。

周衍却理解错了她的意思，他沉默了一会儿，说道：“反正，我高考的时候你要在。”

姜津津侧过头疑惑地看向他。

“大学毕业穿学士服拍照的时候，也要给我送花。”

“等我工作拿到第一笔工资时，给你买个礼物，你不要狮子大开口。”

姜津津感动地低下头，救命啊！她居然会被一个十六岁的小孩弄得差点掉眼泪！她多少年没哭了！周明沣都没有那个本事让她感动得流泪啊！难道这就是青出于蓝而胜于蓝吗？

周衍也不习惯说一些很煽情的话，但他确实是这样想的，他从来都知道，姜津津不是他的妈妈，他也不可能把她当成妈妈，但她在他心里，也有一个位置。他不知道该怎么称呼这个位置，但她已经坐在这个位置上了。

“还有，给你洗脚这件事，你想都不要想。那是不可能的！这辈子都不可能！”周衍肯定地说。

姜津津轻哼一声偏过头：“我才不指望你拿到工资后给我买礼物，以后不跟我借钱，我就谢天谢地了。”

两人又进入了斗嘴模式。

等周明沣回来在露台找到他们时，他们还在斗嘴，并且还是因为一件小得不能再小的事。

姜津津一见周明沣回来，仿佛找到了靠山一样，“咻”的一下来到他身旁，挽着他的臂弯，一脸委屈地说：“周明沣，你儿子说我老，我不想活了！”

周衍忍不住腹诽！他都不想去看他爸是什么表情，以免牙酸。

果不其然，他爸的语气温和得不得了：“他可能是写作业写得头晕眼花了。”

周衍：他今晚就收拾行李离家出走。

晚上，周明沣也知道了姜津津跟钟菲两人相谈甚欢这件事。

他听了以后，只是很平淡地“嗯”了一声，一点儿好奇心都没有，也不像周衍那样追着问她。

这个人也真是一点意思都没有。不过，这倒是令姜津津有点疑惑和好奇了，正常的男人在知道自己前妻跟自己现任妻子见过面后，都会有点想法吧？！

在兢兢业业地护完肤后，姜津津磨磨蹭蹭地来到床上，周明沣正坐在床上翻看手机里的邮件。

“咯，咯。”姜津津见他忙完了，故意假装咳嗽几声。

果然就吸引了周明沣的注意：“病了？”

“周明沣，你是正常男人吗？”

这个问题有些严重，男人不爱听，当然是要自辩一番。周明沣放下了手机，慢条斯理地问：“我有哪里不正常吗？”

姜津津：“那可太多了。”

周明沣随手取下金丝眼镜：“哦，那你慢慢说。”

“第一，我今天跟钟菲见面了。”姜津津说，“你居然都不问我们聊了什么？”

“哦，我对你们聊了什么，兴趣不大。”周明沣语气跟神情都很平静，看得出来，他说的是实话。

姜津津又气又笑，使出绝招掐了他一把，直到见他吃痛皱起眉头，这才罢休。

“好，你不问我吃不吃醋吗？”

周明沣缓缓地看向她：“为我吃醋？”

姜津津点了下头。

周明沣云淡风轻：“我不配。”

姜津津先是一愣，反应过来后笑得直接倒在周明沣的腿上。

这个男人，实在是过分有自知之明了。不过他的进步也离不开她的教导。

两人感情渐深，即便每天都会见面，但姜津津还是会在微信上跟他聊天。

她总会在微信上对着他自问自答——

“孙夫人问我要不要买游艇。这是我买得起的吗？我不配。”

“赵太太她们约我去海岛度假半个月。我是打工人啊！我不配！”

“刘小姐问我不跟她们打牌是不是瞧不起她们，笑死了，一局输赢几十万！这牌根本打不起！我不配当她们的牌友。”

“你怎么这么可爱？！”姜津津说。

周明沣怔住，他这辈子也没听过有人夸他可爱过，一时竟然有些反应不过来。

可能是因为“可爱”一词，精明谨慎、心细如发的周明沣居然忘记追问姜津津，他有没有其他不像正常的男人的地方。

等到第二天早上想起来时，始作俑者姜津津正睡得香甜。

周明沣穿好正装出来，看到这一幕，只是在床边站了许久，终于没能忍住，弯腰在她的额头上亲吻了一下。

姜津津醒来的时候，家里两个周姓男人都出门了。最近为了搜集证据，她也是费了好大一番工夫，这两天总算能闲下来了。跟往常一样，她出门后先去了便利店一趟，在便利店待了两个小时，才开车前往学校。

她早就想好了，每天上午十一点钟准时出现在学校，等做完检查工作，她正好可以在这里吃一顿饭。

家长群里的家长们都很会拍马屁。大概是为了让她以后能一直负责任，最好当这个会长当到自家孩子毕业，家长们每天都变着法地在群里夸赞她。她甚至觉得，如果不是工作太忙，恐怕个别家长恨不得每天写一篇小作文来夸她。

不过，家长们也的确是打从心里觉得姜津津干得很不错。上个学期他们聘请的某家长的秘书，也是拿着工资办事，却没有像姜津津这样连午饭也在食堂解决。

姜津津倒也没有他们以为的那样认真负责，她只是单纯觉得，这学校食堂种类太丰富了，有高端的，也有平价的，连砂锅米线、油泼面都有！几乎照顾到了每个学生的口味。

姜津津要来食堂吃饭，那周衍自然是要陪她。下课铃一响，他就第一个冲出教室，跟上学期懒洋洋的模样形成了鲜明的对比。严正飞身为周衍的好朋友，自然也是陪着他一块儿。

本来云馨也想一起过去，顺便跟周衍解释一下她的良苦用心，但在无意间听说周衍是去跟他后妈一块儿吃饭，她顿时脸色煞白，绕道去了另一个食堂。她的确很想跟周衍在一起，可她更怕见到周衍的后妈。

周衍跟严正飞勾肩搭背地来到食堂餐厅，很快地就在靠窗的一桌看到了姜津津。

他们两个人朝着那桌走去，却发现有个人比他们更快，已经坐在了姜津津对面。

严正飞：“哦，徐从简啊！”

两人过去，顿时这一桌就坐满了，有女生男生经过都会刻意地放慢脚步。

实在是这一桌太惹眼了。周衍自不用说，他是这学校有名的校草，徐从简也很有名气，他从高一入学开始，每一次考试都是全年级第一名，从来没有失误过，不止如此，他在长相方面并不输给周衍。至于严正飞，他在外貌方面不像周衍和徐从简那样出色，可在班上也是数一数二的，严正飞还是学校篮球队的主力队员，每次比赛时，他的人气也很高。这三个人对女生来说，实在是太有吸引力了。

徐从简的午饭比较简单，只是一碗大排面，面上还卧着一个鸡蛋以及绿油油的青菜。

姜津津有选择困难症，点了一份小份的麻辣香锅。

周衍的午餐菜色丰富，她一点儿都不客气地去搛他点的糖醋小排，周衍似乎也习以为常。

只有严正飞又一次化身“尖叫鸡”，大嗓门喊道：“衍哥！”

周衍平常都不许他们这几个朋友碰他点的菜，他们还以为他是有洁癖。结果，他后妈去吃他的糖醋小排，他却跟瞎了一样没看到，任由他后妈搛肉。

周衍：“吵死了。吃你的饭。”

严正飞：“……”

这就是衍哥对外人跟自己人的区别吗？

严正飞跟周衍不是一个班的，埋头吃了一会儿，想起什么，又好奇地问道：“你们班今天来了个转校生，是吧？我听说她是从四中转来的，学习很厉害。”

周衍对这个问题不是很感兴趣。

姜津津却猛然抬起头来。她都差点忘记了这是一本校园文为背景的小说世界了。转校生，难道是女主角出现了？这件事她可太感兴趣了！

“转校生？男生还是女生？”姜津津问道。

严正飞手里总是掌握着最齐全的八卦消息，虽然不是转到他们班，但他比那班上的人更了解这件事！

“女生。”严正飞说，“听说长得很漂亮，是美女学霸，还参加过数学竞赛。”

姜津津一听这信息，就知道原著剧情太过强大，女主角还是如约而至。不过，她也没什么心思去改变剧情。

“很漂亮？”姜津津看向周衍，“是不是？”

周衍抬起头来，回忆了一下：“哦，我没看。”

他最近为了捡起高一高二落下的课程，每天都很忙，哪里有那时间去关注班上的转校生。

姜津津又看向同班的徐从简。

徐从简顿了一下，也很诚实地回答："我也没注意。"

严正飞狂翻白眼："什么人啊！美女有多稀缺，你们知道吗？班上来了转校生居然也不注意！"

姜津津其实也很无奈。说原著剧情改变了，其实也没变，因为女主角还是在这学期转校过来了。

可说它没变，它又确确实实变了。因为女主角转校来的时候，周衍正趴在课桌上睡觉，老师将女主角安排在周衍附近的位置，女主角的出场惹来了周围人的议论纷纷，周衍被吵醒，不耐烦地骂了几句同桌，女主角被吸引，两个人隔着几个同桌，来了个对视。在书中，作者还特意用周衍的视角描写了女主角是怎么美，皮肤是怎么白，气质是怎么温柔。结果，周衍现在说他压根就没看转校生？！

算了！姜津津也不可能为了什么小说剧情，硬让周衍去注意女主角，只能慈爱地从他盘子里搛走了最后一块排骨，说道："你还是好好学习吧！"

周衍瞥了她一眼："放心，下次家长会让你倍儿有面的。"

他知道，这学期第一次月考会开家长会。

严正飞虽然知道他家衍哥好像一直有点啥毛病，但这会儿现场目睹还是不免目瞪口呆。

午饭之后，姜津津也没必要再待在学校，她还要去附近看看商铺。当然，她没有选择谭青青或者陈雪的老公当她的中介。

严格来说，这两个人当年并没有直接对以前的姜津津造成什么实质性的伤害，她们只是沉默的一方，冷漠地看着那些事情发生。姜津津也没想太为难她们，可也绝对不会让她们从她手里赚走一毛钱。她见的中介是一位三十出头的女士，业务能力过关，带着姜津津看了好几个店铺，姜津津对她也很满意。正在决定签合同的细节时，姜津津的手机响了起来，是谭青青打来的微信语音电话。

姜津津前两天送了那几个当年做得最过分的人一份非常别致的礼物——律师函。紧接着，她将那天同学聚会加的同学都删除拉黑，只留了一个谭青青。

果不其然，谭青青就像她预料的那样找了过来。

姜津津跟谭青青约了见面地点。谭青青的脸色很不好，在看到姜津津迎面走来时，竟然瑟缩了一下。姜津津看得出来，谭青青很怕她。很好，这就是她要达到的效果。

姜津津在谭青青对面的座位坐下，随手将车钥匙和墨镜放在桌上，语气随意地问：“找我有事？”

谭青青才发现，那天同学聚会的姜津津是在刻意伪装。

“我听说，你给尹冠林他们几个送了律师函。”谭青青声音有些干涩，“其他同学想联系你，不过发现你把他们拉黑了。”

“所以他们派你过来打探情况？”姜津津笑道，“那你可以直接告诉他们，是的。有这么一句话，‘三十年河东三十年河西’。既然我现在有这个能力，那我肯定不会被人白白欺负。”

看着姜津津脸上的表情近乎天真的残忍，谭青青打了个冷战：“可是，那个时候我们都没成年，我们不知道会……尹冠林也就算了，其他几个，上有老下有小，过得也很艰辛，他们现在天天都在担心。”

姜津津状似很认真地倾听，后又看向她，一脸疑惑地问：“可是，那跟我又有什么关系？”

“怕坐牢？”姜津津笑得愉悦，“不会啦，我的律师告诉我，时隔这么久了，我想胜诉也很有难度，就算胜诉了，情节最严重的那个人也判不了多久，可能就个把月吧，就当是去休个假了？”

谭青青心口发冷：“他们咨询过，你胜诉的几率很小，既然这样折腾的话，能不能私了？”

“私了？”姜津津神情慵懒地转动了一下无名指上的钻戒，“怎么私了，你看我像是缺那几个钢镚儿的人？”

“而且，我这种人最不怕折腾了。”姜津津笑，“我别的没有，就是时间多，钱也多。”

谭青青深吸一口气：“胜诉是很难的。”

姜津津莞尔一笑：“谁在意呢，一次胜不了，那就两次、三次，我也没想过一定会赢啊。我就是跟你们闹着玩玩，反正生活也很无趣，对吧？”

谭青青只是红着眼眶说：“肖雨晴前不久才失业。”

姜津津心里毫无波澜。肖雨晴？那个在学校贴吧里说以前的姜津津跟三十岁男人谈恋爱，因为被原配抓住影响太糟糕所以才转学来的女生？

“你同情她？”姜津津双手抱胸，笑眯眯地看着她，“那好啊，不然这样，你来换她？以后我不盯她了，盯你可以吧？我看你们同学情谊很深呢。”

谭青青不说话了。她没说换，也没说不换。不过这种情况下，一般沉默就代表不想换。

姜津津懒得跟她说了。她发现，这些人真的很有意思，竟然妄想让一个受害者来体谅他们这些加害者。也对，加害者又有什么同理心呢？他们自然也不配得到别人的同情以及怜悯。

走出咖啡厅后，姜津津将谭青青的微信删了，已经没什么留着的必要了。

姜津津不是圣人，同样的，周明沣更加不是。

他以为，上一次在酒庄，他已经提醒过席芷仪，那是他对席家最后的忍耐。席家莫不是以为他是做慈善的，一而再再而三地容忍他们的挑衅？于是，周明沣的回击也是强而有力的。

几天后，就不动声色地截和了席家竞拍的一块地皮。那是元盛集团明年最大的项目，周明沣本来对这一块没什么兴趣，正好他有朋友也想竞拍那块地，奈何实力不够，周明沣便加码，让朋友强势竞拍下那块地皮。竞拍失败的结果让元盛集团的人都傻眼了，原本以为十拿九稳的一件事，居然被半路杀出的程咬金截和！

席芷仪在弄清楚事情的原委后，断定周明沣是怒发冲冠为红颜。当机立断的，她拨通了周明沣的座机，希望在这件事上能有所转机。

周明沣接通电话时，语气平静镇定，仿佛截和元盛集团最大项目的背后之人不是他一般："席总，你好。"

他还是一如既往地温和谦逊，席芷仪却是深吸一口气："周总，最近我在出差，对家里这边的事确实是鞭长莫及。周总，您知道，我母亲她只是无法接受承光的离世……"

周明沣轻笑，可能是他近年来比较内敛，竟然给了他人一种他好像宽和仁厚的错觉。

他打断了席芷仪的话，冷声道："令堂如果不是在我的地盘发疯，我绝对不关心。"

他不是不懂席芷仪的心思，无外乎是想借着他的手拉下席母。席芷仪难道就不知道她妈做的那些事，当然是知道的，不过是想观望罢了，可能也希望能惹怒他，进而逼他出手。席芷仪想渔翁得利，也得看看自己有没有本事。

电话另一端的席芷仪哑口无言。她的确没想到周明沣会一句招呼都不打，就直接截和了她想竞拍的地皮。这也是她第一次真正地感受到，周明沣这个男人温和外表下的深不可测。

周明洋又道："席总，纵观古今，您也该知道一件事，没有任何一个家族能经久不衰、屹立不倒。"

席芷仪听出了周明洋话里的暗示。虽然她不太相信周明洋会因为一个女人这般冲动，可她也不敢不把这句话放在心上。一时失态之下，她竟然脱口而出："周总，您不担心津津会知道您的所作所为吗？她对承光……"

话至此处，席芷仪的理智回笼，这才发现自己说的话有多不合适。她果断住嘴，想要说些什么来挽回，却听到电话那头的人语气异常温和地说："就不劳席总挂怀我们夫妇的事了。"

挂了电话后，周明洋坐在办公椅上。

他远没有他表现出来的淡定，深吸一口气，怒气仍然难消。

下午时分，周明洋唤来刘助理以及他视为心腹的几个副总，几人在会议室里聊了很长时间，直到夜幕降临。

姜津津跟中介已经签了合同，正在家里无限幻想自己未来的富婆生活时，周明洋回来了。不过他不是一个人回来的，刘助理跟司机扶着他回来上楼。

姜津津已经洗漱好，见刘助理跟司机过来，赶忙披上了睡袍，走上前去。一靠近，便闻到他身上一股酒气，她也不知道自己能做什么，只能跟在身后关切地问道："这是怎么了？"

刘助理分神，回道："今天会后，公司的几个领导和周总一起吃了饭，周总兴致高，喝了一些酒。"

姜津津难掩惊诧，这兴致得有多高才喝酒啊。周明洋几乎不怎么喝酒，哪怕参加饭局也是滴酒不沾，姜津津还笑过他深谙养生之道。今天，他居然喝了酒？

她轻嗅了一下："这喝了不少吧？"

刘助理回："嗯。"

他也觉得周总很反常。

周明洋突然开了口，喝过酒的关系，嗓子沙哑："我坐沙发上就好。"

他好像有点儿头疼的样子，顿了顿后又道："小刘、小孙，你们回去休息，今天辛苦了。"

刘助理一脸欲言又止，姜津津赶忙说道："先回去吧，我来照顾就好。"

听了这话，刘助理才放心地准备离开。他转身路过姜津津身旁时，脚步顿住，压低声音飞快地说道："太太，周总心情不好。"

姜津津诧异地看向刘助理。

刘助理跟着司机走出了房间，还很贴心地带上了房门。

他心情不好？有什么事情能让他心情不好呢？姜津津实在是想不通。

她一脸疑惑地走了过去，在他身旁坐下，腿挨着他的裤腿，她想了想，轻声问道："你怎么了？"

哪知道，周明沣只是用一种她看不懂的深沉眼神看着她，就在看得她都想逃时，他突然探出手将她抱入怀中。

周明沣何尝不知道席家母女的诡谲。何尝不知道席芷仪说的那话可能是为了故意激怒他，明知道是激怒，明知道不该理会，却还是动了怒。归根到底，不过是席芷仪的那一句暗示——你知道津津多爱承光吗？如果她知道你这样对他的家人、对他的集团，她会怎么样？他不想去打探半点她过去跟席承光的事，他不关心他们过去爱得如何轰轰烈烈……当别人提起一点，他就已经怒火中烧。不，这不是怒火，而是妒火。

姜津津真的不懂发生了什么事。周明沣抱她抱得太紧了，她都快不能呼吸了。正当她准备挣扎时，他逐渐放轻了力道，一点一点地放松了力道，像从前很多次拥抱一般温柔。

他放开了她，眉目一派温和："对不起，我喝多了。"

姜津津看着他这样，有点心疼。谁让他心情不好了？她敢保证，绝对不是她，他们最近感情那么好！

她想问，可看他明显一副不想说的模样，也只能不问了，想了想，她拉着他的手，笑道："喝的什么酒？"

周明沣还未回答，她便得意扬扬地说："我来尝尝看。"

说着，趁他反应不及，她凑上去，在他的唇上轻啄了一下又一下。

等退开来，看着周明沣深邃的眼眸，她像煞有介事地说道："难道是那什么传说中 1982 年的拉菲？还是说，是白酒？唔，我一点儿都尝不出来……"

周明沣盯着姜津津。他想起了很久以前的一位同学，那位同学是文艺青年，写给他的毕业祝福上是短短的一句——周明沣，你该被人拉下神坛，尝尽酸甜苦辣、爱恨嗔痴。他觉得自己早已不知不觉地，变成了最最普通的男人，会嫉妒，会冲动，也会一秒被她安抚。

今天的周明沣很不对劲。直到他从浴室出来，两人躺在床上，她以为他喝多了肯定没兴趣跟她闲聊，想早点睡觉时，他突然翻过身来。

两人呼吸缠绕，黑暗中，姜津津瞪圆了眼睛，等反应过来后，为接下来可能发生的事紧张不已。

喝醉了的周明沣比寻常要深情。他不再掩饰对她的心思，倾身吻住了她，不再是蜻蜓点水的轻吻，也不是那种哄人的啄，而是带有强势气息的进攻。一开始她还能跟得上他的节奏，到后来，她完全晕晕乎乎的，只能被动地放任他。

可就在她以为，今天他们的关系要向前一大步，真正地成为亲密无间的伴侣时，他停下了。新鲜的空气重新吸入肺里，姜津津原本被他亲得已经快没了理智的大脑，一秒清醒。

两人在黑暗中，几乎是异口同声地——

“对不起。”

“家里没那个吧？”

姜津津闻言，一脚踹开周明沣，裹紧了被子，仿佛自己差点被他毁了清白一样，警惕地看他。

这氛围，估计是进行不下去了。周明沣险些被她踹下床，只堪堪地贴住床的边缘，准备起身。

姜津津还没等他开口，就已经很贴心地帮他找好了理由，大声道：“我知道了，你还有一封邮件要回！去吧！”

周明沣坐在床边，先是沉默，然后低笑出声。

姜津津都怄死了，翻过身轻哼一声，不想理他。

周明沣这次坦诚了不少：“不回邮件，我去冲个凉。”

姜津津：“哦，哦。”

十多分钟后，周明沣回来了，带着一身水汽。他躺在床上，探出手，只是勾住她的手。

她还在懊恼，甩开他的手，他锲而不舍地又牵上去。两人跟小孩子一样，好几个来回后，姜津津终于主动投降。论没脸没皮，她以为她是胜过他的，可现在才发现什么是山外有山、人外有人。

过了许久，姜津津都在梦中跟周公相会了，周明沣才哑声道：“对不起。”

今晚是他唐突了，被嫉妒驱使着，做了想做的事。最后，他突然想到，如果有一天她知道了所有的一切，包括他们婚姻的真相，那个时候，她会不会后悔。

周明沣一夜未眠。

姜津津醒来的时候，他已经去上班了。

想起昨晚的那一出，不知道是不是心理作用，她有些腿软。

起床来到浴室，刷牙时才发现自己的脖子上有一道红痕，凑近了一看，这才猛然想起，是他留下的痕迹。

是她输了！她昨天就应该使出九阴白骨爪将他的背抓烂的。这痕迹太暧昧了。这还没到秋天需要穿长袖的季节啊，如果突然穿一个高领的衣服，那岂不是此地无银三百两？！

姜津津一边刷牙，一边伸出手看自己的指甲。她决定从今天起，要把指甲再留长一点了。

不过对于他昨天晚上的戛然而止，她反而有点庆幸。毕竟这家里她就没看到过计生用品，如果昨天晚上真的发生了，那她今大是不是要去吃紧急避孕药？！谁要是让她吃了这东西，她能收回起码一半的爱意！

未经两人同时允许，让女生怀孕，这是一等罪。没有做安全措施，让女生吃紧急避孕药，此为二等罪。这都是罪不可赦！

姜津津的心情平复了许多，至少周明沣现在顶多、顶多也就算是四等罪。

她心情好了，也就有兴趣跟周明沣聊天了，对着镜子找好角度自拍了一张："不给我封口费，我让你今天都不好过。"

收到这条微信时，周明沣刚到公司进了专梯，他点开照片一看，瞥见了她白皙脖颈处的那一块红痕，霍然握紧了手机，一路上他都在斟酌着怎么回复这条消息，神情相当严肃。

有其他员工上楼来，看到周明沣这副模样，都在暗自揣测：是不是发生什么大事了。

周明沣回到自己的办公室将门关好后，这才斟字酌句地回了消息："抱歉，你要多少？或者你家暴我一顿也可以。"

姜津津看到消息时，第一反应就是："刘助理？"

不怪她这样想，实在是跟周明沣的画风不符。虽然她也知道，刘助理肯定是不会拿到他的私人手机，还帮他回复微信的。

周明沣："嗯？"

姜津津："……"

我信你才有鬼。

姜津津最近的事情很多，选好了便利店分店的地址后，又开始跑各种手续了，还好这种事一回生二回熟，她已经熟悉了所有的流程，比上一次速度还要快。这第二家分店就在学校附近，一公里范围内有医院也有公园，只要好好经营，也绝对不会缺少客源。

今天陪同她的还有 Edwin，不知道 Edwin 是被何方神圣点拨了，前不久居然主动问她，还想不想开美甲店。

两人一拍即合，Edwin 办事效率高，他对这个世界也更了解，所以选定店面的事姜津津就交给 Edwin 了。

她来到学校时，周衍所在的班级正在上体育课。检查完工作后，姜津津想着，正好操场离食堂餐厅近，她刚好想去看看这国际学校的体育课是什么样子。来到操场，只见周衍跟徐从简坐在台阶上，两人中间隔着近两米的距离，都在认真看书。

姜津津又一次体会到了周衍的决心。她轻手轻脚走过去，想要吓一吓周衍。

徐从简先看到她的，她立马食指抵在唇边“嘘”了一声，徐从简心领神会，不作声了，装作继续认真看书，可余光时不时都会瞟向这边。

周衍没有被吓到，唇角扬起，嘴上却说：“无聊，幼稚，你今年几岁了。”

“不多不少，十八岁。”

姜津津在他身旁坐下，瞥了一眼他手里的数学书，一看那密密麻麻的公式以及解题步骤头就疼，她果断地转移视线，看向了不远处在打篮球的几个男生：“那个男生是谁，8 号球衣那个？”

周衍跟徐从简同时看向球场。

周衍撇撇嘴：“问这个干什么？”

“感觉他打得很好，刚刚那个三分球很棒。”姜津津还是懂一些篮球的，刚随意看了一眼，便看出场上实力最强的男生是穿 8 号球衣的。

周衍瞥了她一眼，强调了一句：“哦，他是我的手下败将。”

姜津津一脸不相信。

周衍将书本合上扔给她，活动了一下手腕，回头看她：“我去活动活动，让你见识一下什么是真正的棒。”

周衍看徐从简也看向球场，随口问道：“徐从简，去不去？”

本来姜津津跟周衍都以为徐从简肯定不会去，谁知他也放下了手中的书：“嗯。”

几分钟后，本来四处走动聊天的女生们突然就扎堆了，站在篮球场外当起了啦啦队。

这是多么罕见的场面啊！周衍跟徐从简同时上场打球！对迷恋帅哥的人来说，这简直就是一场难得的盛宴。

姜津津也激动了，被这些可爱的小女生带动的，厚着脸皮加入啦啦队里。看着周衍挥洒汗水投篮的模样，姜津津干脆举起了手机，录了好几段视频发给了周明沣。

“周衍是不是很棒？”

周明沣一直都没回复消息。姜津津以为他在忙，也没理会。

周明沣收到视频的时候，正坐在车上，思忖了片刻，问道：“小刘，跟星程那边的会议是几点？”

“一点半。”

周明沣伸出手看了眼腕表：“这里离阿衍学校不远吧？”

“不远，周总，怎么？”

周明沣目光含笑：“开车过去吧，我正好陪他们吃顿饭。”

刘助理对于这种事已经不意外了。其实，他很想说，周总您不用这样贴心地说“他们”，他都懂的，陪儿子是顺带，主要是陪太太。这种事，男人都懂。

周明沣来到学校时，这场临时的篮球赛也进入了尾声。他的出现，让周衍更是激动，周衍跟打了鸡血一样，一连拿下了两个三分球，炫技炫得在场的女生都化身为他的迷妹，为他尖叫。姜津津看着周衍肆意挥洒全场，竟然也生起了一种欣慰甚至是得意：好大儿！

姜津津今天在脖子上系了一条丝巾，正好跟她今天的衣服很配，并不会让人觉得她脖子处的丝巾很突兀。

周明沣盯着她的丝巾看了好久，盯得她都有些不自在了：“看什么？”

“很好看。”

姜津津白了他一眼。

周衍下场来，一身的青春帅气，有几个女生给他递水，他都像是没看到一样，从她们身旁绕过。

周衍这才注意到姜津津系了条丝巾，他大汗淋漓，看着她这样就热，随口说道：“你系丝巾，不热啊。”

姜津津知道周衍这是关心，可她还是有点不自在，支支吾吾的，不知道该怎么回答。

周明沣瞥了周衍一眼，淡声道："刘助理托人给你带了几位名师出的试卷，你是在学校做，还是回家做？"

周衍："……"

他做错了什么，家里的试卷已经多得他未来的孙子孙女都做不过来了！

体育课过后，就是午休时间了。

姜津津带着一左一右两个"护法"往餐厅走去，吸引了不少人的注意。

这也是周明沣第一次来到学校餐厅吃饭，周衍拿着饭卡很大方地带着两人去了可以点餐的餐厅。这边人不是很多，一家三口占了一张桌子，严正飞跟周衍不是一个班，但他一向消息灵通，早在课堂上时就收到了几个重大消息——

第一，他家衍哥跟徐从简同时上场打篮球了。这一点就很令严正飞震惊。周衍从小就喜欢打篮球踢足球，不过上高中以后就没怎么碰篮球了。

这件事跟钟阿姨有关。周衍的第二任继父上有父母，只不过这个继父是坚定的丁克，继父的父母误会了，以为儿子是想讨好钟菲所以才不生自己的孩子，这对老夫妻对周衍也是诸多挑剔，那时候周衍还会偶尔去钟菲那里吃饭过夜。有一次也是打篮球，继父的母亲经过别墅的篮球场时一下没注意，被篮球撞倒进了医院。其实一点儿事都没有，但那继父的母亲借题发挥，狠狠地数落了周衍。周衍也不是好脾气的人，但看着他妈的面子，没当场吵起来，只是阴沉着一张脸回了家。这件事是导火索，没多久以后，钟菲跟这一任丈夫提出了离婚。

然而，即便是这样，从那以后，周衍再也没有去过钟菲跟别人的新家。

周衍是一个既敏感又细腻的人。他不愿意责备自己的母亲，所以全都一个人承担，可同时他骨子里也继承了父母的骄傲，他再也不会给任何外人伤害他的机会。

第二，周叔叔在无事发生的情况下来了学校！

这个就更让严正飞吃惊了。为了打探清楚是怎么一回事，严正飞一下课就飞奔来到餐厅，找了一圈后，在靠窗的位置看到了那和谐的一家三口。

不知道他们聊了什么，周衍气得握紧拳头在捶桌。严正飞跟周衍那都是打从记事起就在一块儿玩了，他非常了解周衍，看得出来，周衍虽然好像在生气，但实际上眉眼都是笑意。最后，严正飞并没有上前去打扰这一家三口。

当然，他也没那个胆量凑上前去，只是在离得稍远的位置坐了下来。

周明沣跟姜津津都很理所当然地使唤着周衍，而周衍则像勤劳的小蜜蜂一样任由他们差遣，一会儿帮他们拿纯净水，一会儿帮姜津津换汤勺，只因为她觉得她手中的这个汤勺长得丑了，一会儿又帮姜津津去拿糖块，她突然想喝带点甜味的纯净水了。

现在在周衍心里，姜津津除了喜欢告状以外，还很矫情。最要命的是，他爸爸还一副乐在其中的模样。

但其实，他不知道的是，他也是这个模样，父子俩如出一辙。

周衍的心情格外飞扬。直到吃完饭后回到教室，脸上的神情都算得上温和，还没回到自己的座位，他被人撞了一下，定睛一瞧是生面孔，再想起前两天姜津津跟严正飞的对话，他迅速地猜到这个女生就是刚转来的学生。

乔素僵硬地跟周衍对视。在还没转学过来时，她就听好友说过这位的"丰功伟绩"，包括他是怎样的嚣张跋扈、是怎样的不可一世。转学过来后，她偶尔也听到班里的女生谈起周衍，都一副想靠近但又害怕的语气。

她下意识地看向周衍的拳头。

如果是以往，周衍虽然不会骂女生，但脸上的不耐烦都足以吓死人，可今天不一样，他心情实在是好到飞起，被人撞到这种小事显然无法影响他的心情。他只是瞥了乔素一眼，便侧过身子很绅士地给她让出了路。

乔素的心口狂跳，离开时抬起头飞快地扫了他一眼。只见周衍唇角微扬，他还穿着球衣，一身的张扬。阳光从窗外照射进来，洒在周衍身上。

另外一边，周明沣跟姜津津也没空在学校里待太长时间，周明沣要赶着去参加会议，姜津津则要为了筹备新店开张办手续以及签合同。两人在停车场准备分道扬镳，突然周明沣叫住了她。

姜津津不明所以，停下了脚步，疑惑地看他。

四下无人，周明沣抬起手，慢条斯理地帮她解开了丝巾。

姜津津反应过来，赶紧捂住脖子那一块，对他怒道："干吗？"

周明沣语气平静："帮你系好。"

姜津津："……"

他的指腹擦过那块红痕，惹得姜津津一阵战栗，他仿佛没有察觉，很淡定地帮她系好了丝巾。

车内副驾驶座上，刘助理隔着车窗看着这一幕，心里感慨不已：这画面多么温馨，周总多么体贴啊！帮太太系丝巾这个举动可太贴心了。

两天后，燕京的街道上都挂上了红旗。

国庆节的前一天，周衍提前半天放假，吃完午饭后，像跟屁虫一样背着书包跟在姜津津身后。

姜津津纳闷：“司机不来接你吗？”

周衍面不改色地说：“那辆车坐着不舒服。”

他这明显是一副今天下午“讹”上她的样子。

姜津津也是最近才发现，周衍很黏人。中午在食堂吃饭，他都会主动过来陪她一起吃，美其名曰怕她孤单。然后严正飞也会凑上来，徐从简偶尔也会过来跟他们一块儿坐，但次数不多。

“我今天要回母校一趟。”姜津津说，“我跟以前的辅导员约好了。”

周衍“嗯”了一声：“正好，我去你母校参观熏陶一下。”

本来周衍是打算好了，她如果有别的事，他就不跟她一块儿了，可听到她要去学校，他便想起她说过的校园霸凌。

她被人欺负是什么时候呢？初中、高中还是大学？虽然周衍也知道，她现在肯定是不会被人欺负了，可听到她说要去以前的学校，他还是有点担心。

姜津津没办法，只好改变了计划，带着周衍前往书中那位以前所在的大学。书中的姜津津读的是燕京一所很普通的本科院校。

周衍在燕京出生长大，这么多年也没在这学校附近溜达过。不过，从下车开始，周衍就跟之前那两个保镖一样，眼观六路耳听八方，进入了戒备状态，仿佛随时会有什么犯罪分子朝着她扑过来一样，这模样让路过的大学生们都频频往周围看去，还以为是出了什么事。

姜津津脸上无奈，心里却很感动。她也是从书中姜津津的高中经历得来的灵感。之前是她想错了，错把自己的人生经验安在书中的姜津津身上，那时候她觉得，既然书中的姜津津没有跟以前的同学有往来，那肯定是不熟，或者关系不太亲近，这种情况下她也了解不到什么有用的信息，所以也没有想过要从这一块入手。

前段时间，她来了这学校一趟，打听了那一届那个专业带过姜津津的老师。老师们对这个学生已经没什么印象了。

有一个热情的女老师让她去找找当时的辅导员，一般辅导员跟班里的学生接触会更多。当时带姜津津那个班级的辅导员正好去了外地学校学习，她要了辅导员的联系方式。前天晚上，这个辅导员回燕京了。

书中那位的大学辅导员是一位男士，今年也快四十了，戴着黑框眼镜，穿着学校发的 T 恤。

“谢老师，好久不见。”

谢老师盯着姜津津看了一会儿，这才笑道：“你刚联系到我的时候，我还有点儿惊讶。是不是有什么事？”

谢老师带着一个小孩，小孩看起来也就四五岁的模样，顶着一头小卷发，眼睛滴溜溜地看着眼前的人。当谢老师的儿子把所有的注意力都放在了周衍身上时，周衍瞬间头皮发麻。小孩都喜欢跟比自己大的人玩，没一会儿，就缠着周衍不放了。没办法，周衍只好被小孩拖着到了另一边看蚂蚁搬家。小孩非常兴奋，一直吵着周衍，周衍耳膜都在发疼，而且这小孩问题还特别多，多到周衍恨自己的无知。

“哥哥，蚂蚁为什么搬家呀？”

周衍：“可能要下雨了。”

“为什么要下雨啊？”

周衍：“……”

“为什么下雨就一定要搬家？”

“哥哥，你怎么不说话不理我？”

“哥哥，为什么它是蚂蚁，而我不是蚂蚁？”

“为什么是下雨搬家，出太阳不搬家？打雷搬家吗？下雪搬家吗？”

周衍痛苦地想抱着头，一遍又一遍问自己：我是谁、我是谁……

突然，他想起来，他小时候好像也这么烦人，经常缠着他爸。现在想想，他爸没揍他，是真的对他很好了！

周衍在这边被小孩缠得目光呆滞，一脸生无可恋。

姜津津那头却已经三两下就从辅导员那里打听到了有用的消息。

书中姜津津的大学时期算是过得很平和了，没有很要好的朋友，但也没跟什么同学结仇，是班上普通得不能再普通的学生。这让姜津津松了一口气。

辅导员还提到了一个画廊，在辅导员口中，这个画廊还是他帮她介绍的一个兼职。因为书中的姜津津有画画天赋，正好他有一个高中同学在负责那画廊的管理，缺人打杂，他就介绍她过去了。

辅导员还好奇地问道：“你后来没在那画廊上班吗？”

姜津津勉强镇定心神，笑了笑：“没。现在自己在开店做点小生意。”

“那也挺好的。”

聊了差不多半个小时，姜津津从车后备厢拿出了准备好的礼物送给辅导员。

这辅导员还特别客气，两人推来推去了好几个回合，辅导员才勉强答应收下了礼物。

临走前，小孩特别舍不得周衍，哭得撕心裂肺，大有一副不让他跟着周衍一起走，就要在地上打滚的架势。

周衍面露苦涩："……"

等开出校园后，姜津津看着周衍还一副恍惚的模样，不禁笑道："要不要这样夸张？"

周衍深吸一口气："我耳朵好疼。"

在周衍的委屈、抱怨中，姜津津带着他来到了辅导员提到的那家画廊。

画廊地址没有变，只是从外面看，应该是才重新装修过。

两人走进画廊，几个工作人员都在忙，只有一个大概二十出头的年轻女生招待他们。

姜津津想，这家画廊的员工应该都换过了，居然没有人认出她来。在辅导员口中，书中的姜津津可是在那家画廊兼职了两年。就算存在感再怎么弱，也不至于共事两年，同事还不能记住她吧？

周衍也是百无聊赖地在画廊里转来转去。最后他在一幅画面前站定，一脸深思。

姜津津见他像一个柱子一样站在那里一动不动，好奇之下，也走上前来，在他身旁站定："怎么了？"

周衍指着墙壁上那幅画："我觉得这幅画有点熟悉。"

姜津津也看了一眼。坦白说，她没看出哪里熟悉，不都差不多嘛。

周衍是个很固执的人，他要做什么事，那就一定要做到，既然觉得这幅画眼熟，那他肯定要想起来，想了好久，等到姜津津都有些不耐烦时，周衍脱口而出："我想到了！"

周衍指着那幅画说："你还记得那次我爸带我们去的那个拍卖会吗？还记不记得当时竞拍了一幅画？这幅画跟那幅画的手法和风格一模一样！"

周衍小时候什么都学过，只是什么都不太精通。关于画画，他也学过几年，所以比姜津津这个门外汉还是强一些的。

姜津津愣住，竞拍会上的那幅画，好像是那个元盛集团的席承光的作品。不知道是不是心理作用，她再抬头看向挂在墙上的那幅画时，竟然也觉得跟那天拍卖会上的画太像了！

与席承光有关？

一个圆脸的可爱女孩子走了过来，见他们看着这幅画好久了，以为他们是感兴趣，连忙翻了翻自己的小册子，说道："您好，这幅画我们是不对外出售的，是我们画廊以前的一个画家的画，只供观赏，不出售。不如您去看看有没有别的合心意的画？"

姜津津是完全蒙了。怎么回事？书中的姜津津之前兼职的画廊里有这样一幅不对外出售的画，竟然疑似那位逝世的席承光的作品。

"你是说，这幅画是你们画廊作家的画？"姜津津心口狂跳，"那，这个画家叫什么啊？"

女孩子翻了翻手册："叫什么我不太清楚，只知道姓席。"她抱歉一笑，"我今年五月份才来上班，很多事情都不清楚，不好意思。"

就连周衍都察觉出了不对劲，他压低声音问姜津津："看来这真的是席承光的画，我没看错，你以前是在这家画廊上班，那你认识他啊？"

回去的路上，姜津津意外地很沉默。她在消化这一重大消息，脑子里一团乱，但又很清楚，只要她找到了那个毛线头，一切都能梳理通顺了。

周衍见她不说话，也很不习惯。他几次想要找话题来炒热气氛，但又不知道能说什么。

难道她真的跟那个去世的席承光认识吗？可那次慈善晚宴上，她的表现看起来也不像是认识席承光的样子。

周衍也是摸不着头脑，一路都在绞尽脑汁地想话题，等到终于想到可以说的话题时，车已经缓缓驶入了周家别墅的车库。刚停好车，姜津津的手机就接连振动了几下，她一面低头看消息，一面下车往别墅主楼走去。

周衍紧张地跟在她身后，生怕她一下没注意摔跤。

姜津津打开微信界面，居然是很久以前加上的苏思悦发来的消息。

那天苏思悦来到便利店，两人加上微信后，还从来没有聊过天。

苏思悦："周太太，不好意思打扰您了。之前我跟周总被有心人炒作，上热搜的事情，我跟我经纪人都很在意，也一直在查，对方藏得很深，但前段时间总算查出了一些眉目来。"

苏思悦："周太太，您知道元盛集团吗？"

看着这条消息，姜津津猛地停下了脚步。跟在她后面的周衍一时反应不及，差点撞上她。

他也顾不上自己，走到她旁边来："踩到石头了？"

他就说了嘛，走路不要玩手机，不过这话他也不好说。

姜津津将手机锁屏，脸上神情恍惚，一面想着要回答周衍的问题，但另一面又在思考苏思悦发来的消息。在这样的时候，她是很难一心两用的。

周衍见她一副不在状态的模样，心里担忧不已，却也不好对她说什么重话，只是放轻了声音："姜女士，你忘记了吗？你之前跟我说了八百遍，走路不要看手机，怎么家长不应该以身作则吗？"

最近发生的一切都令姜津津感到压力很大，她看着周衍关切的面容，内心深处不是没想过要逃避——只要不去查就可以了，只要继续当没心没肺的姜津津就好了。可每当她心里有这个想法时，她就仿佛能看到另一个默默忍受一切的姜津津。压力再大，对于未知的事情再恐惧，她仍然要硬着头皮一路查下去。可是这会儿周衍的关心，让她鼻酸不已。她低下头，掩饰了眼里的真实情绪。

周衍见她这样低下头，还以为自己说的话太重了，顿时手足无措，磕磕巴巴地解释："唉，我不是那个意思。我是说，你看手机可以，但，但还是要注意一下路。"

"啊，我错了，我错了。"周衍举手投降。

姜津津这才抬起头来，脸上满是得意扬扬的笑容："小子，被我骗到了吧。"

她说完后，又摁亮了手机，研究自己的表情，自言自语地说："我是不是可以进军演艺圈，成为影后了？"

她脸上哪有什么失落落寞的情绪，简直就是浪费他的感情！

周衍又气又笑："就你还当影后？娱乐圈没门槛的啊。"

姜津津并不想让周衍担心。他只是一个十六岁，非常正直、心肠异常柔软的高中生。过去的事情太过复杂，她暂时还不想让他知道。

她翻了个白眼，跟以往一样同他一路吵吵闹闹地进了主楼，在周衍去厨房找吃的时，她还不忘扯着嗓子提醒他："你自己下次去买啊！干吗一直拿我的吃！"

周衍扭头回："你买的更香。"

姜津津又骂了他几句之后才上楼，一转过身，她脸上的笑容就逐渐消失。等回到卧室后，她才手抖着继续打开微信。

苏思悦："周太太，我这边跟元盛集团没有任何交集，您可以跟周先生商量一下，看是不是他那边跟元盛集团有什么过节。"

之前，苏思悦就说过，那桩莫须有的绯闻被顶上热搜，不是娱乐圈里的人的手笔。当时她还跟周明沣说了。周明沣说，他都知道。

她那会儿还以为是他的竞争对手想要抹黑他的形象才使出这下作的招数。她觉得，他生意上的事，她又不懂，所以这件事情就被她抛在了脑后，现在苏思悦重新提及，姜津津这才一点一点地思虑从前被她忽视的细节。比如，周明沣说过，他跟元盛集团没有任何业务上的往来，可他那时候明明表现得很在意那场慈善晚宴，一向惜字如金的他，提了好几次；比如，她那时候明明察觉到了，那位席芷仪席总看了她好几眼；又比如，挂在画廊里的那幅画也的确出自席承光之手。

所以，现在其实是有三个可能性。第一，一切都只是巧合。第二，周明沣跟元盛集团有着说不清道不明的关系，因此元盛集团才要刻意针对他，继而将他跟苏思悦的绯闻重新送上热搜。第三……

姜津津凝神想到第三点，她觉得这是可能性最大的一种——跟元盛集团有关系的那个人不是周明沣，而是以前的姜津津。

姜津津躺在床上，思虑万千，越想越是后背一阵发凉。

躺了许久，她才拿起手机回复了苏思悦的消息："苏小姐，谢谢你，我会跟我先生说的。"

姜津津忍不住想：那么，如果她的猜测是对的，周明沣在整件事情中又扮演怎样的角色？

她不想怀着恶意去揣测自己的枕边人，更何况这段时间的相处是真的很好。他对她的珍惜、尊重，他对她的关心，这些都是真的。难道要怪他吗？她对朋友一向宽容，对自己喜欢的男人也不会太过严苛。更何况，从头到尾，她也没有做到百分百的坦诚不是吗？

就在姜津津胡思乱想时，有人敲了敲房门。

"是我！"周衍的声音在门外响起。

姜津津只好拖着身子过去开门，在开门的那一瞬间，她又立马打起精神来："干吗？"

周衍看着她："肚子饿了。"

姜津津："小子，再说一遍，我不是你的保姆。"

周衍："可是你是我家长。"

这一句话让姜津津一点脾气都没有了，没好气地说："让家里阿姨给你做啊。"

周衍此刻将"熊孩子"的特质展现得淋漓尽致："可是我不想吃家里的，我想去外面吃。"

姜津津："……"

周衍使出绝招："这样吧，我们出去吃点东西，我陪你逛街，我给你埋单，怎么样？"

姜津津竖起耳朵："你给我埋单？"

周衍点头，从口袋里掏出一张卡："对。"

姜津津："提前说好，预算多少。"

要是给她整什么预算五十、一百的，她直接白眼翻上天。

周衍咬咬牙："没有上限。"

姜津津诧异地看他："铁公鸡开始拔毛了？"

"没有上限"这句话，从父子俩口中说出来，感觉就完全不一样。周明沣说没有上限，让人感觉被宠得腿软。周衍说这话，让姜津津感受到他心里在滴血。

周衍："去不去？"

"去！"当然去，错过这个薅羊毛的机会，还不知道今生有没有机会宰周衍一次。

姜津津兴高采烈地跟着周衍出门了。两人去吃了烤鱼，姜津津其实没什么胃口，但看着周衍吃得那么香，竟然不知不觉地也被影响着吃了小半碗米饭。

吃完饭后，两人又去了附近的商场逛街。

姜津津在生活方面并不奢靡，也不像别墅区太太群里的太太一样，钟爱收集珠宝或者限量版手包。虽然现在在衣食住行这些事上有人为她买单，不过她还是狠不下心去买一只几十万的包。比起大牌，她更喜欢聘请小众设计师帮她量身定制，也更习惯去挖掘冷门品牌的手包。

不过，很奇怪的是，在不知不觉的时候，她居然带动着别墅区里其他太太去关注小众、冷门的产品了，以至于她青睐的小众品牌都涨价了！

来到商场，周衍的神情仿佛壮士断腕般地凝重。

姜津津什么店都去溜达了一圈，但最后，她只买了一瓶香水。

周衍去埋单的时候，步伐都轻快了许多，脸上的笑容也无比真切，只因为这一瓶香水售价不过千。

从商场出来，周衍语气轻松："正好这里离得近，去一趟畔湖雅轩吧。"

姜津津：“去那里做什么？”

周衍以一种很奇异的眼神看她：“那也是家里的一套房子，我初中时的笔记说不定落在那里了，过去找找。”

畔湖雅轩是前几年开发出来的楼盘。

单价高，还未开盘时就有很多人关注，开盘当天现场的火爆场面都上了新闻。

“你爸爸究竟有多少房子？”

她当然知道周明沣这样的商人，房产数量肯定很可观。

她没有刻意打听过，来到这里后也一直都住在森林别墅。

周衍：“你不知道？”

不等姜津津回答，周衍立马说：“你都不知道，那我会知道吗？”

姜津津晕乎乎的，开车带着周衍来了畔湖雅轩，看着错落有致的高楼，看着小区的绿化环境，再想到之前陪孙文清看房时，偶然听别人说过这里的房价……

此时此刻，她终于有一种——姜津津你出息了啊！你居然嫁给了这样一个男人！！！

第六章

嫉妒这件事

与此同时，席家老宅内，席芷仪收到消息，放下了手中的工作开车回来。

以前席家老宅非常辉煌热闹，随着席家父子的相继离世，这一幢老宅，再也不是席芷仪心目中的港湾。她在这里出生，又在这里长大，明明应该对这里充满了感情，可每一次回来，她都想尽快离开。

席家最近三四代里，每一代都出现过天资卓绝的天才。只是老天爷是公平的，席家像是被诅咒了一样，每一代英才几乎都没活过三十岁。

一开始，家里人都不知道是什么情况，直到席承光出生后，随着医学发达，他们才逐渐搞清楚是怎么一回事。

席家有遗传病基因，并且这种病只遗传男性不遗传女性，发病时间也因人而异，有的人在很小的时候就发病了，有的人二三十岁时才发病。即便现代医学再发达，依然有很多无法攻克的病症。席家出了无数的人力财力，依然无法阻拦席承光的离世。

席芷仪在管家无奈的眼神中上了二楼，二楼死气沉沉，她来到了一间卧室，卧室的门是虚掩着的。走进去，只见她的母亲正坐在摇椅上翻看着一本老相册。席芷仪不用凑过去看，便知道那本相册里都是她弟弟的照片。小的时候，弟弟还小，什么都不懂，她却已经知道了弟弟得了一种注定活不长的疾病，所以，不需要长辈提醒，她身为姐姐，一直让着弟弟。其实那个时候，他们姐弟俩关系一直都很好，偶尔她想到弟弟活不长时，还会偷偷地哭。

后来，她有几次都听到她母亲自言自语，或者是跟旁人说，这病怎么就不是传给芷仪呢。她以为是自己不够优秀，拼命地努力，可无论她再怎么好，父母都觉得弟弟更好。她相信，如果可以选择谁得那个病，她父母一定会毫不犹豫地选择她。时间长了，她的心也一点一点地变得冷漠。她不再摇尾乞怜，不再奢望可笑的父爱母爱。有时候想到他们满心疼惜的弟弟根本就活不了多久，还会有一种畅快的感觉。然而每次这样想后，她又会生起一种自厌情绪，因为无论她多冷漠，弟弟都对她一如既往。所以，后来大了，她就慢慢避着弟弟了，能不见就不见，感情越来越淡，直至所有人都以为，席家姐弟不合。

席母抬起头来，看向门口的女儿，面无表情地说："回来了。"

"如果承光还活着，如果承光看得到，他知道您这样对待他心爱的人，您觉得他会原谅您吗？"席芷仪淡淡地说，"何必对着姜津津出气，您应该没有糊涂到将承光的死赖在她身上吧？"

席母如同行尸走肉，并不会因为这样的话而被激怒。

母女俩每次谈话，每一次摔门离开的人都是席芷仪。

席母那种死气沉沉的平静，让身边的挚友逐渐也都疏远了她。

"承光说，她是他的妻子。"席母说。

席芷仪冷笑："承光生前，您不同意他娶津津。怎么，现在反而承认她是承光的妻子了？他们两个人可没结婚。再说了，就算结婚了，承光已经去世了，没道理就不让津津开始新的生活吧？"

"你可以走了。"席母缓缓闭上眼睛，"你弟弟的事，不用你操心。"

"您以为周明沣会像我一样对您忍让吗？"席芷仪说，"如果再有下一次，我保证，公司丢掉的不是项目。"

说完这句话，席芷仪便转身往门外走去。

这二楼隔壁便是她弟弟以前的房间。席芷仪进了房间，看着墙壁上挂着的照片，她冷冷地看着照片里的席承光。真可笑。明知道自己的身体状况，明知道自己活不了那么长，却还是一意孤行地爱上别人。爱上姜津津后却好像从来没想过，如果有一天自己离世了，他的爱人会经历什么。这种爱是不是太过自私？恐怕姜津津也在后悔，后悔遇到了席承光，拥有了一段噩梦般的生活。

另外一边，姜津津停好车，跟着周衍来到 D 栋。

周衍刷了指纹，带她进了电梯。这里管理非常严格，可能处于市中心繁华地段，隐私方面做得比森林别墅还要好。

电梯停在16楼开了。

D栋跟别的不一样，它是一梯一户，简单来说，是大平层的格局。

周衍一边刷指纹，一边说道："等下把你的指纹也录进去。"

姜津津还在矜持着："不用啦，这又不是我的房子。"

周衍扭过头看她，语气十分自然地说："这是什么话，我爸的不都是你的吗？"

姜津津虽然没把这话当真，但听了还是想偷笑。

周衍想起什么又道："你放心，以后我爸的东西我才不要，我说到做到。"

"别说傻话了。"姜津津说，"家里的智商都被你拉低了！"

姜津津从来没见过周衍这种傻子！在经历过为期一两个月的社会"毒打"后，居然还没觉悟。

周衍嗤笑道："你才俗气。"

大门打开，令姜津津惊讶的是，屋子里的灯是亮着的。

她一脸惊恐地看着周衍。第一想法是，里面有小偷还是强盗？

周衍的神情却很淡定，像是看懂了她的心一样，说道："放心，是我爸。"

姜津津："……"

这套房子面积很大，厨房是开放式的，走进去一看，餐厅的餐桌上摆着醒酒器，里面是颜色诱人的红酒。正在这时，周明沣的身影出现在她的视线中。

他将衬衫袖子卷到手肘处，手里端着盘子，见他们来了，温文一笑："正好，牛排快煎好了。"

姜津津看看他，又看看周衍。顿时察觉到，自己被这父子俩算计了一把！！她狠狠地瞪了周衍一眼。

周衍赶忙举手投降："我是被逼的。"

紧接着他又说道："爸，不用煎我的牛排，我跟正飞约好了，我现在就走的！"

姜津津阴阳怪气地说："约好了呀？约好干吗呀，去会所吗？"

周衍："……"

她可以别提他的黑历史了吗？

姜津津轻哼了一声："懒得理你们。"

她转过身去了别处，想参观参观这大房子。

周衍叹了一口气。其实他今天没想这样算计她的，但想到她的不对劲，他就一直很担心。等他爸打来电话时，他很义气的，关于画廊的事一个字都没说！可是，他爸居然全都知道，还让他带着她出来透透气，他就只好配合了。这会儿，周衍是真的想走。他敏感地察觉到，应该是有什么事发生了，他如果在这里的话，他爸和姜女士都不会敞开了来谈。

周衍见姜津津去了别处，这才别扭着来到厨房，支支吾吾了半天，咬咬牙，压低声音说道："其实您也结过婚啊，还带着我……"

周衍也能大概猜到，那位去世的小席总跟姜女士有过什么关系。但这也没什么啊！

周明沣看向他，周衍继续说道："做人不要太小气了啊。她二十七岁，肯定会有很多人喜欢，那她跟什么人谈过恋爱也很正常啊。"

说着说着，周衍就没能控制住自己这嘴了，居然说道："而且她都没介意您结了婚又离了婚，还带着一个十六岁的儿子呢……"

该知足了啊！人家姜女士都没介意你呢！

周明沣叹了一口气，平生第一次，被自己的儿子教育。

他只能说道："知道了。"

周衍实在不想在这里当电灯泡，神情别扭地跟周明沣说了几句后，便不自在地说："我先走了。"

周明沣点了下头，眉目温和地叮嘱："路上小心。"

于是周衍轻手轻脚地离开了，走出 D 栋后，他仰头看了一眼天空中的月亮，不由自主地叹了一口气，大人的感情世界可真麻烦。

本来周衍是准备直接回家的，可刚走出畔湖雅轩，他又关心地回头望了一眼，停下了脚步。他想，还是算了，现在回去，等下他们要是吵架闹出大矛盾，连调解的人都没有。思及此，周衍从口袋里摸出手机，打开导航软件，找到了这附近一公里范围内的一家书店。不如他去书店逛逛打发时间，等他们谈得差不多了，他再过去跟他们一块儿回家？

周衍快步跟着导航的指引来到了这附近的一家书店。

书店很大，而且还有饮品台，他按照手机备忘录里记录的去书架处找寻辅导资料，这些都是徐从简推荐给他的，应该很有用。

周衍不知道的是，当他沉浸在书本内容时，正跟一个人擦肩而过。

乔素停下脚步，回头望了那灯光下身形清瘦的男生一眼，觉得有些不可思议。

她看过上学期班上的成绩排名表，周衍是排在很后面的。传闻中的他是不学无术的差生，成天除了打架、逃课就没别的正事。可是她来这个班也有一个月了，她见到的周衍，跟传言中的形象大相径庭。

另外一边，周明沣依然在厨房有条不紊地煎着牛排。

姜津津则在这大房子里到处溜达。

有钱人的生活真是朴实无华！畔湖雅轩本来就是出了名的高档小区，周明沣名下的这套房子的装修设计无一不戳中她的喜好。现在有些房子的装修太过奢华，令人眼花缭乱；有的房子装修又干脆走极简风格，这一种姜津津也欣赏不来。这一套，恰到好处，屋内的家具摆设也很讲究，最重要的是它很大！当然森林别墅占地面积更广。可别墅毕竟上楼下楼不是很方便。森林别墅竣工至今都二十年了，当初应该是没有考虑到，所以没有安装电梯。虽然统共也就三层楼，可上楼下楼，偶尔还是觉得有些不方便。

比起别墅，姜津津还是更喜欢大平层，就比如这一套，她估算了一下，起码三百平方米以上。四室两厅，阳台还特别宽阔，站在阳台上能看到对面的湖泊。

姜津津来到厨房时，周明沣已经将牛排煎好了。他实在是万能，牛排煎得有模有样，两人各占据长桌一边，中间摆着醒酒器。其实姜津津也不算饿，不过想着这是周明沣亲自煎的牛排，还是笑眯眯地拿起了刀叉，切了一小块牛排尝了一口，丰富的口感令姜津津没有吝啬自己的夸赞："味道很棒，比上次我们去的那家米其林还好！"

其实两个人都是聪明人。

周明沣早就知道了姜津津这段时间的一举一动，甚至可以这么说，她能这么快查到席承光，背后也有他的推波助澜。

而姜津津呢，事情已经到了这一步，她又有什么不明白？也许二十出头的时候，她还会对他的隐瞒、他的不动声色耿耿于怀。可现在的她，学会了理解别人，她自己都没做到的事，又怎么可以要求别人做到呢？

姜津津忍不住说道："周明沣，你运气真的很好。"

毕竟二十出头的她，可是男朋友给她发一个"哦"，都会借机吵半天架的人。

周明沣看向她："我也这么觉得。"

姜津津唇角翘起，又看了看这个明亮又宽敞的餐厅："我才知道你在这里有房产。"

周明洋“嗯”了一声：“我让刘助理整理一份房产清单，你看是自己去看，还是要我带你一起去看。”

“房产清单！”姜津津听了这个词，就真的有点儿仇富了，“你有那么多房子啊？”

周明洋想了想，说道：“身外之物罢了。”

姜津津：“……”

这话更让人听着不舒服了！

“这里住着很舒服。”姜津津环顾了一下四周，“地段好，出门就有地铁站，一公里范围内有三甲医院，还有学校和大型商场，最重要的是，这房子南北通透又宽敞。”

周明洋点了下头：“如果你愿意的话，我们搬过来住也可以。”

姜津津笑嘻嘻地说：“等我有钱在这边开店再说吧！”

两人闲聊着，直到吃完这一顿牛排。

周明洋才起身，不急不缓地去了客厅，从一旁的抽屉里拿了一个牛皮纸袋，他直起身子时，眼眸里涌动着太多的情绪。

他是背对着餐厅的。姜津津根本不会知道，这一刻的周明洋，是下了多大的决心。他攥紧了牛皮纸袋一角，手背上青筋暴起。

等到他转身走过来时，脸上是一如既往的温和包容笑意，仿佛刚才那个人不是他。

他将牛皮纸袋放在她手边，淡笑道：“打开看看。”

姜津津有些紧张，有些害怕。她在他的目光中打开了这个纸袋，从里面抽出一小沓资料。原本她以为会是姜津津过去的一些资料，万万没想到的是，这居然是一份《离婚协议书》！

不，也不算是《离婚协议书》，它更像是一份合同。

姜津津错愕不已，怔怔地看着周明洋：“你这是什么意思？”

周明洋看着她，他一向喜欢她的眼睛，可这时候，他却不动声色地移开了视线，不去看她了，视线落在不远处的花瓶摆设上，温声道：“你看看，里面有离婚后你会得到的一些东西，包括周氏集团的股份，畔湖雅轩的这套房子如果你喜欢，我会让律师添上去。”

到了这样的时候，姜津津居然也非常冷静，如他所愿，真就探出手，一个字、一个字地看着合同上他给她的东西。这上面的东西太多了，有房产、商铺、珠宝首饰、豪车，甚至还有他一手创建的公司的股份。

他出手非常大方，几乎给予了她一半的资产。

姜津津深吸一口气："我看完了。"她顿了一下，"所以你是想跟我离婚？"

明明知道他可能是有别的苦衷，可这会儿，她仍然气得不行，人到了气头上，自然也口不择言，先前和谐温情的气氛一扫而空，她冷声道："你是有了别的女人吗？怎么都不让我见见？"

周明沣走到她身边，探出手想去抱住她，可手在半空中时，又停了下来。

或许聪慧如她，即便还不知道事情的全貌，但也猜出来了，他跟她的这一桩婚姻本来就是另有隐情。

他好像做错了。

本来他是想给她选择，她或许都不知道，光是下这个决心，他挣扎了多久。只是他觉得，她有选择的自由。

他相信，现在的她，不会再惧怕任何人任何事，自然也不需要什么避风港保护伞。她有勇气，也有毅力跟任何不想让她好过的人抗衡。不过，她好像也理解错了他的意思。

姜津津见他想抱又不抱，心下更是来气。无论是谁，无论是什么理由，他如果主动放开了她，那他就别指望她会回头。

"周明沣，我没有不给你机会解释。"姜津津看着他说，"我给你半个小时，半个小时之内你的解释没让我满意，那么，这婚如你所愿离定了。你只有半个小时的时间，半个小时后，哪怕你有天大的苦衷，我也不听了。"

都是成年人了，他还快奔四了！少来苦衷这一套！她不管他在别人面前长没长嘴，但身为她的伴侣，他没嘴就是不行。

周明沣无奈地看着她，还是伸出手，将她抱入怀中。姜津津一开始还挣扎，可周明沣的力气也很大。

"我没想离婚。"周明沣说，"我只是想让你重新选择，至于什么别的女人，你知道我没有。"

姜津津："什么选择？！"

周明沣轻叹道："现在的你，已经不需要周太太这个身份了，我也相信，任何人也影响不到你的生活……"

"够了，别以退为进了。"姜津津打断了他，"要离婚，要给我选择，你早就给了，何必等到现在，少给我耍心机。"

真要给她重新选择的机会，为什么不一开始就给？她相信，以他的精明，她跟之前的姜津津性格如此不同，他不可能没有察觉到不对劲，那个时候怎么不说给机会给选择？偏偏等她对他上了心，等到她心里也有他以后才来这一套。这大可不必。他三十九岁，的确心机城府深不可测，可她也不会笨到哪里去。

周明沣："……"

的确，她戳中了他的心思。

当然，他也不是全然对一切都有把握，也不是对什么事都运筹帷幄。在他让沈晴定下这个合同时，在他拿出来的那一刻，他的心是真的。如果她真的想离开，他绝对不会阻拦她。可合同这件事，也只不过是一个普通男人想要留住她、想要在她心上扎得更深一点的拙劣手段。

两人都不说话了，姜津津主动挣脱了他的怀抱。

姜津津冷哼了一声："告诉我吧。"

周明沣牵着她的手去了另一个房间，拉开柜门，里面摆着或多或小的几个快递纸盒。

"这是什么？"姜津津问。

周明沣语气自然地说："别人寄给你的快递，被我拦截下来了。"

"谁寄的？"

"席承光。"

周明沣的话还没说完，姜津津惊恐地看向他："可是他不是去世了吗？？"

"不是。"他安抚地捏了捏她的手，"听我说完，是席承光的家里人，他的母亲。在我们婚礼的前一天，她就派人来送过，也做过不少小动作。"

实际上，只要周明沣愿意，姜津津这辈子都不可能知道这些事，也不可能知道席承光的存在。

可他不能那么自私。他也深知，如果他真的走到了那一步，他也是在他们的关系中埋下了不确定的隐患。

"你没有拆过吗？"姜津津见这些快递盒都没有拆过的痕迹。

"没有。"

姜津津走了过去，想要拆开快递，但又想到什么，退后了几步。周明沣以为她是不想他在这里，便准备去客厅，将房间留给她。

哪知道他刚走了几步，姜津津立马抓住他的手。

她正愁找不到机会，抬起头看向他，一脸控诉："你果然不关心我，你都不担心里面是不是有硫酸或者可怕的东西，你居然放心留我一个人在这里拆快递！”

其实姜津津也知道，自己是在无理取闹。可是她的无理取闹，对比周明沣刚才那一波操作，实在是小巫见大巫。

以周明沣的谨慎，虽然没有拆开快递，但一定是有把握，才会让她拆这些快递。不过姜津津现在看他不是很爽，自然是要见缝插针地来找碴儿。

周明沣也是自知理亏，只好留了下来，任由姜津津差遣，拿了拆快递的小刀，一个一个地将这几个快递拆开。

的确是没什么危险物品。实际上，就周明沣了解的来说，席母并不会对姜津津进行实质性伤害，只会在精神上折磨她。姜津津蹲在一旁，捡起快递里的东西左翻翻右翻翻。有的是几张照片，照片里是以前的姜津津跟席承光的合照，有的是席承光的速画本，里面画的也都是姜津津……席母寄来这些东西无非是想提醒她，让她永远都不要忘记席承光。

如果姜津津还是原来那位，那么这些带着回忆的物品，一定会在她心上狠狠地扎上几刀。

可非常遗憾的是，姜津津没有之前的记忆，就算有，她也不是当事人，她不爱席承光。

“这些是怎么回事？”姜津津问。

事到如今，她也不知道周明沣是怎么理解她跟从前完全不一样。

她想，他应该也查清楚了关于之前的她的所有一切。或许他也误会了，以为她是书中那位的第二人格。

话都说到此处了，那她自然也不用再掩饰她对从前的事情一无所知这一点。

周明沣似乎并不惊讶她问这个问题。他只是淡淡地瞥了一眼那些照片，继而收回了视线，不再去看第二眼，说道：“席夫人生育一儿一女，女儿你已经见过了，就是那位席总，儿子就是席承光。坊间传闻，席家近三代内有遗传病基因，传男不传女，或许是因为席承光身患疾病的关系，席夫人自他出生后，将所有的心思都放在了他身上。所以，席承光去世后，她无法接受。”

姜津津心中有些淡淡的悲伤，悲伤那些过去的经历。

“不过，”姜津津问，“席承光的死跟我有关系吗？”

周明沣安抚她：“怎么可能？！他是病发后抢救无效身亡。”

姜津津松了一口气，又问道：“既然跟我无关，那他妈妈为什么……”

“是她想法极端了。”周明沣说，“其实席承光生前，她是不同意你们的，至于为什么席承光去世后，她突然转变了态度，将你视为未亡人，那可能只有她自己才清楚了。”

席母的所思所想，周明沣的确不太明白。既然在席承光生前，那样反对姜津津跟他在一起，又为什么在他走后，却将她视为他的未亡人，甚至希望她今生今世都不要再有半点愉悦时光，希望她活得跟行尸走肉一般为他守贞？

姜津津想：“可能是见不得我好过吧。”

这种母爱已经近乎畸形。不过很奇怪，在知道了所有的内情后，她反而不觉得害怕了。

她只是在为书中的姜津津打抱不平。凭什么呢？在爱人死后，活得是快乐还是了无生趣，那是她自己的选择，凭什么别人也要来横插一脚？为什么所有不好的事情都要发生在那个姜津津的身上？

其实，今天之前，周明沣想过她在知道了所有的事情后，在知道自己曾经深爱过一个人后会是什么样的表现，想过很多种可能，唯独没想到事情会是这样。她既没有很悲伤难过，也没有茫然无措。只是，平静之余，脸上偶尔掠过一些神伤以及悲悯。

周明沣拉着她走出房间，在抽屉里又拿出了一张牛皮纸递给她，上面有账号和密码。

姜津津抬起头，疑惑不解地看着他。她还在消化着这一段故事。

周明沣道：“微博的账号密码。”

他顿了顿，语气不急不缓地说：“是你跟席承光两人一起注册的，上面记录着一些事情。”

“哦。”姜津津接过那张纸，打开手机要退出自己的微博账号，登录这一个。

她没问周明沣是怎么弄到这个微博账号和密码的，现在问这些事情好像也没什么意义了。

余光间，她瞥见周明沣拿起了茶几上的手机，一副要走的架势，果断地抬起头来：“你要干什么？”

周明沣语气沉着：“我出去一趟，你自己看。”

姜津津还想说些什么。

周明沣语气无奈且疲倦地说道：“这些事情其实一开始我就可以告诉你，你知道为什么现在才说吗？因为我不得不这么做。津津，我不是圣人。”

姜津津怔怔地看着他。

“在猜测你的所思所想时，我也曾经彻夜难眠。

“你偶尔说出的话，也会被我理解成，或许你内心深处也在思念着某个人的意思。”

周明洋看向她：“甚至有时候我也在想，如果席承光活着就好了。如果他活着，我有自信绝对不会输给他，可他不在了。”

而且他随时都在担忧着一件事，那就是第二天会失去她。

尽管过去席承光为她找的那个心理医生告诉过他，既然第二人格已经占领了这具身体，那么就代表主人格很有可能已经彻底消失。但，那也只是有可能。也许，有一天早上醒来，他的津津就不见了。

他也有过很多次机会，让可能消失变成彻底消失，但他不能那样做，另一个津津又何其无辜。

他只能自己承受着失去她的可能。偶尔他也会想，就在他还拥有着她的时候，让她只属于他，让她谁也别想着。可如果他真的这样做了，他还是周明洋吗？

“津津，嫉妒这种事，也会发生在我身上。”周明洋低低地说，“请你理解。”

姜津津不说话了，她只是紧紧地握着手机，垂眸不语。

周明洋叹息一声，拿起车钥匙往门口走去。

走到玄关处时，突然有人从背后抱住了他，他低头一看，只见她的手臂环住了他的腰。

姜津津就这样抱着他。

两人都没说话，过了几分钟，姜津津闷闷地说道：“你至少要告诉我，你去哪里呀。”

周明洋失笑，仰着头看着灯。他这辈子，可能也就是拿她没有一点办法。他曾经还以为父亲已经是最难的角色。

“我去找阿衍。”周明洋说，“他很担心你，也担心我们吵架。所以我想，以他的性格不会走远，应该会在这附近等着。我去找他。”

“噢。”姜津津蹭了蹭他的背，“我刚才来的路上，看到有人推着小车在卖钵仔糕，好久没吃了，你可以去给我买一些回来吗？”

周明洋“嗯”了一声：“好。”

在姜津津依依不舍的目光中，周明洋离开了。

他走后，这原本在姜津津看来特别好的大房子，竟然也显得特别空旷寂寥了。

她站在原地发了一会儿呆后，来到了客厅，坐在沙发上，深吸一口气，登录了周明沣给的账号。

粉丝很少很少，这就是一个微博小号，是情侣二人的树洞。两人也会发生争吵，所以，他们共同注册了一个小号，两人都可以登录，有时候是席承光发微博记录心情，有时候是姜津津。两百多条微博，记录了一路走来的心情。

两人在画廊相识，席承光见姜津津有绘画天赋，会在得空时教她，逐渐地，席承光爱上了她沉默温柔外表下的隐忍坚强，姜津津也爱上了席承光的温和有礼。相爱的两人，有过很多很多甜蜜的时光。当然，他们也会因为家庭的关系发生争吵。

这一份爱情随着时间的推移也逐渐发生了变化，席承光希望自己的爱人能跟上他的步伐，能够成长起来并得到他家人的认可，而书中的姜津津却因为他母亲的刁难以及不喜，心生疲倦。

席承光发微博时的语气还有习惯用语，跟书中姜津津的截然不同，所以看得久了，姜津津能一眼看得出，哪条微博是书中的姜津津发的。

到后来，她发的微博越来越短，语气也从一开始的欣喜，到后来的落寞疲惫。

“我终于鼓起勇气告诉你，我的秘密，告诉你这个世界上我有最好的朋友。津津说，不能跟悬殊太大的人谈恋爱，我没听她的话。”

“你今天带我去看了医生。我应该把这当成是好心，可为什么我心里还是很难过。”

“承光，我觉得我们需要分开一段时间。你母亲不喜欢我，横插在我们中间的矛盾不会消失，我也不愿意为了这一份感情折磨自己。”

周明沣走出畔湖雅轩。

他毕竟是周衍的父亲，对自己儿子的性格也算了解，在周围找了一圈后，来到了一家书店，果然就在书店里找到了正在选购资料的周衍。

周明沣也不想吓他，当然他此刻也没有这个心情。

他来到周衍身边，拿起一本书翻开，周衍过了好一会儿转过头，看到了自己爸爸，那神情就跟看到了鬼一样。

“小声点，书店要保持安静。”周明沣淡淡地提醒道。

周衍硬生生地将自己的话给咽了回去，过了片刻，才压低声音说道：“你俩吵架了？”

他爸是被赶出来了？还是吵不赢干脆出来透透气？他觉得都有可能！

周明洋显然不愿意跟儿子提及自己的感情问题，听到了也装作没听到，低头看着随手拿的那本书的内容。

周衍一见这情况，就当他是默认了。他们还真吵架了？不是，这有什么好吵的啊？不就是一个前任吗？这也能吵得起来？

“不就是前任嘛。”周衍瞬间很无语，敢情他出来前说的话都白说啦，他往自己爸爸这边靠了靠，将声音压得更低，“这是很正常的，而且我看她都已经忘记了……”

他爸这什么心胸？连自己老婆以前的事都接受不了？

“没有。”眼看着儿子不知道要想些什么乱七八糟的事，周明洋打断了他，瞥了他一眼，“我只是出来买东西。”

周衍：“……”

这样一说，就更像是吵架了。他立刻抱起那几本资料书往收银台走去。

不行，他得回去看看究竟是什么情况。他爸怎么这样，吵了架就跑出来，把姜女士一个人丢在屋子里？

周衍都没管在书店的周明洋，扫码付了钱便提着书往外大步走去。

周明洋捏了捏鼻梁，也跟着走出了书店，不过两人的方向不一样，周衍是往畔湖雅轩走，周明洋是往另一条路。

周明洋走了五分钟左右，找到了姜津津说的那个小摊，虽然他很质疑卫生情况，但还是买了钵仔糕。

与此同时，周衍一路狂奔，提着一大袋资料也不嫌重了，说是健步如飞也不夸张。

进去畔湖雅轩时，保安看着他行色匆匆，都很纳闷：这是发生什么事了？

周衍气喘吁吁地来到门口，平复了一下心情后，终于按了门铃。

姜津津以为是周明洋回来了，来到门口，看了一眼门口的显示屏后，才发现是周衍，并且门外只有他一个人，不禁纳闷，这是什么情况？

她打开了门，问道：“你怎么一个人回来了？”

周衍提着一袋子书，一路疾走过来，后背都出了些汗，他紧紧地盯着她打量，确认她没有哭过的痕迹后，才舒了一口气：“你俩吵架了？”

他走了进来，像是虚脱了一样，将袋子往地上一放，便去了厨房冰箱，拿了一瓶水，看了保质期，确定没过期后，这才拧开瓶盖大口地喝了一整瓶。

姜津津来到他身旁，等他喝了水后，又问了一遍：“怎么就你一个人回来，你爸没去找你？”

周衍回：“找我了。我嫌他慢，自己先回来。你们真吵架了？”

姜津津不知道该怎么回答这个问题。

说吵，那也没吵。

说没吵，但确实又有点情绪不对劲。

周衍叹了一口气，说道：“不是我说你们，你俩都多大的人了，一个快四十，一个快三十，加起来都快七十的人，四舍五入一下都快过百，能不能成熟一点，能不能不要让人这样担心？”

姜津津本来还有点感动孩子这么懂事的，但一听他的话，整个人都不好了。说周明沣快四十，这一句话她没意见，怎么能说她快三十！还说她跟周明沣加起来都快过百？！

姜津津怒了：“我二十七！二十七！离三十还有三年！而且我二十七，你爸三十九，我们两个人加起来也才六十多，怎么就过百了？！你数学是体育老师教的对吗？不行，我等下要问下孙文清，你们班上像你这样连百位加法都不会的究竟有几个。”

“这是重点吗？重点是你们两个人怎么这么不成熟？”周衍双手抱胸道，“如果我没猜错，那个席承光是你以前的男朋友吧，你们俩就因为以前的男朋友吵架？”

姜津津：“……”

她不想说了，智商不同，交流起来真的很困难。周衍怎么会以为他们是因为前任这件事吵架的。她翻了个白眼，不去搭理他，开始收拾饭桌上的盘子刀叉。幸好这里有洗碗机消毒柜。

不过，周老板怎么可以忘记他还没收拾残局？这一点必须给他记下了。

这次换周衍跟在姜津津身后，不过他没再像念经那样喋喋不休了，而是缓了缓语气：“不过说实在的，我爸的确是小气了点，但他吃醋也是很正常的。”

姜津津猛地转过身来：“好哇！你在帮他。”她轻哼一声，“果然你还是先帮你亲生老爸！”

周衍一摊手，一脸无语：“窦娥都没我冤，我要是帮他，何必火急火燎地赶回来。”

他摊开手，让她看掌心：“我一路跑回来的，提着那么重的书，手都给我勒红了。”

姜津津一看，果然就心生怜爱了，从冰箱里又拿出一瓶冰水塞在他手里，没好气地说：“傻不傻，让你爸给你提啊。”

周衍盯着她：“我没帮他，就是希望你们两个好好的。没听说过一句话吗，大人吵架对孩子影响很坏的。”

“是对十六岁的孩子吗？”姜津津笑骂他，“你怎么不说自己是一百多个月的宝宝？”

周衍：“……”

真心很烦！

姜津津看出他的关切，温声哄他：“放心啦，没吵架，就是针对一些遗留问题展开讨论。你爸是去找你，顺便给我买点东西。”

周衍：“真的？”

“真的，骗你我明天肥十斤。”

这么狠？周衍立马就相信了：“早说啊，吓得我。”

他又说道：“我是高三生，这一年多重要，你们不要三天两头地吓我，我要是没考好，你们是要承担一部分责任的。”

姜津津：“……”

正好这时，门口又传来了门铃声，姜津津以迅雷不及掩耳之势，在厨房找了厨房湿巾，胡乱地将桌子上擦了一遍后，像是快乐的小鸟扑棱着翅膀似的往门口去，打开门，她赶忙挽上了周明沣的臂弯：“当、当、当、当，我要给你一个大大的惊喜。”

她拖着他往餐厅走去，跟献宝一样的语气：“你看，我收拾了盘子，还将刀叉洗好了，桌子也擦得干干净净，都可以当镜子了。”

周明沣一手还提着打包盒，一看她的杰作，居然也昧着良心夸：“很干净，很勤劳。”

两人都很成熟了。周明沣这样出去走一圈，回来后，迎接他的是他喜欢的姜津津，而姜津津也不愿意让这件事情影响到他们。

当然，最重要的是，那一百多个月的宝宝还在一旁盯着他们呢。这个崽还说了，他要是高考没考好，就要把锅甩给他们。

周衍看了看饭桌和厨房，突然不知道“干净”这个词是什么意思了，也不知道“勤劳”这两个字该怎么写了。不过令他欣慰的是，他们没有吵架，他们俩都好好的。

一家三口离开了畔湖雅轩，踏上了回家的路。

只是副驾驶座的姜津津跟周衍又开始吵起来，原因很简单，周衍吃了那个百香果味道的钵仔糕。

周明沣听着两人跟小学生似的争吵，脸上一直带着愉悦的笑意。

森林别墅主卧室。

姜津津洗漱之后，从包里找出了那牛皮纸袋，做足了心理准备后，来到了床边。她站着，他坐在床上，她俯视着他，说道："这个合同，我就当没看到过。"

"你当我傻呢，你以为我不知道你公司有多赚钱是吗？忽悠我这个外行，你的良心不会痛吗？你今年才多大，我看港城那边的富商七十岁都没退休，那你最起码也要做到六十多岁才退休，这还有二三十年呢。二三十年后，你给我的这些东西，那都不够看了！

"二三十年前的一万很多了吧，那时候万元户多厉害！现在一万块算什么呀，我才不上你的当呢。"

说是这样说，但她心里比谁都清楚，周明沣给她的太多了。是的，这一出是他的心机，她明知道是手段，仍然上了当，不过是因为即便是手段，他也付出了他所有的真心。

现在的她已经知道了所有的事情，哪怕有一天，他跟她之间已经彼此厌倦，已经决定了分开，那个时候，她也不会要不属于她的东西。她虽爱财如命，可也知道，在爱情中要保留自我，保留谁也不会打倒的尊严。

周明沣看着她。其实连他自己都不知道，自己在这样的年纪，怎么还会跟愣头小子一样。

"好。"他点头答应。

姜津津将那份合同藏在身后，仰起下巴："我很会花钱的，真要花起来，比孙夫人还要恐怖得多！"

"我以后心情不好的时候，就去砸杯子，那种一万块一个的杯子砸着玩儿！"姜津津说着说着，突然有点儿心痛了。然后她发现了一个可悲的事实：她这辈子都不可能比孙夫人花得还多！连一万块的杯子她都舍不得砸啊，怎么敢这么大胆比肩孙夫人？！

周明沣看得清清楚楚，她的脸上满是心痛之色，实在是忍俊不禁："好，你开心就好。"

姜津津这才将合同拿了出来递给他，撇过头："你拿去吧。"

周明洋探出手捏住一角，哪知道姜津津的力气特别大，他根本拉不动。两人跟拔河一样。姜津津拽得死死的，一副放手了就活不下去的模样。周明洋差点笑出了声，但好在他一向稳得住，深知这会儿他要是笑场了，那她这段时间就不会放过他。这样的一场拉锯战持续了一会儿。

最后姜津津认命了，她松开了手，周明洋拿着那牛皮纸袋。

姜津津一脸颓然地坐在床边，扭头看他："周明洋，你绝对不知道我为你付出了什么！"

她都被自己感动到了啊。天知道，她看到合同里的那些不动产、珠宝、股份时有多心动。可她还是将这份合同还给了他。她不知道她会喜欢周明洋多久，也不知道能不能跟他长久地走下去，但这一刻，她的心是真的，比金子还真。

周明洋可谓是非常了解姜津津的弱点跟软肋了。她能拒绝这份合同，坦白说，周明洋也很意外。手段是手段，但给她的心是真的，想要让她选择的心也是真的。他一开始并没有很自信，他甚至都做好了离婚后的一切准备。说是以退为进其实也没错。可是，他没想到，她拒绝了。

如果说周明洋爱她的心尚且还有一丝保留，那么，今天之后，这一丝也被她占满了。

国庆黄金周第一天，劳模周明洋要去公司办公半天。

本来姜津津都计划好了要跟周衍去外面溜达一圈的，结果一大早起来，她下楼来到饭厅，居然看到了本该踏上加班路的周明洋，正慢条斯理地吃早餐，周衍也已经醒来了。她还很好奇，一边拉开椅子入座一边问道："你不是说今天要上半天班吗？"

她再也不羡慕周明洋了。

周明洋抬头看了她一眼："我想过了，中午带你们在外面吃饭，就当是过节。"

周衍也看了过去，这是什么意思？

姜津津毕竟跟他同床共枕这么久，一下子就明白了他的意思："你是说，让我们跟你一起去加班？"

如果不是这样，他早就应该去公司了。

周明洋心下欣慰不已。毕竟有些话，他不用说得太明白，她就能心领神会。

"嗯。"

姜津津看了看周衍。

默契都是互相的，别看周姓父子俩几乎毫无默契，可姜津津跟他们两个人都有心有灵犀的属性。

姜津津跟周衍一对视，顿时两个人都有了主意。

周衍轻轻地点了下头，姜津津负责跟周明沣谈判，她很狗腿地说："可以是可以，不过这种节假日加班好像是有三倍工资的吧？"

"是。"周明沣拿起一旁的餐巾擦了擦手，"你们也要工资？"

不等姜津津跟周衍回答，他又说道："也可以，这样吧，你总说我这个人没意思，那今天就玩点有意思的。"

"怎么个有意思法？"

周明沣回："我们不是有个群，我在群里发红包，拼手气。抢得多的运气好，抢得少的也不能有意见。"

姜津津见周衍迫不及待地就要应下，她一个眼神飞过去，周衍立马乖乖地不说话了。

"可以是可以，不过你要是只发两百块红包……"

拼手气红包跟普通红包还是不一样的。

已经实名的用户发拼手气红包，一个一次限额在两万元。

周明沣随手点开一看："那就发两万？"

周明沣语气之淡定，让姜津津跟周衍为之振奋，两人都摩拳擦掌起来，看向对方的眼神都戒备了许多。周明沣用区区两万元，就粉碎了他们上一秒的团结。

早餐时间，因为这一个小小的家庭活动，饭厅里的气氛都活跃了许多，周衍像运动员一样，擦了擦手，还深呼吸了几下，进入了备战状态。两人都死死地盯着周明沣的手指，见他动作不急不缓地在手机上操作着，群里传来消息提示音，两人立马看向手机，果然周明沣在三人群里发了一个拼手气红包。

姜津津点了一下红包，到账八千六。

周衍一看自己的手机，到账一万一千四百，他激动地站了起来，还很激动地喊了一句："噢耶！"

他很幼稚地拿着手机来到姜津津面前，晃过来晃过去地炫耀："手气最佳，到账一万一千四百呢，运气怎么这么好！"

姜津津："周明沣！！"

周明沣立马安抚："别气，我单独给你发一个。"

周衍："……"

最后，周衍一脸不爽地跟在亲密无间的两人身后去了车库。他很少去周氏集团，上一次去还是念小学的时候。

周明洋拖家带口来加班。投入到工作中的他，进入了忘我的状态，他连自己都忘记了，肯定也就没记得姜津津跟儿子。姜津津在征求过他的意见后，就带着周衍在这一层参观。

今天是黄金周的第一天，真正来公司加班的职员也不多。

在不知不觉间，周衍已经放下了心结。他以前的确埋怨过爸爸不关心自己。他在味美公司搬货的时候，也跟其他搬运工打过交道，他们的孩子基本上都是留守儿童，因为在老家赚不到钱，也没有更多的工作机会，就只能到大城市来打拼。公司其他的白领情况也差不了很多，尽管孩子都留在了身边，可一天下来，也没有什么时间陪孩子，有一个阿姨就将还未满三岁的小孩送到了托班。现在在周氏集团转悠着，他反而越发地感受到了，他爸在事业方面投注的心血。

"在想什么？"姜津津见他不说话，好奇地来到他身旁问道。

周衍正在仰头看着屏幕里讲解的周氏集团历年来的成就荣耀，他收回了视线："没想什么。这几个月来，我都在想一个问题，那就是，如果我当了爸爸，我能做得比他好吗？"

姜津津："你干吗要跟他比？"

周衍："我以前很怪他的。"

姜津津故作深沉地叹气："可以理解。"

"唉。"周衍也学着他叹了一口气，"我以前还总是说不想当他的儿子。"

姜津津说："那有很多人都在排队当他的孩子，说不定我就排在第一个。"

周衍一下没忍住，眼里漾着笑意："是不是啊？"

"当然啦。"姜津津将手背在身后，"我不是为他开脱啊，其实他这样也好，打个比方，如果我是你妈……"

周衍："……"

"我将我所有的心思都放在你身上，天天担心你没吃好没穿暖，把你看得比我自己还重要，将我的人生都押在你身上，那你会不会感到窒息？"

周衍想了想这个问题，他看向姜津津："试试？"

姜津津："什么？"

"可以试试。"周衍一脸若有所思，"我也不知道会不会窒息。要不，试试？"

姜津津："美得你！"

黄金周的第一天平平无奇。周明沣下班后带他们去吃了顿午饭后便回家了。姜津津其实心里还在想着席家的事，回家后，便翻出了之前那些太太送过来的聚会请柬，她翻来翻去，也没找到想要的，干脆等周明沣进来卧室后，拖着他的手问道："有没有人给你发过那种饭局宴会帖子，最好是能跟席家产生交集的？"

不管是姜津津还是周明沣，两人都心知肚明，席家的事情还没有结束。冲着席母对她那种阴暗的极端的恨意，这事儿就不会完。

不是他们退让，她就能收手的。既然如此，何不化被动为主动？

当然姜津津也是这样一种人，别人越希望她过得不好，她就越要活得精彩让人瞧瞧。

席母不是想让他们夫妻俩产生隔阂吗？那她偏偏要让人家好好看看，他们夫妻俩恩爱得不得了。

周明沣因为她的话一顿。

姜津津赶忙说道："我就是气不过，凭什么总是她给我们添堵。苏思悦的事是她闹出来的，汪秀香也是她闹出来的，就连上次的竞拍会上，肯定也是她使的手段。"

这也幸好是她。如果是另一个姜津津，她能承受得了吗？

每一次好不容易鼓起勇气要重新开始生活，结果每一次人家都不让她如愿。

姜津津觉得，席母的想法正常人都无法理解。席承光的死明明跟书中的姜津津无关，是席家的遗传病基因害了她、害了她儿子不是吗？冤有头债有主，这件事怪天怪地，都怪不到姜津津身上。

只能说，席母不过是欺软怕硬。

周明沣的记忆力超群，沉默了片刻后说道："之前收到了一份请柬，启宏集团的贾董要过六十大寿。前两年，公司跟启宏有过项目上的合作。贾董跟已经过世的席董是旧交，我想，那天席夫人也会过去。"

姜津津嘟囔道："什么席夫人啊？！"她明明就是一个疯子。

"那我们去，可以吗？"姜津津从来都不是怕事的性子。除非她跟周明沣离婚，或者自行了断，或者断情绝爱，隔绝一切让她开心的人和事，否则席母是不会满意的。不然，哪怕她跟周明沣再怎么低调、再怎么避让，席母都不会善罢甘休的，指不定什么时候又要施展恶心人的一套招数。

她不能等人家打到家门口时再还击吧？那只怕她已经憋屈死了！

周明泮看着她，点了下头："当然可以。"

以前是不想让她知道那些事，现在她已经知道了，又何必一而再再而三地忍让着？更何况，他从来都不畏惧席家，之前是因为顾念着她才束手束脚。

周明泮去洗澡时，姜津津则全神贯注地为自己写着剧本。绝对不打没有准备的仗，她脑子里有太多种让席母不痛快的人设，还有脚本了。

仔细想想，像席母这样的人，在一本小说或者电视剧里都算得上是"极品"反派了吧。

她每次看电视剧，见到主角被"极品"反派欺负，都恨不得钻进电视剧里替主角找回场子。

虐"极品"才是一部电视剧里最让人期待的时刻。

姜津津很振奋。她猜测，席母那样关注她的生活，几乎是三百六十度无死角，那么，她的社交账号想必席母也可以用其他办法关注。

姜津津一向不喜欢秀恩爱，毕竟有时候一下没控制好度，就很容易让观者感到不适。她学生时代曾经有个同学就是这样，谈恋爱的时候，每一天都在朋友圈里晒接吻照。如果让姜津津选择，她宁愿看别人晒娃，都不要看那种照片。

她躺在床上，翻了翻自己的朋友圈。她并不经常发，有时候是宣传便利店的活动，连周衍都在她朋友圈里占据一席之地，可她居然从没提过周明泮……她开始自我反省，这样是不是不太好？

思来想去，辗转反侧，她终于想到了一个好点子。她坐了起来，在屋子里溜达一圈，终于在柜子上看到了周明泮取下来的金丝眼镜。她小心地拿了起来，给自己戴上。

还真别说，感觉瞬间不一样了，似乎能感觉到他的气息一般。她赤着脚踩在羊毛地毯上，好奇地左看看右看看，不免惊奇：原来这就是他看到的世界呀。

姜津津来到梳妆台前，看着镜子里的自己就忍不住偷笑。

这就是她戴眼镜的模样吗？

周明泮的金丝眼镜被她戴上了呢。

姜津津兀自欣赏了好一会儿，拿出手机，找好角度自拍了一张。自然清晰，是路人看了也要点个赞的水平。

她低着头，编辑着内容，发了一条朋友圈，当然带上了这张照片——

"闲来无事，玩玩周老板的眼镜。这样的风格好像也还不错？"

看一看，瞧一瞧，这就是秀恩爱的最高水准呀。她都能玩他的眼镜了，那关系得亲密成什么样子。

正在她研究着这张照片时，周明沣来到了她的身后。他几乎都没发出声音，吓了姜津津一大跳，恨不得打死他。

周明沣盯着她架在鼻梁上的眼镜，目光沉静。

姜津津这才回过神来，赶忙说道："我就是试一试，看是不是真金。"

"结论呢？"

"不知道。"姜津津一脸无辜地说，"还没来得及咬一口试试。"

周明沣抬起手，取下了这副眼镜，随手放在她的梳妆台上，他还是盯着她不放，气氛瞬间有点微妙。姜津津是万万没想到，她不过是戴了他的眼镜，他至于反应那么大吗？

她果断地转移话题："你是不是有洁癖，不想我碰你的眼镜？"

周明沣只是盯着她，依然不说话，突然伸出手，圈住了她的手腕，将她往怀里带。依然是属于周明沣式的温柔与珍惜，他温热的呼吸落在她的耳畔，似乎是怀着一种庄重而珍惜的心情，亲吻了她的眼眸、鼻尖。

一阵浓烈的亲吻之后，周明沣声音低沉地说："你说我有没有洁癖。"

周明沣的眼镜，除了他自己以外，也就只被姜某人"染指"了。

…………

第二天，姜津津的气色很好。

她原本就生得很美，现在白皙的面庞还透着一股健康的粉。要参加那位贾董的寿宴，自然是要慎重一些，周家父子俩被她拉来当壮丁，为她挑选合适的礼服。

两人坐在衣帽间里，都在低头看手机。周明沣是看手机邮件。周衍则是趁着休息空档刷一下朋友圈，自然看到了昨天晚上姜津津发的那条。他觉得恶寒不已，还打了个冷战，果断地打开相机，对着自己冒着鸡皮疙瘩的手臂拍了好几张，发给了姜津津。

周衍："下次发那种朋友圈，请记得屏蔽我。"

姜津津正在试穿礼服，手机放在周明沣手旁的小茶几上，手机振动了好几下。周衍这才反应过来，见他爸似乎对姜津津的手机感兴趣，他赶忙说道："是我发的消息。"

周明沣瞥了他一眼。实际上不需要周衍说，周明沣也不会去看姜津津的手机。

姜津津从换衣室里出来，在两个周姓男人面前很浮夸地转了两圈，期待地问道：“怎么样？”

她选的是一字肩礼服。之前她试穿过这礼服，刚刚好，现在都需要深吸一口气才能拉上拉链了。

周明沣看着她。

姜津津刚才在里面磨蹭了一会儿，确定脖子上没痕迹后才出来。好在他还不算太过分，知道她要穿礼服。

现在，她面对的是两个原本都很沉默话少的男人。

周衍看了一眼：“还可以。”

周明沣也点头：“可以。”

姜津津转过身看向落地镜里的自己，这礼服确实还可以，不过颜色太素净了，而且这礼服很显身材，要是稍微吃多一点，搞不好都是一场视觉灾难。

她自顾自地说：“不行，这一套颜色不是很好。”

说着她转身进了换衣室。

周衍：“……”

这样的次数多了，周家父子俩都不知道该不该评价了。

她仿佛根本就不需要别人的意见，到后面，他们父子俩总算默契了一回，不出声，不评价了。

还好没过多久，姜津津终于选好了参加寿宴时穿的礼服、鞋子，这让周明沣都松了一口气。

寿宴在黄金周的第三天晚上。

周衍跟着他俩一块儿去见见世面。周家一家三口的到来，令在场的很多宾客都很震惊。燕京豪门就是一个圈，在座的各位都听说过，周明沣跟这位新婚妻子的感情很好，说是老房子着火也不夸张，尤其是七夕那天的举动，让很多人都惊掉了下巴。

听说是听说，但亲眼见到又是另外一码事。传言果然不虚。周明沣对他太太实在过分上心了。两人举止亲密，但也不刻意，任谁都可以看得出来，这两人必然还是处于蜜月期。

掐指一算，他们都结婚好几个月了，还这般如胶似漆，实在是罕见。

最让人惊讶的是周明沣的独子。一般继子跟继母的关系都不会这样融洽，可周明沣的这个儿子，对继母实在不错，又是帮着拿糕点又是拿茶水。真正的一家三口也很难这样融洽。

正如周明沣说的那样，已经过世的席董跟贾董是旧交，两人关系又好，这样的场合，席夫人自然也会过来道贺。自从儿子离世后，席夫人已经很少参加这样的社交活动。她的到来，自然又热闹了一阵。

不过周明沣和姜津津都没凑过去跟她寒暄。姜津津觉得，她能控制不翻白眼已经算很有修养了。席母雍容华贵，身旁也跟着助理，她微笑着跟贾夫人闲聊，有时会有意无意地看向另外一边。

如果有人仔细观察，就会发现，席母看的人正是周明沣的太太。

姜津津自然知道席母在看自己。

多新鲜呀。如果将席母的所作所为曝光，大众肯定都不会相信吧。世界上还真的会有人这样吗？席母想要姜津津死吗？也没有，她只是想让姜津津终生活在痛苦中，她只是想让别人跟她一样，一辈子都缅怀席承光，一辈子都不要有欢愉时光。

姜津津故意踮起脚尖，凑近了周明沣，两人装作亲密耳语。旁人看了也会称道一声，果然是浓情蜜意。

姜津津在周明沣耳边说："她跟我想的不太一样。"

周明沣低声说："怎么？"

席母看起来并不像是一个极端的人，相反她甚至称得上优雅。如果不是知道她做的那些事，姜津津都不会相信，看起来还很和善的人，居然有那样的心思和手段。

"人不可貌相。"周明沣说。

姜津津笑："是呢，你看起来就是那种无欲无求的人。"

周明沣眼里压着笑意。

周衍端着一盘子吃的过来，看两人有说有笑的，好奇地问道："在聊什么呢？"

姜津津立马站直了身体："大人的事打听什么。"

周衍翻了个白眼："我还懒得听呢。"

寿宴中途，席芷仪姗姗来迟，她行色匆匆，看起来很着急的模样。

周明沣正带着妻子儿子跟人介绍。

席芷仪心里提着一口气，她的确没想到周明沣会带着姜津津过来，所以硬生生地临时推掉了几个重要会议赶来了这里。她有些不懂周明沣的意思，但此时此刻，她莫名感到不安。

最让她不安的是，姜津津挽着周明沣的臂弯，甜甜地对她笑着："席总好。"

席芷仪笑着回应："周太太好。"

"席总是赶过来的吗？"姜津津笑得天真，"我听明沣说，今天会见到席总，刚才就一直在期待呢。对了，听说您母亲也来了是吗？"

在席芷仪的记忆中，姜津津根本不是这样活泼外向的性子，相反她很温顺内敛。

姜津津看了一圈，又问周明沣："我们要不要过去打个招呼？"

周明沣瞥向席芷仪。

席芷仪见周明沣一派气定神闲，还有什么不知道的呢。

如果说以前周明沣还担心她说错话，那么现在他已经无所畏惧。

平心而论，席芷仪是有私心的，她一直旁观着，任由母亲精神折磨姜津津，只不过是想着，母亲有事可做就不会太惦记家族乃至集团的事。之后，姜津津嫁给了周明沣，她也是持观望态度，也不是没有当渔翁的意思。母亲在家族乃至集团也有着影响力，她也希望母亲能够激怒周明沣，即便元盛受到一些影响也没关系，只要周明沣出手了，家族和集团的元老就不会坐视不理，那么母亲的权力也会被削弱。可现在，事情朝着她也无法控制的方向发展。她有些慌神了。

究竟发生了什么？席芷仪当然不得而知，她不知道的是，周明沣无所畏惧，不过是因为，姜津津坚定且义无反顾地走向了他。

寿宴上，什么事都没有发生。

席母也并不是什么都不管不顾了，她还要脸，也在乎席家的名声。

这天晚上，一档综艺节目上了热搜。这是一档旅游谈心类的综艺，邀请了好几个艺人，其中有一个老牌女星。在很多年前，也是娱乐圈中红极一时的明星。

深夜谈心时，提起了门不当户不对的婚姻，有一个嫁入豪门又离异的女星再次翻红，轻描淡写地提及，悬殊太大的婚姻，注定有一方会处于迁就的地位。这个老牌女星也点头附和，谈起了一桩旧事，多年前，她刚入行时，被一个富家公子追求，两人还在接触时，这位富家公子听了家人的劝告，跟门当户对的一位千金小姐相识，继而订婚。

那个时候，她因为理念不合已经提出了分手。哪知道这位千金小姐不依不饶，甚至还派人打压她，让她事业一度艰难。

可能是这个老牌女星描述的细节很让人共情，一时间，有不少网友都开始根据时间线进行深扒。结果还真被神通广大的网友扒了出来，那个富家公子居然是元盛集团已经过世的董事长。

当然也有网友逐渐地发现了不对，那位席董不过三十多岁就去世了，而他的儿子也算得上是英年早逝……眼看着网友还要继续查下去，这一热搜内容被元盛集团花费了大力气给压了下去。

席芷仪心力交瘁。其实这也不是周明洋的手笔，只是元盛这些年也有对手，在听说了周明洋截和了他们的项目案后，这些人的心思也都活泛起来。

周明洋的举动，让元盛集团有了不小的损失，不只是项目上的，更多的是对外界的影响，如果不及时处理，很有可能腹背受敌。

人家都在观望，元盛集团如果真的惹上了周明洋这个劲敌，那么多的是人坐等分羹。

席芷仪是怎样的焦头烂额，姜津津跟周明洋都不知道，也不关心。

在黄金周的最后一天，姜津津的便利店分店要开业。这一个星期她都很忙，因为还没确定下来那天要销售的速食，于是，她请来周衍来试吃新品，看是要重点推荐哪一款，或者是删掉哪一款。

周衍一开始还很有兴趣，毕竟便利店的东西，大多数都不算难吃。鸡肉串他喜欢，关东煮他也爱，黑椒肠也不错。东西是不难吃，可吃多了也腻。

周衍苦着一张脸说："算工伤吗？"

姜津津："算！"

严正飞知道了周衍在试吃新品这件事。有吃的，还有工资拿，多好啊！不过严正飞也不是在乎这个钱，他只是觉得，太久没跟他家衍哥一块儿玩了，便找了也来试吃的借口过来，不只如此，他还带来了几个小伙伴。

姜津津当然是举双手双脚欢迎。

周衍的朋友们都是大高个，处在长身体的年纪，一个比一个能吃。最关键的是，长得还很好看，少年感十足，青春无敌。姜津津看着他们一边吃着鸡肉串，一边给出评语，都产生了一种"我好像也可以伪装成同龄人"的错觉。

姜津津对这些"壮丁"很好，又是让阿姨给他们倒喝的，又是给他们拿各种调味品，说话也是轻声细语，生怕吓跑了这些人。

姜津津临时有事，出去一趟。

她走之后，周衍过去的一个初中同学压低声音说道："衍哥，我觉得你后妈很温柔、很端庄啊。"

反正一点儿都不像那些电视剧里的后妈。除了对他们这样关照以外，还非要给红包。

周衍听了这话，放下了手中的吃食，拿起放在一旁的手机，给这个朋友发了一个红包。

朋友点开微信红包一看："什么意思？"

朋友好奇地问："衍哥，你给我发二十块红包，什么意思？"

周衍回道："听我的，去眼科挂个号。"

虽然周衍这样说，但他的朋友们都看得出来，他跟他的后妈关系那是真的好，所以才会这样肆无忌惮地互相杠来杠去。

周衍明显对姜津津开分店的事很上心。具体表现在，他居然加了班级群。以往这种同学群，周衍根本就懒得加，这次加了以后，他还在里面打了一波广告。所以很多同学都知道了，周衍的后妈要在学校附近开一家便利店。大家都是同学，店又是开在学校附近，当即就有不少人在群里表示，以后一定去捧场。

然后，令这些同学惊讶的事情发生了。

周衍非常诚恳地在群里发了一条消息："不胜感激！"

大家都纳闷，这还是他们认识的那个人狠话不多的高冷帅哥吗？为什么这么不真实呢？

某种程度上来说，姜津津也算得上是营销鬼才了。她在打探过附近的地形后，有了一个计划。这年头无论是男人女人，都爱看俊男美女。开业那天，要是有几个大帅哥在门口发传单，那是不是会吸引别人的目光呢？那必然是的！像她之前跟孙文清逛街时，一家电子烟店门口有一个很帅的小帅哥在发传单，她跟孙文清可不就是没控制住双腿进了店吗？还好她们俩够理智，什么也没买。

生活用品跟电子烟毕竟不一样，这无论是谁都需要。

看着周衍的这些朋友，她有了一个大胆的想法，请他们帮忙。

严正飞想起了姜津津第一家店开业时的繁忙，立马摇头说："我不……"

周衍一个眼刀飞了过来。

严正飞㞞了："我不会不答应！"

姜津津满意了，其他几个小帅哥之前也没有过这样的经历，自然是很感兴趣，就是冲着他们衍哥的面子，那也得去不是吗？！

徐从简也给她发了微信，表示开业那天会去帮忙。

姜津津想了一下，到时候店里帮忙的人就有好几个小帅哥。美中不足的是，没有小美女！比起帅哥，她更喜欢小美女。不过，周衍几乎没异性朋友，唯一一个还是云馨，虽然云馨长得很漂亮也很甜，但姜津津还是敬谢不敏。

姜津津也很大方。开业的前一天，大气地带着他们去商场，给他们买一套一样的衣服。这样就更显眼了。年轻个子高，穿什么都好看。

周衍反而有些不爽了："干吗给他们买衣服？"

姜津津回道："不要这么小气，他们给我帮忙了啊，除了衣服，我还要给他们红包。"

周衍的这些朋友都不缺衣服穿，但还是兴致勃勃地跟着来了商场男装部，最后姜津津斥巨资给他们买了运动风格的衣服。

其实给这些帅小伙买衣服，还真是很有成就感。为了显示周衍的特殊，姜津津还特地给周衍买了一顶棒球帽，周衍的脸色才好看了许多。

刷卡埋单的时候，周明沣的电话也进来了。姜津津夹着手机，一边接电话一边在账单上签名。

"干什么？"

周明沣的声音从听筒传来："正想问你在做什么。"

"带他们几个逛街买衣服。"姜津津感慨，"还真是不便宜，现在的高中生可真奢侈。"

周明沣顿了顿："在哪家商场？"

"怎么，你要过来吗？"姜津津报了商场的名字。

"嗯。"

姜津津故意跟他开玩笑："所以三十九岁的你，也吃醋了吗？"

她又说："反正十六岁的周衍吃醋了，你们姓周的心眼儿都这么小吗？"

周明沣哭笑不得："他怎么吃醋了？"

"问我为什么要给别人买衣服，这个别人可都是他的朋友们。"姜津津语气哀怨地说，"我又斥巨资给他买了一顶棒球帽，他才理我。"

青春期的孩子可太难伺候了。

"……"周明沣说，"我只是确认一下，你逛的这家商场有没有我入股投资。"

他又装模作样地说："正好，你去的这一家我有入股，也有一些购物卡。"

姜津津："你怎么不早说？！快来！"

可惜，等周明洋过来的时候，周衍他们几个已经走了。

周衍这段时间太沉迷学习了，姜津津也担心他有些受不了，所以为了留住他的朋友们插科打诨，也费了不少心思。

周衍实在不懂她的良苦用心！就她今天给他们花的钱，她在市面上都可以找好几个型男靓女了。刻苦学习当然是好事，可是也要劳逸结合。她也不希望周衍从一个极端走向另一个极端。严正飞非要拖着他去附近电玩城里玩一把，最后还是姜津津开口，他才答应去的。

周明洋果然带来了几张购物卡。这商场他是投资入股了，但并不是最大的股东。

姜津津笑嘻嘻地："给一百多个月的宝宝买了衣服，也不能忽略了四百多个月的宝宝啊。"

周明洋："……"

两人还是第一次逛街。正所谓没有对比就没有伤害，之前她觉得给周衍买衣服贵，可现在跟周明洋比起来，给周衍花的那点钱算什么！周衍才十六岁，青春无敌，无论穿什么都可以，周明洋这个年纪，穿衣风格就很有讲究了。而那些讲究的男装，基本上都不会便宜。

毕竟她上次给他随便买的一件衬衫花了几万块。更扎心的是，那件衬衫，挂在周明洋的衣柜里，颇有种鸡立鹤群的感觉，一眼就能分辨出，那是他最便宜的衬衫。

以前姜津津听说过这样一个观点。你花一个人钱越多，你就会越舍不得他/她。

还真是这样，姜津津给周明洋买了几件衣服，刷卡签名的时候，手都在抖。

周明洋接过她的笔，淡定如神："我来替你签。"

说着，他飞快地在账单上写上了她的名字。

他写得十分流畅，仿佛这个名字他也写过了很多次。

姜津津挽着他，一遍又一遍地叮嘱："你一定要穿哦。"

这刷的可是她的卡！

周明洋说："一定。"

"必须是你衣柜里你最宠爱的衣服。"姜津津这会儿还在肉痛。谁叫她看中的这一家正好就不在刷购物卡的名单里呢。她两辈子也没为一个男人花过这么多钱！周明洋真是出息了！

"好。"

“周明沣，你说我对你好不好？”

“好。”

“那你觉得我好不好？”

“好。”

“周明沣你是复读机吗？”

周明沣：“……”

第七章

谢谢，那是我妈

有味便利店分店开张，周明洋晚上在接刘助理电话听他汇报工作后，假装不经意地说道：“明天的饭局帮我推掉。”

刘助理应了一声。

以为这就要挂掉电话了，哪知道周总居然还跟他解释了一句：“明天我有私事，津津的分店开张。”

刘助理这段时间忙到飞起，不过敬业如他，也没忘记这件事。他只是有些意外，周总竟然会跟他解释，赶忙说道：“这件事我知道，我跟我太太还预订了花篮要送去。”

周明洋故作不解地问：“花篮？”

刘助理回：“嗯，开业花篮。对了，周总，这个花篮需要我帮您准备吗？”

周明洋垂眸：“辛苦你了。”

刘助理想了想又问道：“那送多少花篮？”

“按上次的来。”

听了这话，刘助理心里也是美滋滋的。瞧，他上次送的花篮，看来太太跟周总都很满意。如果不满意，周总肯定不会让他再安排！

刘助理一口应下：“好的，周总。”

第二天一大早，周衍跟姜津津去了店里。天还蒙蒙亮的时候，花店小哥就送来了数量可观的花篮，跟上次是一模一样的，横幅上都写着——

“预祝老婆开业大吉！”

“预祝老婆生意兴隆！”

“预祝老婆日进斗金！”

“预祝老婆财源广进！”

姜津津看着这些，跟周衍两人面面相觑，最后异口同声地说：“肯定是刘助理安排的。”

跟上次一模一样！用脚指头想都知道是刘助理的手笔，这根本不是周明沣的风格。

开业这天，便利店又是打折又是送券，生意十分红火。

当然，跟门口几个发传单以及店里帮忙的小帅哥也是有关系的。

姜津津忙前忙后，闲下来的时候在想着，下次分店再开张时，除了帅哥，她还要请很多美女！

正在招呼着过来说喜庆话、给祝福的邻居老板时，姜津津眼尖地发现马路对面的停车位上停着一辆车。

她视力很好，一眼就认出了是周家的车。不用想都知道周明沣肯定在车上。姜津津想着他这会儿优哉游哉地坐在车上看着他们忙碌，而周衍呢，特别卖力，又是搬货，又是招待客人，没有对比就没有伤害！

姜津津果断地低头在三人群里发了一条消息——

“未来富婆姜津津：@新科状元周衍，儿子跟老公的区别你知道是什么吗？”

“未来富婆姜津津：你忙的时候，儿子会来帮你，而老公只会坐视不理。”

“未来富婆姜津津：我好命苦！”

叫嚷着自己命苦的姜津津，在周明沣下车过来便利店后，又一秒变脸，脸上堆满了笑容。

便利店虽然忙，可也请够了人手，再加上好几个男孩子帮忙，根本就不需要周明沣搭把手。

不过今天的周衍特别得意。没别的，他终于发现了他比他爸强的地方。在打包物品这方面，他爸连他的十分之一都赶不上。看来他爸也不是什么都会。

店里的生意很好，新店这边地段好，所以姜津津请了三个员工轮流倒班。这第一天开业非常重要，姜津津很重视。便利店基本上都差不多，想要脱颖而出实在是很困难。不过她还是有取胜秘诀的，有味便利店的关东煮是独一份的，现在的关东煮又是在徐从简的配方上进行了加工改良。

事实证明，她去味美公司兼职这个决定是非常英明的。一来，她已经为考试做足了准备，并且还认识了她的新合伙人 Edwin。二来，也因为味美跟日本那边的合作，她对接项目的一个日本妹子人特别好，一次闲聊的时候，听说她在为关东煮的事情烦恼，妹子就说她叔父开了很多年的关东煮，在这方面很有经验。在妹子叔父的指点下，关东煮的配方又一次改良，在保留正宗口味的同时，又添加了新的味道。尤其是秋冬季节即将来临，相信那个时候，关东煮的销量会更上一层楼。

有味便利店算是姜津津创业生涯中的“无心插柳柳成荫”。她本来只是想开一家店赚点零花钱、生活费，却没想到店越开越好。

忙到傍晚时分，姜津津才带着周家父子俩离开了便利店回了森林别墅。

周衍今天实在是累了，一回房就躺下来。

姜津津也不是不累，只不过现在有更振奋人心的事情等着她去做，那就是——算账。

她按着计算器，噼里啪啦地算着今天的营业额。

跟别墅区这边的主店不一样，分店那边夜幕降临时也是生意极好的时候。

周明泮从外面进来，便看到她盘腿坐在床上一脸兴奋地按着计算器。见他来了，她双眼放光地说：“发了发了，要是天天都这个销售额就好了。”

她又说：“计算器还是影响我发挥。没感觉，对了，周明泮，你有算盘吗？”

不等周明泮回答，她就炫耀道：“其实我打算盘打得特别快、特别好。”

可惜现在已经很少见到算盘了，携带也不是很方便。算账时，打算盘最有感觉了。

周明泮“嗯”了一声，垂眸看她：“跟我过来。”

姜津津不明所以，但还是下床穿好鞋子跟着他来了隔壁的房间。

这三楼一共有三个房间，主卧、次卧以及储物房。

她是知道的，这个储物房放置的都是一些还算贵重的物品。

这个储物房不是很大，走进去后，周明泮随手开了灯，就像是一个小小的展览馆，架子上都摆着精致的纸盒子，或多或小。周明泮让姜津津将门关上，之后拿着遥控器摁了一下，门上面的柜子缓缓地下降，周明泮抬起手打开柜门，从里面拿出了一个长方体的盒子递给她。

姜津津一脸狐疑地打开盒盖。一时之前愣住了。里面是一把小小的算盘，当然不是她以前碰的那种木质算盘。这个算盘是纯金打造的，算珠还都是上好的玉石。

姜津津看呆了，她从来没有想过算盘能做得这样奢华。她试着拨弄了一下算盘珠子，发出了清脆的声响，她的心也为之一抽痛，赶紧低头认真检查，生怕这算盘珠子给她弄裂了。

“这是？”姜津津抬起头，一双眼睛亮晶晶地看向周明沣。

周明沣温声笑道：“有人听说你是会计专业的，便投其所好了。”

很多人都想结交周明沣。这人际关系中，很重要的一个环节就是送礼。周明沣很少会收礼，直到前些日子，某个公司的老总不知道上哪打听到他太太是会计专业，就挖空心思送来了价值不菲的算盘。一般情况下，周明沣是不会收的，可是他一看到这算盘，便断定他太太会喜欢，这就收了礼，当然也让助理还了同等价值的礼物。

姜津津果然非常喜欢，都爱不释手了。哪位高人这么会送礼呀？一下子就送到了她的心坎上。

周明沣也很记仇，看她这神情，突然问道：“你喜欢金子？”

姜津津忙不迭点头。

“你不是说，”周明沣顿了顿，瞥向她，“你不是说我那个年代的人才喜欢金子。”

姜津津：“……”

周衍说错了一句话！不止女人在乎年龄，男人也一样，尤其是三十九岁的男人。

她上次就说了那么一句，他就记到了现在？

她赶忙将算盘放到一边，贴上去抱住他的胳膊：“不要这么小气嘛！好啦，好啦，我跟你是一个年代的人好不好？”

周明沣没说话，只是低头看着她。好像是被她缠得没办法了。

姜津津只好使出绝招，抱着他的脖子轻啄了一下他的嘴唇。

可现在的周明沣已经没那么好糊弄了，之前一个轻轻的吻就能安抚好他，现在不行了，得升级了！正所谓由奢入俭难，周明沣再也不是之前的他了。他加深了这个吻，气氛逐渐升温时，突然门外边传来一道声音，是敲门的声音。

姜津津吓了一跳，周明沣赶忙抱着她抵在门边。

仔细听听，并不是敲这道门的声音，好像是在敲隔壁主卧室的门。

一瞬间，姜津津的心都提到了嗓子眼。不为别的，而是周衍的声音也传了过来。

他一边敲隔壁的门一边问："睡了吗？"

周衍还是个很有分寸感的孩子。一般过了晚上九点他就不会上三楼来，准确地说，他本来就很少会上来，今天之所以会找来，不过是有事情想找姜津津，给她发微信，她也没回。

敲了几下门也没回应，站在门口的周衍嘀咕了一句："这么早就睡了？"

"也难怪。"周衍自己都懒洋洋地打了哈欠，"我都困死了，算了，明天再说吧。"

姜津津侧着脸，耳朵贴在门上，听到没了声音后转过头来，却发现自己被周明沣禁锢在怀中。差一点，差一点就被周衍发现了。她这辈子也没这样紧张过，没好气地抬起手推了推他，根本就推不动，他跟一座山似的，一动也不动。

正当她准备掐他的时候，他抬起一只手，一边凝视着她，一边关掉了房间里的灯。

姜津津："……"

第二天姜津津直到日上三竿才醒来。

好在黄金周后的第一天，学校的活动也有很多，她今天不用过去。

等她睡够了醒来洗漱好后，才发现自己的耳坠少了一只。

她只好来到了隔壁储物间，半蹲着找了一圈，不仅找到了地毯缝里的耳坠，还摸到了周明沣衬衫的扣子。

姜津津瞬间觉得很尴尬，一时之间竟然分不出究竟是他更过分还是她更野蛮。她有点心虚，将扣子捏紧藏在手心，跟偷了东西一样快速地离开了储物间回到主卧室。

周家别墅也有洗衣房，一般他们昨天换下来的衣服，今天一早就有阿姨洗后烘干，这个阿姨不是很相信烘干机，在天气好的时候，即便衣服烘干后也是要晒到外面。趁着阿姨管家各司其职忙碌时，姜津津来到了晒衣服的露台，找了一圈，终于找到了周明沣换下来的衬衫。

她拿着扣子比对了一下，是他衬衫的第三颗扣子。正好四下无人，她立马将衬衫收了下来回到房间里，又若无其事地跟阿姨借了针线后，一溜烟上楼躲在主卧室里给他将这颗扣子缝上去。

其实，周明沣有很多很多衬衫，这一件扔了也就扔了。可姜津津一想到这衬衫的价格就不忍心了。更重要的是，这是她给他买的第一件衬衫，是有不一样的意义的。姜津津两辈子加起来，也没给人缝过衣服。她越想越觉得自己这个人实在配得上杨管家的夸赞。

不过，她实在是对缝衣服没有半点经验，差点刺到手指，想了想，打开手机，对焦手指，拍了一张照片给周明沣发了过去。

周明沣过了十多分钟才回了消息：“？”

只是一个问号，根本就不懂她发这照片是什么意思。

姜津津又拍了他的衬衫：“我给你缝了衣服！是用这只手给你缝的。”

周明沣哭笑不得：“扣子掉了？”

没等姜津津回复，他的消息又进来了：“辛苦你了。”

姜津津又不动声色地将那件衬衫重新晒回露台，转身准备走时，看到了周衍的牛仔裤。

还真别说，缝衣服这种事，一百年做一回还是有点意思的。

这不，她手有点痒了。只是补一个扣子太屈才了，时至今日她才知道贤惠如她在这方面居然也有天赋。

对着周衍的牛仔裤拍了一张照片，琢磨着现在是下课时间，这才给他发过去。

周衍的牛仔裤上有抓毛破洞，是刻意设计出来的。

周衍：“干吗？”

姜津津：“我想给你缝好，可以吗？”

周衍：“不！”

周衍：“住手，有话好好说！！”

姜津津最后还是没向周衍的牛仔裤下手。抱着很遗憾的心情，吃过午饭后，她就开车前往便利店了。

结束黄金周的第一天，便利店的生意依然很好，直到下午两点后，客人才逐渐减少。姜津津正拿着清单在点数时，突然几个保镖将她团团围住，吓了她一个措手不及。

在知道席承光的事情后，不需要周明沣提醒，惜命的姜津津就主动提及，如果可以最好给她再多安排几个保镖。保镖嘛，她是绝对不嫌多的，也丝毫不觉得自己的生活受到了打扰。

席母这三年以来做的种种，令人发指。可有一点，席母似乎从来没想过要在人身安全上伤害她，遭殃的都是她身边的人。对她稍微关照一点的同事，都会遭遇这样那样的刁难，被辞退都已经是最轻的了。当然，也正是因为这样，以前的姜津津才更受折磨。到后来，姜津津的身边没有一个朋友，她被动地做到了席母要求的那样——孤身一人，再无片刻欢愉。她刚来到这里的时候，手机通讯录里都没几个人，席母想让姜津津在这热闹的大都市变成一座无人触碰的孤岛。

姜津津看向保镖大哥们的谨慎还有紧张，再抬头看过，果然路边停着一辆黑色的轿车，从车上下来一个人，正是那天她在寿宴上看到的席母。

席母终于是没招了，终于是没忍住找了过来。

十分钟后，姜津津跟着席母来到了附近的一家咖啡馆。当然，她不会让自己单独跟一个疯子在一起，哪怕这个疯子并不会怎么她。她身后站着四个型男保镖，引得咖啡厅的客人频频观望。

席母的脸色很平静，在看向姜津津身后的四个保镖时，她也没在意，一开口，嗓子是有些沙哑的："我来是告诉你，马上就是承光的忌日了。"

姜津津喝了一口咖啡，闻言表情没有任何波动："哦。"

席母看了她一眼，目光平静无波："承光临死前，有交代过我，希望席家能多关照你。他很遗憾没有跟你结婚。"

出于对书中的姜津津感情的尊重，从头到尾，姜津津对席承光也没有什么意见。

只是听了席母这话，姜津津还是有些不适。

什么叫遗憾没有结婚?！

明明在那个微博中，两人已经发生了争吵，女方也感到身心俱疲。更何况，席承光应该一直知道自己的身体状况，这样的情况真的适合走入一段婚姻吗？倘若两人相爱，倘若家庭和谐，也不是不可以，可关键是，在席承光死的时候，席家都没有同意。

席家的事，她都听周明沣说了。说是龙潭虎穴太过夸张，可里面确实太过复杂，绝对不是以前的姜津津能够处理得了的。

"哦，是吗？"姜津津语气平淡。

"承光的忌日，你要来。"

这理所当然的语气，令姜津津都茫然了。这是哪里来的皇太后啊?

姜津津反问她："是以什么身份？"

席母眼里掠过一丝厌恶。实际上，直到此时此刻，她也并没有认可姜津津有资格成为席家的儿媳妇。

不等席母回答，姜津津就晃了晃无名指上的戒指："我已经结婚了，不太适合出席那种场合了。"

席母说："你以为周明沣就那么看重你？"

"不劳关心。"姜津津笑着说，"说白了，你不过是希望这个世界上有人陪着你一起痛苦，别人不知道你是什么心理，我还能不知道？以前就听人说过，有的妈妈会对儿媳妇产生嫉妒心理，当时我听了还不以为然，现在想想，这话是有几分道理的。"

有的妈妈会厌恶以及无休止地刁难儿媳妇，归根到底，不过是觉得儿媳妇抢走了儿子。席母似乎就是这样。所以对于儿子临终前心心念念的人不是家人，不是怀他生他的母亲，而是外人，席母对姜津津的恨意达到了极点。

她一面的确履行了承诺，没有去打骂，更没有让姜津津有生命之危；可另一面，她也在想，既然我儿子这样爱你，那你就应该比我更痛苦。这世界上谁都能忘了席承光，唯独你不能忘。

很多母亲对自己的儿子都有滤镜，仿佛只有天仙才能配得上。可如果天仙真的出现，她又能无端生出许多理由来讨厌。

席母听了姜津津的话也没什么反应。

直到姜津津说："我今天就明明白白地告诉你，我不会跟周明沣离婚，我很爱他，当然就算有一天真的离婚了，那我还会找刘明沣、李明沣。"

席母平静的面容果然有了一丝变化。她的声音低沉，仿佛是从幽深老宅里传出来一样，令人瘆得慌："你不怕日后见了承光……"

姜津津才懒得听她将这句话说完，打断了她，微微一笑："这个问题问得好，如果以后我们有缘再见，他知道今时今日他的家人们这样对我，恐怕还要来求我原谅的吧？"

"回答你的问题，我没有对不起谁，我不怕。"姜津津盯着她，"就是不知道你怕不怕了。"

姜津津走出了咖啡馆，当然四个型男保镖也一直跟着。她拿出了包里的手机。从刚才开始，她就录了音，将这段录音发给了周明沣。虽然她不知道周明沣是怎么想的，但既然两人已经决定了要在一起，那她对他就不会再隐瞒。

哪知道，二十分钟后，她收到了周明沣的回复："周太太，解释一下，刘明沣、李明沣是什么意思？"

姜津津："……"

这是重点吗?

姜津津装死，干脆不回消息了。

可周明泮的消息又钻了进来："继续缝扣子。"

姜津津发过去一张"不要靠近男人会变得不幸"的图片。

这三年里，席母似乎已经习惯欺负人了。因此她的手段、心理还停留在过去，全然忘记了姜津津现在身边的人是周明泮，是一个财力物力比席家更强的男人。

周明泮早在很久之前，就已经保护好了姜津津的生活。她身边的朋友，他也都安排了人进行保护。现在，席母明显被他们激怒，那他就更不可能一点儿准备都没有。可以这么说，只要周明泮愿意，就连席芷仪现在每天要做什么，跟哪些人见过面、通过话，他都知道。更何况是现在权力被削弱的是席母。所以，汪秀香还没来燕京时，他就知道了会有同学聚会的那一出。

席母现在就是困兽，只待蓄力进行最后一击。她恨姜津津，也恨周明泮，恨他抢走了她儿子的女人。

当周明泮收到第一手消息，得知席母竟然将心思打到周衍身上时，一点儿都不意外。

席母找了人，连周密的计划都没有，就是想让人绑架周衍。当然她也不是完全失了理智。只跟绑匪说，让周衍缺胳膊断腿就好。

可笑的是，席母也没有想到，绑匪也并不是她想象的愚蠢之人，在周明泮的严密追踪下，那几个绑匪也怕惹上事，在知道席母要他们绑架的人是周明泮的独生子后，一个个都歇了心思。他们也不是真正的亡命之徒，就算是亡命之徒，也不可能不去掂量一下双方的实力。

周明泮也就顺势让人找到了绑匪，跟绑匪谈了一场交易。

现在绑匪那边也拿到了席母付的定金以及让他们绑架的证据。

周明泮也没有隐瞒姜津津。姜津津虽然早就想到了席母不会就这么算了，但在知道她竟然要去绑架周衍这样一个无辜的孩子时，还是怒火中烧："她是不是疯了！"

周明泮赶忙抱住她。

好半天，她才恢复了平静。姜津津知道席母这样做的原因，席母在使了很多手段不成后，便想着让周明泮恼上她，最好两人之间有无法修补的隔阂。那自然就只有伤害周衍了。周衍是周明沣的独生子，哪怕他在那场绑架案中毫发无伤，只要发生了，她跟周明沣都回不到过去了，她跟周衍也一样。席母是铁了心让她这辈子都不好过。到时候如果真的因为她而让周衍受到了伤害，她也无法原谅自己。

为此，姜津津眼眶都红了。不管多么难的时候，她都不曾掉泪。

周明沣感到肩胛处微微湿润，心下酸胀，更用力地抱紧了她，在她耳畔一遍又一遍地哄着："放心，没事的。我早就已经安排好了。"

到了他如今的年纪，不管是公事还是私事，都要做到万无一失。他不接受"万一"这个可能。所以，势必要花费更多的心血，他也不可能在明知道这个人危险时还不严防死守。

实际上，这么多年来周衍被人盯上过不止一次。多的是亡命之徒渴望在他身上发一笔横财。他身为一个父亲，当然不会让儿子置身于危险之中。

"我如果连自己的妻子、儿子都保护不了，"周明沣顿了顿，像是故意讨她开心，竟然说道，"那我不如死了算了。"

这也是周明沣的真心话。他的事业太过惹眼，社会上也不缺佛口蛇心的人，身为一个男人，如果连自己的妻儿都保护不了，那他这么多年，都在忙什么？！

姜津津还是很生气，恨恨地说道："我只要想到她居然想去伤害周衍，我都想跟她拼了！"

周明沣抬起手托住她的后脑，吻了吻她的发顶，温声道："我来就好。"

"等这件事过了。"周明沣说，"我们去重新补办结婚证。"

姜津津闷闷地说："补办？为什么，丢了吗？"

周明沣"嗯"了一声。

东西其实没丢，但就是想跟她一起拍结婚证件照。

周明沣是不出手则已，一出手就是直接让整个席家以及元盛都措手不及。

沈晴身为周明沣的律师，直接给席家送去了律师函。同时，周明沣也将绑匪提供的证据提交给了警方。

虽然是绑架未遂，但毕竟是犯罪行为，情节也很严重。同时，周明沣早在几个月之前就开始着手进行调查了，当初席母对姜津津身边的人进行或深或浅的报复时，以为对方没有背景势力，并没有做得太隐秘，因此，周明沣派人找寻证据时十分轻松。

有的人被公司辞退了。周明沣便找到了那公司的上层领导，拿到了席母施压的证据。有的人出了事故，轻的只是被擦伤，严重的骨折住院过。还有的人则是直接被出面警告。

现在只要周明沣按照正常的手段来，席母是一定会被判刑的。实际上，席芷仪很慌张，她没有想到她妈已经疯到要对周明沣的独生子下手的程度，这绝对是触及了周明沣的逆鳞，所以席家才迎来了周明沣的强势报复。

晚上，姜津津躺在周明沣怀里，还是说着这件事："席家那边会怎么做呢？"

周明沣惬意地闭着眼睛："应该会走精神失常这条路，来为席夫人开脱吧。"

"我虽然一直说她是疯子，但她在做这些事的时候，精神肯定没问题。"

"席芷仪这几天一直想跟我联系。"周明沣捏着她的手，这是他最近很喜欢做的事，"大概是希望我能放过席家吧，然后她就会送席夫人出国。同时，席夫人也会终身被她控制，不能再回国。"

姜津津却有些不爽："我不相信席芷仪就是无辜的，她难道不知道她妈都做了什么事吗？她如果早点这样做，也就没那么多事了。"

周明沣笑了起来，胸腔处微微振动。

姜津津本来就靠在他怀里，听着他强而有力的心跳声，这会儿又听到他笑，果断地伸出手掐了他一下。

这段时间周老板过分了，所以他的右手手臂上还有被掐的痕迹没消。旧的未消，姜津津又想要制造新的痕迹。

"你笑什么笑。"

周明沣吃痛，只好解释道："我笑你太简单。"

"这样跟你解释吧。"周明沣说，"就说你喜欢的房产，你是愿意跟别人共享一套别墅，还是自己单独拥有一套大房子。"

这个问题，很让姜津津纠结，别墅很好，可要跟人共享好像有点难以接受。

"那还是大房子吧。"

"你看，你也会这样想。席芷仪当然也一样，她在元盛集团的股份跟她母亲不相上下，所以，遇到重要的事情时，不是她一个人能拍板决定，甚至，过几年她还能不能当总经理，也是要董事会投票决定。之所以束手束脚，就是因为她母亲在席家和元盛还有影响力。所以，一边是自己的利益，一边是元盛的利益，她当然会选择自己。席家这边只剩下她跟她妈了，她妈如果倒了，她在席家就能说一不二。”周明沣耐心地解释，“她自然希望我能出手解决她妈，她为的也是这一天，不过事态的严重性可能已经超出她的预料了。”

姜津津震惊：“可她们不是亲母女吗？”

豪门也太可怕了吧？

周明沣笑而不语。古往今来，为了自己的利益，亲父子反目成仇的例子比比皆是。现在这个世界上，最希望席夫人死了的人恐怕就是她的亲生女儿了。

席芷仪也来找过姜津津。不过姜津津实在不想再见席家人了，过去她可能还有兴趣跟她们周旋，在知道席母居然要对周衍动手时，她就恨不得把她们都撕了。

席家果然聘请了律师，以精神错乱、失常为由来为席夫人开脱，可周明沣也不是吃素的，他早在席家还没有反应过来时，就已经准备了充分的证据。所以，这条路明显是走不通的，元盛再横也横不过法律。

也因为这一出，有关部门也盯上了元盛。一时之间，元盛集团人人自危，而席芷仪并不是那个渔翁，董事会的几个元老同时联名，让她暂时停职。元盛集团发展至今，早就不是一言堂，也不是席家的私人产业。董事会的元老包括合伙人，目的是一样的，谁能给公司带来巨大的利益，谁都可以当总经理。可同时，如果谁让公司陷入了困境，那这个人就是罪人。

席家母女对姜津津、对周家来说，已经毫无威胁。然而从这一出出戏中，姜津津看出来了，周明沣想要捏死她们实在是太容易。之前苏思悦的绯闻事件以及汪秀香的出现，恐怕周明沣也很无奈吧，他明明可以动动手指就可以解决，但还是任由脏水泼了过来。他之所以容忍，还是在顾虑她吧。其实不管她有没有穿过来，不管他有没有爱上她，他都会做到他承诺的那样，会好好保护她。这才是最令人安心的地方。

席家的事，一直都是盘踞在姜津津心头的一片乌云，现在想到席家的结局，她也没什么好顾虑的了，每天开开心心，该上班就上班，该缝扣子就缝扣子。

周衍对这些事情不是很清楚。

不过在运动会的前一天，姜津津犹豫了很久，还是主动约他出去散步，说了这件事。

在她心里，周衍跟周明沣一样重要。周明沣都知道了的事情，怎么可以不说给周衍听。

周衍果然还是暴脾气，几次姜津津都快说不下去，全都是因为他打断了她——

“什么人啊？！她家在哪儿！”

“你怎么现在才说，早点说我就帮你报仇了！”

“我爸呢？他干什么吃的？？”

姜津津最后轻声说：“当我知道，她想伤害你的时候，我特别生气。你还不知道吧，那几天晚上，我每天都去你房间门口。”

明明知道周明沣会安排好一切，明明知道周明沣不会让周衍受到伤害，可她还是怕了。

她也终于体会到了书中的姜津津的感觉。如果她关心的人，她放在心里的人，因为自己而受到伤害，那种滋味太过难受。

书中的姜津津比她善良一百倍，比她柔软一百倍，可以想象到，那三年里，那个姜津津是怎样的生不如死。

那几天，她每天晚上睡不着，都会起床去二楼。

周明沣就会找过来，一遍又一遍地安慰她。

不只如此，她还丢下了别的工作，整天待在学校里，陪周衍一起上学，陪周衍一起放学。

周衍停下了脚步：“你偷看我睡觉？”他心里有些酸涩，却故作不满地说，“下次不准了啊。”

姜津津默不作声。

“那什么，”周衍无奈地挠了挠头，说道，“我这不是好好的吗？”

他希望姜女士别难受了。

姜津津“嗯”了一声：“我要看你长命百岁。”

周衍语气轻快：“看我长命百岁，那你岂不是活得比百岁还长，贪心了啊！姜女士。”

“不过，”他又说，“我也希望你长命百岁。”

说完后，他赶紧快步向前走去，耳根红红的。

第二天运动会，姜津津当然是要去学校的。

周衍这个往年从不参加任何项目的懒鬼，今年一反常态，报了四五个项目。

就连严正飞看了都在吐槽：“过于突出自己了啊，衍哥。”

严正飞现在都不用问，就知道周衍之所以报这么多项目，无非是想在他后妈面前炫耀一下。幼稚不幼稚？！无聊不无聊？！

自从上次打了篮球后，周衍现在每次体育课都会上场。现在的周衍已经没了生人勿进的气质，但他比以前更受女生欢迎了。每次他打球的时候，毫不夸张地说，全校女生一半都来看他，至于另一半嘛，自然是去看徐从简了。

姜津津今天的装备也很齐全，还在脸上贴了加油的小标签。

周衍的运动细胞实在发达，他擅长篮球、足球，同时，跑步、跳高、跳远都很在行。一连为班里拿了三个第一。

在操场上跑着的时候，周衍还很臭屁地对着姜津津比了个“1”，意思就是说：看看！看看！我又拿第一了。

姜津津觉得，周衍这样子虽然很拽，但真的很帅！很棒！

这学校的运动会规模很大，学校内部的摄影师不够，还在外面聘请了摄影师，就是为了全方位地记录下运动会的每一个细节。姜津津在学生中其实很显眼，她外貌实在出色，再加上热情洋溢，很快地就吸引了别人的注意。这个别人，就是这次学校在外请的一个年轻摄影师。

姜津津人缘好，跟学校的女老师们都熟了，这学校的未婚男老师们虽然也觉得她很漂亮，可谁不知道她是周太太，所以一件很令姜津津不解的事情发生了：她来到这个世界至今，还没有一个追求者。

年轻摄影师以为姜津津是学校的女老师，慢慢地，拿着镜头开始抓拍她，一点一点地靠近了姜津津。他也是在做心理建设，毕竟搭讪追求是需要勇气的。还没等他挪到姜津津身后，一只手拍了拍他的肩膀，他按下快门后，回过头来，只见一个穿着运动服的男学生看着他。

还没等他问同学你有什么事，这个男学生开口了：“好看吗？”

“什么？”

男学生指了指他一见钟情的对象：“我说她，好看吗？”

年轻的摄影师迟疑着点了下头，他还想顺便问一下这个学生，那老师是几年级、教什么的……

话还没问出口，只见这男学生轻哼了一声：“谢谢，那是我妈。”

年轻的摄影师一脸怔然！

运动会结束后，周衍拿了好几块奖牌。

在回去的路上闲聊时，周衍将年轻摄影师的事情随口说了出来。

姜津津赶紧将车停在了路边临时停车位上，侧过头，双眼放光地追问道："什么？居然有摄影师偷拍我吗？他多高，帅不帅？"

周衍："……"

"喂！"周衍一脸无语，"你用得着这样兴奋吗？"

"当然啊！"周衍这个臭屁小孩懂什么，他根本就不懂美女的心思。

姜津津被人追求惯了。毫不夸张地说，学生时代追她的男孩子比现在周衍的迷妹还要多。

后来即便她在恋爱期间，来搭讪甚至说出"我不需要你的回应，只用默默地守护着你"这类话的男人也很多。

以前的确还是会觉得烦的，尤其是因为这种事跟男朋友吵架时。可现在来到这里，陡然之间世界变得好清静，她反而有点不习惯了。

周衍一脸鄙视："死心吧，还没正飞高，也没正飞帅，跟我爸比那是天壤之别。"

都没严正飞高？姜津津瞬间没了打探的冲动。

"哦。"不过很快地她又找到了折腾周衍的理由，"你看看，你还说站在我这边。承认吧，你是他儿子，你就帮他。"

周衍："……"

"不，我说的是事实。"周衍一脸认真，"而且，在我说了你的身份后，他立马去拍孙老师了。"

"这种男人根本不能跟我爸比。"周衍说了结论，"我是帮理不帮亲。"

"那我们不是一路人。"姜津津说，"我一向帮亲不帮理。所以，你到底帮我还是帮你爸。"

周衍忍无可忍，只好使出绝招："那你呢，我跟我爸掉进河里，你救谁？"

姜津津："……"

她只能说道："我祝你以后找的女朋友天天问你这个问题。"

周衍现在反应速度不是一般地快了："哦，不会。我们家里有一个你这样的就够了。"

一路上吵吵闹闹回了家，等回到周家别墅，杨管家居然带领着几个阿姨站在门口迎接他们，他们刚一下车，几个人都开始热烈鼓掌，这令周衍有一种错觉：他参加的不是学校运动会，而是奥运会。

周衍耳根微红，别扭地说："就只是运动会而已。"

杨管家一脸欣慰："那少爷也很厉害！一下子拿了四块奖牌！"

“瞧见没。”姜津津压低了声音对周衍说道，“你信不信，你高考要是考一个好的大学，杨叔会满世界挂横幅，并且找人敲锣打鼓，让整个片区都知道你的高考成绩。”

周衍想了想那个场面，快速走进了主楼。

进了客厅后才发现，电视柜旁边不知道什么时候多了一个透明的玻璃柜。姜津津倍加珍惜地将那几块奖牌放进了玻璃柜中。她正在摆放奖牌，也没注意到站在她身后的周衍目光有多柔软。

其实要说周衍是被父母忽略的小孩，那也不是的。不管是周明沣还是钟菲都在他身上倾注了很多心血，只是他们两个人感情都很内敛，再加上他们学生时代本来就是尖子生，对奖状、成绩这种事自然不会太在意。周衍小学的时候去过一个同学家里庆祝生日，他看到同学家有一面墙，贴着几张奖状，奖状旁边还贴着一个大拇指的标签。

当时他看了好几眼。同学还很不好意思地说，他爸妈非要贴上去。

从小学到初中，他的成绩一直都很好，也拿过不少奖状，可每次拿回来，他爸或者他妈也不会像那个同学的爸妈一样。他们也没有说要将他的奖状贴在墙上。现在他都十六岁了，这些事情早就已经放下了，也忘得差不多了，可今天看着姜津津将他拿到的奖牌放在玻璃柜里时小心翼翼的模样，他突然就觉得——啊，我不遗憾了。

燕京一夜入秋。

姜津津换上了漂亮的秋装时，她的好朋友孙文清也要迎来今年最大的喜事——收房、搬家！

孙文清红光满面，姜津津作为她的好朋友，当然要过去帮忙搬家。

一共忙了两天，孙文清也终于搬到了真正属于自己的房子里，房子虽然不大，却是属于她一个人的。因为太开心，在这秋天的晚上，姜津津陪着孙文清喝了酒。孙文清的新家卧室里有一个很大的飘窗，飘窗上垫着毛茸茸的毛毯。两人坐在飘窗上，一边喝酒一边聊天，实在是惬意到了极点。

两人都处于微醺状态。

周明沣过来接姜津津时，心情是微妙的。毕竟，她平日里跟他在一起跟防贼似的，滴酒不沾。现在却在朋友家里喝酒喝得不亦乐乎。

不过姜津津并没有喝醉，比起上一次醉酒，还是好很多了。即便如此，她还是要周明沣背她。可能是入秋了的缘故，街上没什么人。孙文清所在的小区管理也严格，周明沣也不愿意打扰孙文清，来的时候，便将车停在这小区对面的一个停车场内。

姜津津趴在周明沣背上，在他身上用力地嗅了嗅，突然警惕地说："你身上怎么有股香水味？"

周明沣很确定，虽然她不像上次那样醉，但头脑可能已经没平常清晰了。

"你再仔细闻闻这味道是不是你的。"周明沣温声道。

姜津津又闻了闻自己的手腕，果然是她的味道："哦。"

她冤枉他了，那肯定是要补偿一下，她抱紧了他的脖子，在他脸上"吧唧"了一下。

跟姜津津在一起之前，周明沣的确是一个话不多的人，他也不喜欢说废话。可跟她在一起后，大概是被传染了，他竟然也习惯了每天都跟她说一些，从前他觉得是没有意义的废话。

"你想知道我的人生计划吗？"周明沣突然问道。

他的话传至风中，又被秋风带入了她的耳畔。

姜津津："你还有人生计划？"

"嗯，以前的。"月朗星稀，男人背着女人，也不赶时间，就那样轻松自在地在秋风中走着，"在我以前的人生计划中，我是希望六十五岁左右退休。至于公司的事情，阿衍如果有与之相匹配的能力，我会交给他，如果他没有出众的领导能力，我会聘请几个专业人士来打理。"

"然后呢？"

"然后，我应该会回去，回江皇。"周明沣淡声道，"阿衍那个时候应该也有自己的家庭了，可能也不需要我为他再操心，几年前我在江皇买了一个庄园。回去以后，如果有些亲朋好友还健在，偶尔跟他们聚一聚，庄园附近有一片湖泊，偶尔我也可以去钓鱼。当然，我会在庄园里修建一座书屋。"

下棋、钓鱼、看书，或者跟亲朋好友聚一聚。这是周明沣的未来。

明明是很平静安宁的，可姜津津这样爱热闹的人，却还是感觉出了一丝孤寂："那样，不是很孤单吗？或者，你之前没有想过再婚吗？"

周明沣失笑："你说得简单。"他顿了顿，声音朗朗，"我上哪儿去找一个津津。"

姜津津瞬间怔住，他其实从未说过爱她这样的话。

周明沣并不怕孤单。这些年来他也早就习惯了一个人。如果不是因为那一件事，如果不是姜母找上门来，他根本不会再婚。

姜津津听了他的话，将他抱得更紧。

“至于孤单，”周明沣笑，“可能有的人是需要陪伴的，无论陪伴的人是谁。但我不一样，我跟他们不一样。”

姜津津“嗯”了一声：“你是谁啊，你酷死了。”

这男人真是处处都在影射其他男人，非要彰显自己格调高……

“你呢？”周明沣又问。

“什么？”

“我是说你以前的人生计划。”

姜津津嘀咕了一句：“谁年纪轻轻整天想这种事啊！”

她早就忙着赚钱了，哪有时间想什么人生计划。不过既然他问了，那她这会儿就好好想一想吧！

“我会有一套自己的小房子，就跟文清的一样大。然后会开一家美甲店……”姜津津说，“退休这事我还没想，但我的目标是，五十岁就退休，接下来的时间就把我赚的钱全部挥霍掉，有精力就到处走走，没精力就在家附近溜达。那个时候我身边的朋友应该都结婚有孩子了，说不定还在带孙子，我就去跳跳交谊舞广场舞，要是有想法，就在认识的老头儿里找个顺眼的约会……”

她越说越兴奋，也就没察觉到，周明沣已经停下了脚步。

其实在姜津津的人生计划中，并没有结婚这一项，又或者说，现实生活中二十六岁的她，还没想到结婚，也没有计划。那时候的她，绝对想不到，有一天她会成为一个人的妻子，而且这种羁绊，这种婚姻生活，也不是她想象的那样枯燥乏味。

“嗯，很精彩。”周明沣淡声道。

姜津津：“嘿嘿，我也觉得。”

周明沣顿时话锋一转，问道：“那你介意这人生计划中多一个我吗？”

姜津津一愣：“什么意思？”

“比如说，五十岁以后顺便也挥霍我赚的钱。”

姜津津想了想：这个可以有！！周明沣的钱那得挥霍几辈子啊！

“比如说，和我跳交谊舞。”

“比如说，和我约会。”

姜津津傻眼了：“你究竟什么意思。”

周明洋叹了一口气，她如果没喝酒，早在他说人生计划时，她就应该已经反应过来他是什么意思。难道她觉得，他已经无聊到跟谁都说自己的人生计划了吗？

“求婚的意思。”他无奈地说。

姜津津：“……”

“可是我们不是已经领证了吗？”

难道她记忆错乱了？他们不是已经是夫妻了吗？还要求婚？

“嗯。”周明洋若无其事地继续背着她往前走，“但我没有跟你求过婚，免得你以后觉得遗憾。”

姜津津是很吃这一套的。

周明洋也看穿了她。

虽然他们现在已经不只是名义上的夫妻，可内心深处，姜津津本人对这一桩婚姻，归属感也不强。与其说周明洋是丈夫，不如说是男朋友。既然都是男朋友了，那求婚这一套当然很有必要！

姜津津一路上都在傻乎乎地笑。掰着手指头算，她被几个人求过婚，虽然她都没答应，但求婚招式她也见过的，有高调的，找一大堆人见证拿着玫瑰花钻戒出场，有低调的，比如瞒着她，等到了机场她才发现要去南极……至今想起这位，她还是好激动！

周明洋先生的求婚真的是简朴得不能再简朴了。身为霸道总裁，别说是烟花，玫瑰花瓣她都没见到！更别提什么鸽子蛋。可不知道为什么，她感觉到，心里被填满了。那种满足，那种踏实，是独一无二的。事实证明，姜津津高兴了，是会发放福利的。

上次喝醉酒她要去游泳，现在这个天气除非泳池里有金子钻石，否则她是不会跳下去的。

这一次，她选择很有仪式感的泡澡。

她抬手看了看自己无名指上的那枚钻戒，再想想周明洋说的那一句“我上哪儿去找一个津津”，一时开心，她拿起放置在浴缸架子上的手机，给在主卧床上看手机邮件的周明洋发了一条微信：“周救生员，本美人鱼的腿好像抽筋了。”

第二天，周明洋险些在自己的职业生涯上添上迟到的一笔。

早上会议是九点半。刘助理还很不解，一向早上恨不得八点钟就到公司的周总，怎么今天踩点到呢？

周明沣开会迟到，姜津津去开家长会也险些迟到。

学校也很重视高三的学生，第一次月考过后，就在组织开家长会的事了。姜津津也不算是最后一个到的家长，很多家长比她忙多了，好不容易等人到齐后，班主任陈老师将这次月考的成绩排名单发给他们。

令姜津津惊喜的是，周衍的进步非常大！班上本来有二十四个学生，这次加上转校生，一共二十五个。周衍排在了第十三名。她还记得上学期期末考试来参加家长会时，周衍可是排在倒数，现在起码前进了近十名。

从他重新学习到现在，也不过才两个月不到的时间，他就能取得这样的进步，姜津津自然面上有光。其他家长们看了成绩单，都看向了姜津津。

这彩虹屁也是一波接着一波的——

"周太太，周衍的进步好大，早就听说他在认真学习了，真是让人羡慕，瞧瞧我家这个，这次还是二十名。"

"听说周衍初中时成绩就好，底子好想捡起来就容易。不过，周太太你肯定下了不少功夫吧？"

大家都知道，周衍跟他后妈的关系好。

这短短几个月里，他变化这么大，突然发奋学习，说这里面没有他后妈努力，谁都不相信。

姜津津却不觉得这件事跟自己有多大关系。她本来也没给他灌鸡汤。再说了，周衍需要鸡汤这玩意儿吗？就像周明沣说的那样，周衍即便再平庸，只要不作奸犯科，他未来比谁都要光明。周衍完全是自己想通的。谁让他有非常远大的志向呢？

家长会结束后，姜津津并没有跟其他家长一样匆匆离开，而是带着周衍去了食堂解决午饭。

两人坐在靠窗的位置。

周衍一脸闷闷不乐。

"怎么了？"姜津津见他只是用叉子扒拉着盘子里的牛肉，开口问道。

周衍没说话，像是牛肉得罪了他一样。

姜津津想了想："是为月考成绩吗？"

周衍被戳中了心思，也不闷着了，低着头扒了一口饭："考得太差了。"

比他想象的差多了。原本还以为自己能进前十名的。

姜津津诧异不已："差吗？"

如果不是他看起来真的很不爽，她都怀疑他是在炫耀了。

毕竟他是老凡尔赛生的小凡尔赛。

姜津津见他又不吭声了，干脆从包里拿出那张排名表。她认识周衍班上的每一个同学，因为她跟这些同学的家长都很熟了，所以对情况很了解："你们班上原本有二十四个人，有九个人是学校免学费特招进来的，这些可都是以前初中时的尖子生，成绩自然不用说，我听你们陈老师说了，这九个人只要发挥正常，稳上985、211，另外的十五个人包括你都是正常交学费，所以成绩也不算很好，当然你们这十五个学生也不是为了高考……"

"现在新来的这个乔素……"姜津津看了这排名表上的第三名，"她在四中时也是尖子生，所以，你们班上是有十个成绩很好的同学，你能排在十三名，说真的，超乎了我的预料。"

她毫不客气地说："我之前以为你考第十五名都很了不起了。"

周衍抬起头，还是很生气，当即幼稚地阻止了她从他盘子里搛牛肉的行为。

"我说的是实话啊，又不是只有你一个人在努力学习。"姜津津说，"其他人的时间又不是静止不动，你很聪明，他们也一样啊。再说了，你真的很厉害了，这么短时间就能考这么好……"

说到后面，姜津津已经有点嫉妒了。

周衍这脑袋瓜怎么长的啊！她也不是没努力过，高三拼一年，名次上升个五名都可以喜极而泣了。

最后，周衍果然被姜津津安慰好了。吃完面前的牛肉饭，回教室又是一条铁骨铮铮的好汉，还可以继续一头扎进学海五百年。

姜津津见周衍这样心灰意冷，晚上还跟周明沣说，让他也去鼓励一下儿子。

结果周明沣站在床边，接过她手里的成绩单看了一眼，沉吟了片刻，道："慈母多败儿。"

姜津津：慈母？

救命，她今年才二十七，从他口中说出这句话，她觉得自己起码老了二十岁。

"我就不去安慰他了。"周明沣语气平静地说，"我去安慰他，他会认为我是讥讽。"

姜津津被逗得不行："那你知道你以前对他那样是不行的吧。"

"还是那句话。我从没打击讥讽过他，我说的都是实话。"

姜津津看着他沉静的面容，想了想，如果他真的对周衍说出鼓励安慰的话，可能周衍才会更气吧。这人真的不适合当什么知心父亲，也不适合跟儿子走什么父子情深路线。

“算了！”姜津津大手一挥，“你就负责赚钱吧，我跟你儿子都算得上是吞金兽、碎钞机。”

周明沣慢条斯理地解开了袖扣，闻言看了她一眼。

“养你天经地义。”周明沣淡声说，“养他？距离他十八岁生日也只有两年不到了。”

姜津津：“……”

不是吧，周衍当时说的话他还当真了，还计较上了？

这对父子俩真的很难缠，也是如出一辙地固执。

周衍也一样。时不时就把十八岁以后彻底独立这话放在嘴边，姜津津有心跟他讲一下现在的房价，都会被他打断，还反过来被他说俗气。

“姜女士，所以以后别太小气，我不要我爸的一分钱，那你未来的日子里，就得拼命花钱了，不然我爸的钱可花不完。”

周衍还说：“给你定一个目标，什么时候你把我爸的钱花完了，到那个时候我的裤子随便你缝补。”

他说话的样子，仿佛是自己做出了多大牺牲。姜津津心想：怎么着，她给他缝补裤子还是什么酷刑？你爸想让我给他缝扣子还得求半天呢！

令姜津津意外的是，严太太居然主动跟她打了电话，约他们一家三口去家里吃饭。

一开始姜津津还很不解，后来才得知，周衍这段时间沉迷于学习，这一份学习态度居然影响到了严正飞，严正飞最近也捡起了以前的功课，不过他从小到大就不是学霸，因此学习起来还是吃力的，但是，他能有这样的态度，能有这样的举动，就已经令严家夫妻惊喜意外了。

严正飞的家境也很好，在这土豪遍地走的燕京，也能称得上富二代。

姜津津还是很八卦。主要是这段时间每天都去学校，这样的频率她居然都没碰到云馨。

坐在副驾驶座上，她扭头看向后座的周衍，好奇地问道：“最近怎么没看到云馨跟你们一起？”

周衍瞥了她一眼：“你这不是明知故问。”

云馨现在见到姜津津，就像是老鼠见了猫，躲都来不及，又怎么会正面刚上。

“那完了。”姜津津捧脸，“她肯定更讨厌我了。”

本来周衍跟云馨高二时是一个班的，这次开学，不知道怎么回事，云馨换班了。

她现在所在的班级跟周衍还不在一栋教学楼。姜津津猜测，应该是云先生跟云太太的决定。

周衍无语：“我怎么觉得你特别得意。”

“当然，我这个人很记仇的。”

一直专注开车的周明沣突然开口了：“云先生上次有来找过我。”

说到这里，他又犯了老毛病，跟没长嘴一样不说话了。

“你是算盘吗？”姜津津说，“我拨一下你动一下，快点把事情说清楚，不要卖关子。”

坐在后座的周衍赶忙低头，掩饰了脸上幸灾乐祸的笑意，此时此刻他脸上的神情用一个表情包就可以传神概括：打起来、打起来。

他突然想到他小时候许的愿望了，能治他爸的神仙终于来了，也只有姜女士这样阴阳怪气地损他爸，他爸不仅不生气，还一脸怡然自得。

周明沣果然就不卖关子了，声线平稳地说：“他是来道歉的，为了云馨以及他太太的行为。他提出过，要请我们去家里做客，我拒绝了。对了，他也问过我一件事，问我，阿衍跟云馨是不是在谈恋爱。”

周衍：“……”

姜津津赶忙追问道：“你怎么回答的？”

周明沣说：“我说，我坚决反对早恋行为。”

姜津津的脑袋瓜子比较灵光。瞬间就想通了里面的弯弯绕绕，虽然周衍跟云馨都只有十六七岁，还是未成年，可这圈子里，也不是没有成年后就订婚的例子。云家发展也不差，可比起周家来，还是逊色太多。周衍又是周明沣唯一的儿子，云家那边要说一点心思都没有，那肯定不可能。只不过，那天在宴会上，明显云太太还没想通这里面的关节，所以没能控制好脸色得罪了周明沣。云先生之后又去找周明沣赔礼道歉，这就耐人寻味了，尤其是云先生还丢了这样一个问题来。

周明沣回答是或者不是，都不恰当。可以想象到，如果回答“不是”，那云先生一定会趁机诉苦一番，比如说，女儿对周衍是怎样的执着。那岂不是给了人打蛇上棍的机会？

但如果他说坚决反对早恋，那他的态度也很清晰明朗了。无论是，还是不是，他都反对。

也难怪云先生给云馨换了班级。

不愧是她姜津津喜欢的男人，就是这样一针见血。

周衍显然还没理解过来周明沣的用心，听了这话反倒还很作呕：“我跟她最多也就是朋友，哪有谈恋爱！”

他觉得，他爸应该知道。那为什么不为他澄清，让人误会他跟云馨可能是那种关系？！再想想那天晚宴上姜津津对他的维护那是半点不掺假，要多给力就有多给力。结果到了他爸这里却是这样。没有对比就没有伤害。

周衍没好气地嘀咕：“真是无语。”

他现在胆子也很大了，至少敢当着他爸的面小声地吐槽了。

姜津津：“……”

周明沣：“……”

严家位于一个几年前开发的别墅区。

严正飞算得上是整个家里的异类，严父严母青梅竹马，两人彼此扶持着走到今天的，并在各自的领域都做出了很大的成绩，严正飞的大哥严正恺是学霸中的学霸，毕业之后跟朋友合伙开了一家游戏公司，前景十分可观。

不过姜津津在看到严正飞的大哥时，有些恍惚。套用一句话便是，这个男人我见过。

严正恺比严正飞要高，穿着一身休闲式西装，清瘦俊朗、风姿绰约。兄弟俩在相貌方面并不是很相像，这会儿一家四口站在一块儿，便可以轻易区分出来，严正飞长得更像严太太，而严正恺像严先生。在今天之前，姜津津还没有跟严先生打过交道，如果见过面，恐怕她现在也不会盯着严正恺连看好几眼。

姜津津曾经交过一个在国外留学的男朋友。

她从小到大的喜好都很专一，那就是喜欢学霸类的男人。有一回，公司组织员工旅游，恰好那一年是去国外旅游，去的还是她这个男朋友所在的国家。当时也有自由活动时间，男朋友便带着她出去吃饭约会，顺便，她也见到了跟男朋友合租的室友。

她之所以会对男友的室友印象深刻，是因为这室友相貌气度很出色。好巧不巧，严正恺几乎跟她那前任的室友长得有八成像，不，九成像。还好姜津津算稳得住。就算严正恺长得像她的前男友，她也顶多看几眼，就能心如止水、毫无波动。

其他人都没发现，姜津津看了严正恺几眼。

可周明洋不同。如果姜津津不在他身边，他绝对是睿智且从容镇定的。可姜津津在他的身边，他的大部分心思几乎都会放在她身上，这也很正常，毕竟严格算起来，他们两个人还处于热恋期。于是，周明洋敏锐地发现，姜津津的目光停留在严正恺身上的时间，太长了。

严正飞跟周衍是多年的好友，周家跟严家平日里来往也多，甚至严正恺创业初期举步维艰时，周明洋也曾出过不少力，两家关系很好，不过真正这样聚在一起轻松吃饭的机会是少之又少。就连严太太私底下都在跟丈夫感慨，周明洋再婚也好，周太太还是那样好相处的性子，这样一来，两家的关系指不定可以更加亲近一些。

夜幕降临，周明洋也就准备带姜津津回家了。

至于周衍，他现在的第六感也很准，就像是一家三口的小家庭中，父母如果闹了矛盾别扭，最先感应到的一定是那个小孩。总之，周衍已经察觉到了他爸似乎有那么一点点不对劲，反正明天又不用上学，他也不想当被殃及的池鱼，干脆就留在严家住一个晚上。

姜津津这一次反而比周衍迟钝了许多。

坐在副驾驶座上，还在跟周明洋感慨："周衍跟严正飞的关系可真好。"

周明洋"嗯"了一声。

姜津津觉得他冷淡得过分了，好奇地看了他一眼："你怎么了？"

周明洋专注地看着前方路况，语气随意得仿佛在谈论天气一般："在想正恺跟我说的项目。"

严正恺？姜津津回忆了一下，严正恺似乎也很崇拜周明洋。

"哦，哦。"姜津津对他们的项目没什么兴趣。

周明洋又说："正恺也是年轻有为，眼光独到，看中了游戏市场的前景，他还没毕业的时候，就想着自己创业，但他爸妈都不同意，他自己年轻气盛差点被人骗了，有一回我从外地出差回来，大冬天的，他就在公司楼下等了我四五个小时。"

"是要拉你给他投资吗？"姜津津问。

周明洋摇头："也不是，他只是想问问我，这条路他是不是走错了。"

"那你怎么回答他的？"

“我就带着他去了一趟我的第一间厂房。我像他这个年纪刚毕业时，也是一无所有，他比我还强一些，至少有父母的人脉，也有资源资金，没道理比我那时候还难。”周明洋示意她看他握着方向盘的那只手，手背上有一道浅浅的疤，“这疤就是当时修机器时留下的，资金不够，想着能省一笔就是一笔，就没请别人，还好我当时反应快，不然这只手也就废了。”

他这样轻描淡写地说起创业初期的事。

姜津津还沉浸在惊险的情绪中，又听到周明洋语气谦虚地说：“不过现在创业比以前是难多了，我如果跟他一般年纪，或许也不会有他这样的成绩。”

“怎么可能？”姜津津第一个不同意，“谁说的，像你这样的人，无论是什么时代，肯定都会很厉害，严正恺虽然也不错啦。”

她比出小拇指的一小节来：“不过，我觉得，他也只有你这么一点厉害！”

笑话！周明洋是什么人。

闲聊的时候，根本就不会提起不相干的人。

他突然提起，还说了这么一通，那就太反常了。姜津津刚才就回过味来了，再想起饭桌上他“不经意”地用了她的杯子喝了好几次水的幼稚行为，瞬间什么都明白过来了。

她义正词严地吹着彩虹屁，果然哄得周明洋脸上有了笑意。

原本以为这一段就该过去了，可事实上……

大半夜的，姜津津跟死鱼一样躺在床上，趁着周明洋去洗澡的时间，她懒洋洋地将手臂从被子里伸出去，够住了他放在床头柜上的手机，现在他的手机她想怎么玩就怎么玩。解锁打开微信界面，进了三人群中，她果断地更改了周明洋的微信群里的名称——陈年老醋周老板。

与此同时，周衍跟严正飞打了几盘游戏后，实在是良心不安，太有负罪感。

一边说“我这次月考才考十三名我不配打游戏”一边打开了书本。

严正飞：“……”

不是吧，衍哥已经卷到他这里来了？

没办法，他只好走出房间，给他衍哥泡了一杯哥们儿爱心牌热牛奶。

重新回到房间，严正飞将杯子放在一边后，随口感慨了一句：“其实你后妈对你还挺好的。”

是真是假，这段时间也能看出来个大概了。就算是假的，衍哥能重新振作起来，那也是真的！正所谓不管是黑猫白猫，能抓住老鼠的就是好猫，不管后妈是真好还是假好，只要衍哥能变得更好，以后能成为更好的大人，那他身为衍哥的好朋友，也会真心实意地感谢后妈。

周衍抬起头来，翻了一页书，拿起放在一边的手机，给严正飞发了个一百块的红包。

消息提醒声还未响起，严正飞便听到周衍语气格外欠揍地说："去眼科挂号，专家号。"

严正飞确实该去看看眼科了，居然现在才看出来姜女士对他好吗？

她早就对他很好了，身为他的好朋友，严正飞竟然才看出来？

严正飞："……"

有后妈疼了不起啊！！

再说了这种事有什么好炫耀的？！

衍哥，你能不能有点之前的高冷范儿！

第八章

答案

姜津津现在也算是资金充足。

美甲店的占股比例，她跟Edwin没有任何意见冲突。Edwin不只是穿衣品位好，在装修方面也有自己独特的见解，而姜津津很信赖他，加上他的观点他的想法，都正好戳中她，两人在很多事情上都十分契合。Edwin后来都有跟自己的挚友感慨，他是苦尽甘来，终于碰到了真正合拍的合伙人。

这天，两人正在商量着该摆什么品种的盆栽时，收到了味美公司打来的电话，召唤他们回公司，说是要公司全体召开紧急会议。

这令人有点意外，至少姜津津来这公司也有几个月了，还是第一次碰到传说中的紧急会议。

两人去了公司，经理还有几个领导都一脸激动。

因为周氏集团总部的刘助理给他们发了邮件也打了电话，再过几天，就是周氏集团创立十五周年的日子了。

这次集团总部要开周年庆典，是特别重大的活动，特此邀请味美公司的员工们前去参加。

别说是领导们了，就是公司的其他员工也非常惊讶。严格来说，味美公司并不属于周氏集团，它只是周明洋名下的一个公司。所以，周氏集团每次有什么重大活动，味美是不在受邀行列中的，这一点，味美的领导和员工们也理解。

这次是怎么回事？这种周年庆典，就是几个领导受邀过去，那都是特别令人震惊的事。

现在上面居然让他们公司的员工都过去！

姜津津也有些茫然。

这个周年庆典她的确听周明沣提过，他也明确说过了，她那天是要以老板娘的身份出席的。她也做好了心理准备，这段时间也都在设计造型以及确定礼服细节。

可现在怎么回事，她没听周明沣说会邀请味美所有的员工啊！！

前面的同事还在小声且激动地讨论着——

"这次怎么回事，我们居然也能去参加这种庆典？之前就听人说过，周氏集团抽奖都玩特别大，尤其是这种周年活动，搞不好特等奖是房子。"

"你看看经理的脸，笑得跟花一样。不过这次也太让人意外了，周总怎么就突然注意到我们这里了？"

"这种事也不是我们能想得通的，还不如想想别的。比如，周氏集团还有没有未婚的、长得特别帅的小哥哥啊！"

在这种讨论声中，姜津津逐渐淡定下来。她隐约明白了周明沣的意思。他就是想让所有人都知道，她是他的太太。就像那天他突然出现在咖啡厅，让Edwin知道了他是她的丈夫。

这男人的心思真是昭然若揭。

经理宣布了这一重大喜讯，其他员工都洋溢在喜悦期待中时，姜津津则偷偷地溜了。

Edwin还有一点工作上的事要处理，便留了下来。他在这公司待的时间长，跟同事们的关系也不错，有个男同事过来给他送文件，见他在用姜津津的电脑制作表格，便以开玩笑的口吻说道："Edwin，最近看你跟津津忙进忙出的，你俩是不是在谈恋爱啊？"

其实也不只是一个同事这样想。味美公司并不禁止办公室恋情，Edwin跟姜津津在外貌方面也很般配，而且两人关系还很不错，郎才女貌，时间长了，自然会有人浮想联翩。

Edwin神情僵硬地转过头来，一脸惊恐，大声说道："别说这种话！我们只是朋友！"

这些人是想害死他吗？！他现在跟津津可不只是同事，还是风雨同舟的合伙人关系。虽然说周总也不是让人手痒的‘恋爱脑’，可这种事能随便瞎说吗？

他的声音实在是不小，都吓到了周围的同事。尤其是这个男同事，更是觉得Edwin莫名其妙。

实在是因为Edwin的脾气很好，从来没跟人发生过冲突争执。

突然，他跟谁要了他的命抢了他的钱一样激动，这怎么能不让人意外。

男同事一脸无语地说：“不是就不是，我就是问问。”

用得着这样激动吗？

Edwin生生地憋回一口气，心想：不能只有我一个人瞳孔震惊。等庆典之后你有本事再问这样的问题，我就敬你是条好汉。

姜津津从公司出来后，便开车去了一趟学校。

她现在每天都很忙。不过一个星期里也总会抽出一天时间来接周衍放学，她倒不是想抢司机的饭碗，纯粹只是因为顺便，毕竟她现在的便利店分店开在了学校附近。高三也的确是很重要的一年，周衍自己决定暂时不去国外留学了，他要备战高考，成为万千考生中的一员。别的高三生家长，在高三这一年，莫说是上学放学亲自接送了，还有家长会放下手中的工作，每天给孩子准备荤素搭配的饭菜送来。姜津津自问是成不了这样的家长了。她也很心安理得，毕竟周明沣这个亲爹对儿子高考这件事都没那么上心，在衣食住行方面，她本就不是多么细致的人，所以，也就只能每周抽出一天的时间来跟周衍好好谈谈心，及时地了解他的心理状况。

姜津津刚停好车没多久，就看着一批接着一批的学生从教学楼出来。她的视力不错，又特别八卦，这才当家长委员会会长没几个月，就已经比周衍这个在学校待了两年多的学生还了解情况。

比如，高一有个留着寸头的男生长得特别帅，都快赶上周衍了，周衍的校草地位不保！不过这男生太“花心”了，今天跟那个女生一块儿走，明天又给另一个女生带牛奶。

比如，高二有个漂亮的女生化妆技术特别棒！

比如，高二年组的刘老师跟高三年组的万老师在偷偷谈恋爱。

周衍对这些八卦消息一点儿兴趣都没有。

反倒是严正飞，现在加上了姜津津的微信，两人每天都在交换共享消息，于是他们两个人成了最了解这所学校第一手最新鲜八卦的人。

姜津津又在用她的火眼金睛挖掘着学校的小帅哥小美女。

突然，周衍跟徐从简进入了她的视线中。饶是已经快看腻他们的脸的姜津津也忍不住感慨一句：真是帅啊！高一高二还是没有能帅过周衍跟徐从简的，青黄不接、青黄不接啊！也难怪每次周衍和徐从简打球的时候，高一高二学妹们的加油声最大。

徐从简并没有去主路，而是跟着周衍一块儿来到了姜津津的车旁。

姜津津打开车窗，徐从简一向清冷的脸上多了些笑意。

“上来吧，我送你一程。”姜津津笑着说。

徐从简“嗯”了一声，没有拒绝。周衍为了显示自己的特殊性，绕到一边上了副驾驶座，徐从简则坐上了后座。

为了给徐从简提供一个好的环境，徐母在学校附近一个小区租了一套二居室。母子俩现在的生活也没那么拮据了。

姜津津也知道徐从简现在住哪儿，导航了目的地后便发动车子出发了。

“徐从简，后座上有一个纸盒，你打开看看。”

周衍听了这话，也好奇地扭过头看向后座。

徐从简愣了一下，打开了纸盒，纸盒里都是一些公仔钥匙扣。

“送你一个。”姜津津一边注意着前方路况一边说，“再过一个月就是圣诞节了，我找了厂家定做了圣诞老人的公仔钥匙扣，准备到时候放在店里当福利送出去，这是样品。”

徐从简的气质跟这些圣诞公仔格格不入。

他看起来很喜欢的样子，拿起一个，便挂在了黑色的书包拉链上。这跟他的画风就更不符了。

周衍：“我的呢？”

他也不等姜津津回答，探出手在盒子里拿了一个圣诞公仔。这种事，难道不是最先考虑他吗?

为了显示自己跟徐从简和她的关系是不一样的，周衍一口气又拿了两三个圣诞公仔，全部挂在了书包上，这才满意了一些。

他就应该比别人得到得多。

因为他对姜女士也比对别人更好。

将徐从简送到小区门口后，姜津津就载着周衍去了下一站。

徐从简一向都很有礼貌，他站在门口，目送着他们离开后，这才缓缓地往小区内走去。

秋风萧瑟，他没有背着书包，而是一手提着，偶尔低头看向书包拉链上的圣诞公仔，脸上露出浅淡的笑容。

姜津津跟周衍的下一站是周氏集团。

她今天除了接周衍放学，还要接周明沣下班，行程可谓十分繁忙。

她现在来周氏集团的次数很多了，多到一些员工已经认得她的车牌号。停车场的保安看到她的车进来，也猜得到今天周总多半是要准时下班。

一家三口依然是在外面吃饭。有人说过，一起吃饭的次数多了，口味就会逐渐相同，这一点是真的。至少周姓父子在姜津津的带领下，变得接地气了很多，能吃米其林美食，也能去吃烤鱼、小龙虾，能去人均消费过万的餐厅，也能去人均消费刚过百的小饭馆。

三个人没有去包厢，而是在热闹的大堂感受着烟火气息。

有人聚会在高谈阔论，也有小情侣在二人桌窃窃私语，好不甜蜜。

周衍现在已经很懂事了，不需要姜津津给他眼神提示，他就自发地拿起一旁的茶水清洗碗筷。

姜津津想起今天在公司的事，不由得白了周明沣一眼："我今天又发现了资本家的心有多黑，你就是不想让我在你的公司浑水摸鱼了是不是？"

虽然在她的计划中，等十二月份参加了考试后，就会提出离职。可周明沣会不会太明目张胆了些？

周明沣一派气定神闲地说："那你误会我的意思了。"

他只不过是迫切地，想让所有人都知道他们的关系。

"我也不是很想去。"周衍嘀咕了一句，"我怕他们觉得我不真诚。"

味美公司的那些同事对周衍也很关照。现在他们有什么饭局还会给他打电话。这就让周衍越发不自在了。

周明沣看了他一眼，沉吟了一会儿说道："一直隐瞒，就是一直不真诚。当你感觉到自己的行为不真诚时，那么你就应该做出正确的决定，到时候给他们敬一杯酒好好解释，他们也能理解。"

"好吧！"周衍明显是被说服了。

周明沣又看向姜津津："你呢，还有什么意见吗？"

“有！”姜津津说，“你之前跟我说的时候，可没说味美公司全体员工都要过去，现在……”

她压低了声音：“得加钱。”

凡是提到钱，周衍的反应就特别迅速。

他立马也说道：“我同意！”

两双眼睛都期待地看着周明沣。周明沣虽然无奈，却也还是拿起了放在一旁的手机。

“老规矩。”

姜津津跟周衍摩拳擦掌。两人的小团体因为拼手气红包，暂时分化瓦解一会儿。

又一次，周衍是手气最佳。

姜津津委屈地看着周明沣。周衍像是知道了有什么事要发生一样，以最快的速度果断地戴上耳机：不听不听，王八念经。

周明沣又单独给姜津津发了一个红包，还说了些酸话，才哄得姜津津眉开眼笑。

等三人回家后，周衍回了房间复习功课，工作狂周明沣则一头扎进了书房。

姜津津估摸着他不到十一点钟是不会出来，于是，悄悄地拿起钱包手机走出了别墅。

她最近的每日行程中又多了一项，那就是打牌。

事实证明，在贵妇世界中，打牌是能最快拉近感情的一项活动。

姜津津虽然不是很爱打牌，可她运气不错，每次摸到的牌都很好，赢的次数远远多于输的。只不过打牌太累了，经常一坐就是一下午。以前这种打牌活动，太太群里有人叫她十次，她最多也就去个两三次。倒也不是不给面子，而是太忙了。

而现在呢，打牌成了姜津津的必须活动。不为别的，就是想等美甲店开张后，贵妇们大力捧场，甚至免费给她宣传。

这样想着，姜津津也不觉得累。

打牌的确能增进感情，现在太太们也把她当成是自己人了。现在她的困扰是，她们都太把她当自己人了。所以，她知道了很多秘密。比如，张太太的先生特别抠门；比如，刘太太跟她先生是“相爱相杀”的关系……

孙夫人组的牌局三缺一，姜津津过去顶上。

周明沣却不太喜欢姜津津去打牌，没别的原因，打牌的时候坐姿基本上是不变的，再加上姜津津最近打牌次数越发多了，所以肩膀那里就有些不舒服了。可对姜津津来说，她跟 Edwin 要开的美甲店准备走高端路线，这些太太都是难得的潜在大客户，她必须得把握住。而且这点苦，她觉得实在也算不了什么。

她有个跑业务的同事那才叫厉害，为了跑成一单生意，客户老婆生孩子，他忙前忙后；客户半夜给他打电话，他都能从女朋友床上爬起来去陪人家喝酒。有一次客户长辈住院，他天没亮就跑去医院帮忙挂号。

她觉得这才叫厉害，这才叫敬业，自己现在打个牌算什么呀。

另外一边，周明沣提前完成了工作，从书房出来去了卧室，在房间里没看到姜津津，又去了衣帽间，在家里找了一圈都没看到她后，他来到二楼敲了周衍的房门。

周衍正在复习功课，一见门口的人是他爸，立马进入了戒备状态。

"爸……"

周明沣只是问了一句："她呢？"

周衍表情非常自然，说道："她说去便利店一趟，刚出门一会儿。"

他现在真是胆大包天了，居然能当着他爸的面，面不改色地扯谎。

他，长大了。

当然，他对自己的演技十分有信心，这不，他爸只是看了他一眼，并没有说什么便走了。这应该是没有怀疑的意思吧？

周明沣刚下楼，周衍就以迅雷不及掩耳之势拨通了姜津津的号码，给她通风报信。

"散了，散了！"

"我们家老周提前下班了！"

收到周衍消息的姜津津立马终止了牌局。她跟太太们关系很好了，一见她这样，顿时了然。另外三个太太有条不紊地开始行动，一个唤来阿姨骑电动车赶紧送姜津津去门口便利店，另外两个要赶紧相约出门往临湖别墅溜达，造成一种她们今天都在散步而没空约牌局的假象，最好是让周明沣看到。

姜津津坐在阿姨的电动车上，不一会儿就来到了便利店。

她赶紧跟店员对了一下口供后，便装模作样地拿着账本坐在高脚凳上对账。

周明沣过来时看到的就是这一幕，他没有进去便利店，而是站在外面。

姜津津早就用余光瞟到他的身影，过了好一会儿后才抬起头来，一脸惊喜。仿佛是才看到他一样，眼里迸发出令周明沣心动的神采，好像他是她的全世界。

周衍做完一张试卷，想要打探一下情况，便走出房间下楼来找东西吃，正好就碰到姜津津跟周明沣回来。

姜津津一脸甜蜜地挽着周明沣的臂弯。周明沣脸上也带着若有似无的愉悦笑意。

周衍从姜津津身边绕过，拿起桌子上的橙汁喝了一口，目光看向楼梯台阶处，只见姜津津偷偷地将一只手背在身后，比了一个“OK”的手势，表示危机解除。

周衍差点笑出声，赶忙撇过头掩饰了脸上的神情。

周氏集团的周年庆典即将来临。

这一次姜津津自告奋勇充当父子俩的造型师。虽然以他们的组合以及三人的年龄，这辈子都不可能穿亲子装，但是可以在别的方面动一些小心思。正好周明沣之前的藏品中有一批成色不错的宝石，前段时间，姜津津就聘请了一位设计师，把这些宝石用作周衍正装的袖扣、周明沣的领带夹，以及她的发饰。

周明沣这个过了年一脚就要跨进四十的直男，显然还不能体会到姜津津的小心机。

不过周衍跟姜津津倒是越来越心有灵犀了。看懂了姜津津的意思之后，周衍的唇角就没放下来过。

很快地就到了周年庆典这一天。幸好是在周五晚上，周衍放了学就直奔过来。

庆典定在周明沣入股的一家五星级酒店，最大的一个宴会厅可容纳几千人。周氏集团大手笔地将整个酒店都包了下来，员工们如果晚上不愿意回家，也可以在这里入住。

味美公司的员工不多，包括经理都是头一回参加周氏集团这么大的庆典。大家不免都有些紧张，一路上很期待，等真到了这酒店时，身边都是周氏集团的精英员工，于是逐渐地都安静沉默了许多。

一行人来到一旁的会厅，也不知道能去哪里，只好坐在一旁嗑瓜子喝饮料。

行政小蔡都忍不住嘀咕了一句：“感觉也没有想象的那样有意思啊，还不如把经费拨给公司，咱们内部出去撮一顿呢。”

味美公司虽然也是周总名下的，可毕竟不属于周氏集团。他们来到这里，就像是编外人员。

经理知道她们不自在，赶忙转移话题，开始清点人数，“咦，津津怎么没来？是不是没人通知她？”

Edwin 立马说："她应该马上来。"

"嗯。"

Edwin 心想：来肯定是会来，就是出场身份可能会让大家吓一跳罢了。

其实姜津津也没有表现出来的那么没心没肺。如果没有这场周年庆典，她也是会在辞职前将事情的来龙去脉解释给对她关照有加的同事们听。毕竟在一起共事这么久，大家相处得也还不错，没道理要瞒着。

她的初衷并不是要吓同事们。

实际上，这会儿她待在顶楼的豪华套房中也在犹豫，要不要干脆现在就坦白从宽。

正在纠结拉扯的时候，她看到公司几个女同事私底下的微信群中，有人说了话。

行政小蔡："听说这酒店顶楼的风景一绝，你们说我们能去顶楼吗？"

财务 Amy："肯定不能去啊，我们也只能刷房卡到房间所在的那一层楼，顶楼不敢想的，那应该是周总或者公司的高层领导入住的地方吧。要是我们真的上去了，碰到了周总，那画面是不是太美了？"

销售莉莉："周氏集团的女同事们都好洋气哦，而且一个个都是富婆！我自闭了！呜呜呜。"

姜津津看着女同事们的聊天内容，起身来到落地窗前。

从这里能看到燕京最美的景色。这间房是周明洋的，她过来休息，在周年庆典这样的时候，在庆典就要开场前一个小时，周明洋居然还去了酒店会议室开会。

姜津津突然有了点子，果断地给酒店的大堂经理打了电话。

另外一边，味美公司几个女同事都坐在一桌，百无聊赖地等着庆典开始。突然一位穿着正装的女人面带着营业微笑来到她们这一桌，以不大不小、但隔壁几桌都能恰好听到的声音说道："请问这里是味美公司的员工吗？周太太邀请你们过去喝茶。"

周太太？别说是她们几个了，就是旁边隔壁的周氏集团的员工听到也有些惊讶。

行政小蔡属于胆子比较大的，问了一句："周太太，是哪位周太太？"

大堂经理脸上笑容不变："周总的太太。"

几个女同事面面相觑，却还是站起身来，在其他人的惊讶注视中，跟着大堂经理往宴会厅外走去。

味美公司另外一些男同事都你看着我、我看着你："小蔡她们居然认识周太太？""什么情况？""我怎么一点儿都不明白？"

在场的只有 Edwin 十分淡定，继续嗑瓜子，在心里解答这些人的疑惑：错了，不是小蔡她们认识，你们也认识。而且不只是周太太，还有……

几个女同事跟着大堂经理进了电梯，看着大堂经理刷了卡，摁下最高楼的楼层键亮起来后，大家也是一头雾水。

小蔡在其他几人的眼神催促中，又问道："那个，周太太是我们周总的太太？"

大堂经理微微一笑："是的。"

小蔡她们内心风起云涌，脑内已经上演了无数场戏，但没人说话。

电梯门终于开了，这一层楼统共也只有几间房间。跟宴会厅的喧闹不同，她们走出电梯，四周寂静无声。

大堂经理来到右边的这一间房门口，站定后，探出手，轻轻地敲了敲门。力道控制得恰好好处，这也是一种功夫。

门缓缓地开了，大堂经理语气恭敬地说："周太太，您的朋友们已经到了。"

小蔡等人听了更是一脸惊悚：到底什么情况，她们什么时候就成了老板娘的朋友？？

"嗯，谢谢你。"

咦！这个声音她们怎么有点儿耳熟？

大堂经理礼貌地离开。

还没等小蔡她们想明白这个声音究竟哪里耳熟时，房间里那位周太太慢悠悠地挪到了门口，在她们目瞪口呆、瞳孔地震中，十分有诚意地道了个歉，手里举着小扇子，扇子上用马克笔写着"罪恶深重"四个字。

"对不起，对不起！我真的不是故意的，就是有苦衷呀！"姜津津扒着门，眼睛闪啊闪，"姐妹们，求原谅，我躺平，任由你们拳打脚踢好不好？"

小蔡一脸"我是谁、我在哪儿"的呆滞表情，终于骂了一句口头禅："爷爷的！"

总之，任她们这几个人脑洞开到外太空，也不会想到，天天跟她们在群里举行表情包大赛，甚至还跟她们伸手要网盘资源、要视频会员的津津是老板娘，是周太太！

姜津津不给她们反应过来的机会，冲了过去，左手挽着一个，右手挽着一个，满脸笑容："不要生气了，我叫了几个小帅哥来送果盘、送甜品，个个都是一米八以上的哦，他们应该马上到了。”

一米八？小帅哥？几个女同事闻言立马来了精神。

她们虽然是很惊讶，但也没有到要生气的程度，更何况，津津对她们一直都很好，但凡是她能帮得上忙的，她从来都不会拒绝。而且，同事而已，即便相处得再好，离好朋友还是隔着一些距离，又怎么能要求同事对自己毫无隐瞒呢。最重要的是，津津原本可以不用在乎她们，也不用给她们什么解释，但她这样真诚地道歉了，那谁又能真的跟她置气？

不过——

“津津，你老公搞抽奖也有内幕吗？能操作吗？”

“不可以。”

“那内定一等奖可以吗？听说是房子？！”

“别想了。”

“涨工资行吗？”

“呵。”

“所以你们家不是你说了算吗？！津津你太让我们失望了！”

“出门右转不送哈！”

几个女人又闹作一团，坐在落地窗前，吃着一米八大帅哥送来的果盘甜品，真的是一件特别快乐的事。

很快地，在庆典开始之前，味美公司的员工们都知道了一件大喜事。再看向周氏集团的本部员工，已经没了不好意思之类的情绪。

一个个腰板挺得笔直。老板娘是我们公司的，太子也是我们公司的，是我们公司的！是我们味美公司的哦！

庆典开始，每个人都红光满面。周明沣作为公司的大老板，作为周氏集团的创始人，自然是要在台上发表讲话的。周明沣虽然行事低调，可是对外的个人形象以及口碑都是极好的，尤其是在员工心里，他是英明神武的老板，同时也是这艘船上的掌舵人，无论多大的风雨，他们始终相信，有他在，什么事都不算事。

对于周明沣非要她来参加庆典这件事，姜津津一开始没想太多，只以为他想让所有人都知道她是他太太，可这一刻，她坐在台下，看着在台上自信稳重的他时，她断定，他也有他的小心机。他想让她看到他这样洒脱从容的一面。事实上，她也的确被这样的他深深吸引了。

不光是姜津津，坐在她旁边充当护花使者的周衍，看着这样的爸爸，内心也是有着深深的触动。从小到大，不管父子俩关系是好是坏、是冷是热，他心目中最崇拜的人始终都没有变过。他开始变得一点一点地理解爸爸，靠近爸爸。他也终于明白了一件事，如果爸爸不来靠近我，我就去靠近爸爸。

周明洋用一种诙谐的态度讲述了这十五年来跟员工们的风雨同舟。既有创业时期的举步维艰，也有辉煌时刻的不忘初心。最后，周明洋看向台下的人，语气沉稳地说："当然除了每一个在岗位上付出的员工以外，我也想感谢我的妻子、我的孩子。"

"就如同你们的家人在默默支持一样，我的妻子孩子也一样，周氏集团的每一份辉煌，都离不开我们背后的人。"

"下一个十五年，再约。"

姜津津的裙摆有些不方便，周衍跟在她身后，帮她牵起了裙摆。

两人来到周明洋的身旁，周衍装作耳聋了一样，没站在他爸的右边，而是站在姜津津的身旁。

姜津津依然是最风光的崽，她的左边是周明洋，右边是周衍。

这次的周年庆典办得很大。显然上面的高层领导也很了解下面员工的想法，这次除了每个员工多发一个月工资以外，在抽奖活动上也下了不少功夫，即便是安慰奖，也是价值不低的购物卡，大家都红光满面、好不快乐。姜津津跟周衍可眼馋了，也很想将自己的号码牌扔进抽奖箱里，不过也只是想想。

这种活动只有抽奖部分才是真正的高潮，就连周明洋的讲话，那都只能排在后头。

每个员工都吃好喝好，还拿了价值不菲的奖项，脸上都洋溢着仿佛过年的喜悦笑容。

这场庆典直到快十点钟才结束。

不过每个部门都有自己的活动经费，趁着每个人兴致都好，自然要安排下场活动。周衍被味美公司的同事叫去玩了，留下姜津津敢怒不敢言，只好陪着周明洋这个劳模，继续在这酒店最奢华的套房加班。

姜津津心生不满，看着群里在直播他们的行程安排，酸得不行，自然是要将气撒在周明洋身上："你怎么就同意让周衍跟他们一块儿出去玩啦？"

周明洋刚回完一封邮件，抬起头瞥了正在大床上打滚的姜津津一眼，淡声道：

“你不是说，他现在高三学业繁重需要解压吗？”

话是她说的没错，她抠了抠床单，一脸理直气壮：“你不觉得我也需要解压吗？”

为什么非要把她留下来？！她也想去玩！

周明洋“嗯”了一声：“在安排了。”

姜津津：“……”

“等我忙完。”

两人现在已经进入了没羞没臊的阶段，姜津津一听他这话，就知道他是什么意思。

再看看他一脸认真严肃的模样，嘀咕了一句：“是你解压，还是我解压？”

周明洋却没回她这话了，继续投入到了工作中去。

姜津津实在无聊，要不是陈年老醋在这里，她都想点餐让一米八大帅哥来给她送餐。

过了不知道多久，姜津津在床上待得都快睡着了，周明洋才忙完。他关掉了电脑，轻手轻脚来到床边坐下，两人很少会在外面过夜，这一次姜津津倒是做了十足的准备，燕京的秋天昼夜温差大，外面一片秋意萧瑟，屋内温暖如春，姜津津的脸颊贴着柔软的枕头，周明洋坐在一旁，两人对视着，好像是在比赛一样，姜津津没他定力强，率先破功笑出声来。

“好啦。原谅你了。”

其实姜津津也知道，周明洋并不会逼她做她不愿意的事情。

今天只要她真的想出去，他也不会拦着她。只是看着他在这热闹的庆典之后，还要一个人加班，实在是太可怜了，她于心不忍便同意留下来。看他工作，也是一件享受的事。

“我想吃烤红薯了。”姜津津突然说道。

周明洋愣了一愣：“烤红薯？”

“对呀。”姜津津握着手机，“你的秘书发了朋友圈，我看她说就是在这附近买的烤红薯。”

周明洋现在已经不惊讶她的交友速度之快了。坦白说，她现在就算说加了他大学时候那位最古板的老教授，他也不觉得稀奇。

“好。”周明洋毫不犹豫地就答应了。

他没说让刘助理买，也没说让酒店的人去买，而是自己拿着手机出门。姜津津相信，现在哪怕外面下着瓢泼大雨，只要她想，他也会答应。今天她是特意支开他的。

只可惜他毫无察觉，在他走后，姜津津难得地反省了一下自我，是不是她平时太任性了，所以，他已经习惯了，也不会怀疑她是故意想支开他?

她今天想给他一个惊喜。

这十五周年的庆典，好像已经多么稀松平常了。可她还是想单独给他庆祝，为他这十五年来的风风雨雨。她不曾参与他的那些岁月，其实想起来还是有一点点遗憾的。

她一边遗憾着，一边雀跃着，开始打气球，开始装扮这房间，她准备了气球，准备了红酒。他不是高调的人，一开始，那些太太知道她要参加庆典，还说她会跟他跳开场舞。可实际上，他根本就不会在自己的员工面前跳舞，他对外也是能不出风头就不出风头的性子，哪怕那是他的公司，底下也都是他的员工。

今天的热闹庆典，除了一开始的讲话，大多数时候，周明沣只是站在一边，目光含笑遥望着他的员工们。这让姜津津很轻易地就想起了他之前说的人生计划。他似乎习惯了孤单，他说，如果没有她的出现，他退休后，会回到江皇，一个人钓鱼养花看书。在此之前，姜津津也从未想过，自己有一天会因为一个人驻足。

他跟她是截然不同的两种人。他习惯孤单，她却最怕孤单。

周明沣在酒店五百多米的天桥下，找到了卖烤红薯的摊子。

卖红薯的是一对老夫妻，两人感情恩爱，从一言一语中便能感受得到。秋天的烤红薯冒着甜甜的香气，周明沣付过钱后，提着烤红薯上了天桥，他并没有急着回酒店，而是停了下来，抬头仰望天空。

这里不是新城区，这天桥早在他来燕京求学时就修建好了。他不止一次地走过这天桥。

最茫然的时候也站在天桥上看着车流，或者看着天空。

有人正在叫卖，卖着玫瑰花，这个点天桥上已经没什么人了，周明沣踱步过去，买下了一枝已经不新鲜的玫瑰花。跟每一次一样，繁华落幕后，他总会这样，但每一次都会重新振作起来，跟之前不一样，那时候将他拉回现实的是事业、是工作，这一次……他低头看着那白色塑料袋装着的热气腾腾的烤红薯，眼底有着温和的笑意。

周明沣回到酒店，也碰到了一些员工。员工们恭敬地跟他问好，在看到他手里提着烤红薯，又拿着一枝玫瑰花时，心下了然——周太太也喜欢吃的烤红薯，味道一定很好！！

那对卖红薯的老夫妻也不知道发生了什么事，突然就来了一拨又一拨的人来买烤红薯。

周明沣刷卡进门时，也为眼前的景象惊讶。

姜津津从床上跳了下来，往他怀里飞奔："惊喜不惊喜，意外不意外？"

她也很惊喜。没想到周明沣开窍了，左手提着烤红薯，右手拿着那枝玫瑰花。左手是生活，右手是浪漫。姜津津你终于碰到了一个出去给你买烤红薯，还会顺便买一枝花的男人！

她一头扎进了周明沣怀里。周明沣哭笑不得，却也抱住了她。

周衍被味美公司的人戏称是太子。

不过大家对他还是一如从前，这让周衍非常舒服，跟着一群爱玩的同事去唱歌。他们个个都是麦霸。行政小蔡实在是烦了，就建议大家别唱歌了，玩游戏。经过投票决定，玩真心话大冒险。

要说他们对姜津津跟周明沣不感兴趣，那是不可能的。

最喜欢出老千的男同事耍了"傻白甜"周衍一回，几次转动酒瓶，瓶口都是对准了周衍。

一个认真负责的成年人就不应该要未成年人玩什么大冒险，再说了，跟未成年人玩大冒险，也没什么意思啊。

他们义正词严地说："小周就玩真心话好了！"

周衍也没想太多，点头答应了。

不过一伙成年人显然对他的事情没太大兴趣。

行政小蔡问："小周，你爸你妈怎么认识的，我是说你后妈津津。"

周衍："……"

他也不太清楚他们是怎么认识的，算了，就是玩，随便说吧。

周衍一本正经地开始胡说八道："我爷爷奶奶跟姜女士的爸爸妈妈认识。"

"哇，青梅竹马吗？"

"走开，年龄也对不上啊，周总比津津大十来岁吧？"

周衍又说："后来两家断了联络，再后来，姜女士的妈妈，也就是我小外婆生病了，这又碰上了，我爸就跟姜女士认识了。”

“所以说！”小蔡双眼放光，“周总是对津津一见钟情吗？”

这也太浪漫了吧？！两家有着渊源，很多年后，机缘巧合之下两人又再次相逢，并且一方还对另一方一见钟情！

周衍想了想：“应该是吧。”

“那是谁追谁呀？”

周衍立马说道：“这还用问？我爸今年多大，姜女士多大，你说是谁追谁？”

“哦，哦，是你爸追的津津？”

“当然！”周衍一副“你说的可不就是废话”的模样，斩钉截铁地说道。

开什么玩笑，那必然是他爸追的姜女士！

同事们都来了兴趣。

周总是谁，霸道总裁呀！霸道总裁是怎么追求人的，他们只在电视、小说里见过啊！这逮着机会当然是要问个清楚。

“那你爸都怎么追津津的呀？”

周衍结合自己看到的听到的，加工润色了一下：“帮她修坏掉的电闸，算不算？”

销售部的莉莉听了直拍大腿：“周总这也会？！居然给津津修电闸，爱了！爱了！”

“给她做放发绳的小木盒算不算？”

“哇！周总还会做东西？！天啊！简直全能……”

“在她吃不下饭生病的时候，哄她算不算？”

“她不懂的事情，他都耐心教她，算不算？”

“对了，把自己存的钱都给她买戒指，算不算？”

“还有，你们应该都知道吧，七夕那天晚上周氏大楼的那一出，Z 是我爸，J 就是姜女士。”

“没想到周总这样爱津津！”

一场真心话大冒险玩下来，他们得出了一个结论，周总真是爱惨了姜津津啊！

这些可不是他们脑补的结果，这可是周总的儿子说的，那肯定是真的！谁能想到温文尔雅的周总，居然私底下也有这样疯狂的一面，还真是让人意想不到呢。

燕京进入了冬天，姜津津也参加了 N1 考试，一切都像她计划的那样。虽然现在她跟周明沣感情也可以称得上是深厚了，而他也似乎有一辈子都想跟她过下去的心思，她也成了很多人口中的豪门阔太，但她每天还是很忙，每天还是在一些人不解疑惑的目光中，去她那两个便利小店。

就连刘太太都说她是瞎折腾。毕竟她两个便利店，再加一个美甲店，撑死了也赚不了钱，周氏集团每年的年利润的零头都足够她赚多少年了！

几乎在所有人的眼中，姜津津都是一个热情开朗活泼生动的人，可只有她自己知道，她骨子里是有些悲观的，可能是原生家庭带来的影响，也可能是她自己天生性格如此。她并不相信除了自己以外的人。现在她看似相信周明沣，但那也只是因为，她喜欢他。她对他的信任，是有着感情作为前提的。连生她的亲生父母都可以轻而易举地不要她。难道她还指望其他人一辈子对她不离不弃吗？

她可以接受甚至沉迷于这一段感情，可她也永远都做好了最坏的准备，也因为如此，即便有一天周明沣不再爱她，即便他变得冷酷薄情，即便他下一秒就要离开她，她依然可以过得很好。她需要这一份安全感，而这份安全感只能她自己给自己。

姜津津也不知道，成熟如周明沣有没有看穿她的心思。

平安夜的这一天，姜津津跟 Edwin 合伙开的美甲店终于开业了。这一天特别热闹，来给姜津津捧场的太太们也十分给力，送来的花篮都快将门口堆满，让路过的人还以为这开的是一家花店。在太太们的强势应援下，周明沣的那些花篮，就显得没那么有特色了，被孙夫人的花篮可怜地挤在了角落里。

姜津津跟 Edwin 也有远大的目标，那就是尽量在三年内开第二家分店。

平安夜的晚上，燕京下了第一场雪，这一场雪令这个节日都变得浪漫了很多。至少感染了姜津津，姜津津早在之前就跟周明沣商量好了，要给周衍过一个很特别的圣诞节。

平安夜的这天晚上，圣诞老人会给每个小朋友准备礼物，等小朋友在圣诞节这天早上醒来时，就会在自己的床头看到礼物。

周明沣对这种西方节日一点儿兴趣都没有，但也架不住姜津津的再三提及，只好勉强答应了她过这个节日。

只是，平安夜的这天晚上，姜津津等啊等啊，都快十一点了，周衍这小伙子居然还没睡！

姜津津偷偷摸摸地从三楼到二楼去了好几回，每回都去看门缝，看着门缝里传来灯光，便一脸生无可恋，耷拉着脑袋回到三楼主卧室。她看周明沣仍然气定神闲地坐在沙发椅上看书，忍不住对他吐槽说："你儿子怎么还不睡啊？这都十一点了，他怎么这么拼？！"

像周衍这样的走读生是不用上晚自习的。周衍现在下午放学从学校回来后，也只有吃饭时间会出来一下，其余的时间都一头扎进了学海中。

周明沣却一脸淡定："不过十一点而已。"

他抬头看了她一眼："高三生这样的作息是很正常的。我当年高考住校，晚上熄灯后都打着手电筒看书。"

"好吧。"经这样一提醒，姜津津也想起了自己的高三时光。

那时候每天晚自习要上到十点二十，等回到家洗漱一番后，也是十一点了。十一点也不会立马睡觉，而是看一会儿书，做几道题，经常十二点钟睡。也不知道她那个时候是怎么熬过来的。

姜津津又看了一眼时间："可是他什么时候睡啊？"

她都没能忍住打了个哈欠。周明沣见她困倦，也知道她今天在店里忙了一天。他伸出手，她走了过来，将手放在他手心，被他拉上了床。

"你先睡。"周明沣说，"等他睡了我再叫你。"

姜津津应了一声，闭上眼睛过了一会儿，又睁开来，睡眼蒙眬地说："一定要叫我，要是你没叫我，你自己送过去，那就不是我送的了，我要跟你拼命的！"

周明沣一脸无奈："一定叫你。"

在姜津津睡着以后，周明沣拉开床头柜的抽屉，拿出了一张设计图纸。

修建一座庄园需要一定的时间，在他的人生计划中，也是这两年就要开始着手动工。最初的图纸，最初的设计雏形，这座庄园只有他一个人住。可现在，多了一个她。

这是一份初稿，上面除了他要求的鱼池、书屋以外，多了一些别的房间，整个设计也是风格大变，从原先的简单，逐渐往浪漫奢华靠拢。原本这个庄园，至少三分之二都是他需要用到的房间，可现在，压缩到他只有一个书房了。

新增出来的有她喜欢的衣帽间。有可以喝茶赏景的小花园，有游泳池，也有瑜伽室。多了很多的人间烟火，周明沣的人生中多了一个津津，一切都不一样了。

他开始期待，期待这一座只属于他们两个人的世外桃源。

他将这张图纸收好，倾身，放在她的枕头底下，也希望她明天一早起来能看到。

十二点钟还差十几分钟时，周明沣叫醒了姜津津。

姜津津从睡梦中醒来，还没来得及发一通起床气，突然及时地想到，是她命令他一定要叫醒她的，顿时也没气了，赶紧披上睡袍，跟着周明沣像是潜入民宅的窃贼，轻手轻脚地来到二楼，果然，周衍房间的灯已经关了，两人在门口守了几分钟后，这才推门进去。

周衍显然累极了，他睡觉有个习惯，那就是喜欢整个人都蒙在被子里。

周明沣探出手，这个动作好像做了无数回一样，帮他拉开了被子。

姜津津瞥了他一眼，心里已经明白了，过去十几年里，周明沣也曾经在很多个夜晚起来帮儿子拉开被子。

周衍什么都不缺，姜津津也不知道该准备什么礼物。给他买了一双篮球鞋，买了他之前念叨了一句的降噪耳机，以及一个她亲手做的羊毛毡钥匙扣。这个羊毛毡很有特点，是一个缩小版的周衍。

周衍之前就暗示了她很久，比如，我爸那个小黄鸡的钥匙扣蛮有意思的呢；那种钥匙扣可爱是可爱，不过跟我爸的气质不太符合。

姜津津当然是要满足他啦。

将礼物都放下之后，两人又跟做贼似的离开了周衍的房间。重新回到大床上，姜津津有一种特别满足的感觉，外面飘着雪，屋内一片温暖，床上还躺着一个周明沣，她朝着他挪了挪，眷恋地往他怀里钻啊钻啊。

数着时间，在零点到来之时，给了周明沣一个绵长的吻。这就是她的礼物。原谅她吧。儿子跟老公的区别在哪儿？给儿子准备礼物，那是精心又精心，耗费了她起码一大半的脑细胞，给老公准备礼物？意思意思就得了！反正周明沣也不愿意过洋节不是。

第二天一大早，姜津津醒来的时候，天地间已经被白雪覆盖。

周家父子俩都已经出门了。

她也没那么清闲。现在她希望自己的一天能有四十八个小时。味美公司的工作她已经辞了，自己三个店的生意都得管，还有周衍所在的学校她每天都要去。

她以最快的速度洗漱之后走出房间，却看到卧室门外有一个包装好的纸盒子。她左右看了看，也没看到阿姨，只好蹲了下来，盒子上贴着一个便利贴，看上面潇洒不羁的字迹，只能属于周衍。

她看了好一会儿，才看懂便利贴上写的是什么——“圣诞节快乐！”

重新回到房间，姜津津打开了那个纸盒子。里面是一个手工小别墅，别墅上还有着一闪一闪的小灯串。

原来他最近在忙这个。其实他这段时间太拼了，她便提出来让他偶尔放松放松。前段时间他神秘兮兮地抱回一个盒子，说这是他的放松玩具。她以为是乐高之类的积木模型，没想到是这个。

这别墅的风格非常粉嫩，都是浪漫的落地窗，一楼有客厅、厨房、餐厅，还有一架钢琴。

二楼有衣帽间、主卧室、洗手间跟书房。

三楼有两个次卧。

每一张超迷你的小床上还有着小枕头跟小被子。

这些东西看似简单，实际上做起来很复杂，难为周衍了，他本身就不是很有耐心的人，居然还为她做了个小别墅。

这里面还有一张周衍的手写小贺卡：

姜女士：

你已经在我耳朵边念叨了第八百回燕京房价，请问你对房子是有多执着啊？

算了，我就大方地送你一栋小别墅吧。

以后我要是有钱了，就给你换一栋真的别墅。

当然以后我要是没钱，你就当我没说过这话吧！

最后，圣诞快乐。

姜津津特别感动。

从小到大她收到过很多的礼物，但没有哪一次，有这一次这样触动心弦。

即便是周明沣之前精心准备的礼物，也比不过这一栋手工小别墅。她恨不得向全世界炫耀，于是她立马发朋友圈发微博，让全世界都知道她今天收到了“好大儿”的别墅！当然顺便也跟周明沣直播了一下她的感动，俨然一副她的全世界换了人的模样。

周明沣收到了姜津津发来的小作文。很显然，小作文的主角不是他。

这让他不禁陷入了沉思中，难不成他的一张庄园图纸还比不上这种骗小孩的手工小别墅？

刘助理进来的时候看到的就是这一幕。他还以为周总是遇到了什么工作上的难题。

只见周明沣一脸欲言又止，最后在刘助理期待的目光中，摇了下头，温声道："今天圣诞节，你也早点下班回去陪你太太吧。"

刘助理想了想，好奇地问道："周总，您这一次给太太准备了礼物吗？"

现在想想，以周总的英明神武，工作上的事多半不会让他露出那样的表情来。那么，就只有私事了，现在能牵动周总心神的，除了周总的儿子，就是周总的老婆了。想来想去，他还是比较倾向于是太太。难道是还没准备礼物吗？为礼物的事心烦？

周明沣回道："准备了。"

刘助理点了下头："那……周总，我下班了？"

礼物都送了，看来也没有他的用武之地了。

"去吧。"

另外一边，姜津津自然也发现了枕头底下的图纸。

但那种设计初稿吧，外行人一看，根本就看不出什么名堂来，姜津津当然不会将这张图纸往圣诞礼物上去想，以为是周明沣不小心落在床上的，便将这份图纸收好，放回了他的书房办公桌上。

等周明沣下班回来时，姜津津跟周衍已经吃过了晚饭。

周衍继续回房投入到刷题模式中，姜津津则回到卧室织围巾。

她也是一时兴起。今天去便利店时，发现邓沁和另一个女孩子都在织围巾，问起来才知道她们是给男朋友准备的元旦礼物。

她还沉浸在那一栋手工小别墅的感动中不能自拔，于是鬼使神差地开车跑去店里买了毛线针跟深灰色的毛线。

当然她高估自己了，看邓沁她们织围巾真的特别简单，就感觉动动手指就好了，怎么到她这里就这么难了？！正在放弃的边缘挣扎时，周明沣回来了。

"你在做什么？"周明沣问道。

他突然出声，吓了她一大跳。

她白了他一眼："差点戳到了。我在做什么你看不到吗？织围巾呢。"

织围巾？坦白说，周明沣还真没看出来。当然，他也猜得到这围巾多半不是为他织的。如果是为他准备的，她不会让他现在就知道。

周明沣意味不明地问："给阿衍织围巾？"

姜津津还在低头研究针线方式，头也没抬：“是呀。不过你先别告诉他。”

倒也不是说想给周衍惊喜。她只是觉得……自己多半是会选择放弃。

周明沣目光沉沉地落在她的发顶上。要说心里不微妙那是不可能的，可转念一想，也只能点头答应了。她跟阿衍的关系能处得这么好，出乎了他的预料。

他乐见其成，既是为了阿衍，也是为了她。

元旦，学生们要放三天假。

假期之前，周衍跟徐从简借了一本笔记，现在用完了准备还给他。可正在他还笔记时，旁边有学生在打闹，撞了徐从简的课桌，徐从简的几个笔记本掉落在地上。

这会儿徐从简去接开水了，并不在座位上。两个打闹的学生见周衍蹲下来捡笔记本，早就吓得不敢说话了。

虽然周衍现在不闹事了，也在认真学习了，这学期的期中考试时还差点考到了前十名，可同学们对他还是畏惧的。

周围一片低气压。

周衍根本不在意，捡徐从简的笔记本时，不经意地瞥见他在空白处写的一个字，瞬间怔住。

字迹苍劲有力，那是一个字，姜。

周衍只是愣了一会儿，站起身来，手里攥着那本笔记本，徐从简拿着保温杯走进教室，也看到了周衍手中的那本笔记本，他神色一僵。

气氛陡然怪异起来。

其他同学也不说话了，都一脸疑惑地看向这两个人。

周衍垂眸，若无其事地将笔记本放回徐从简的课桌。

“徐从简，”周衍低头看了一眼腕表，“现在还早，我们去打场球怎么样？”

徐从简沉默了片刻，点了下头，走了过来，将保温杯压在那本笔记本上：“好。”

两人都算得上是学霸。跟老师请了一节课的假，老师竟然也批了。

偌大的球场，只有徐从简跟周衍，两人换上了球衣，都展开了绝对的进攻，谁也没退让，这几乎算得上是一场“厮杀较量”了。四十分钟，两人都大汗淋漓，畅快极了。坐在篮球场上，周衍接过了徐从简递过来的矿泉水，一口气喝了一大瓶。

周衍没提笔记本的事。

徐从简也没说。

但所有的话又似乎都已经说了。

“我听她说，你想考医科大学？”

“嗯。”

“那好好学习吧。”周衍说，“我可是押你是今年的理科状元，跟严正飞都斥巨资打赌了。”

徐从简面露淡淡笑意：“好。”

大冬天的，周衍流了汗，又吹了风，晚上回家后就感冒了。

姜津津还在外面带着便利店的员工聚餐。家庭医生过来后，开了药便走了。周明沣在书房里忙了好一会儿，才关掉电脑来到隔壁的次卧，周衍正坐在床上看书。

父子俩其实很少会谈心聊天。虽然现在关系比以前亲近了很多，但无论是周明沣还是周衍，都没有习惯改变先前的相处模式。

周衍突然问道：“你跟她会在一起一辈子吧？”

这个问题，周明沣有些不知道该怎么回答。

他看着儿子那双眼睛，说道：“不知道。”

周衍霎时间激动不已，身体坐直：“不知道？难道你没有想跟她过一辈子？”

那怎么行，他都已经想好了她会在这个家一辈子。

“这件事情不是你该操心的。”周明沣说的也是实话。谁也没办法保证一辈子，如果他拿一辈子作为誓言，恐怕以她的性格恨不得立马逃走。

这个雪夜的晚上，周明沣头一回对儿子说出了自己的心里话。

“如果，有一天我不在了，”周明沣的声线平稳也淡然，仿佛说的是一件再寻常不过的事，“你对她好一点。”

周衍愣住。这怎么突然延伸到生死问题上了？他一脸不解。

周明沣淡笑道：“我比她年长十二岁，这种事是很有可能发生的，那个时候，她如果认识了别人，你记得帮她把关。如果那时候你有了家庭，也记得经常去看看她，她这个人是喜欢热闹，但又怕麻烦，你自己控制好度。”

他可能真的不再年轻了，偶尔也会想到身后事。她比他年轻那么多，大概他也会走在她前面，这样也好。至于为什么要跟儿子说起这些，大概也是因为他不再年轻了吧。

周衍怔怔地看着爸爸，明明他爸爸也没有说什么很肉麻的话，但他头一回真真切切地感受到，他爸爸很爱姜女士。

周明洋的一辈子，不等于姜津津的一辈子。

他的一辈子里都是她，而她不一定是，可是即便这样，他也做好了准备。

房门虚掩着，姜津津在外面靠着墙静静地听着这番对话。

周明洋回到卧室时，姜津津已经在浴室卸妆了。等她洗漱之后，坐在床边，看了一眼周明洋，从手机里调出了一个权威的调查报告。

“调查显示，一般都是女性寿命比男性寿命要长。”姜津津轻哼了一声，“我说你是黑心肝的资本家你还不相信，这下被我抓住把柄了吧，我才比周衍大多少，到时候谁给谁养老还不一定呢！”

周明洋很认真地看着这个调查报告，看完之后又看向她。

姜津津伸出手来点了点他的额头后，双手叉腰：“你们父子俩。呵，男人！”

周明洋拉住她的手往怀里带：“生气了？”

姜津津：“没啊，你这个人阴险得很，还让他帮我把关，就他那样，肯定会说……”

她学着周衍的语气故意地说：“这老头跟我爸比那是天壤之别！姜女士，你怎么眼光越来越差了？！”

周明洋被她逗笑了。

姜津津抱住了他，在他的肩胛处咬了一口：“不如你先帮我挑几个备选人吧？”

周明洋这个陈年老醋不过就是想在儿子面前表现一下。

她敢保证，如果哪天他真的不在了，他的灵魂也要在她身边陪着她。

如果周衍真帮她把关，真帮她做了决定，那搞不好他会在另一个世界跳脚，骂周衍不孝子，晚上托梦再对着周衍冷笑。

姜津津一想到那画面，顿时欢乐得不行。

“你很开心？”周明洋逼近了她，问道。

姜津津似乎还浑然未觉，不自知地继续挑衅他：“我觉得保养得好一点，到时候就不需要找老头了吧。”

想想刘太太，她竟然有点想入非非了。

直到周明洋的手圈住了她的手腕，稍稍使力，她才回过神来，探出手顺势抱住了他的脖子，认真地说：“活得久一点吧。”

多爱我几年。

周明洋怔住，目光沉静地将她拥入怀中。

周衍今年十七岁。

他听过一些爱情故事，也偶尔会看几部爱情电影，但他不懂爱情是什么。

是天天说着我爱你吗？好像不是。

他从没听他爸和姜女士把爱放在嘴边，但今晚之后，他隐约有些明白，也许他爸也一直期待着有这样一个人能出现在自己的人生中吧。

好在，她来了。

高三上学期进入了尾声。

原本在姜津津的计划中，是只会当一个学期的家长委员会会长。严格来说，这个工作也没有想象中轻松，并不是来学校一趟就算是完成任务，她现在名下又有三家店，两家便利店都已经走上正轨，也不需要太操心，美甲店的事情就更多了，她跟 Edwin 的任务很重，几乎每个月都得出几款新的美甲设计。

除此之外，美甲店刚开业也没多久，很多贵太太都是看在她的面子上才办卡成为会员的，那么这一部分会员，她也不想交给店里的工作人员，必定是要自己精心去维护。这些贵太太也都是三天一小聚、五天一大聚，以至于她现在每天的应酬比周明洋还要多。

本来，姜津津是已经打算好了，要在家长群里面说一下卸任这件事的。

可她现在耳根子太软了。

还没等到她主动辞职，有一天跟周衍一块儿在食堂吃午饭时，周衍无意间说了一句，“其实高三也挺好的，每天都可以跟你一起吃午饭，这要是上了大学，估计就不太可能了”。

这小伙完全都没有想过，她连下学期的会长都没打算当。

姜津津凝视着周衍的面容，忍不住想，如果她下学期再也不来了，他大概是会很失望的吧？

算了！也就一个学期而已，他还处在人生中很重要的阶段，总要让他开开心心地备考吧！

于是，姜津津没再提辞职的事，家长群的家长们也就自然而然地继续选她为会长。

以前家长群的家长们选她，是因为她的身份，因为她是周明洋的太太，也因为她是周衍的后妈。可现在大家力荐她，那就是因为她的能力跟态度了。至少上个学期她的付出有眼睛的人都看得到。

姜津津光是想了一下下个学期自己那忙得跟狗一样的行程，就忍不住仰天长啸：男人误我！即便这个男人，还未成年。

周明沣知道她的计划有变，颇有些站着说话不腰疼的意味，说道：“慈母多败儿。”

虽然姜津津总说自己不是个善良的人，恨不得让所有人都不要对她的三观有所期待，可周明沣知道，她的心非常柔软。

离除夕越来越近，高三生们也迎来了属于他们的寒假。

这学期以期末考试结尾。周衍的进步依然令人惊喜。他这一次期末考试终于迈进了前十名。在一个班级里，能进前十名非常难，因为这个班里，有十个学生都是学校特招进来的尖子生，随便一个放在普通高中里那都是能考班级第一的好苗子。

私底下，孙文清也跟姜津津说过，只要周衍能够保持住现在的水平，考985、211问题不是很大。

这可太好了！

听到这话，姜津津对周衍也就越发和颜悦色了，周衍在家里的地位直线上升。

周衍倒是很有自知之明。这一切都来源于他的期末考试成绩——我爱学习，学习使姜女士快乐。

高三正式放假这一天，姜津津让司机开车送她过来接周衍。周明沣在溪市出差快一个星期了，这大好的日子一家三口自然是要在一起的啊！于是，姜津津在翻了翻溪市的人文景点后，果断决定带着周衍去找周明沣，顺便查岗。

燕京离溪市有近八百公里，开车过去也不是那么舒服。于是，姜津津带着周衍直奔高铁站。

最近天气没那么好，飞机随时都有可能晚点，在这种时候还是高铁比较方便。

一切似乎都是冥冥中注定，姜津津计划是要买两张商务座或者一等座的，可谁知临近春运，票都被抢完了，在这种时候她也不会去挑位置了，她手疾眼快，居然抢到了两张二等座。

其实只要姜津津跟刘助理打个电话，所有的问题都不是问题。不过，姜津津非常理解打工人的辛苦，到年底了，刘助理忙得每天加班，她实在也不好意思因为这种小事去打扰他。但她无论如何都没想到，这一排三个座位中，靠过道的居然是乔素的位置!

姜津津觉得自己无意间居然当了一把助攻!

对乔素，姜津津没有特别关注，但也知道，乔素的学习成绩非常好，现在基本上稳坐第二了。高三上学期，每个学生都过得很和谐很安宁。

当然，周衍也没有和乔素产生诸多联系。经过她多方打探，两个人就是普通得不能再普通的同学。

周衍是一副“沉迷学习勿扰”的模式。乔素性子并不是那么外向，没有周衍的主动进攻，她当然也不会做什么说什么。

如果姜津津只是普通读者，那肯定觉得没意思，但她现在身份不一样了，想法也就变了。虽然说这个年纪情窦初开、有欣赏的人很正常，可她还是希望，周衍现阶段能将所有的心思都放在学习上。

周衍也认出了乔素。对班里的同学他还是有印象的，看着乔素推着个很大的粉色行李箱，不需要她开口，他主动地帮她将行李箱放了上去。

乔素极为小声地说：“谢谢。”

周衍没太在意。

姜津津坐在中间的位置，周衍坐在靠窗的位置，乔素坐在最外边。

学霸的世界果然不是她这种人能了解的。

高铁行驶了一会儿，周衍从书包里拿出了一本书。

乔素也戴上了耳机，正无声地背着英文单词。

姜津津没事干，只好闭目养神。

在姜津津睡着后，周衍放下了手中的书，侧过头看了她一会儿，又抬手看了眼手表。

他的手表功能很强大，也会显示温度。他轻手轻脚地起身，从包里拿了一件他的外套，小心翼翼地盖在了姜津津的身上。

乔素其实一直在注意这边。她知道，周衍跟他后妈关系很好，但她是第一次真正地直接感受到，周衍有多喜欢他的后妈。

姜津津说是查岗。不过她也不习惯搞突击检查那一套，尤其是周明洋的工作忙，她帮不了他，也不想给他添麻烦，所以在来之前，就已经跟他说了这件事，并且将车次号都发给了他。

周明洋是自己开车过来接妻子、儿子的，只不过没想到多了一个女孩子。

乔素一脸拘束。

姜津津笑着说："这边也不好打车，就送你一程呀，不要客气，你是小衍的同学。"

乔素毕竟是周衍的同学，姜津津一向办事周到，自然不可能连顺路送这个女孩子一程都做不到。

周明沣跟周衍都没什么意见。

姜津津不说，周衍也会出于礼貌的心理问一下乔素的。他跟班上的同学相处得都还不错。

乔素是溪市本地人，为了让她不那么紧张，一路上，姜津津都在问她在这边旅游的注意事项。一个说得认真，一个听得认真。

等乔素下车后，周明沣又驱车带他们来了他下榻的酒店。这是一家温泉酒店。

周明沣让这边的负责人给周衍开了一间房，不过有些微妙的是，周衍居然跟他们不在同一楼层。

周衍也没注意这件事，但姜津津注意到了，趁着周衍往前走没空看他们时，她伸出手，狠狠地掐了周明沣的胳膊一下。周明沣吃痛，却也只是皱了皱眉头，忍了下来，他已经习惯了。

可以这么说，周明沣的心思，可能只有姜津津能马上理解到。

现在就是普通的快捷酒店管理都很严格了，是哪一层楼，就只能去这层楼，所以，除非是有人带领着，否则周衍是上不了他们这一层的。

两个人的小动作，周衍根本就没看到，就算看到也不会想太多。现在他脑子里，一大半心思都被学习占据了。

回房以后，姜津津只矜持了一会儿，她跟周明沣没有分开过这么久，还真是想他了！

周明沣很果断地给周衍转了一笔账："晚饭自己解决，我们有公事。"

简单纯洁如周衍飞快地收下了这五位数的转账，眉开眼笑，还得意地截屏发给姜津津炫耀。

而姜津津的手机一直安静，周明沣趁着她晕晕乎乎的时候，将她的手机调成了静音模式。

周衍："人呢？"

周衍："嗨？"

周衍："真去忙公事了？那好吧，等你看到了记得回我消息啊！"

溪市果然算得上是旅游胜地。有时候周明沣忙，姜津津就带着周衍出去溜达；有时候周明沣没那么忙，就一家三口集体出动。在姜津津的吐槽之下，周衍上一回斥巨资买了单反，只不过他学习任务重，并没有太多时间去研究该怎么拍照专业好看，这一次，周衍也带上了他的装备，成为姜津津的专业摄影师，走到哪儿拍到哪儿。

其实他很后悔，不止一次骂自己，为什么要带上相机？给姜津津当了几天摄影师后，周衍说什么都不肯出门了，姜津津要给他开工资，他也一脸敬谢不敏。

他的理由也很充分，很理直气壮。他是高三生！哪有时间每天出去吃喝玩乐！

所以，这天只有姜津津跟周明沣出去散步。

溪市风景独好，这几天天气也好，不管走到哪里，映入眼帘的皆是美景。一路走来，他们也看到了几对拍婚纱照的新人。

周明沣见姜津津看得入神，低声道："等我不那么忙了，找个时间去拍？"

不管是求婚，还是婚纱照，甚至是婚礼，他都想给她，不想她有所遗憾。

姜津津倒是不反对拍婚纱照。

只不过，她有了更好的点子。她抬起头，眼睛灵动地看他："肥水不流外人田，不如等周衍高考之后让他给我们拍吧，那更有纪念意义！"

周明沣："……"

"可以吧？"

周明沣一脸无奈："你说了算。"

姜津津立马从大衣口袋摸出手机来，给周衍发了一条微信："我给你找了份兼职，高考之后就可以上任了，待遇特别好，工资特别高！"

周衍马上回复消息："？"

姜津津抬起头来跟周明沣告状："你看他，马上回复信息，还特别认真严肃地说要学习，他就是不想跟我出来！"

说完后，她又低头噼里啪啦地回消息："我想好了，你高考之后有两个月时间，一个月给你练练拍照技术，还有一个月就给我跟你爸拍婚纱照。放心，不会亏待你，拍得好，价格双倍，不，三倍！"

周衍："……"

周衍："拍得不好呢？"

姜津津冷酷无情地回："那你找打。"

溪市虽然风景美如画，但哪里都不如自己家舒服，高三生的寒假并不长，加起来也就半个月左右。在溪市待了几天，他们一家三口留下了很多游客照后，也就心满意足地启程回家了。

回去之后，周明沣难得地进入了休假模式。

临近除夕，燕京的街上反而变得冷清了。原本到了上班期间总是堵车的街道，一下子车变得很少了，偶尔看见公交车经过，车上都没几个人。年味最足的地方反而是超市。

姜津津觉得，春节还是最大的节日，以前，就算只有她一个人过年，她都要去超市购买年货，这是一种仪式感。

这一次，购买年货，那肯定是要叫上搬运工的。周明沣跟周衍都被她拉来当搬运工。

超市里播放着喜气洋洋的歌曲，人很多，忙碌了一整年，大家在这个节日是绝对不会吝啬，平常舍不得吃的用的，今天都要买下来，不能亏待了努力一年的自己。

周衍推着购物车，看着姜津津一件又一件地往车上搬着东西，光是开心果都买了好多罐。明明到处都是人挤人，可很奇怪，这样的嘈杂，周衍一点儿都不讨厌。

他以前就听一个同桌说过，她爸妈每个星期都要带她逛一次超市。那时候他心里羡慕，嘴上却说，他家都不用逛超市，家里都有用不完吃不完的东西。原来一家人一起逛超市是这样的感觉。

姜津津拿着采购清单，跟一条鱼一样在人群中钻过来钻过去。一个购物车还不够，她又吩咐周明沣推了一辆购物车，直到将两个购物车都塞满，她才满意。买得多了，后备厢都放不下了，周衍一脸生无可恋地坐在后座，他被那些年货挤压得只剩一点点位置。

“购物狂。”周衍低声吐槽了一句。

“我是为了谁，我还不是为了你跟你爸！”姜津津掰着手指头算了一下，“除夕跟初一也就算了，初二初三你爸的朋友、同学要来，严正飞他们也要来家里，难不成一群人在露台喝西北风吗？”

周家的应酬是很多的。周衍想到自己的同学朋友都要来家里，顿时也不说话了。但姜津津并不知道，以往过年，周家并不热闹，甚至算得上是冷清。

周衍一般都是去别人家里，而周明沣在过年期间也会将能推的应酬都推掉，父子俩安静地吃一顿索然无味的年夜饭，然后各忙各的。

所以今年这个年，一定很有意思。

晚上，在姜津津的带动之下，周明沣也跟着她一块儿坐在床上封红包。姜津津要给店员们封红包，也要给来周家玩的周衍朋友们封红包。不管是多是少，总归是个热闹意思。当然，最重要的是给周衍包压岁钱。

除夕的一大清早，三个人穿得跟红包一样喜庆，这是姜津津置办的新年新衣服。姜津津穿的红色毛衣，周衍跟周明沣在她的强烈要求下，也换上了同款毛衣。但是，红袜子他们是坚决拒绝的。周明沣有些不自在，他几乎从来没有穿过红色的衣服，不到中午时分，就将那毛衣给换了下来。

三个人还很应景地包了饺子。只不过姜津津包了两个以后，就不想动手了。周家父子俩只能任劳任怨的包饺子，姜津津则在一旁拿着手机三百六十度地拍照。

这个年，最开心的人应该就是周衍了。

他这一次在朋友圈里存在感特别足。从春晚开始到春晚结束，他发了十来条朋友圈。其实没别的意思，就是想让别人知道，他在看春晚，跟家里人一起看。以往的春晚，不管是有意思还是无聊，他基本上不看，都是窝在房间里打游戏。这一次他终于参与到了朋友圈吐槽的活动中！这当然是值得高兴并且炫耀的一件事啊。

不过就是吐槽的内容很让人无语——

“笑死，姜女士看这样无聊的小品也能乐不可支。我怀疑是春晚导演或者演员给她打了钱。”

“什么鬼啊，这魔术也就骗骗姜女士吧！”

过年之后，姜津津意外地发现了一件事。

周明沣不知道什么时候开始，会去买心理学相关的书籍，也会去听课。并且他展现出了学霸的一面，会认真地记下笔记，也会因为部分不了解的内容四处求证。有一次姜津津就听到他的大学室友调侃他，是不是准备跟自己儿子一块儿上学，考个心理学学位什么的……周明沣不置可否地一笑。

关于这一部分，姜津津从未跟周明沣聊过。因为她不知道该怎么说，她也始终犹豫，难道真的要将一切都和盘托出，可那个时候，他会相信她吗？会不会认为她有着比双重人格更严重的疾病？比如，臆想症。

最重要的是，她内心深处，还是想要有所保留。

周明沣没跟她聊的原因她也没想通。她想到了之前姜津津发的微博，在跟席承光最相爱的那段时间里，那个姜津津将自己身上的奇遇说给席承光听，可席承光没有相信，而是带她去看了心理医生。那么，周明沣会怎么做呢？她既好奇，也有些紧张。

因为她觉得，如果周明沣也像席承光一样，自己是有些失望的。失望之下，她也不确定自己会收回多少爱意。以前的姜津津对席承光的失望，不就是从这件事开始的吗？尽管那是人之常情，可对爱人，总是会有些期待的。期待他跟世人不一样的地方。所以，这么长时间里，虽然她知道他误会了自己是书中姜津津的第二人格，她也没有解释。可是让她惊喜的是，周明沣居然会自己去了解这个他并不熟悉的领域。也许他不相信别人的判断，也许他是想更了解她……

总之，周明沣不知道，她因为他这个举动，对他的喜欢又多了几分。

她默默地看着，不去说，也不去问。

因为，她在等，等这个聪明的男人自己找到答案。

她觉得，他会找到那个正确答案的，就是不知道要花多长时间，是一年、十年，还是一辈子呢？

总之，她期待着。

【正文完】

番外一

我在明天等你

1. 豪门最甜老夫少妻

高三下学期的时间过得飞快。

从春节之后到六月份这段时间，似乎被人按了加速键一样。这几个月周衍的成绩上升得不像原来那样快了，毕竟顶在他前头的那几位，都是学霸中的学霸，不过他每一次月考都有进步。高中整个课程都在高一高二学完了，高三基本上都是在复习，周衍给自己制订的计划也很有可行性，上学期他要学完落下的两年课程，下学期则是巩固。也幸好他的底子不错，再加上有毅力，否则是不可能这么短时间成为老师心目中的好苗子。

一进六月，天气骤然炎热起来。

最后离高考也只有几天时间，学校领导在这个时候反而宽和了许多，六月二号就让整个高三年级开始休假备战。最后一堂课是在多媒体教室上的，其他同学下课后就直接走了，周衍想起还有东西没拿，便快步回了教室。谁知刚收拾好，就有一个女生从外面进来，走到了周衍的座位旁。

周衍只觉得这个人有些陌生，他确定不是他们班上的。

还没等他问什么，女生就自报姓名了：“周衍，我姓柯，叫柯瑜，是高二四班的。我上次听说，你是想考燕京理工大学是吧？我明年也会努力考上这所大学！”

周衍："……"

她说的话，他明明每个字都懂，怎么连在一起就听不懂了。

"哦。"周衍想了想，语气比较平淡，"还有事吗？"

柯瑜脸庞涨得通红。她没想到自己鼓起勇气上来说了自己的心里话，得到的却是这样的结果。好在她很快地就调整好了心情。

"没，没事。"柯瑜攥紧了手，抬起头来，语气微微颤抖，"考上同一所大学，我们能成为好朋友吗？"

周衍以一种很奇怪很纳闷的眼神看着她。

这教室里其实还有一个人。乔素也是过来拿东西的，却没想到会撞到这一幕。她蹲了下来，躲在教室最后一排的座位下。不知道为什么，听到这个问题，她也不自觉地开始紧张起来。

"哦，再说吧。"很奇怪的问题。他又不认识她。

柯瑜诧异地看着他。不过少女的勇气在说完刚才那句话时就已经全部用完了，她盯着他看了几秒，转身小跑着离开了教室。

乔素挪了挪身子，不小心撞到了旁边的椅子，原本安静的教室里，发出了不小的声音。

周衍看了过去。

乔素一脸懊丧地垂头，认命地站了起来，她的脸颊也微微泛红，却很坦然地道歉："抱歉，我不是故意偷听的。"

周衍的目光平淡，"嗯"了一声后，随手拿着书包往教室外走去。

夕阳拉长了他的身影，一直拉长到乔素的面前，似乎一伸手就可以触碰到。

少年清瘦，白衣黑裤，只是书包上那个羊毛毡吊坠跟他的气质格格不入，不过也给他添了一丝生动的气息。

这一年的周衍，情窦未开。

在这个夏天，对他来说，最重要的事情只有一件，那就是高考。姜女士这个学期酷爱对他使用激将法那一套，总是在微博上翻看高校校草的照片，还给他看，嘴上还要念叨着"其实长得没你帅，不过架不住人家是名校学生，这自带光环呀！""也不知道明年能不能看到我家小周同学被人评上校草，让我这个后妈蹭蹭热度呢"……

在同一屋檐下相处久了，他也深得她的真传，转头立马貌似不经意地在他爸面前提起，她盛赞某高校校草年轻帅气，以至于现在姜某人将他的微信备注都改为“告状资深教授”了。

对周明沣的儿子来说，高考似乎无足轻重。但对周衍来说，高考非常重要。

高考这天，周明沣有很重要的会议，自然也不会推掉，于是，在考场外面，就只有姜津津跟钟菲在等候。

姜津津是被逼的。

昨天周衍就跟她说了，要是她没来，后果很严重。

姜津津跟钟菲也不像别的家长那样在烈日下翘首以盼，两人舒舒服服地坐在车上吹着冷气，喝着咖啡。她们两人见面的次数不多，也没有交换联系方式，但每次碰到，都会一起喝点东西，然后聊聊天。

钟菲也知道儿子跟姜津津的感情很好。

之前有人问过她，会不会吃醋，毕竟是自己十月怀胎生下的孩子。钟菲一向大度，她如今能过上自己想要的生活，能始终忠于自我，除了她自己以外，也是儿子周衍给予的支持。

周衍不擅长表达感情，可她一直记得，无论哪一次结婚，儿子都会拥抱她一下，祝她幸福。他没有像别人想的那样歇斯底里地阻止她，反而每次她离婚或者结婚跟他说的时候，他都会回：“知道了，你开心就好。”

她的儿子，能多一个人对他好、多一个人爱他，她只会高兴的。

高考结束，周衍从考场出来时，看到姜津津跟钟菲都在等他，一开始还想矜持的，可实在没控制好脸上的神情，咧开嘴笑得很傻，正好被门口的记者抓拍下来了。

高考之后没多久，周衍在网络平台上小火了一把。

严正飞对娱乐圈很感兴趣，但又不想去演戏选秀，便自己注册了账号，每天发视频记录一下日常生活，他称自己是娱乐圈边缘人士。本来就有很多人对他们的学校感兴趣，再加上严正飞的形象实在是不错，于是这一年来，他积累了不少粉丝。

高考之后，有一次严正飞跟粉丝直播的时候，周衍一不小心入镜，瞬间引得一大波粉丝都在追问这个长得超帅的小哥哥是谁。

周衍的外貌不亚于现在容貌尚佳的明星，并且他是圈外人，那种未经过雕琢的气质更让人心动。

有人将直播里的周衍截屏下来在博主那里投稿，一时之间，很多网友都对周衍产生了兴趣。正所谓人多力量大，没多久，就有人扒出了周衍，有人说他今年高考，已经拿到了燕理工的录取通知书，是货真价实的学霸。网友们纷纷觉得，人长得这么帅，学习成绩还这么棒，必须爱了！

直到一个匿名帖横空出世——

最近闲着无聊，正好在网上看到了一个长相合眼缘的小帅哥，就特别好奇，想去了解一下。结果不得了，对这个小哥哥抱有贼心的姐妹们可以散了。第一，他还没满十八岁；第二，你们以为他只是长得帅的学霸吗？！不，他还是超级富二代。怎么个富？他爸爸，就是今年新鲜出炉的首富！然后他是他爸爸的独生子，所以，你们可以这样理解，是顶级富二代，是普通人可能一辈子都接触不到的那种。

天啊！我现在相信言情小说也不全是假的了，像这样一个人，长得比现在那些流量小生帅多了也就算了，成绩好是学霸也就算了，他还这样有钱，我宣布，以后我看小说时可以放心代入了！

这帖子一出，大家都傻眼了。

什么情况？他们不都是在迷恋帅哥的美貌吗？

还有些网友甚至在搞什么投票，比如这位学霸帅哥如果进军娱乐圈的话，大家买不买账？结果不等结果公布，直接爆料人家是首富的儿子？！

不知道帖子会不会被删，作为一个前XX集团的离职人员来回答一波。这位，我们私底下都是开玩笑称呼为太子（只是一个玩笑称呼）。太子真的很厉害，但其实他高一高二的时候还挺叛逆的，具体情况我也不太清楚，真正的转折是在我们前老板再婚后。一开始我们听到风声时，也为太子捏把汗来着，毕竟豪门争斗什么的你们都懂，但是，谁能想到，太子跟老板娘关系超级好！

看你们都在说太子多么帅，我敢保证你们见过我前老板后，都会化身尖叫鸡的。

前老板今年应该四十了，如果我没算错的话。他是完全白手起家，第一段婚姻我们都不太清楚，反正是和平离婚，太子跟着他。就在去年，他再婚了，是隔了很多年，离婚后的这些年里他生活作风都很正派，我们集团员工有目共睹。他这一次的婚姻，大家都说是老房子着火，他真的特别爱他的太太。我们老板娘小他十来岁吧，人特别好，跟太子处得跟朋友一样，两个人经常来接老板下班。

到后来我们一看到她的车，就知道老板今天会准时下班了。哈哈哈……

我们私底下都说，他们是豪门最甜老夫少妻。

不知道你们还记不记得去年的七夕？真的，老板的操作太出乎我们意料了，具体情况我就不描述了，反正有兴趣的可以搜一下当天的新闻，应该会有图片，毕竟那天很多人都拍了视频跟照片的！

马上就是今年的七夕了，不知道老板会准备什么惊喜给老板娘呢？激动得搓搓手。

作为太子校友也来答一下。这个我可以做证，太子在高三之前，都不怎么学习。高三开学时，他突然就特别努力了。他后妈我们学校的同学都见过的，长得特别特别漂亮，每次见到我都会看呆的那种程度。他后妈为了让他好好学习，当了什么家长委员会会长，每天都来学校，而且每天都能看到他们母子俩在食堂吃饭，相处特别和谐。

哈哈哈……是那个 Z&J 吗？我就是那次拍了视频的路人。印象特别深，后来听说这公司老板姓周。很浪漫，就是太费钱了。

有钱人多的是钱，而且人家是首富，首富！我羡慕了，我现在排队当太子妃，可以吗？

楼上，但凡少喝一杯都不敢做这种梦吧？

这些帖子，自然传到了周明沣的手机里。

公关部那边还在等消息，是直接删掉帖子还是压下热度，这都得等周明沣回复。

周明沣盯着帖子里那四个字——老夫少妻。

老夫，老夫？他坐在宽大的办公桌前，陷入了沉思中。

上一次他看到这种形容时，新闻上男方是六七十岁，女方是三十出头，相差三四十岁，这种情况称之为老夫少妻，路人都不会有意见，他也觉得很合理。可现在，他好像，只比津津大十二岁吧？！

2. 周衍：烦死了！

以前周明沣并不在乎年龄，他也无畏岁月。

自从跟姜津津在一起之后，反而有些在意了。尤其是看到那篇帖子后，他是怎么都没想到有一天“老夫少妻”这个词会用在他身上。

这导致周明沣第一次产生了一种疑问——我真的很老了吗？

他当然知道自己年长姜津津十来岁，肯定不算年轻了。可再怎么样，也算不上老吧？

即使是周明沣，也不能免俗。他骨子里仍然有着幼稚的一面，这一面刚刚好被这篇帖子给激发出来了。为了证明自己还不算老，总是要拿出实际行动来的。当天晚上，姜津津一开始以为只是普通的夜晚。

……

总而言之，周明沣成功地向姜津津证明了，自己并不老。

跟周衍有关的帖子，周氏集团并没有删掉，那个戳中周明沣痛点的老夫少妻的帖子也没有删掉，但公关部这边仍有出力，让帖子热度一降再降，最后关注的人也越来越少。

高考之后，周衍找了两份兼职。一份是给周明沣和姜津津当摄影师，风险系数很高，但为了高收入，周衍拼了！另一份兼职则是给严正飞当家教。

严正飞底子不好，虽然最后一年也在努力，不过高考成绩还是不算很理想，离本科分数线还差一些。本来严家夫妇是想送他去国外的，可严正飞一见周衍要留在国内，他也不肯去了，所以严家夫妇只好让儿子再复读一年。如果能考上本科，那就是最好的结果了！

严夫人知道，给儿子请别的家教，儿子多半是不会服气，可如果这个家教是周衍，那就完全不同了。至少周衍有办法让儿子学乖的。

周衍原本不是很想做这份兼职，但是严夫人给得实在太多了，所以只好答应了。

姜津津跟周明沣的婚纱照并不是在国外或者什么海岛取景的。

两人都没有太多时间，只让周衍自由发挥。不过最后拍出来的效果特别好，姜津津最喜欢的一张是周衍抓拍到的。

她当时脚被磨破皮了，周明沣正半蹲着托着她的脚，一脸严肃地帮她检查。这一幕被周衍抓拍下来。

姜津津特别喜欢！她决定婚礼一定要将这一张印刷在请柬上。

当然，就算这婚纱照拍得再好再生动，姜津津都不想再拍第二次了。周衍也是。他想好了，以后就算人家开出天价来，这摄影师他也不当了。一家三口对拍婚纱照都有了不小的阴影。

周衍顺利拿到了燕理工的录取通知书，杨管家在别墅外面拉起横幅来庆祝。夜深人静的时候，周明沣跟姜津津袒露过心声，就是他也没有想到自己儿子高考会考得不错。

对于儿子的前程，要说他完全不操心，那也不可能。只是父子关系当时太过僵持。他即便身为父亲，也无法操控儿子的人生。好在儿子自己想通了。

周明沣很欣慰，但他的欣慰只有姜津津知道，在面对周衍时，他依然是那副云淡风轻的态度。

姜津津一向都不吝啬自己的感情外露。她倍加珍惜地捧着那份录取通知书，一连看了好多遍，还换着角度拍照，在朋友圈里吹捧了周衍整整三天！她的好闺密孙文清跟 Edwin 为此一度都想拉黑她。但是，这满足了周衍。周衍的心情因此特别好，每天都要看好多次姜津津的朋友圈，甚至还截屏纪念。他要是早知道考个好大学能得到这样的待遇，他就更拼命一点了，考个清大让她天天晒。

去大学报到这一天，是姜津津跟周明沣送他去的。

姜津津为了让自己跟大学气氛符合一些，不管是妆容还是穿着，都比以往的风格要活泼一些，于是效果也非常显著。在周明沣去停车时，已经有好几个男大学生过来搭讪要微信了。

周衍：“……”

看着姜津津唇角上扬、得意扬扬的模样，他走上前去，喊了一声：“妈，我爸去哪儿了。”

姜津津：“……”

搭讪的大三男学生："……"

男学生惊悚地看了姜津津一眼，又看了看周衍，还不相信地眨了眨眼睛，确认自己没眼花，这个看起来最多也就二十四五岁的女神居然有一个一米八的儿子？！那她究竟多少岁了？

姜津津可不喜欢别人用"你是不是已经四十多岁"的眼神看她，她立马挽着周衍的臂弯说："怎么老是跟姐姐开玩笑！"说着她又对那个大三男学生笑道，"我弟弟就喜欢跟人开玩笑，你别介意啊。不过我确实已经有男朋友了。"

大三男学生："……"

周衍无语至极，等大三男学生依依不舍地走后，他低头看她："姐姐？弟弟？"

"不给我封口费，我立马将这一出告诉我爸。"

姜津津微笑着狠狠地掐了他胳膊一下。

周衍吃痛："喂！"

"五百块。"周衍还是不想放过这个狠宰姜津津的机会，哪怕痛，他也要提。

姜津津气死了："你钻钱眼了？上辈子穷死的？"

"姐姐，下学期学费生活费我就得自己掏了。"周衍点了下头，"确实很穷。五百，再讨价还价涨一百。"

姜津津："……"

她只好拿出手机，给周衍转账五百。

周衍一脸心满意足，神清气爽。

与此同时，周明沣刚停好车下来，就被一个长发的年轻女人求助了。

"先生，您好，我妹妹是这所学校的学生。"年轻女人楚楚动人，语气轻柔，"我手机落在她宿舍了，也忘记她宿舍怎么走了，能麻烦您借一下手机吗？"

周明沣看了她一眼。

年轻女人顿时心跳如擂鼓。她刚才过来就注意到这辆车了。先不说车牌号是难得的连号，就是这辆车少说也要两三百万。再看看这男人的通身气度，绝对是富商中的极品。她碰到了，自然是要试一试的。如果不成功，那她也不会损失什么；如果成功了，直接实现阶级大跃层。

"我先跟我老板打个电话。"周明沣说，"她如果不赶时间，我的手机就借你。"

年轻女人面容顿时一僵。难道她眼拙了？这位只是个司机？

说着周明沣对她歉意一笑，当着她的面，拨通了姜津津的电话，那头刚接起来，周明沣就说道："姜总，你现在赶时间吗？有位小姐跟我求助，如果你不赶时间的话，我就将手机借给她。”

周明沣的手机微信里，还有着姜津津五分钟之前发来的消息：“这些大学生怎么回事吗？！看不到别人吗，非要跟我这个已婚人士要联系方式，好烦哦！”

电话那头的姜津津一听这话，深吸了一口气：“我不赶时间的哦。老周司机，你要乐于助人啊！”

周明沣微笑着挂了电话，对年轻女人说道：“不好意思，我老板赶时间。”

不等年轻女人有所回应，他便转身往另一个方向走去。

年轻女人：“……”

等周明沣来到男生宿舍楼下时，周衍正在排队进宿舍，姜津津坐在他的行李箱上。

她看到周明沣过来，轻哼了一声，看到也要装作没看到。

周明沣走上台阶，来到她身旁。

“在排队？”周明沣低声问。

姜津津：“你问小周老板。”

周衍缓缓转过头来，一脸无语，小周老板是谁？

姜津津一脸无辜：“你爸现在是我的司机啊。你是我儿子，当然是小周老板。”

“我只有你一个老板。”周明沣面不改色地说。

姜津津扑哧一笑：“手机给我。”

“其实你也是可以帮的。”姜津津说，“以前我手机忘带或者不知道去哪里了，也会跟别人求助。我不是那么小气的人啦。”

周明沣受教地点头。

忽而问道：“那你是跟谁求助？男的，女的？”

周衍无奈望天，你们幼稚不幼稚！他都快听不下去了！

姜津津才不回答这个问题，而是问他：“是美女吗？”

周明沣不理她。

姜津津却越发来劲了，挽着他的手，低声问道：“你真没借啊？为什么没借？”

周明沣被她缠得不行了，这才指了指自己问道：“这是什么？”

他今年四十了，以他的心智阅历，难道连别人的心思都看不穿？

姜津津：“猪脑子。”

周明沣：“……”

“是的。”周明洋回，“是恰好考上了清大的猪脑子。”

周衍觉得自己要被他俩烦死了。

这意思是说他连猪脑子都不是，对吗？！

3. 史上年龄最大花童

周衍去念大学后，姜津津又一次感受到了当家长的感觉。

小伙子在的时候，嫌他吵嫌他烦，小伙子去住校了，又开始觉得家里变得有些冷清了。

在这种冷清之下，她又一次想到了周明洋说的人生计划。如果她没来，周衍去念大学，未来有了自己的妻子小孩，他可能真的要一个人住在江皇的庄园，直到老去死去。

最近，她意外地发现最近周衍将她的微信备注改为“姜神仙”，对着他进行一番拷问后，才得知这个昵称的由来。

晚上，她盘坐在床上，周明洋从书房忙完进来看到的就是这一幕。

姜津津提醒着他：“周施主，月头了，是不是该给仙女上供了？比如香油钱什么的。”

没有儿子在家的周明洋放肆了许多，他若有所思地点了下头：“是该给香油钱了。”

姜津津跟周衍两个人如出一辙，都最喜欢在周明洋身上搞钱，能搞一点是一点。

周明洋低头，慢条斯理地解开了表带。

姜津津内心的小人搓搓小手：行吧！手表也不错，周老板表柜里最便宜的都得七位数呢。

紧接着，他又解开了袖扣，之后皮带扣的轻响传至她的耳膜……

不，她说的香油钱不是这个！

一向端方自持的周明洋，在一点一点地卸下了伪装之后，便是这模样。明明他还是那样的神情，可姜津津却感觉，她都快沉溺在他的眼神中了。他幽深的眼眸中，藏着她似懂非懂又忍不住一探再探的情绪。等她将他所有的一切都剥开，那是一个想要跟她爱到至死方休的普通男人。

如果周明沣一开始就表露出这样的一面，姜津津绝对二话不说就要跑路。

可这个男人太聪明了，也太狡猾了，他用年龄、用人生阅历，将自己伪装出一副内敛温和的模样，骗得她上钩后，他才慢慢地表露出真实的一面来。

敢情他是把她当青蛙在煮呢。

这天之后，两个人都有了专属于自己的暗号。周明沣是缝扣子，姜津津是香油钱。

两人在森林别墅过着轻松浪漫、逐渐将周衍淡忘的快乐生活时，周衍却在学校里过得很不习惯。

他从来没有过过宿舍生活，一开始还很新鲜。本科这边的宿舍是四人间。四个大男生很快地就打成一片，可周衍怎么都没想到，另外三个人里居然有两个人晚上睡觉打呼噜！

每天晚上他都在崩溃的边缘，好不容易要睡着了，打呼声却开始此起彼伏。周衍没办法，只好求助于万能的姜津津。

第二天，姜津津就让跑腿小哥给周衍送来了耳塞。周衍的世界才重新安静下来，他偷偷问三人中唯一一个不打呼的："难道你没听到另外两个打呼吗？"

这位室友一脸茫然："有吗？"

周衍痛苦地闭上眼说："有。"

室友拍了拍周衍的肩膀，安慰他："习惯就好了。"毕竟这位高中也是住校，一屋子都是打呼的，听了三年后，现在晚上听不到打呼声还睡不着了！

除此之外，他还发现室友们很喜欢攒衣服。

其中一个室友说，攒回家让妈妈洗。

周衍觉得有些不可思议，他每天还是老老实实地要么手洗要么刷卡机洗。后来室友问起原因来，周衍很有自知之明，他如果将自己的衣服带回家给姜津津洗，不说姜女士会将他塞进洗衣机、烘干机里，他爸都会一脚踹飞了他，如果将衣服带回家给阿姨洗，被姜女士看到了，指不定会冷嘲热讽地说他连学校的洗衣机都不会用……

就这样的，周衍在不知不觉的时候，竟然成了大家心目中一个德智体美劳全面发展的好苗子。

长得帅又有钱，学习成绩还好。

周衍内心：没办法，他需要奖学金。

爱干净，自己的衣服自己洗。

周衍内心：没办法，姜女士太会损人了。

刚开学一个多月，周衍就已经被女生们评选为本校校草。

周衍在学校的人气很高，但似乎无心恋爱，就连校花来约他去图书馆、喝奶茶，他都婉拒了。他越是这样冷酷，反而人气就越高。晚上的女生宿舍夜谈会，周衍是出现次数最多的名字。

校花这样说："他如果那样容易就答应了我的约会，我可能就不喜欢他了，太随便的男生也不好，是不是？"

院花这样说："只要他没谈恋爱，那我就有机会。我跟他同系，是他的同学，四舍五入一下，也可以是他的女朋友。"

其他女生们："……"

自从周衍开始住校后，姜津津跟周明沣为了节省时间，一个月里总会在畔湖雅轩住上一个多星期，这也是为了保持新鲜感。

两个人就真的跟普通情侣一样，在这一个多星期里，有时候会叫外卖，有时候有兴致了，也会去超市买一些简单的饭菜自己下厨。不过这种二人世界，姜津津一般过个三四天就想跑路回森林别墅，当她的豪门太太。然后在森林别墅住了半个多月后，又会想跟周明沣去畔湖雅轩过过寻常人的二人世界。

这天，姜津津跟周明沣终于有空，也准备好充分的资料后，就准备去民政局补办结婚证了。

正好这天下午，周衍没课，他也要跟着一块儿来。

燕京进入了秋天，但气候宜人，既不冷也不热，算得上是一年中最舒服的时候了。姜津津换上了设计师为她量身打造的白色连衣裙，款式偏复古，设计看似简单，但每一处细节都不含糊。姜津津愿称之为，至简版的婚纱。周明沣则是换上了他常穿的白衬衫。为了营造一家三口的和谐感，周衍也特意换上了白色的连帽衫。

民政局每天来的人都不少，有人喜气洋洋地结婚，也有人一脸深沉或解脱地来离婚。

周衍在外面等候的时候，碰到了自己的初中同学。

两人初中时也算得上是狐朋狗友。

初中同学看了周衍一眼："刚看到你爸的车，还以为是我眼花看错了。"说着，他又叹了一口气，"我爸妈终于要离婚了，我怕他们反悔，又怕他们在民政局打起来，就跟着一块儿来了。"

周衍对他家里事也有所耳闻，不过他也不好说什么，便只能"嗯"了一声。

"还好我已经成年了，也不存在判给谁不判给谁了，自在轻松。"初中同学伸了个懒腰，想起什么又随口问道，"你爸跟你后妈也过不下去来离婚啊？"

他跟周衍不是同一所高中，不过这几年也一直有联系，他知道周衍的爸爸再婚了，就前年的事。这次来民政局，他觉得周衍爸妈多半也是离婚。

初中同学又笑道："虽然你还差几个月成年，不过也不用烦恼跟谁不跟谁了。"

周衍突然陷入了沉思中。他初中时跟这个朋友玩得挺好的，那时候不觉得这朋友说话缺心眼。人以群分物以类聚，莫非他初中高中时说话也这样？

他突然觉得，他爸之前没打死他，还真是对他很好了。

周衍靠着墙，一脸郑重其事地说："第一，要是他们离婚了，我跟她。第二，他们不是离婚，只是结婚证遗失了来补办。我们不一样。"

初中同学："……"

拿着新鲜出炉的红本本，姜津津才终于有了一种实感。

她跟周明沣还真的在法律上是夫妻啊。真是令人意想不到，她居然轻而易举地就接受了一个丈夫，接受了一段来到这里前她完全拒绝的婚姻。

补办完结婚证后，已经是下午快四点了。周明沣还要赶回公司开视频会议。

周明沣开车前往周氏集团，之后再将车给姜津津开。周衍还是坐在后座。

上车后姜津津不停地看着手上的结婚证，翻过来看，翻过去看，发出了甜蜜又烦恼的感慨："马上十一月底了，事情好多哦！又是要试穿婚纱，又是要跟策划那边对方案，连请柬伴手礼这种事我也要操心，好烦哦！"

婚礼这种事，她也是头一回。她是这样想的，反正法律上她已经是周某人的妻子了，也是已婚人士。那像婚纱照啊、婚礼这样的环节自然不能漏，如果漏掉她多亏啊！

婚礼定在十一月底。

国内气候正好，两人工作都忙，也就不打算去国外什么海岛举办了。

姜津津很喜欢栖梧山，于是就将婚礼地点定在这里。

跟上一回的简单冷清不一样，这一次，周明沣也是想着能有多盛大，就有多盛大。

每一处细节，都做到了奢华的程度。毕竟是自己两辈子加起来的第一次婚礼，是不是唯一一次，姜津津也就不保证了。既然是第一次，周明沣又有钱，那她当然希望有一场梦中的婚礼。所以很多小事情上，她也是投入了不少心思，就是希望能有一场很多年后想起来仍然芳心狂跳的婚礼。

坐在后座的周衍十分擅长泼冷水，立马说道："既然烦，那就别办了。"

反正，他也不想当什么花童。

当花童这件事，周衍纯粹是被姜津津忽悠的，他一时嘴快就答应了，等他反应过来的时候已经来不及了。

他参加过几场婚礼，花童都是几岁的小孩子，什么时候见过十七八岁的花童啊！

姜津津扭过头瞪了他一眼，又对在开车的周明沣说道："周明沣，你看看你儿子！也不管管他！"

周明沣淡声道："阿衍。"

周衍轻哼了一声："告状精。"

姜津津："周明沣，你儿子说我！"

周明沣趁着等绿灯的工夫，无奈地捏了捏鼻梁。他不想管了。当然，他在他们争吵的时候，就一直是背景板，实在是被吵得受不了了才会出声。

车内，姜津津跟周衍又开始吵吵闹闹，周明沣几乎是迫不及待地下车进了电梯。

再待下去，他感觉自己的耳边都是"嗡嗡嗡"的声音。

等他走后，姜津津下车，从副驾驶座来到了驾驶座。周明沣一走，两人又回归到了友爱的氛围，商量一番后，决定去附近的超市采购，这样的日子当然是要亲自下厨。

这个点，超市的人并不是很多。周衍推着购物车，姜津津则是在挑选新鲜的蔬菜，一边挑，一边想起什么好奇地问道："你在学校有没有谈恋爱啊？"

"哦，没谈。"周衍看了她一眼，回道，"徐从简都没谈。"

姜津津有点纳闷，干吗突然提起徐从简。

徐从简高考发挥得特别好，考上了清大，也报上了临床医学八年制，本硕博连读。可以想象到，他未来会成为行业内的优秀人才。

“好吧，那你喜欢什么类型的女孩子？”姜津津也就是跟周衍闲聊。两人关系好，什么都能聊。

周衍问：“怎么着，是要给我介绍女朋友，是要让我相亲的节奏吗？”

姜津津扭过头，一头雾水：“……”

周衍说起班上一个同学的事。父母在上大学之前耳提面命不准恋爱，一上大学，大一上学期还没过呢，居然还听了别人的话，琢磨着是不是要安排相亲，介绍人给他认识了。

姜津津听了之后只有一个想法：相亲都已经影响到大学生这里来了吗？！

她赶紧表明了态度：“你放心，我不会给你介绍女朋友的，免得到时候你们俩三天两头的吵架还来烦我。”

周衍：“好吧，我确实是没时间，太忙了。”

他属于没多少心，也没多少力。马上就十八岁了，他还记得当初放出的豪言壮语。生活费学费还有未来的钱，他都得自己赚了。

“姜女士要不要提前投资我这个潜力股。”周衍说，“现在赞助我，未来的收益可能会让你大吃一惊。”

姜津津挑剔地从上到下打量了他，最后摇了摇头：“我觉得是，大‘吃’一斤。”

周衍：“……”

两人逛着超市，竟然碰到了乔素。

姜津津是知道的，乔素高考时发挥还不错，不过没有徐从简考得好，被京大录取了。这么长时间里，她也没有多关注乔素，这冷不丁地再碰到，只见乔素霍然握紧了购物车的把手，看似非常镇定，但偶尔会看向周衍。

姜津津是什么人。她一眼就看出来，乔素对周衍有种莫名的情愫。再看看周衍，他只当乔素是高中同学，碰上了也会聊两句，但别的感情，也没有更多的了。

周衍现在对谈恋爱这事就没兴趣，自然也没开窍，无论是谁在他眼里都是差不多。

等乔素跟朋友走后，姜津津仔细端量着周衍，直看得他头皮发麻，忍不住说道：“你看什么？”

姜津津摇了摇头：“没什么。”

“就是不知道别人有没有看穿你高冷外表下的‘傻瓜’属性。”

周衍气死了，她知不知道，他是学校的门面，是校草。

她到底知不知道？

十一月底，婚礼如期而至。

太阳升起时，整个栖梧山被一层雾气笼罩着，如诗如画。新鲜的空气沁人心脾，周明沣邀请了很多朋友，姜津津也一样，场面十分热闹，婚礼仪式是在室外举办，四周都是一片绿色，给人一种仿佛置身于森林的错觉。

这是周明沣跟姜津津的婚礼。

其实外界还有些疑惑，这两人不是都已经结婚两年多了吗，怎么又想着举办婚礼？思来想去，谁也没弄清楚周明沣在想什么。“宠妻狂魔”的想法一般人的确是搞不懂。很多人私底下都感慨，原来周明沣不是没有弱点，只是他的弱点在年近四十时才出现。

周衍穿着手工定制的正装。

婚礼上没有可爱的小朋友蹦蹦跳跳地上台，只有他。他个子很高，十八岁的他已经快一米八五了，跟在姜津津身后非常惹眼，让台下的宾客一眼就注意到了他。他牵着姜津津的婚纱裙摆。这个世界的姜父已经去世，姜津津也没有别的亲人，她是自己上台的，当然有周衍陪着，她一点儿都不觉得孤单。

周衍就是她的家人，也是她的花童。

尽头处，周明沣正目光温和地注视着她，等待着她。

这一场婚礼，令人津津乐道，大家为周衍作为花童的身份，给新娘子牵婚纱，给新人送戒指；也为周明沣在婚礼上的失态。周明沣这样对外古板的人，在婚礼上，情不自禁，亲吻了他的新娘。

即便是很多年后，周衍已经白发苍苍，也会经常地回看这场婚礼。

晚上，周明沣开了栖梧山酒窖里最贵的那瓶酒。

姜津津想起当时周明沣说的话，忍不住问道：“所以你那个时候就想到今天了吗？”

原来这瓶酒是要在今天开。

周明沣失笑不已：“我没那么自信。”

那个时候，他也没有十足的自信，认为她一定会留在他的身边。他也曾辗转反侧，也曾彻夜难眠。

“那你还那样说。”

周明沣说：“我想的是，要么结婚的时候跟你一起喝，要么离婚的时候我一个人喝。”

“然后呢？”姜津津追问，“如果我真的跟你离婚了，你会怎么做？”

周明沣如她所愿认真地想了想，回道：“离婚了，也可以再结婚。”

“你的意思是重新追我吗？”姜津津越想就越抓狂，“啊啊啊……我亏了！我应该说离婚的！”

这辈子没被周明沣用“命给你”“女人，你是我的命中注定”的招数追求过，那她是不是太亏了！

周明沣动作斯文地取下金丝边眼镜，淡声道：“所以，我是黑心的资本家。”

4. 重回我爸当清贫校草的那几年

金秋九月，空气中都弥漫着一股香甜的桂花味道。

学校广播里老师正在用并不标准的普通话说着“森林防火十不准六不烧”。

即便九月份已经入秋了，烈日仍然炙烤着大地。姜津津一脸生无可恋地趴在课桌上，教室里的各类设备几乎可以称得上简陋，只有两个吊扇在懒洋洋地工作着。她所在的课桌正在吊扇底下，抬起头看上去，脑海中会忍不住产生一个念头：这吊扇会不会掉下来砸中她？不过，砸下来也好！

姜津津怎么都没想到，自己竟在睡梦中回到了十多年前，成了一名高三生，还是一穷二白的那种高三生。要是让她成为什么富家小姐，她肯定没有意见。

正在昏昏沉沉的时候，有人从教室外进来，手里拿着瓶冰镇过的玻璃瓶装橘子汽水，瓶身还在冒冷气。

来人将汽水放在课桌上，姜津津抬眸看去，内心产生了一丝丝安慰。这样倒霉的事情，不是她一个人在经历着，至少她还有伴。

“哪里来的钱？”姜津津问道。

少年穿着洗得发白的旧 T 恤，抿了抿唇：“跟我爸借的。”

少年正是周衍。

两个人是同一天来到这里的。只是姜津津也没想到，可能是过程中出现了一点问题，她回到这里时，竟然是未满十七岁的年龄。而周衍竟然还要比她大两个月，真令人不可思议。

让两人都很痛苦的是，他们居然还同处一个福利院。她还是叫姜津津，他叫周衍。他们明明是凭空出现的，可周围的人似乎都接受了他们的存在。除了他们两个人以外，没有一个人察觉出不对来。

姜津津胆子不算大，周衍那胆量就更别提了，两人都不敢往深了想，就怕把自己吓个半死。

现在他们两个人也不知道能做什么。

姜津津一听是跟周明沣借的，半点不自在都没了，果断地用吸管喝了大半瓶，一时之间浑身舒爽了不少。

他们所处的时间点是周明沣高三的这一年。

很显然，这个时候的周明沣并不知道他们是谁。姜津津也没空贴上去，提前给他当老婆。周衍呢，倒是有心想凑上去让他爸养他，可关键是他现在就比他爸小两个月呢！再加上他爸也不认识他是谁，说出去只怕会得到他爸的一句“疯子”。

他要怎么解释呢？说我虽然只比你小两个月，但我的确是你的亲生儿子，如假包换的儿子！亲子鉴定倒是可以做，但他打听了一下，收费很贵！他现在没钱！

就算做了亲子鉴定，难道他爸就会相信他是自己的“好大儿”吗？

更何况他爸也没钱，现在是一穷二白，不过比他们要好一点，至少他爸刚才掏钱时，他看到他爸的口袋里少说有一百多块！

周衍虽然说是借，但也没有还债的压力，毕竟那是他爸。姜津津也没有心理压力，又不是她借的，而且就算是她借的，她花的也是她老公的钱。

她剩了一半汽水，递给了周衍：“你喝吧。”

周衍也不客气，拿起玻璃瓶全部喝完了，喝完以后还要评价一句：“感觉没气泡水好喝。”

正好这时，周明沣从教室外进来，看到了这一幕。

他目光沉静，不着痕迹地移开了视线。

姜津津一手托腮看着离她有几个课桌远的周明沣，不禁感慨一句：果然，十七岁的周明沣可是比周衍还要高，还要迷人。

他什么都好，长得好又年轻、学习成绩又很棒。可他有一点不好，他不认识她，现在也不喜欢她。

姜津津收回视线，压低声音问坐在她课桌一角的周衍：“你向他借钱，他就借？”

周衍语气十分坦然：“为什么不借？”

他爸以前给他零花钱，那都是一个月五位数六位数，转个账最起码都是五位数。

他现在才借两三块钱，他爸能拒绝？

“可是他也不认识我们。”姜津津说，“所以他怎么借给你了，你怎么说的。”

周衍倾身，凑近了她。

两个人看起来很亲密，他们早就习惯了彼此。

“就直接说借我三块钱。”周衍说起来就很抓狂，“想不到有一天，三块钱我也要借。”

姜津津：“你有说什么时候还吗？”

周衍：“没。要还吗？”

他跟他爸要三块钱也要还？哪里来的天理？

姜津津觉得有道理，但又总觉得哪里不对的样子。

他们两个人都很穷。因为他们是在福利院长大的，能够上高中都是靠慈善机构的资助，至于生活费，那根本没多少，只是刚刚好够他们最基本的生活。

他们都是住校生，福利院给的钱都直接充了饭卡。

就这么短短一个星期，姜津津发现自己瘦了两斤。她再次将目光放在正低头看书的周明沣身上，忍不住想：老公啊老公！要是你也过来就好了！

事实证明，不管什么年代，想要创业都很难。他们现在是学生，连买瓶汽水都要跟人借钱，哪里有闲钱去做生意，最小本的摆地摊生意都没本金。炒股就更别说了，她连哪只股赚钱都不知道，而且还是那句话，没本金。总而言之，他们面前的路是死胡同。

住校生学校都管得很严，他们要想在外面打工赚钱，首先得辍学。辍学，然后出去以后就只是个初中文凭？这谁能答应。想想周明沣就知道了，他脑袋瓜那么灵光，眼光那么独到，现在还不是老老实实待在学校里准备考大学！

上午第四节课下课，周衍跟姜津津都戴着痛苦面具，像蜗牛一样慢慢挪到食堂。

饭卡里的钱太少了，他们又吃不起荤菜盒饭，因此现在连吃饭都成了一种折磨。

姜津津掰着手指头算着：“其实你爸现在应该还是有点小金库的。”

周衍来了精神：“怎么说？”

“我推算出来的。不过他的钱，应该不好骗。”

什么叫不好骗？！那是非常不好骗！

周明沣的确是有一些存款的，不过那也是他靠自己赚来的。

周衍一瞬间萎靡了：“他怎么不和我们一起过来。”

要是有他爸在，他用得着现在去啃硬邦邦的馒头，用得着去喝清得不能再清的白粥？他想吃食堂里的鸡肉粉、三鲜粉还有盒饭了！

一时间，两人都长吁短叹。

来到食堂，周衍给自己买了一个馒头，咬咬牙给姜津津买了一份黑米粥。

母子俩恨不得抱头痛哭，他们怎么这么惨啊！！！

姜津津更是腹诽了多少回，还让不让人活？

两人在角落里吃着饭，聊着天。生活虽然这样苦，但人不能不乐观。

姜津津跟周衍两个人都讨论着未来的商机，越聊越开心。

殊不知，其实他们此时也成了同学们口中一道亮丽的风景线。实在是这两人的气质太出众了，尤其是姜津津，虽然是从福利院出来的，可她一来学校，就吸引了所有人的注意。明明是扎着一样的高马尾，明明是穿着一样的校服，但她在人群中，永远是最亮眼的那一个。而且，更让人心生好感的是，她有着这样悲惨的经历，一出生就被父母遗弃，之后又是在福利院长大，可她从不怨天尤人，天天脸上都是真切的笑容，像小太阳似的。

周明沣跟一个同学坐在另一桌吃着饭。

身后传来了男生女生的讨论声——

“姜津津跟周衍是亲戚吗？”

“不是，好像是一个福利院的，从小一块儿长大。”

“那这不就是青梅竹马吗？我好欣赏姜津津，希望下次换位置的时候能跟她同桌！”

周明沣只是低头认真吃饭，脑子里回忆着化学公式。

突然，坐在对面的朋友问道：“明沣，今天那个周衍找你什么事？”

周明沣抬眸，声线平稳且清淡：“借钱。”

“借钱？你不怕他不还？”

周明沣似乎并不在意。

明明他自己的情况也没有多好，可不知道为什么，在与自己同姓的同班同学张口跟他借钱时，他几乎不假思索就答应了。

这会儿朋友提到还钱时，他也有一种很奇怪的想法：不还也没关系。好像他在借出去的时候，就没想过要周衍还。只是他没想到，周衍跟他借三块钱，居然是给班上的姜津津买汽水喝。

吃完饭，姜津津回了女生宿舍，周衍回了男生宿舍。

姜津津没吃饱，也没吃好。食堂的黑米粥做得还是不行，没阿姨做的好吃。又没手机，又没电视，连娱乐活动都没有，那就只能睡觉了。

只不过她刚刚闭上眼睛没一会儿，突然脑子里传来一阵机械般的声音——

您好，本程序检测到您想要致富的心情，非常激动以及精神处于即将癫狂的边缘，为了维持秩序……

欢迎绑定“要致富先学习”系统。

任务①：在课堂上回答问题一次，奖励五十元。

姜津津猛地坐了起来，头差点撞到上铺的床板，她双眼放光，险些喜极而泣：我就知道一定有办法！

她的第一反应就是要将这个好消息跟周衍分享：儿子！我们！有钱了！

姜津津也顾不上现在还是午休时间，从宿舍楼出来直奔男生宿舍。

现在她没手机，周衍也没有。本来她是打算厚着脸皮让宿管阿姨去找下周衍的，还未做好心理建设，余光便瞟到清瘦的周明沣从这边走过来。她心下大喜，赶忙小跑到他面前，在他惊愕的眼神中，用一种非常熟稔的语气说道：“周明沣，你去帮我叫周衍下来。”

姜津津的语气十分理所当然。

九月份的天仍然炎热，尤其是这样的午后，一丝风都没有。

姜津津穿着洗得发白的棉布裙子，皮肤白皙得仿佛整个人都透着光。

她的眼神清澈、目光灵动，被她这样注视着，周明沣的内心深处竟然产生了一种他自己都说不清道不明的感觉。

或许是对方靠得太近了，近到他都能闻到她身上的气息。或许是对方说话间，语气仿佛是他很亲密的人，令他都有些恍惚，他们以前认识吗？他们很熟吗？

周明沣并不是一个多么温和的人，跟班上的同学关系也没有多好，当然他的品质里更加没有乐于助人这一条，可不知道为什么，看着姜津津，听着她用一种吩咐的语气跟他说话，他竟然点了下头："好。"

姜津津也知道，周明洋今年还没到十八岁，他并不认识她，也不喜欢她，可是，知道归知道，她还是觉得，这个人是她老公，尽管现在还不是，未来总会是的吧？

她目送着周明洋进了男生宿舍楼。

天气太热，那股兴奋劲让姜津津暂时还没想到防晒这一点。

周明洋上了五楼。

来到宿舍，他们高中的宿舍是八人间的。宿舍里除了周衍以外，另外几个人没有午睡，要么是在看书，要么是在戴着耳机听歌。周衍正好睡在周明洋的上铺，周明洋来到铁架床前，想了想，沉声喊道："周衍，醒醒。"

周衍睡得也不沉，半梦半醒间，听到他爸的声音，一个激灵睁开眼睛，映入眼帘的却是年轻版的爸爸，一声"爸"差点脱口而出。

他艰难地把即将出口的话给咽了回去，声音有些沙哑："什么事？"

周明洋说："楼下有人找你。"

周衍迷迷糊糊地"嗯"了一声，从床上下来，又去洗手间用冷水洗了一把脸后，这才走出宿舍。

他出去没多久，班上另一个八卦的男生突然说道："这大中午的，谁找周衍啊？是不是……"

几个男生笑了起来："是姜津津吧！这两人关系也太好了吧，天天一块儿吃饭一块儿打水。"

一个男生壮着胆子问周明洋："周明洋，是谁找周衍啊？"

周明洋手上还拿着化学试题，闻言只是淡淡地瞥了一眼那人，明明他今年才十七八岁，可气场初成，班上的人、宿舍的人都不太敢惹他。这一眼，令男生宿舍开始安静下来。

他没有回答这个问题，而是静静地坐在一边继续看书。

周衍从男生宿舍出来，看到了树荫下的姜津津，赶忙两步并作一步来到她面前，见她额头热得冒汗，用手掌给她扇风："这么热怎么不在宿舍？"

姜津津眼睛亮晶晶地抓着他的手，语气激动到颤抖："我、我有了一个系统！"

周衍不知道她说的系统是什么意思。

姜津津用最简洁的语言讲述了系统的作用。

“总之，我们有钱了！！”

这一句，周衍听懂了。

两个人确实很激动，恨不得抱头痛哭。周衍从小到大就没受过苦，这一个多星期吃馒头吃到他腮帮子都硬了不少。他又处于长身体的阶段，每天晚上都饿得前胸贴后背，只能起来喝点冷水。可是，他又不知道能去哪里搞钱。学校里根本就不招什么兼职，他问过了，哪怕是食堂打扫卫生的都没空缺。江皇现在经济并不发达，年轻人都去大城市打工，剩下的本地人都是抢着找工作，所以不存在勤工俭学的工作。除非他能走出校园，可前几天他刚有这个想法，就被姜女士骂了个狗血淋头。

他如果现在就辍学，那以后他人生的路会更艰难，比现在还要难。这也是周衍第一次切身地感受到，他爸的创业路有多艰难。总之，现在的他，一点儿改变自己生活的办法都没有，这让周衍感到很挫败。

“我看了一下这个系统，可以绑定一个人一起完成任务。”姜津津想都没想就说，“我就绑定你吧！”

这系统算是一个培养学霸的系统，大概意思就是用知识来换钱。她现在看着高三课本都是一脸茫然，估计是不能指望她了。

虽然她现在也有努力认真地跟上大部队，可毕竟毕业这么多年，学到的知识早就原封不动地还给了老师。

她都发愁，这样下去能考上大学吗？光是想想就很头疼啊。

周衍：“……”

他那不忍直视的成绩，能绑定什么学习系统吗？到时候说不定钱赚不到，还会倒赔的吧。

周衍钻了漏洞：“不一定非要绑定我的吧？”

姜津津一下子就懂了。两人在很多地方，算是很有默契的。

“你是说……”

周衍点了下头：“为保险起见，你还是绑定我爸吧。”

“可是，”姜津津说，“那赚到的钱要分他一半的……”

如果绑定周衍，那赚到五十块他们能一起花啊。绑定周明洋，周明洋能给她花那二十五吗？好像有点儿不划算。生意面前，没有夫妻！

周衍义正词严地说：“我爸的难道不是你的吗？”

姜津津：“他现在又不知道我是谁，但是你知道啊。”

周衍内心感动，但还是说道：“我爸也不是乱花钱的人，就算现在不是你的，将来也都是你的啊。”

姜津津觉得周衍的话有理有据，逻辑满分！但她还是想挣扎一下：“我觉得绑定你也可以吧，你不是也在努力学习吗？”

“可是绑定我爸的话，来钱比较快吧。”

姜津津要被气死了，咬牙切齿地说道：“你真是没出息！”

周衍：“你才是现实，他是你老公，跟你共患难、同富贵，不行吗？”

姜津津：“不太行，他要是赚到钱给别人花，我想想都肉痛……”

“夫妻本是同林鸟，大难临头各自飞”这个道理小伙子明不明白？关键时刻，还是儿子比较靠谱啊。

周衍拍拍胸脯立下豪言壮语：“他敢！我盯着他！”

姜津津还是有些迟疑。

周衍说：“听说食堂的鸡肉粉很好吃。”

姜津津看着周衍，这段时间不只她瘦了，他也一样。不需要犹豫了，她咬咬牙绑定了周明沣。

周明沣跟她不太一样。

只要系统发布了任务，无论是她完成还是他完成，都会得到奖励，两人平分，由于她是程序用户，她可以直接拿到钱，周明沣则是以间接的方式拿到钱。

本来姜津津以为这个任务是很容易完成的，可谁知道，接下来几堂课，老师们根本就没有在课堂上提问！

怎么回事啊？这里的老师，都不热爱跟学生们互动吗？

周衍也很着急。这是今天的最后一堂课了，如果没有完成任务，那钱他们也拿不到了。他继续啃馒头没问题，可他能让姜女士继续过这种苦日子吗？

姜津津急得不行，这最后一堂课还是物理课。

天可怜见，她在学生时代，数学倒还好，毕竟从小学到大，还能摸得到一点头绪，像物理化学真的很容易要了她的小命。就算老师提问，她举手回答，回答什么呢？系统倒是没说一定要回答正确，但关键是她连错误的回答都不知道啊！

她也有些着急。要是这系统见她第一个任务都没办法完成，一怒之下自动卸载怎么办？

她在老师的眼皮子底下跟周衍传纸条，为了防止被老师抓到，纸条里的内容都是他们俩才看得懂的暗号。周衍安抚她，不要着急。

果然，物理老师终于问了一个问题。

不过物理老师又自己解答了，而且这个问题还特别难。

周衍看了一眼时间，离下课只有十分钟了。

思来想去，他咬咬牙，看了一眼他爸的背影，果断地举手说道："老师，周明洋说他还会另外一种解法！"

姜津津心想：这样也行？不管了，反正只说在课堂上回答问题就可以。

年级第一的学霸周明洋突然在课堂上被点名，他缓缓地回头看了一眼坐在他后桌的周衍。

周衍目光里隐隐有着哀求。

周明洋："……"

物理老师果然非常欣慰："是吗？周同学还会另一种解法。来，起来讲讲。"

周明洋在成为一方巨富之时，都是能低调就低调。他从小便是不爱出风头的沉稳性子，学生时代也一样。虽然他的成绩一直都很好，从来都是年级第一的学霸，可他基本上不会在课堂上主动举手回答问题。

这一次，周明洋的神情还是一如既往地平静。他站起身来，低头看向课本，声线平稳地讲述了另一种解法。

姜津津一手托腮看着他。此时此刻，夕阳西下，屋外的橘色光线穿过窗户笼罩在他身上。现在的周明洋是一个少年。何其有幸，她能见到他这样的模样。很奇怪，明明知道现在的他不喜欢她，可她心里也不难过。她只是高兴，高兴能看到他成长路上的一幕。他穿着很普通的 T 恤，身形清瘦，短发清爽。背永远挺得直直的，沉静从容。只是比起未来，他身上还是多了一丝青涩和稚嫩。她其实没想过要靠他多近，只要能这样看着他，她就觉得很高兴了。

她想对他说，周明洋，我见过少年的你了。

物理老师显然非常欣慰，也非常满意，当即激动地拿起粉笔在黑板上写着周明洋的解题思路。几乎每一个老师，都热爱着自己的职业，就像这位老师，他也深深地爱着物理。这会儿仿佛周明洋是他的灵魂挚友一般，与他讨论着这里面的细节，教室里其他学生都有些蒙，好像听懂了，又好像没听懂。

课堂最后的十分钟，俨然成了物理老师跟周明洋的探讨交流会。

下课铃响起。姜津津摸了摸口袋，果然她原本比脸还干净的口袋居然多了三张票子！两张十块，一张五块！二十五块到账了！

她立马一个箭步冲到了周衍的课桌旁。母子俩心有灵犀，一对视，什么都懂了。在周围同学好奇的注视下，两人旁若无人击了个掌！他们今天不用吃馒头了！

周明沣平静地将书本收好放回课桌。

不知道是不是他的错觉，他总觉得一股若有似无的清香萦绕在他鼻间。

物理课上的这一出之后，周衍已经忘记了要跟周明沣解释或者道歉，跟姜津津两个人堂而皇之地经过周明沣的课桌，走出了教室奔向食堂。

以前周衍对美食都没多大的兴趣，从他记事起，家里就已经很有钱了，在吃穿上，他用的都是最好的。

可是这短短一个多星期，他变了。现在食堂里三块五一份的鸡肉粉，都轻而易举地将他勾得神魂颠倒。

食堂师傅依然手抖，舀鸡肉时抖了又抖，最后碗里只有可怜的三四块鸡肉，但周衍依然狂咽口水。他一个多星期没吃肉了。

姜津津对生活还是有些要求的，点了一个两荤一素的盒饭，花了快六块钱。

两人还非常奢侈地，在炸串窗口，点了一份炸土豆。

十块钱很快就用完了。

"爽！"周衍将鸡肉粉的汤都喝得干干净净。他也顾不上别人有没有盯着他，直接去搛姜津津饭盒里的肉菜。

在周衍跟姜津津感觉重新活过来时，周明沣被高一时的班主任突然叫到了办公室。

高一时的班主任王老师在抽屉里拿了崭新的二十块跟一张五块递给了周明沣。

周明沣面露不解。

王老师解释道："还记得高一下学期时的散文征集吗？那边说刊登了你的散文，这是稿费。"

周明沣："……"

高一下学期时，为了应付差事，他随手写了篇散文。他并不偏科，但语文是他所有科目里相对差一点的，什么时候他随手写的东西也能被刊登上报了？

拿着崭新的纸币，周明沣走出了老师办公室。现在已经六点多了，天空的云似乎都是火红的。他往食堂走的时候，正好碰到了在打打闹闹的周衍跟姜津津。这两个人的关系的确很好。

吃饱喝足后，姜津津还很奢侈地跑到小卖部，买了两瓶橘子汽水。

周衍一脸犹豫："我们会不会太奢侈了？"

这就花了十五块了，只剩十块钱了。

姜津津看着以往一个月零花钱都有六位数的周衍拿着一瓶两块五的汽水，都是犹豫又犹豫、想喝又不敢喝的可怜模样，生出了怜爱之心，她立马说道："怎么会？！我们两个人才花了十五块！今天过得快乐就行了，二十五块钱存着能做什么，先爽了再说，而且钱是赚的，不是省的。"

周衍果然被说服了："对！很有道理！"

二十五块钱存什么呢？就算他们再节约，晚饭只花四五块，那也只存了二十块。现在是千禧年，千禧年的二十块也绝对算不上巨款。

紧接着姜津津又拿出刚才让小卖部找的零钱，递给了周衍："这三块钱你去还给他。"

周衍："……"

他一脸不可思议："还？"

坦白说，他就不觉得自己是借，他爸养他那不是天经地义？而且就三块钱而已，三块钱也要还？

姜津津当然也不想还。不过她的理由很充分，也算是高瞻远瞩。

她说道："没听说一句话吗？有借有还，再借不难。今天借今天还，下次再借，那就更容易了。"

周衍琢磨了一下这话，也觉得很有道理："那好吧。"

为了下次能借到更多的钱，这三块钱就还了吧！周衍接过了那三块钱。

由于最近也是高温天气，学校也怕学生们会中暑，所以晚自习八点二十就结束了。

天气很热很热，男生们洗澡都是直接冲冷水，女生们还是会提着开水瓶去打热水。姜津津几天前毫不客气地将打热水这件事交给了周衍。周衍不知道是不是今天骤然吃得太好以至于肠胃有些受不了，不太舒服。他把姜津津那红色的开水瓶直接塞给了周明洋，语气带着恳求："帮帮忙，帮我打瓶开水。"

周明洋："……"

周衍的确是恳求，但恳求之余，还有一丝丝理所当然，仿佛吩咐周明洋去做这种事是应该的。

周衍确实是这样想的：给姜女士去排队打水，他作为继子是应该的，他爸作为她老公难道不应该？连热水都不帮忙打，那还算什么老公？！

几分钟后，周明沣提着那个红色开水瓶走在去开水房的路上，抬头看了一眼天空，他何尝不觉得鬼迷心窍，明明自己也不是多么热心肠的人，之前周衍跟他借钱也就算了，现在周衍给别的女生打开水还要拜托他去，最关键的是，他居然答应了？！

周明沣的确是在怀疑人生。

不过就算觉得再荒唐，已经答应了的事情，他还是要去做。

现在九月份江皇还是很热，在开水房排队的大部分都是女生，只有几个男生。

周明沣的出现，仿佛在平静的水面丢了一颗石子。

开水房很热，一些女生都拿着扇子在扇风，周明沣沉默无言地排在队伍后面。其实这样炎热的天气，按理说周明沣是不会来打开水，他跟别的男生没什么区别，在这样的月份都会直接冲冷水澡。

一些女生的频频注目，并没有让周明沣的心情产生什么变化。他依旧面无表情地排着队，毫无波澜，不受影响。好不容易排到了周明沣。

周明沣递出了自己的卡。

学校的卡都是互通的，食堂可以用，开水房也可以用，包括学校冬天才会开放的浴室也可以用。刷了卡打了一瓶开水后，周明沣额前的碎发微微湿了。他脸上依然没什么表情，提着姜津津的开水瓶便走出了开水房。

为了区分自己的开水瓶，学生们都会用记号笔在开水瓶上写上自己的名字。周明沣提着的这个开水瓶上，写着醒目的三个字——姜津津。姜津津还自己发挥，在开水瓶上画了一个很可爱的叉着腰的卡通小人。

周明沣刚走出开水房，女生们便迫不及待地八卦起来了！

“那是姜津津的开水瓶吧！上面写得清清楚楚的，我也见过姜津津的开水瓶，就是这个！”

“周明沣怎么会提着姜津津的开水瓶来打水。他夏天应该都没来打过热水吧？”

“对！他肯定没有！那他就是帮姜津津来打热水的？天啊！”

“看不出来呀，我还以为周明沣是那种心里只有考试只有学习的人！”

经过一番热切的讨论后，女生们得出了结论，斩钉截铁地说道：“周明沣和姜津津的关系一定不简单！”

开水房离女生宿舍更近，眼看着就快走到女生宿舍楼下了，周明洋的脚步越来越慢。

他第一次为了学习以外的事情犹豫、烦恼，现在是直接把开水瓶带回宿舍给周衍，还是他将开水瓶放在女生宿舍宿管阿姨那里？

三分钟后，这个难题自动解开。

姜津津因为形象气质佳，几天前被老师任命为国庆节活动的接待学生，好像是因为届时上头有领导过来视察。本来周明洋也是被老师选中的，但他很直接说不想为了学习以外的事情分心，老师当然要尊重他的意见。

姜津津也想向自己老公看齐，跟他一样，可老师说了，这次如果表现给力，学校会给他们颁发奖状，为学校争光肯定也是有奖励的。当时姜津津就两眼放光，一听奖励是往饭卡上充值三百元，她很没出息地立马答应了，生怕慢了一步老师会后悔。

老师之所以没选周衍，主要还是因为名单满了，再加上周衍这人看着有点儿凶，不像是好学生的样子。

姜津津刚刚从老师办公室回来，才到女生宿舍楼下，就看到了月光之下的周明洋。他手里提着的是她的开水瓶，顿时什么都明白了，她笑逐颜开，冲他小跑而来。

周明洋下意识地停下了脚步。姜津津是班上，不，准确地说，是整个一中最亮眼的存在。两人隔着十几米的距离，她朝他而来。周明洋也不知道自己是怎么回事，骤然脑内一片空白，什么都没想。

姜津津小跑在周明洋面前停下，鼻尖上有着汗珠，她一脸笑意："是周衍让你帮忙打的水吧？"

周明洋"嗯"了一声。

姜津津接过水瓶来。

两人的手不小心触碰到，周明洋有些不自在，姜津津却一脸坦然。

姜津津又想到今天能完成第一个任务，全是因为周明洋，便说道："你物理真厉害，老师讲的那道题我连题目都没听懂，你居然能想到几种解题办法。你这脑子怎么长的啊，太聪明了！"

姜津津就是这样的人，永远都不会吝啬夸奖别人。

跟老师也能自来熟，英语老师换了新发型，她是第一个发现，并且还盛赞老师这个发型显得人俏皮而不失优雅。

现在夸周明沣的话也是一套一套的，可周明沣还是头一回听到异性这样直白的夸赞，忍不住愣了一下。

“谢谢。”他难得迟钝，虽然愣了只有一小会儿，回过神来后，他礼貌地道了个谢。

姜津津为了确认系统究竟有没有说话算话，便又问道：“你喜气洋洋的，是不是有什么好事？”

他有喜气洋洋吗？而且，他好像跟她也不熟吧？

尽管周明沣性子并不热情，也不热络，更不擅长跟陌生人打交道，不过从小到大学的礼貌都刻在骨子里，他不至于这会儿让同班同学没有面子，而且姜津津这个人本身就比较开朗。思及此，他说道：“还好，高一时写的散文在报纸上刊登了，那边寄来了稿费。”

姜津津打量了周明沣一眼。他还会写散文啊？看来他真是深藏不露了……

她又追问道：“还有稿费，多少呀？”

周明沣跟姜津津在女生宿舍门口的树下聊天这一幕，被不少女生看到了。

周明沣其实也会跟别的女生打交道，不过那都是学习上的事。这会儿冷不丁给姜津津打热水，还跟她闲聊跟学习无关的事，让他有些不自在。

“二十五。”周明沣回。

姜津津“啊”了一声：“这么少？”

但她觉得，好歹是跟系统的奖励对上了！

见周明沣的神情有些许微妙，为了不打击他，她又说道：“不过也很厉害了，还能刊登上报纸呢！是哪个报纸，我下次也去看看拜读你的大作！”

周明沣：“……”

最后周明沣几乎是落荒而逃的。

他怀疑，他再不找借口溜走，这天不知道要聊到什么时候去。他也着实纳闷，姜津津怎么有那么多话。

一个话题结束，他还来不及说“我先走了”，她又立马冒出另一个话题。

周明沣心有余悸地回到男生宿舍，还特意抬手看了一眼手表，他居然跟姜津津聊了快十分钟，而且聊的还是跟学习无关的事。要命的是，他也不知道自己是怎么回事，居然就答应了等报社给他寄来报纸，会拿去给她看。

高三并不是大多数人以为的那样沉闷，相反，学生们也会讨论新鲜出炉的八卦，来缓解一下备战高考的焦虑情绪。

第二天，不知道从哪里流传出一个八卦来，周明洋和姜津津非常要好！

这还不是空穴来风，是有真凭实据的，好多女生昨天在开水房都看到周明洋给姜津津打热水。

实际上也有不少男生对姜津津感兴趣，但在千禧年这个年代，大家都很含蓄，顶多也就是找机会多说几句话。更重要的是，姜津津身旁还有一个护花使者——周衍。周衍看起来就很不好惹！

还真是巧，姜津津的护花使者姓周，周明洋也姓周，而且两个人吧，长得还有点儿像，都一样的帅。这两个外貌都很出色的男生同时围着姜津津转，这是代表他们接下来一年里生活都不会太无聊、枯燥吧？因为他们有戏看了啊！

然而三个当事人却对这些议论一无所知。

姜津津一天都在等待着系统发布任务，可系统最近特别安静。难不成她今天又要跟周衍过贫穷的生活了？

最后一节课是体育课。一般到了高三，像体育课、音乐课这类的科目是没有存在感的，几乎都会换成其他考试科目的老师来上。还好高三生们都有自觉，也有心理准备，可万万没想到的是，今天的体育课居然没被数学或者物理老师抢走！

姜津津还在纳罕，一整天都没出声的系统突然诈尸般出现，发布了第二个任务——

任务②：在四十分钟内被本课老师夸奖。

奖励：现金一百元。

姜津津觉得，这系统是不是看昨天任务完成得太过轻松了？

如果不是体育课，如果是别的课程，完成这个任务是很简单的。当然，她说的不是她，而是周明洋。周明洋每天都会被各科老师花式夸奖。可这节是体育课啊！体育老师她是见过的，基本上能不说话就不说话，酷哥一枚。她觉得这个任务太难了！

姜津津一脸生无可恋，给周衍写了张纸条。

纸条刚传过去，体育老师就过来了，他让体育委员找几个男生去搬一下跳高要用到的设备以及垫子。

姜津津跟周衍对视一眼。周衍猛地起身，想要拦住她。可姜津津已经一个箭步冲了出去，跟上了体育委员的步伐："李子洋，我跟你一块儿去，我帮你！"周衍气死了，也跟了过去。这个任务没完成就没完成，姜女士何必呢？！

李子洋是个害羞腼腆、身材却又十分壮硕的男生，他一听这话，耳根红透了："不，不用了，我自己一个人可以的。"

他力气很大，都不需要找人帮忙，一个人就能搬那些跳高的杆子跟垫子。

姜津津："不，你需要我帮忙！"

她要得到体育老师的夸奖啊！

周衍："……"

李子洋："……"

总之，最后在同学们惊讶的目光中，姜津津帮着李子洋一起拖来了那个很重很厚又有些脏的垫子。

周衍后悔了。早知道就绑定他了！姜女士也就用不着做这些事了！

只可惜，姜津津忙活了这么久，体育老师只看了她几眼，便移开了视线。

姜津津不得不承认，她终究是错付了！她像是被人抽去了心神，懒洋洋地排队站在女生队伍里。

接下来，体育老师让他们挨个跳高。

周衍比周明洋要矮一些，站在周明洋前面，他频频看向另一队的姜津津，难掩担忧。

女生先跳。

姜津津的运动细胞也还算发达。这一次也算是铆足劲，想着那一百块钱，居然超常发挥，她身姿轻盈，做足了准备，在大家震惊的目光中，跃过了跳高杆子！

体育老师都惊呆了，他带头鼓起了掌，姜津津一双眼睛盯着他不放，想要得到夸奖的眼神非常强烈。

体育老师自然也忽略不了，他这才说道："姜津津同学，很棒！"

姜津津憋住的一口气终于松了，一百块到手了！她喜不自胜，第一反应就是跑到周衍的面前，跟他击了个掌！

周衍吹了声口哨，仿佛姜津津拿到了奥运冠军："牛！"

姜津津再看到站在周衍身后的周明洋，自然而然地，也举起手掌对着他，她一脸喜气洋洋，双眸明亮好似星辰。

周明洋也不知道自己是怎么想的。像是有人控制了他的身体、他的大脑一样，他居然也学着周衍那样，跟她击掌。双手击掌，他无比清晰地感受到了她掌心的温度。

其他围观的同学们一脸看好戏的表情盯着他们的互动。

姜津津反应速度很快，跟周衍击掌之后，再去跟周明洋击掌，纯属是习惯使然了。只不过这会儿她突然感觉到气氛陡然凝滞，于是她立马又跟周明洋身后的体育委员击掌。

尽管她及时地找补了，可同学们看他们三个人的眼神还是很意味深长。

周明洋的反应反而很平淡，好像这并不是什么大不了的事。然而只有他心里知道，他的掌心正在冒汗。

今天体育课每个人都要跳高。周衍跟周明洋的运动细胞也还可以，不过周明洋似乎有些不在状态，撞倒了跳高杆子。姜津津可没空关注这对父子俩，她到一边的角落，在口袋里摸到了一百块，这可太令人惊讶了。本来她以为会跟周明洋五五平分的，现在凭空多了五十块是什么情况，她绞尽脑汁地想了一下，终于想出了一个还算靠谱的猜测：她绑定了周明洋，周明洋扮演的角色类似于场外求助。如果是她自己完成任务，那这个奖励是为她单独所有。如果是周明洋完成的任务，那么她会分得一半。

昨天赚到的二十五块已经没剩两块了，今天直接赚了一百块，姜津津看着不远处正在进行热身活动的周衍，顿时决定了，今天也要让他吃好一点。至于未来的事，那不是现在她能操心的。首先要保证有一个健康的体魄，才能去想未来怎么一展宏图是不是？

下课铃响。同学们都往食堂奔去，周衍跟姜津津也不例外。

两人还是像昨天一样，姜津津打了两荤一素的盒饭，周衍点了一碗鸡肉粉。

只不过周衍在食堂找位置的时候，眼尖地发现独自一人坐在一旁的周明洋。

他在周明洋的对面坐了下来，语气轻快地说："没人吧。"

周明洋"嗯"了一声，余光却瞟向了坐在他旁边的姜津津，他下意识地攥紧了手中的筷子。

姜津津看了一眼周明洋的饭，很简单，一个炒鸡蛋一个炒青菜。

三个人在一起吃饭的画面很怪异，却又莫名地和谐。路过的同学都会停下来看他们一眼。

周衍看着周明沣的菜色很简单，他大概是终于良心发现了，自作主张地在姜津津的餐盘里拣了一块肉给周明沣。

周明沣缓缓地抬起头来，奇怪地看着周衍。

“吃啊。”周衍随口说道，“她不介意的。”

给自己老公吃块肉，姜女士怎么可能会介意。姜津津果然是不介意的，只抬头看了一眼，便继续低头认真吃饭。

周明沣看着那块肉，却怎么也下不了筷。他很难不去想，这是她的菜，可能她的筷子也碰过。

到最后，周明沣将白米饭吃完了，也没动那块肉。

周衍怕他浪费，又夹了起来吃进嘴里。

周明沣看着周衍，心中泛起深深的无奈，他都没问自己答不答应。

姜津津很臭美，要洗澡，也要洗头发。周衍每天都要为她打两次热水。

姜津津有一头柔顺光滑的长发，扎着高马尾惹人注目。她吃完饭以后会回宿舍以最快的速度洗头，回到教室时，头发还是半干，带着一股淡淡的花香味道。离晚自习开始还有几分钟，她来到周衍的课桌前跟他闲聊。周明沣就坐在周衍前面，他低头在草稿纸上演算着题目，他的头顶上也有吊扇，使得那股香味萦绕在他鼻间挥之不去。此刻，连最简单的题目，他演算起来也变得困难。他很想转过头跟周衍和她说，快上晚自习了，可不可以不要说话，可他的教养刻在骨子里，令他无法做出这样的举动。他也深知，他没办法对着她那双眼睛说出这样的话。

好在晚自习的铃声响起，教室里的同学们都各回各位。

姜津津拿着一把扇子给自己扇风，嘴里还念叨了一句：“太热了吧，我的天！”

周衍也在低声嘀咕：“就是，江皇怎么这么热！”

正在大家都自觉地从课桌里拿出试卷时，头顶的白炽灯发出“嗞嗞”的声响。

姜津津不明所以，抬头看向那光圈。

同学们习以为常已经有心理准备了！一般电灯有这样的声音，那就代表着停电了。

下一秒，教室果然陷入了黑暗中。

班上的同学们都疯了似的拍着课桌：“停电了！”

大家好像过年了一样，不过在学生时代，学校停电这件事确实比过年还让人高兴！

周衍也被大家感染了。

来到这里之前，他读的都是最好的学校，停电这种事从来没有发生过，就算片区整修电路，财大气粗的学校也都有备用发电机。这是他第一次在上晚自习时教室停电，他叫喊的声音也很大，学着同学拍打课桌。

整个高三年级都沸腾了。

班主任没办法，只好宣布，今天的晚自习取消，走读生回家，住校生只能待在学校，不可以去校外，抓到的话要通报批评。

一中有一大半都是住校生。

整个学校都停电了，这时候回宿舍，那就等于进了蒸笼，所以住校生都会选择在学校里溜达，毕竟晚上室外还有一丝丝清凉的微风。

姜津津跟周衍也不例外，两人准备找个凉快的地方看看星星，周衍一把抓住了周明沣跟他们一块儿。

周明沣不希望事情继续朝着他无法控制的方向发展。

他声音清冽道：“不了，你们自己去吧。”

周衍太过热情，对于这样的同学，周明沣肯定是不讨厌的，可也不想跟周衍走得太近。

周衍看向姜津津：“你看他，天气这么热，搞不好会去买蜡烛看书。”

他爸以后的确是戴了眼镜，不过度数并不是很高。

周明沣戴眼镜或者不戴，都各有特色。不过平心而论，现在的周明沣太过稚嫩也青涩，金丝边眼镜是现在的他驾驭不了的，当然他多半也买不起。

只不过，这样的天气点蜡烛会不会太危险了？！尽管姜津津知道不会发生什么事，不过还是拗不过周衍，她对周明沣说道：“就一起吧，反正也没什么事。”

原本还很坚决的周明沣，居然没再婉拒了。

周衍：“……”

搞没搞错！现在他爸根本不知道他们是谁，但在这样的时刻就已经“重妻轻儿”了？

三个人往操场方向走去。周明沣意外地非常沉默，他也不知道自己是怎么回事。他的沉默并没有影响到姜津津跟周衍的热情，两个人好像当他不存在一样聊着天拌嘴，很奇怪的是，他也没有被忽略的不适，好像他们三个的相处本来就该是这个样子的。

操场也有很多人，还好现在全校停电，路灯都熄灭了，说是伸手不见五指也不夸张，所以，也没有多少人注意到他们三个人又走在一块儿了。

周衍还是有自知之明的，溜达了一会儿后，借口要去厕所便溜了，只剩下周明洋跟姜津津两个人在操场转悠着。

有姜津津在，就不会冷场。刚才周衍还在时，周明洋就是个背景板，这会儿周衍走了，两人也开始聊天。

这似乎是寻常夜晚，头顶是一片星空，但周明洋心中有一种异样的感觉。

姜津津一脚踢开了路边的石子，想起什么，随口说道："也不知道停电对开水房有没有影响，我刚才听到别人说，停电的话开水房也没热水，烦死了。"

虽然说现在天气炎热，可她也不会习惯用冷水洗澡，想想真是有点儿心烦呢。

可能是刚才聊天太过自然，周明洋也没想太多，低声道："我有办法。"

在姜津津心里，周明洋几乎是无所不能的。

哪怕他现在还未满十八岁，但当他说出这句话时，姜津津就已经相信了他，她期待地看着他："真的吗？那我提前谢谢你了！"

周明洋想后悔也来不及了，但他确实是有办法，食堂有个工作人员跟他舅舅是朋友。

学校的开水房设备都是通电的，食堂不一样，食堂是有小灶的，可以烧蜂窝煤，也可以烧煤气。周明洋跟姜津津来到女生宿舍，又在楼下等了她一会儿后，提着她的开水瓶便往食堂走去。

学校为了照顾高三的学生，食堂也会开到很晚，周明洋找到了舅舅的朋友，在对方的揶揄中，给姜津津烧了一壶开水灌上，继而落荒而逃。

他觉得自己的行为一点儿都不像他了。

不过，未成年的周明洋毕竟还是少年，少年只会选择向自己的真实感觉投降、坦白。

姜津津对他总是充满了信心，早就在女生宿舍楼下等着周明洋了，看着他朝自己而来，她小跑着来到他面前，脸上满是生动的笑容："谢谢你啊！"

周明洋提着有些沉的开水瓶，低声嘱咐："滚烫的开水，你当心。"

"嗯！"

姜津津心里是怎么想的，周明洋也一无所知。

她并非是为今天晚上的热水澡开心。她只是在这陌生的地方，感受到了他的关怀，即便他的关怀并不掺杂对她的感情，但依然抚慰了她。

姜津津忍不住在心里念他的名字，周明洋、周明洋……

姜津津像是要给他惊喜一样，她一只手一直背在身后，突然伸出来，手里拿着一瓶冰镇的橘子汽水。

“周明沣，谢谢你。”姜津津大方坦然地说，“我请你喝汽水！”

周明沣下意识地接过了那瓶汽水，汽水是冰过的，冰冰凉凉的触感从手掌心传至四肢百骸。

五分钟后，周明沣握着那瓶汽水往男生宿舍楼走去，他并没有立马回宿舍，而是坐在宿舍花坛的一角，抬头仰望着星空。

等他回到宿舍后，经过一个铁架床，看到周衍的床铺空空的，又环顾了一眼宿舍。

直到这时他才发现了一件很重要的事——他跟姜津津是不是忘了还在操场厕所的周衍？

在周明沣回过神来、在姜津津进了宿舍洗手间洗热水澡时，周衍正在操场喂蚊子。

周衍一边骂骂咧咧，一边找遍了整个操场，也没看到他爸跟姜女士。

毫无疑问，他被落下了。

这两个人良心真的不会痛吗？姜女士也就算了，他爸是怎么回事，他绞尽脑汁不惜借口上厕所来给他爸制造机会，结果他爸转头就把他给忘了！周衍憋着一口气回到宿舍，周明沣正好要出去找他，两人在宿舍门口碰上。

周衍冷冷地说道：“还记得我吗？”

周明沣确实感到抱歉。不过他也实在不懂周衍为什么要对着他发脾气，就跟小孩子一样，用得着吗？

周衍很想控诉一番，不过看着他爸明显冷下来的神情，他只好算了。

就算他爸现在只比他大两个月，但爸爸还是爸爸，他心里还是有些畏惧的。

周衍也很会为自己找台阶下，赶忙说道：“下不为例啊！”

说完后他就赶忙溜进了宿舍，去了洗手间。

宿舍里几个人都在坐等看戏。刚刚看着二周的神情和气场，他们还以为下一秒两个人就要互相抡拳头了，结果好家伙，周衍居然就这么算了！

不只是看客们一脸蒙，不知道发生了什么，周明沣也很纳闷，周衍是怎么回事？

周衍进了洗手间仍然心有余悸。坦白说，他这段时间的确是飘了，变成了他爸的同班同学，本来以为能跟他爸平起平坐了，结果，他爸还是他爸，一个眼神就能让他一秒害怕，他爸的神情一变冷，他就被震慑住了。

晚上的周衍格外老实，也不加入夜谈会了。周明沣虽然不知道周衍到底是怎么回事，但回忆了一下今天的事情，觉得确实是他做错了。

第二天一大清早，周明沣表达歉意的方式也很有限，只是在周衍龇牙咧嘴地拼命挤着牙膏还一无所获时，从自己的衣柜里拿了一盒牙膏给了周衍。

周衍："……"

他一脸受宠若惊："给我？"

周明沣"嗯"了一声。

周衍又问道："要还吗？"

"不用。"周明沣说。

等周衍到了教室后，才后知后觉地反应过来：他爸刚刚是不是在跟他道歉？

第三个任务是在晚自习快结束时才发布的。

任务③：当班上最后一个离开的学生。

奖励：现金两百元整。

姜津津是真的震惊了，这系统怎么回事，回答问题、讨老师喜欢也就算了，还要当班上最后一个离开的学生！

她现在每天都在认真听课，但怎么说呢，跟上大部队对她而言是有些吃力的。不过即便如此，她还是努力地消化着课本上的知识。这个世界她就不敢奢望考什么清大、京大了，除非她重新回到幼儿园开始学习，否则可能性微乎其微。

考不上这样的名门学府，也不能考得太差吧？最起码得上个本科院校才行。还好出社会后英语都是经常用到，没有丢下，现在捡起来很容易，唯一美中不足的是，她现在居然是理科生，理综绝对是她的弱项，语文、英语甚至是数学她都可以在这一年重新跟上，可理综就很困难了……

姜津津继续背着化学公式，恨不得把头发都薅下来。

八点二十整，晚自习铃响起，教室的学生们都陆陆续续起来收拾书包，回家的回家，回宿舍的回宿舍。

姜津津之前已经告诉周衍，自己今天要当班上最后一个走的学生。

两人分工还很明确。其实这个任务一点儿都不难，高三生也不是铁打的，如果是春秋季节倒还好，天气不冷不热，在教室里自习到很晚也能受得了，可现在天气正炎热，教室里也没有凉快到哪里去，自然是要早点回宿舍洗澡，所以，一般不到九点钟，教室里基本上也就没人了。

姜津津将打热水的任务交给了周衍，等周衍给她打好了热水，她差不多就可以离开教室了。

姜津津也跟同桌说了："等下你打热水的时候，帮我把我的开水瓶拿下来给周衍，好不好？"

同桌当然没有意见："好呀！"

说完后，同桌又压低声音说道："我们都觉得周衍对你好好。"

"所以，周衍跟周明洋，你跟谁更要好？"同桌一脸八卦。

姜津津不答反问："你觉得呢？"

同桌想了想，一脸为难："好难选哦。"

同桌觉得，两个都很好啊！两个都长得帅！周明洋的成绩好，周衍对姜津津又是一副付出不求回报的模样，让人很难抉择啊！

"那你先帮我想。"姜津津拍了拍同桌的手臂，"我到时候会参考你的意见。"

同桌果然心满意足，但又陷入了选择困难症中："好，我慢慢想！"

八点四十。

教室里已经没几个人了，姜津津正在消化理综方面的知识点，偶尔会抬起头来确认一下教室里还剩几个人。

逐渐地，人越来越少，教室也越发安静了。

姜津津记下了笔记，在心里默念了几遍绕口的公式后，再次抬起头来环顾了一下教室，发现整间教室里居然只有她跟周明洋了！

等等，周明洋怎么还没走？她坐在后面只能看到他清瘦的背，他正在低头看书写作业。

姜津津很为难。这个任务肯定是能完成的，但她完成，还是他来完成，这是个问题。如果她是最后一个离开的学生，那她能拿两百块。如果他是最后一个离开的，那她能拿一百块。一百块还是两百块，是人都会选择两百块啊。她决定继续等。

可这会儿她已经没什么心思学习了，姜津津趴在课桌上，目光所到之处，是他。不知道为什么，她突然很享受这样的时刻、这样的氛围。

她并没有很强烈的想法，让他现在就喜欢上她。

此时他喜欢她，或者不喜欢她，她都可以接受。回到他的少年时期，她想要的并不是非要现在就成为他爱得刻骨铭心的人。

如果姜津津有所察觉的话，就会发现周明沣并不习惯晚自习结束之后还留在教室里。如果她能发现的话，如果有人能看得到的话，也会发现周明沣在课本上，用钢笔点着“津津有味”这个成语。

周明沣想起了什么，将钢笔帽盖上，站起身来，随着他这个动作，课桌椅也发出了沉闷的声响。

姜津津抬起头看向他那边，心里松了一口气，他要回宿舍了。

周明沣离开之前，不着痕迹地往她这边扫了好几眼，脊背挺直走出了教室，不过他并不是回去宿舍，而是迈着沉稳的步伐去了小卖部，在冰柜里拿了一瓶橘子汽水。

他往教室的方向走去，刚刚走到后门，教室的灯被人关了。他脚步顿住，整个人置身在黑暗阴影中，刚从教室出来的人并没有发现他。

周衍给姜津津打了热水后，便直接来了教室这边接她回去。

两人打打闹闹的声音在这寂静的夜晚尤其清晰，传到了周明沣的耳朵里，他霍然握紧了那冒着水珠的玻璃瓶。

姜津津活动了一下脖子，还在抱怨着：“太难了，肩膀酸得要命，为什么我是高三生啊！化学题我一看就想睡觉！”

周衍探出一只手给她捶了捶背：“好点了吗？”他又说，“你肯定是坐姿不端正。你看我就什么事都没有。”

“鬼知道。”姜津津叹了一口气，“我要是考不上大学怎么办啊？！”

周衍扑哧一笑。

姜津津恼怒，就要去掐他的胳膊。他礼貌吗？有这样笑自己的后妈的吗？

周衍安抚她：“考不上也没关系，我考上就行，大不了以后养你嘛。”

周衍觉得反正总是要给姜女士养老的，从十八岁开始养老，跟从五六十岁开始养老，区别也不是很大。

姜津津：“……”

两人的声音越来越远，越来越轻，直到完全听不到，黑暗中的周明沣才僵硬着走出来。他低头，看着那瓶冒着气的橘子汽水，沉默无声。

姜津津都快走到宿舍楼下了，习惯性地掏了掏口袋，突然发现只有一张一百元。她一脸惊恐，将自己身上所有的口袋都搜了个遍，也没搜到第二张一百元。

奖励不是说两百块吗？她不是完成任务了吗，怎么只有一百块？

周衍见姜津津突然不动了。他也停下了脚步，问她："怎么了？"

姜津津缓缓抬起头看他，脑子里有了一个猜测。只有一百块，意思就是说完成任务的人不是她，是周明沣。

周明沣不是都走了吗？难道他又回去了？

姜津津并没有将自己的猜测说给周衍听。

等周衍走后，她提着开水瓶进了女生宿舍，都快爬到五楼了，想起什么，将开水瓶放回宿舍后，在室友错愕的眼神中又转身往外走，一路快步走出了宿舍，往教学楼走去。此时此刻的校园寂静无声，姜津津也不知道自己为什么要回教室去看看。

就算周明沣是最后一个走的那又怎么样呢。他难道不会自己回宿舍吗？

等姜津津来到教室外时，里面一片漆黑，已经没人了。她内心生起一种微妙的懊恼，抬起头来，看向夜空中的那轮明月，叹了一口气，又重新回了宿舍。

一中的宿舍是两个寝室共用一个洗手间。等排到周衍时，都已经九点二十了，他快速冲了个冷水澡后发现他爸居然还没回宿舍！怎么回事，都这个点了，再过半个小时宿舍就要熄灯了，他怎么还没回？

就在周衍都忍不住想出去找周明沣时，他回来了。神情一如既往地冷淡，然而周衍当了周明沣儿子十几年，对自己爸爸的微表情那是再了解不过的。

周衍判断出，他爸心情不好。或者准确地说，是情绪正处于一个很危险的边缘。为什么呢？谁惹他了？周衍倒是很想去问问，可话还没说出口，他跟他爸的视线对上了。爸爸还是爸爸，就算他爸现在只比他大两个月，他还是不敢招惹。这样危险的情况下，他还是能不出声就不出声吧。

不只是周衍感知到了周明沣的情绪，宿舍其他人也感觉到了，大家默契地保持了绝对的安静，以往熄灯之后，总会聊聊天的几个人今天都不出声了，空气静得都能听到各自的呼吸声，以及翻身时发出的窸窸窣窣的声音。

等到第二天一大清早，周明沣早早地起床离开了宿舍。

周衍还慢吞吞地在洗手池刷牙，跟周衍关系还不错的同学凑过来压低声音问道："你俩昨天是不是打架了？"

语气有些兴奋，有些期待。

周衍："打架？什么意思？"

"难道不是你惹周明洋了？"同学说，"我跟他同班两三年了，可是头一回见他这样，你俩没打架？"

周衍终于跟上了同学的思维，问道："我跟他为什么要打架？"

同学神情诧异："你俩不都争着在姜津津面前表现自己吗？"

周衍："……"

早自习期间，周明洋被班主任叫去了办公室。

周衍这才放心大胆地跟姜津津传纸条："两件大事。第一，大家居然误会我和我爸的对头，救命！第二，我不知道怎么招他惹他了，他昨天晚上熄灯前才回宿舍，看我的眼神像极了看仇人。"

姜津津收到纸条后立即撕毁，绝对不给别人看到的机会，这才又给他回了纸条："昨天晚上，我以为他已经走了，但他应该没走，应该是听到了我们的对话。"

周衍看到纸条内容时，还在暗自嘀咕："听到对话，听到就听到呗？"

等等，他是不是想简单了。正如有人会误会他在姜女士面前表现自己，要跟他爸一决高下一样，他爸会不会也误会了？

周衍陷入了沉思中，越想就越觉得是这么一回事，如果他爸知道他是儿子，那他爸肯定不会想那么多，可关键是，他爸现在什么都不知道。

周明洋被班主任叫到办公室，是来拿钱的。

起因是上个学期他在公交车上捡到了一个钱包，他将这个钱包交给了汽运公司，时隔大半年后，就在他都忘记了这件事时，失主找上门来了，并且给了他一百块作为酬劳。

周明洋："……"

如果他没记错，当时那个钱包里全部现金加起来也没超过一百块。

失主的理由也很充分："现金都是其次，主要是这个钱包是我老婆送给我的第一件礼物，意义非凡！"

周明洋拿着那崭新的一百块从老师办公室出来时，仍然觉得不可思议。

一整天时间，姜津津沉迷学习，偶尔会向学习委员请教问题，还比较正常，另外两个人要多不正常就有不正常！

周衍时不时以一种苦大仇深的眼神看看姜津津，又看看周明沣的背影，继而长吁短叹。

周明沣呢，也没正常到哪里去！中午吃食堂的时候，周明沣居然将生姜当成了土豆，这也就算了，最重要的是他还面不改色地吃了下去，明显就没察觉出不对劲来。

一直关注着这三人“爱恨情仇”的同学们只觉得好精彩！他们都可以脑补出很多情节来了！

姜津津的同桌永远都在吃瓜一线，悄悄地问姜津津：“周明沣跟周衍打架的话，你帮谁呀？”

姜津津想了想，一脸诚恳地问道：“可以站在一旁看戏吗？”

爸爸跟儿子互殴，这不是她这个后妈能管得了的吧？

同桌一拍手掌：“当然可以！啊，我也好想看到两个男生为我打架的场面啊！”

姜津津扑哧一笑：“那你帮谁呢？”

“我可以在一旁拍掌叫好，让他们打得更激烈一点吗？”同桌诚恳地问。

后排有女同学听到了这对话，也参与到了这场讨论中来。

女同学最爱看的是什么，那自然是电视剧里男主角跟男配角你揍我一拳、我踹你一脚。

只不过同学之间聊天也很容易偏题，聊着聊着就聊到了最近播出的电视剧，女主角居然不选择更帅，为了她愿意与全世界为敌的男配角，而喜欢平平无奇还在几个女人之间徘徊的男主角！大家都想问问女主角，要不要抽时间去看个眼科？

“津津你不是近视眼吧？”

“当然不是！”姜津津眨了眨眼睛，“看看我的闪亮眼睛。”

“对啊，不过津津不管是跟周衍要好，还是跟周明沣要好都可以啊！这两个人都很好，换我我也难以抉择！”

总而言之，不管姜津津怎么选，都不会有人质疑她需要去眼科挂号。

姜津津可以没心没肺，周衍却不行。他毕竟跟他爸一个宿舍，说不定以后还要借钱，这关系必须得处理好。

下午时分，班上的大部分同学都去上微机课了，周明沣对这堂课没太大兴趣，老师也不会教什么，而他们也只会在笨重的台式机电脑上玩一下扫雷跟纸牌，很没意思。

当教室里只剩下几个在看书的学生，周衍壮着胆子用圆珠笔戳了戳周明沣的背。

周明沣转过头来，一脸平静无波地看他。

周衍：又来了又来了。

他其实还蛮怕他爸用这样的眼神看他。

“我找你有事，出去聊？”

几分钟后，周衍跟周明沣来到了学校操场，这会儿操场有高一高二的学生在上体育课。

周明沣的语气很平静：“找我有什么事？”

“你是不是对姜女士感兴趣，我是说姜津津。”周衍选择单刀直入，毕竟他也不确定十七八岁的爸爸对他能有多少耐心，在他的认知跟了解中，他爸不是一个喜欢听废话的人，当然，除了姜女士的废话。

周明沣猛地看向周衍。显而易见，他并不愿意回答这个问题，更没必要搭理周衍这个不知所谓的人。

“说完了？”周明沣瞥了他一眼，“那我走了。”

周衍：“不是，你不回答我这个问题吗？”

周明沣心里也很烦躁，这种烦躁是没来由的。

“跟你有关系吗？”周明沣此时此刻说话也很冲。但其实他在话说出口的时候就已经后悔了。很奇怪的是，在这样的时刻，他内心深处依然不讨厌周衍。

说完后，周明沣就想走，周衍想都没想就上去拦住了他，不让他走。

“周明沣，你不是吧，连这个问题你都回答不上来？”这个问题都不回答，那接下来还怎么聊，还怎么跟他打预防针，让他以后知道他们是亲父子时也不至于太怀疑人生啊。

周衍很想说，爸爸，你就算不放心天底下所有的男人，也该放心我啊！

两个人这阵仗，落在几十米远以外的同学眼中，那就是要打架的迹象。

虽然在千禧年，手机并不常见，学生更是没这玩意儿，但这不影响消息的传播速度。

在微机房里，姜津津正饶有兴致地听着同桌背五笔口诀。

她落伍了。她只会打拼音，现在流行的五笔她一窍不通。

不过她记性好，也可以背一下五笔口诀，或许以后也可以试一下双拼全拼，看看哪种打字速度更快，现在外面有些电脑房是招打字员的，她完全可以寒假暑假的时候去兼职。

正在畅想未来的时候，突然有人闯进了微机房，发出的声响足以吸引所有人的注意。

大家齐齐抬头看向门口。

有个人气喘吁吁地说："周衍，周衍跟周明沣要打起来了！"

实际上，周明沣听了这个在他听来充满了挑衅意味的问题后，语气冰冷且不耐烦地问："跟你有什么关系？"

你以为你是谁？

周衍脱口而出："我的家事，你说跟我有没有关系？"

周明沣抬起头看向他，那眼神，那视线，让周衍联想到了一个表情包，他愿称之为"死亡凝视"。

周衍被这个眼神吓到了。

他知道，如果一分钟内他没将这事情解释清楚，恐怕……

"你别这样看我。"周衍语速奇快，"我说家事，跟你想的是不一样的。我跟姜津津的关系很复杂，一句话两句话说不清楚！"

他加重了语调："但是，我和她绝对不是你之前想的那种关系。"

这句话果然引起了周明沣注意，不过也只是淡淡地瞥了周衍一眼。

周衍被鼓励到，也不卖关子了，抓紧时间解释道："我对她，跟你对她的感觉是完全不一样的。她对我而言是非常重要的人，不过我对她没有你误会的那种感情，唉，这么跟你说吧，她以后的老公，我是可以喊爸爸的。"

他暗示得已经很明显了吧？她以后的老公，就是他爸啊！

周明沣以一种非常怪异的眼神看着周衍，几秒后说了一句话："神经病。"

他的确觉得这是神经病才说得出口的。什么叫姜津津以后的老公他可以喊爸爸，毫无逻辑，思绪混乱，神色癫狂。

他并不想继续这场毫无意义的谈话了，他往前走，周衍跟牛皮糖一样跟了上来，还在他耳边喋喋不休："我发誓我说的都是真话，反正你只要记住一点，我跟她不是你们误会的那种关系。真的，你想想看，如果我真是那样，前几天晚上我何必给你们制造独处的机会，那我不是脑子进水了吗？"

周明沣停下了脚步："别说了。"

周明沣的态度还是冷淡的，不过比起之前那个死亡凝视，都算得上是温暖如春风了。

周衍心里有数，他的话，他爸还是听了进去。

他再接再厉道："还是那句话，她是我特别重要的人，但不会是我的……"

好家伙，他说这些话自己的胳膊上都冒了很多鸡皮疙瘩。谁会把他跟姜女士联想到一块儿啊？！他现在为了解释说这些话都觉得太恶寒了。今天的鸡肉粉都要吃不下去了！

正在他心里疯狂念叨时，只听到他爸突然问道："那她呢？"

他诧异地看向他爸。

周明沣在问出这个问题后，已经后悔了，十七八岁的他，远远没有三十九岁的他的心机城府以及成熟老练，面上竟然也会乍现懊恼之色，这令周衍感到稀奇。

周明沣加快了速度往前走。

周衍在原地怔了怔，果断地跟了上去，压低声音道："你问她对我？我这样跟你说吧，全世界男人死绝了，她都不会对我有那种感情。"

周衍依然在心里狂念，为什么他爸会这样误会她！为什么他又非要解释这么多，关键是他一边解释一边冒鸡皮疙瘩。

周明沣的神色已经和缓了许多。

周衍却不想再继续这个话题了："总之时间会证明的。不过，她对我是非常非常重要的人，所以，你想和她做朋友，得过我这关，知不知道？"

说到后面时，周衍已经有些得意扬扬了。

周明沣有些奇怪纳闷。周衍看起来不像个正常的人，说话也是颠三倒四的，可不知道为什么，周衍说的话，他听了也信了。

等到几个想来看戏围观二周打架的同学们过来时，看到的就是这一幕。他们上看下看、左看右看，这两个人也不像是打过架的样子啊！

周衍为了打破谣言，居然壮着胆子将手搭在周明沣的肩膀上。

围观的同学全都震惊了，这什么情况？！

周明沣目光冷淡地扫了周衍一眼，周衍压低声音解释道："不能让姜女士担心，她如果知道我们俩不和，她会伤心的。"

姜津津根本就没担心，她在微机房跟同桌请教着五笔口诀，早就将"二周"都抛在了脑后。

血缘亲情这种事，不是适合每一个家庭，却很合适用在周家这对父子身上。她相信，即便周明洋没有记忆，即便周明洋什么都不知道，他的潜意识里，他的内心深处，还是很关心他的“好大儿”的，不然为什么他会借给周衍三块钱？就算周明洋什么都不知道，这不还有周衍吗？人家父子俩的事情，她掺和进去做什么呢。她只是很意外，意外周明洋的注视，意外少年时期的周明洋会对她上心。

这天之后，周衍经常会偷懒，将给姜津津打热水的任务交给周明洋。

让知道内情的人很震惊的是，周明洋居然没有拒绝。

于是，现在给姜津津打热水的人变成了周明洋。

十次里面，总是有七八次是周明洋帮她打，以至于现在姜津津的同桌直接叛变，改为支持周明洋，理由也很充分：“津津，我现在还是觉得周明洋比周衍要好一点。”

姜津津问：“为什么呢？”

“第一，你没看到早操排队的时候，周明洋站在周衍后面吗，这证明他比周衍要高。

“第二，我觉得周明洋长得比周衍帅一点……”

后排的女同学插话了：“哪有，明明周衍更酷一点！”

有人觉得周明洋更帅，有人觉得周衍更帅，但总的来说，觉得周明洋更帅的人占多数。

“第三，周明洋的成绩可比周衍强多了！”

这一点就没人反驳了。

周明洋从高一入学开始，不管大考小考，每次都是年级第一，只要他高考正常发挥，绝对能考清大、京大。

周衍嘛……不说也罢，是绝对没办法跟全校第一的学霸比的。

“以前周衍还经常帮津津打热水，现在都懈怠了！反正，我支持周明洋。”同桌下了结论，“不过，津津，你不要急着选，可以多比较比较的，兴许以后会出现一个更好的呢！”

路过的周明洋：“……”

事实证明，不管是少年周明洋，还是老男人周明洋，表达心意的方式都很内敛，也很实际。

他不会在口头表达什么，但他会将笔记借给她，会去开水房为她排队打热水，也会给她买冰镇过的橘子汽水。

她遇到不懂的题目，他也比谁都耐心地给她讲解。

这天晚上，周明沣为姜津津打了热水后，姜津津提出来一起去操场溜达散步。

周明沣当然不会拒绝，尤其是周衍还没在场的情况下。

姜津津偶尔会侧过头看周明沣一眼，他没有戴金丝边眼镜，脸上也没有从容的笑容。

“周明沣，你以后想考什么大学？”姜津津问。

很多人都问过周明沣这个问题。

周明沣有时候会回答，有时候也只是笑笑。当姜津津问他这个问题时，他骤然之间，内心有一种不知所措的情绪。他想知道她为什么会问这个问题。

姜津津却没等他回答，又继续问他：“你看我这成绩，能考个什么学校？”

周明沣一下子说了几所燕京的大学，其中就有姜津津之前的母校。

他还是一如既往地实际，在她还不知道的时候，就做了这些事。

姜津津笑道：“离清大好像都很远吧。”

周明沣沉默了片刻，说道：“还好。”继而他沉声道，“我看过燕京的报纸，也查过线路图，燕京很大，不过交通也很发达。”

“你这么有自信吗？”姜津津笑出了声来。

这么有自信以后她一定会被他追到，所以连以后使用什么交通工具，或许连以后见面的次数都推算出来了？不过，还真是周明沣的风格啊。

周明沣沉默了，他一点儿自信都没有。只是习惯性地想要去做这些事，也想去了解这些事。

“说说你未来的人生计划吧。”姜津津又道。

两人围着操场走了一圈后，周明沣才开口说道：“我想考清大。”

“嗯，我觉得你会考上。”

周明沣的心情因为她这句话轻松起来：“上大学后，如果不那么忙的话，我想找点事情做。”

“创业吗？”

周明沣听到“创业”这个词却是一笑：“这是比较高端的说法。”

“那俗气的说法呢？”

“多赚点钱。”周明沣停下了脚步，“所以，上大学后会很忙。”

他也有自己的想法，承认坦白自己的内心，这不是羞耻的事。上大学后会很忙，那么就想趁着现在还不算很忙的时候做一些事。比如，这样悠闲地散步。

“那如果我想去申城念大学呢？”姜津津明亮的眼睛盯着他，“其实申城也有很好的学校，你要不要看看？”

周明沣顿住。

姜津津也不退却，跟他对视。

这让周明沣有一种“如果他拒绝了，她也不会再理会他”的感觉。

可是，申城从来都不是周明沣的选择，他甚至都没想过。

长达一分钟里，两人都不说话，似乎是陷入了僵持中。

最后周明沣选择了诚实：“申城很好，你想去那里念大学的话也很不错。

“不过，我还是会考清大。”

这一次，他说的不是“想”而是“会”，他对考上清大这件事无比笃定，无论是谁，都不会改变他的计划、他的目标。

姜津津反而松了一口气。她提前出现在他的人生中，其实是已经改变了顺序。她深知他的人生理想，也深知他的抱负，所以，她只想在一旁看着。可是，事情也并不是像她想的那样发展。

他将她拉到了他的青葱岁月中。她虽然有一种微妙的惊喜与愉悦，却也担心会因为顺序的改变而影响了他的人生，所以，她故意丢了一个这样的难题让他回答。

现在听到他的话语，她才终于有一种感觉，一种安心的感觉。

这就是周明沣啊，他不会为了任何人改变他的人生方向。

周明沣凝视着她，手心出了些汗，他低声道：“申城跟燕京，我知道离得不近，不过也不算什么。刘老师说，未来几年内，国内可能会建成高速铁路，速度会很快，比火车要快得多……”

说着说着，他居然跟她讲了什么高速铁路的原理以及速度，还有物理书上关于磁悬浮列车的知识点。

直听得姜津津一头雾水后，他才下了结论：“或许未来，从燕京到申城，坐车也不过就几个小时能到。飞机、火车、高速铁路，会让距离不再是问题。”

“所以呢？”

“所以，距离不是问题。”周明沣说，“有问题的是人。”

是人的心，以及人的钱包。

“但我觉得，我没问题。”光是这一句话，就已经用尽了周明沣的勇气。

他毕竟也没捋清楚自己对姜津津的感觉从何而起。他毕竟不过是十七八岁的少年，并没有成熟到可以从容面对感情。他只知道，这个人，对他而言，有着一种强烈到他无法忽视的吸引力。

周明沣的心意来势汹汹，也丝毫没有掩饰。

周衍算是离周明沣最近的那个人了。两个人是前后桌，又住同一个宿舍，对于周明沣的种种行为，周衍看得最清楚了，也忍不住感到震撼。

每天给姜津津排队打热水，那是基本操作。不止如此，周明沣还将自己的饭卡给姜津津用。有一次周衍好奇，跟着姜津津一块儿看了眼他饭卡里的余额，也是被吓了一跳，他爸该不会把全部身家都充了进去吧？！

当然姜女士还是很有自己的原则的。周明沣的卡她会刷，但每次金额都很小，超过三块钱，她都是拿自己的卡。

而周明沣同学呢，每次看到姜津津刷他的卡，脸上总会流露出一种满足的神情。

事实证明，无论是哪个年龄阶段，周明沣对姜津津的好、对她的心意，都是用实际行动去证明，从来不搞虚的，这也就导致了围观了这一切的周衍，也难以克制地产生了一种微妙的情绪。

以前，他一直以为他爸是历尽千帆后爱上了姜女士，是天时地利人和。可是现在他才发现，不是那样的。

原来无论什么时候，周明沣只要碰到了姜津津，他就看不到其他人。

姜女士是他爸的命中注定。他在十七八岁青涩稚嫩的时候遇到她，会对她心生向往；他在三十九岁成熟老练的时候遇到她，也会爱上她。

周衍的心情有一些怅然，具体为什么他也说不上来，总之，就如同这秋日的天气，有些萧瑟。

姜津津又怎么会不懂周衍的心思呢？

国庆节高三也是要放长假的，正好这段时间，她也通过这个系统赚了一些钱，在放假的前一天晚上，她让周衍简单收拾一下行李，两人来了火车站，买了两张去往燕京的火车票。

站在人来人往的火车站，周衍还有些无所适从。直到上了那绿皮火车找到了座位后，周衍才找回真实感，语气里带了些不可思议："我们俩去燕京？"

姜津津很坦然地点头："嗯，我想去看看，这个世界有没有姜津津。"

如果有的话，那个姜津津多大呢？应该还是六岁不到的小可爱吧。如果没有的话，那也没关系，她想去看看千禧年的燕京是什么样子，想看看记忆中的童年。

姜津津侧过头看了周衍一眼："我看你一直在翻燕京的报纸。"

周衍沉默了。他爱他爸，爱姜女士，也爱给了他生命的妈妈。所以他想看看年轻时候的妈妈。不过他没有将这话说给姜津津听，怕她会吃醋，也怕自己会不小心泄露了最为真实的情绪。其实这段时间，他偶尔也会为妈妈鸣不平，如果他爸不管什么时候都会那样炙热地喜欢姜女士，那他妈呢？

姜津津轻声道："我也想看看钟菲年轻时有多酷。"

周衍抿唇道："嗯。"

千禧年的交通果然没有后来那样发达。两个人都坐了两天一夜的火车才到达燕京。

这时候的燕京也很热闹。两个人现在还未成年，自然是事事都要小心，凭借着记忆，两人的第一站是书中姜津津原来的家，非常可惜的是，就像她猜测的那样，这个世界上只有一个姜津津。她没有看到儿童时期的姜津津，实在是一种遗憾，她很想抱抱那个她。

天色渐暗，两人又来到了钟家。

钟家在老城区的胡同，说来也巧，两人刚拐到一条路上时，便看到了不远处的一对年轻男女。

周衍几乎是贪婪地看着那穿着牛仔服一头利索短发、年轻又靓丽的女生。

那是钟菲。

另一个男生有些面熟，周衍仔细瞧了又瞧，才看出来那是他的继父方霍。

方霍比钟菲还要小一岁，剪着板寸头，他死皮赖脸地拉着钟菲不放，在口袋里摸了又摸，摸到了一袋子糖给她："进口的，特别好吃。"

钟菲无奈道："我不要。我要回去学习了。"

方霍"嗯"了一声："你是不是要考清大？"

不等钟菲回答，他自嘲一笑："我爸让我去部队锻炼。"

"哦。"

"我本来是不想去的。"方霍说，"不过，我想试试走别的路，以后争取出人头地。”

钟菲看似没什么耐心，却也没走，站在路灯下听他说着。

“我答应我爸了。钟菲，我要走了。”方霍说，“以后不能天天跟在你身后，送你回家了。”

钟菲没能忍住刺了他一句：“谁要你送。”

“不过你放心，我跟强子他们说了，没人敢欺负你。”方霍絮絮叨叨地说了一大通。

躲在另一边角落的周衍跟姜津津都快站麻了，两人一个对视，都很无奈。尤其是周衍，他记得他继父话也不多啊。怎么年轻时倒是废话连篇的呢？

最后在周衍即将暴走时，方霍终于低声道：“你等我，好不好？”

钟菲看着方霍：“不好。”

方霍似乎并不意外这个回答，笑了笑：“那我等你。”

周衍一怔，悄悄地探出头看了一眼，路灯下的两个人都没察觉到有人在看他们。

在周衍的记忆里，他也从未见过妈妈露出过那样的神情。

突然之间，周衍就释然了。

跟姜津津在回旅馆的路上，他问了这样一句话：“我的出生会不会是一个错误？”

他发现，如果没有他的话，他的父母都会过得更好。

他的爸爸周明沣会碰到最爱的人，他的妈妈也一早就碰到了属于她的命中注定。如果没有他，他们会不会过得更好？一定会的吧！

姜津津笑他，路灯拉长了两人的身影，她说道：“怎么会呢？”

“你爸爸很爱你，你妈妈也很爱你。因为你，他们的人生见过了另外一种风景，不是吗？”姜津津说，“他们也并没有因为你而束缚自己啊，所以不要说这种话啦。”

周衍果然就被安抚了，他的出生不是错误。

旅馆的条件不是很好，但他们也没有更多的钱去住好的酒店。为了保险起见，两个人住在一间房里，对外宣称是兄妹。在周衍洗澡的时候，姜津津来到旅馆一楼买东西，不经意地瞥见了电话亭，这个时候打电话长途跟短途收费不一样。今天去钟菲家时还路过了清大，她带着周衍进去晃悠了一圈，想到周明沣未来会在这里度过四年，她心里很期待也很开心。

她也选择了诚实地面对自己的心情。在长途电话那个窗口排队等了一会儿后，终于排到了她。她拨通了周明沣家里的座机。

周明沣现在是住在他舅舅家里，很可惜的是，那位以后非常慈祥和蔼的舅妈说周明沣不在家。

姜津津挂了电话，结了账后回了房间。她有些纳闷，他去哪里了？

旅馆条件不是很好，房间内都有些潮湿的气味，两人都睡不着。

与此同时，周明沣在姜津津和周衍所在的福利院外面溜达了很久，也没碰到姜津津，干脆回家。刚回到家，他就听舅妈说起有位叫姜津津的女同学打来电话问他题目。

周明沣心口一跳，表面还算镇定，等舅妈离开后，他赶忙看了一眼座机上的来电记录。一看区号是燕京，他愣了一下。她居然去了燕京吗？难道是在燕京有什么亲戚？

他坐在座机旁，等待着她再次打电话过来，其间忍不住回拨过去，但被人告知是一个电话亭。

他也不知道自己是怎么犯了傻，干坐在座机旁等着，这一等又是一个小时。明知道她再次回拨的可能性微乎其微，但他还是想等等。

后来舅妈都进来看了好几回，周明沣还是硬着头皮盼着座机再次响起来。

姜津津跟周衍在房间里看着电视剧，不经意地瞥了一眼时间，想起什么，她又穿上外套起身。

周衍看一部武侠剧看得津津有味，他完全没想到以前的电视剧这么好看！

“干吗去啊？”周衍问道。

姜津津说：“打个电话。”

周衍没再追问了，用脚指头想都知道她是给他爸打电话，忍不住嘀咕了一句：“你俩腻歪不腻歪？！”

姜津津走出房间，来到旅馆一楼，再次坐在长途座机前，深吸一口气，拨通了他家的座机号码。

这一次，居然只响了一声，那头就接起了电话，好像他在那边已经等了很久很久。

两个人都没有说话，沉默了几乎一分钟之久，姜津津才主动开口说：“我跟周衍来了燕京，嗯，有点事情。”

周明沣“嗯”了一声，握着话筒的手带了些薄汗。

姜津津又说："我来了你以后的学校。"

周明沣问："什么？"

"清大。"

周明沣有些想笑，她好像对他很有信心，认为他一定能考得上。

"这里很好。"姜津津说，"听学生说，宿舍条件很好，然后食堂的饭菜也特别香，尤其是麻辣香锅。"

周明沣："嗯，以后带你去吃。"

两人聊了些有的没的，聊到后面排队的人来敲窗户，姜津津这才挂了电话。

国庆之后，他们又回归到了略显枯燥的高三生活。

周明沣每一天都很开心，那种开心的感觉，前所未有。同时他也很敏锐地感觉到，这样开心的日子，仿佛是在走钢丝一样。

星期五晚上不用上晚自习，天气转凉，周明沣跟姜津津带着周衍去逛街，三人组合很怪异，却也很和谐，班上的人都逐渐接受了他们三个人总是同进同出。

三个人经过了一家眼镜店。

周衍一时兴起，想去测量一下自己的度数。

三人进了店里，在周衍测量度数时，姜津津在一旁逛着，突然看到了一副金丝边眼镜。

跟后来周明沣的其实也不一样，但她还是拿了起来，正好周明沣就在她的身旁，她笑着将这副眼镜给他戴上。

看着戴着金丝边眼镜的周明沣，姜津津有些恍惚。她笑了笑，神情很温柔，也很生动。

不过周明沣的心却直直下沉。他觉得，她好像是透过他在看着另一个人。

周明沣是最近才有这样的感觉。他甚至有一种姜津津其实并不属于这个世界的错觉。她偶尔会失神，偶尔会用一种他看不懂的眼神看他，又或者说是，在看别人。周明沣的心，仿佛是泡在柠檬水里一样，酸涩、难堪，却又忍不住想靠近她。

他低头取下了那一副金丝边眼镜，重新放回橱柜里。姜津津一愣，垂眸掩饰了脸上的真实情绪。眼镜店的这一出，两个人都没有再提起。

高三生的生活基本上都不会太有趣，三个人走出学校来到街上逛了一圈后，去了中医院附近的一条小吃街，这里有一对夫妻卖的馄饨味道特别香，三个人坐在塑料棚里吃着砂锅小馄饨，别有一番风味。

当然，毫无疑问的是周明沣埋单。

周衍跟姜津津在他掏钱的时候，神情也都很坦荡。

这天过后，周明沣的心情一直都处于低潮阶段。他心里发闷，却也不知道该怎么说出来，好在他一直都是一个意志坚定的人，这样的困扰、这样的酸涩也不会影响到他，他还是会专注学习，尽量提高分数，另外一边对姜津津还是一如既往地细心妥帖。

一大清早，周明沣天没亮就起床，走出了宿舍。

学校的保安也认识他，对他印象很好，所以周明沣这个住读生走出校门，他们都是睁一只眼闭一只眼。

周明沣步行了二十分钟终于来到了一家早餐店，买了两份早餐。

一份是羊肉粉，一份是普普通通的素粉。不用说，羊肉粉是给姜津津带的，素粉是给周衍带的。

因为这一份素粉，周衍终于良心发现自己对爸爸是不是有些疏忽。他以为他爸爸是学习压力大才会一天比一天沉默，想了想，便约他爸来了后山聊聊天，本来他也约了姜津津，可姜津津沉默了几秒后拒绝了。

周明沣一开始是不愿意的，可也拗不过周衍。

对周衍来说，这可能是头一次的体验，跟爸爸一块儿躲在后山谈心，光是想想都振奋啊！

周衍还带了几罐饮料。两人一边聊一边喝着，周明沣也终于透露出他那难以启齿的晦涩感。

他只是问了一个问题："她是不是……把我当成别人了？"

周明沣突然觉得自己也挺可笑的，如果答案是肯定的，他就不会去关注她，不去看她吗？好像有点难。

周衍嘴里还有饮料，被这话问得险些呛到，好不容易平复好心情，他诧异地看了周明沣一眼："你怎么会问这个问题？"

周明沣顿了顿，握紧了易拉罐："我能感觉到。"

"你什么感觉？"

"她把我当成了另一个人。"

周衍无奈地问："那你说那个人是谁？"

"总之，不是我。"

周明沣在说话这话时，犹如自虐一般。

“你想太多了。”周衍拍了拍胸脯，“我拿我的性命跟你保证，她没有把你当成别人，眼里的你就是你，是周明洋。”

可周明洋似乎没有将这话听进去。

周衍看到周明洋的反应，也有点急了，悄悄地找到姜津津，说了这件事。

姜津津闻言笑出了声：“还真是周明洋。”

她觉得就算他今年只有十七八岁，他的感觉还是那样敏锐。唉，明明她现在心理年龄比他要大，却还是糊弄不过去，最终还是被他发现了啊！但不知道为什么，她心里是开心的。

“什么意思？”周衍问她，“你跟我爸究竟怎么回事啊？”

他们怎么还跟演电视剧似的，好像不闹出点误会来，这日子就过不下去了一样。

“没什么。”姜津津靠在走廊的栏杆上，遥望着天边的夕阳，侧过头，低声说：“我只是很想你爸爸。”

周衍刚想说，肉麻不肉麻，天天见面还说想……话到嘴边，他猛然想到什么，看向姜津津。

她只是依然看着夕阳。他突然明白了他爸爸的晦涩难受，也明白了姜津津说这话的意思。正如少年时期的周明洋会被姜津津吸引一样，她也会注视少年周明洋。

只是……她爱的是三十九岁的他。

周衍莫名有些难过，撇过头，别扭地说道：“真是麻烦啊！”

大人也太麻烦了吧？十七八岁的周明洋，跟三十九岁的周明洋有什么区别，不都是他吗？

姜津津莞尔一笑：“是啊，是很麻烦。”

所以她一开始并不想进入到他的人生中，她只想在一旁看着。可这个问题太过棘手。

周衍看着周明洋继续每天快乐并痛苦着，也实在是有心无力。该怎么让他爸相信：姜女士没有把你当成另一个人，那个人从头到尾都是你啊！

入冬的晚上，周明洋提着两个开水瓶排队打热水。

姜津津听说在开水房大家会聊很多八卦，并且里面还很暖和，她也一起跟了过来。

在开水房里听了其他班的八卦后，姜津津终于心满意足，跟着周明沣离开开水房，从开水房到宿舍楼是有一条小道，不过学生们基本上都不会走，因为有些偏，路灯也是坏的。两人走的是这条小道，当然是周明沣刻意指引的，公共浴室现在还没开放，这一处尤其安静，安静到都能听到彼此的呼吸声。

周明沣突然停下了脚步。

姜津津走出几步后才发现，转过身来。

他放下了开水瓶，在她错愕不及时，站在她身后，胸腔里是无处发泄的种种情绪，他忍不住，也受不了。

姜津津怔了怔，她很想告诉他，她不是若即若离，也不是忽近忽远，可该怎么说呢？

不过十七八岁的周明沣，跟日后还是有很大的区别。现在的他，也只是一个既想保持自信，但在很多个不为人知的时候又会卑微的普通少年。

周明沣声音沙哑，又小心地问了一句："你在意我吗？"

这个问题，他很早前就想问了，但碍于羞耻感，他问不出口。不等她回答，他自己就坦白地说："我很在意你。"

"我也一样。"姜津津轻声回答。

如果不是在意，又何必默许他的靠近，又何必惴惴不安这是否会改变他的人生方向？

"那就够了。"

江皇的冬天很冷，是那种寒气钻入骨头的冷。

更让姜津津和周衍抓狂的是，江皇居然没有暖气！

这简直就是要了人的老命，夏天秋天都还好，忍忍也就过去了，可冬天怎么忍？！周衍也一样，如果不是为了仪态，如果不是怕姜女士赏他一拳，他真想化身为缝纫机抖腿取暖。

食堂就是整个学校最暖和的地方。

早自习之后，三个人来到食堂，周衍一脸生无可恋地问："这样的温度要持续多久？"

周明沣想了想，回道："按照以往的规律，可能要四月份时才会彻底回暖，二三月份倒春寒也冷。"

现在才一月初……那不是说还要冷两三个月？

老天爷啊！姜津津痛苦闭眼，头抵着周明沣的背。

周明沣感受着她的动作，唇角微扬，站直了身体，让她继续靠着。

“其实也还好，热水袋不够用吗？”一入冬，体贴入微的周明沣就给怕热也怕冷的姜津津准备了热水袋，每天厚着脸皮去宿管阿姨那里充电，充好了再揣在怀里送去女生宿舍。

姜津津抱怨：“每天到半夜热水袋就不热了。”

周衍扭过头来对周明沣说：“别搭理她，谁不是这么冷啊！”

好意思说，他连热水袋都没有。什么血缘，那都是不靠谱的！如果他爸知道他们的关系，那准备热水袋的时候必然不会忘记他。唉！

姜津津轻哼：“周明沣，你看看他！”

周明沣：“……”

他感觉很头疼。其实相处久了就会知道，周衍这人虽然说话挺让人摸不着头脑，不过他说的话都是真的。

周衍跟姜津津的关系，并不像最开始他猜测的那样。两个人没有什么情愫，反而每天都很幼稚地吵嘴。总之，他信了周衍的话。

“周衍，你别这样说。”周明沣开口了，声线略显低沉。

周衍无语死了：“我跟你现在是兄弟。”

别用那种对儿子的口吻行吗？你不是什么都不知道吗？

周明沣居然也破天荒地开了个玩笑：“你昨天说的话我很赞同。”

姜津津好奇询问：“什么话？”

昨天他在宿舍抱怨周明沣“重色轻友”。

其实他更想说“重妻轻儿”。后来他又补充了一句：“周明沣肯定是那种为了女朋友插兄弟两刀的人，还能面不改色地插第三刀。”

周明沣哄她：“糊涂话，不听为好。”

姜津津打了个哈欠，眼眶一圈微红：“这日子确实不是人过的。”

这话周衍跟她很有共鸣。高三也不是不能过，咬咬牙就好了，可这是什么生活条件？要空调没空调，要暖气没暖气，宿舍里居然连个插座都没有，到点儿就熄灯。

正在三个人排队买早餐时，班上第二名经过他们身边，以一种一言难尽的眼神审视着他们。准确地说，是审视姜津津跟周衍。

班上第二名是一个戴着眼镜的男生，平日里话不多，不过学习非常刻苦，据说他都是熄灯之后还躲在被子里打着手电筒看书，这才把眼睛熬坏的。

第二名平日里也不怎么跟同学们打交道，倒不是说性子清高，而是没时间。

他家境比周明沣还差，一家子都盼着他能考上大学，他自然是不能辜负了家人的期待，一天恨不得当成两天来用。好在他成绩还不错，虽然头上顶着一个怎么也越不过去的周明沣，但老师们对他也有很深的期望。

在很多人眼里，常年第一名跟第二名的人之间，肯定是有那么一些微妙的矛盾，然而实际情况不是这样。

这第二名叫戴凡，要论起周明沣和姜津津要好之后最着急的人是谁，那莫过于他了！

就连班主任和周明沣的舅舅都没戴凡这样操心，之前每次戴凡看到周明沣跟姜津津在一块儿玩，那眼神、那表情，都可以用“痛心疾首”这四个字形容。

戴凡当然是想考第一名，但他也不想眼睁睁看着昔日的强劲对手懈怠，以至于成绩一泻千里。

几次他都想鼓起勇气跟周明沣说：就不能专注学习吗？等到高考后你们有的是时间。

总而言之，在戴凡心里，姜津津实在是耽误人。当然，成天插科打诨的周衍也没好到哪里去。

只不过，令所有人意外的是，周明沣的成绩不仅没有倒退，反而在稳步上升。班主任都惊喜不已。

全校师生都知道，周明沣是绝顶的好苗子，一中能不能在这届高考中大放光彩也就看他了，所以，班主任包括各科老师都格外关心周明沣的成绩，每一次考试之后都会对着他的试卷分析又分析。周明沣的成绩一向稳定，只不过……如果用武侠小说来形容，那就是他稳定在一个阶段后突破便很慢了。

可是！他最近像是冲破了这一关，进步神速。以前第二名一般都会少他二十多分，这一次考试，差距又一次拉开了。

这天，姜津津跟周明沣一块儿去开水房打热水，两人都习惯了走那条小道。

慢悠悠地，能说一会儿话。这对周明沣来说，就是充电时间。

姜津津从刚来时就绑定了学习致富系统，赚的钱越来越多，前两天她也不知道是怎么想的，突然就将这笔钱捐给了所在地的福利院，当然是以一种匿名的方式。她感觉到，她要离开了。

本来想将这笔钱给周明沣的，但研究之后才发现，正如她跟周衍无声无息地来到这里，周围的人像是自发地接受了他们的存在，那当他们离开时，所有人也都不会再记得他们来过。周明沣也不会记得。但是以他的性子，手上多了一笔钱一定会怀疑的吧。

这一次的梦境，仿佛一段真实的旅程，给了她很多的信心，以前每次听到周明沣计划未来的养老生活时，她总会有一种飘忽的感觉，她没有那个信心能跟什么人白头到老，所以她听他说那些时，都没有什么参与感。可是现在，她好像不一样了，她发现她对周明沣的感情，比她想象的要深厚许多。

看，她连他忘记她这件事都能接受，只希望他未来安好，只希望他得偿所愿、梦想成真。至于他会不会忘记她，好像也没那么重要了。

寒风凛冽，姜津津突然停下了脚步。

周明沣走出几步后也停了下来，脸上带着笑容又来到了她面前。

“周明沣。”姜津津开口，神情温柔专注地看他。

周明沣突然愣住。

其实之前，他患得患失，是因为他觉得，她用这样的眼神看的人不是他，而是别人，可这一次不一样，他无比清晰地感知到，她看的人是他，是他。

他内心被一种莫名的情绪包裹着。

“我在明天等你。”

说着姜津津靠近了他，踮起脚尖，和他拥抱了一下。

周明沣惊慌失措。

一瞬间，整个世界似乎静止不动了。等那片可怜的树叶在空中打着旋儿落下来的那一刻，周明沣看了看四周，神情茫然，他怎么会在这里？！这条小道他从来都不会来的，他怎么会在这里，难道真是学习到忘我了，连什么时候走来了这里都不记得了？

小道上除了他以外空无一人。他心里骤然空落落的，仿佛失去了很重要的东西。这种孤寂跟寂寥，险些要将他整个人淹没。耳边似乎有人在说“在明天等他”这句话。

周明沣在原地站了许久，终于拖着步伐回了宿舍。在路过那个空着的床铺时，脚步顿了顿，却也无心关注。

接下来的日子里，他迎来了春暖花开，也迎来了百日誓师，最后一人跨过高考，来到了清大。他终将走上属于他的路，无人能阻挡。

姜津津醒来的时候，是躺在一个熟悉的怀抱中。

她睁开眼睛，看着熟睡中的周明泮，不是年轻的了。

她小心翼翼地探出手，点了点他高挺的鼻子。很奇怪，为什么他的睫毛会那么长？睡梦中的周明泮感觉到有人在作乱，探出手摁住她，这才懒洋洋地睁开了眼睛。四目相对，姜津津很黏人地凑了上去，抱着他的脖子，在他的侧脸上蹭了又蹭：“真是想你啊。”

周明泮目光深邃地看着她。

正当姜津津想主动去亲亲他时，门口传来了急促的敲门声。

姜津津：“……”

周明泮也很无奈。

他只好起身，穿上了睡袍，在下床时，瞥见床头柜的金丝眼镜时顿了顿，却也从容地戴了起来，打开门，果然门口是顶着一头乱糟糟头发的周衍。

周衍一见到他爸，险些脱口而出那一声“周明泮”。是的，他做了和姜津津一样奇怪的梦。还好他及时地看到现在很成熟的爸爸，这才生生改了口：“爸。”

他之前已经习惯了叫他爸的全名，那样的好日子已经结束了，是吗？早知道，早知道梦会醒，他就多叫几次了。

周明泮淡声道：“有事？”

周衍摆摆手：“没，没事，就是过来看看……”

躺在床上的姜津津已经没了让周明泮交香油钱的心思了，她懊恼地揉了揉头发，认命地对着门口喊了一声：“好了，好了，知道了！回了！”

周衍：“行！”

他就是过来确认一下，这段离奇的梦境旅程终于结束了，金窝银窝不如自己的狗窝。

日子又重新恢复了平静，周明泮在给了姜津津一个绵长热烈的早安吻后，雷打不动地八点出门去公司上班。

周明泮来到办公室，打开了抽屉。

抽屉里有一份报纸，这份报纸有些奇怪，也有些老旧了，是千禧年的。右下角的角落里刊登着一篇散文。

周明泮用指腹眷念地蹭了蹭，笑道：“不是想拜读吗？”

周明沣的人生总是很忙碌。他曾经有过一段热切鲜活的恋爱，只是他忘记了，周围的人也都忘记了，他仍然按部就班地生活着。直到前几天，他突然觉醒了这一段被时间掩藏的记忆。

他曾经在最年轻的时候爱过一个人。

有一天这个人不见了，他也忘记了她，好像她从来没有出现过。再后来，她又一次出现，而他，终是无法抵抗地再次爱上了她。

“周明沣，我在明天等你。”

“好。”

5. 你的周

姜津津宣布，她现在也能挨上“人生赢家”这个称呼的边了。

她现在是爱情、事业双丰收。她将通讯录里的备注都改了，将周明沣改为“周旺妻”，将周衍改为“周旺母”。不过她怀疑这两个人气场不一般，她现在的事业发展比之前任何时候都要顺利。

现在她便利店已经开了第三家分店了，相信再这样发展下去，等到她五十岁退休的时候，开到第一百家分店也不是梦了。

跟 Edwin 合伙开的美甲店生意也好到不行。现在店里主要面对的客户除了豪门名媛以外，也有一些女明星。

他们店里推出的新款，总会以最快的速度流行风靡起来，俨然成了美甲店的风向标。

“旺妻”“旺母”二人组看到这个备注称呼，都有些不满。

周明沣倒也没说什么，只是让姜津津多缝了几个扣子。

周衍则是抗议：“你这是在物化我！”

姜津津大力给他顺毛：“那你希望我改成什么？周旺母、周心肝，还是周宝贝？”

周衍恶寒不已，最后捏着鼻子选择了周宝贝。

某次，身为姜津津八卦小组组长的严正飞不经意地发现了这件事，他也将周衍的备注改成了周宝贝。

周衍直接朝严正飞挥起了拳头。

严正飞控诉道："你是区别对待！"

周衍面不改色地说："是的，我'重姜轻严'。"

他只能接受他在姜女士的手机备注里是周宝贝。

周衍大二的这一年，严正飞终于在他的鞭策及父母的金钱攻势之下，考上了国内一所公立本科院校。

巧合的是，严正飞念的这所大学，正是姜津津的母校。

姜津津知道后有一种智商被鄙视了的错觉？不然为什么学渣严正飞会跟她是校友？！她可是记得的，严正飞的成绩很烂很烂的，烂到严家夫妻俩都很绝望的程度。

夫妻俩一早就想好了，等高考之后让严正飞去国外随便念一所大学算了，大儿子成器已经很让他们惊喜了，那小儿子稍微没出息，甚至浪荡一点儿也没关系，毕竟好事不可能都被他们家摊上。可是谁能想到，他们家那不成器的小儿子居然有了学习的冲动!

有时候就是这样，不努力的时候当一条快乐的咸鱼，周围人都不会有什么意见，可一旦咸鱼开始努力了，那周围的人就不允许他再无所事事下去。严正飞复读的这一年里，被所有人逼着开始头悬梁锥刺股地学习。他其实是很聪明的，只是聪明劲都没用在学习上。第一次高考，他离本科线还差点距离。第二次高考，他平稳地过了本科线。

于是，高考分数线出来后，周衍跟严家夫妻都异口同声地说："要不再考一年？"

毕竟，在他们看来，严正飞看起来还是很有潜力的。明年高考，拼一拼，兴许能拼一个重本呢！后年高考，再拼一拼，或许能上一个 211 学校呢。

严正飞："你们是魔鬼吗？？"

他可再也不想过高三了!

总之，他觉得能考上一所公立本科已经很不错了，他也很满意了!

姜津津还是感觉很微妙。她一直以为，自己的智商至少可以碾压严正飞，结果他现在成了她的校友、成了她的学弟。

严正飞也特别幼稚，跑到周衍面前疯狂炫耀："虽然你考上了燕理工，但那有什么，我可是考上了你家姜女士的母校！"

周衍："……"

他开始怀疑自己以前交友的眼光了，他怎么会有这样一个憨憨的兄弟？！

"哦，是吗？"周衍毫不留情地狠插了他一刀，"叔叔阿姨还有正恺哥好像要逼你考研，以后还要考博……"

严正飞："……"

的确是这样。由于他的突然奋进，他父母和大哥又为他制订了新的人生计划。

比如，考个研，再考个博士。

姜津津后来还特意循着记忆回想了下原书中的内容，也去打听了一下那本书中所有人的现状。

周衍自不用说，她的"好大儿"考上了燕京理工大学，未来无限可期。只是让人意外的是，他似乎无心恋爱，现在满脑子都想着怎么发家致富。谈恋爱这种浪费时间的事情，显然目前还没有列入他的人生计划。不过，他变成了比她印象中更好的周衍！

乔素考上了京大，虽然好像暗恋着周衍，但她也没有放弃提升自己。上一次姜津津碰到她时，她正在街头做采访，整个人热情洋溢，脸上也都是自信的光彩。就算她最后没有跟周衍在一起，但她也成了更好的人。

徐从简更不用说，他向来都是意志坚定，之所以选择八年临床医学，也跟他的父亲有关，他儿时看着父亲饱受疾病的痛苦，从那时开始就下定了决心，以后要成为一名救死扶伤的医生。

姜津津想了一下徐从简穿白大褂的模样，简直太帅了！！！

严正飞也一样，他不再傻乎乎地追逐云馨，而是回到了自己的人生道路上。他明白了一件事，要爱人必先爱己。

那个为了爱情都着魔疯狂的云馨，似乎也平静下来了。她没有留在燕京，而是去了邻市。听周衍说，她计划日后去国外就读服装设计。她将对周衍的一腔偏爱都投在了实现自己的梦想中。

这样的结局，似乎比预想中还要好。

姜津津遇见他们时，这些人都还是十七八岁的小孩子，正处于人生的朝阳阶段，他们犯错了，还有机会和勇气重来，而他们也有足够多的时间，成为更好的自己。

正在发出"岁月静好"感慨的姜津津突然收到了周衍发来的微信消息。

周衍："贫僧从东土大唐而来，前往西天拜佛取经，施主能否行个方便？"

姜津津："……"

哪有什么岁月静好，都是她这个后妈在负重前行！她恨她的心软，没有在周衍头一次借钱的时候就拉黑他。

周衍大二时，突然跟学校几个学长投身于环保事业中，这份事业本身倒是没什么不好，就……很烧钱。

他几乎将自己所有的小金库都投了进去，但还是不够，资金链总是很紧张。但是，他还是一如既往地硬气，他不要周明沣给的零花钱和学费。当然，周明沣也没想过要给他。父子俩是如出一辙地较真，周衍没有忘记自己当初放下的豪言壮语，同样周明沣也没有忘记。就算周衍想要装傻糊弄过去，把自己当初说的话当屁一样放了，周明沣也不会允许他说话不算数。

周衍也没要钟菲给的零花钱。对此钟菲也很淡然，知道了周衍的宏图大志后，只发来"加油"这两个字，便没再给他打钱了。

可是，周衍赖上了姜津津。

姜津津就很绝望。

他隔三岔五地跟姜津津借钱，一开始还会打欠条，到后来欠条也懒得打了，直接在微信里报数。他为什么要这样区别对待啊！他为何这样？！他为何不好意思跟亲生父母张口，反而好意思跟她开口，而且还是一次又一次地开口？！

周衍的理由也非常充分："他们是我爸妈，你是我姜女士啊！"

姜津津无语："我这是造了什么孽！"

说是这样说，姜津津还是心里滴着血地给他转了一笔钱。

周衍立马狂吹彩虹屁："谢谢这世界上最好的姜女士！魔镜，魔镜，告诉我，世界上最美丽的人是谁，那肯定是姜女士啊！花朵都在她面前黯然失色。"

姜津津冷漠："还俗了吗？"

没还俗的话，为什么能说出这样"轻浮"的话来？

周衍一秒正经："谢谢施主，贫僧愿为施主日日祈福。"

晚上，姜津津跟周明沣抱怨："你儿子怎么回事，他快把我的小金库榨干了！你知不知道？"

好家伙，她还没尝到被人养老的快乐，居然提前感受到了被儿子要钱的绝望。她终于体会到了同事每次在月初给孩子打钱时的心情。

养的是孩子吗？不，是四角"吞金兽"，是"碎钞机"！

周明洋微微思索一番后，温声道：“你可以拒绝的。”

听了这站着说话不腰疼的话，姜津津自然是奉上拳打脚踢。他说得真的很轻巧，当然，他对周衍，的确也很严格。

试问谁小时候没对父母放过狠话，百分之九十九的父母都是当成耳旁风，听过就算了，可这位尤其较真。

“慈母多败儿。”周明洋下了结论。

在其他太太眼里，姜津津是不好意思拒绝周衍。不好意思这种情绪是不存在的，姜津津之所以不拒绝，还是因为周衍给的利息太高了。

她在周衍这里，仿佛就是一个放贷的。只要周衍说话算话，她未来靠着他给的利息都可以过得很潇洒！当然，他必须得说话算话！

“子债父偿。”姜津津说，“这个道理你是懂的吧？”

说是这样说，但姜津津相信，周衍是会成功的。为什么这样自信，也不只是因为周衍是这个小说世界的男主角，更因为他是周明洋的儿子。虎父焉有犬子，不是吗？

周明洋是个非常务实的人，他为自己的养老做了非常详细的计划。他喜欢自在，她喜欢冒险。他也不会让她一直迁就自己，他知道她喜欢冒险的人生，所以，这天他拟订了环游世界这一项计划。

周明洋信心满满地将这个计划给她看，希望她能雀跃到无以复加。最后能感动到主动拥抱他，最好再说一句爱你这样的话。然而，姜津津看了这计划，面露些许不满：

“这个国家我不喜欢，听说紫外线特别强。”

“哇，这个海岛负面新闻也很多！我不想去。”

“还有这里……听说专门宰游客，不去。”

“这里好像离汪秀香的老家很近，你是想跟她来个偶遇吗？”

“还有这里！我看到钟佳晒了朋友圈，她跟她未婚夫才去这里拍婚纱照。我要是也去了，她肯定说我学她，我不要去。”

周明洋：“……”

差点忘了，他的津津不是一般人。

他一把摁住那张计划：“好，不去旅游了。”

姜津津拦住他：“别呀！还是要去的，不过为了补偿我，你能不能多加几个‘购物天堂’？”

“能不能在我逛街超过十个小时依然满脸笑容地陪着我继续血拼？”

“能不能为我学一下摄影技术？我要求不高，有你儿子的一半我就很满意了。能不能？”

“能不能在我吃不惯当地美食时，大半夜的为我亲自下厨？”

“能不能在我倒时差睡不着的时候给我讲童话故事，给我唱歌？”

“能不能……”

周明沣沉默了片刻，回道：“阿衍有句话说对了。”

姜津津还在“能不能”，听到这话，饶有兴致地停下来问：“什么话？”

“我找的不是妻子，”周明沣说，“我找了个祖宗。”

姜津津：“……”

她双手叉腰：“你不知道多少人排着队，要把我这祖宗供着吗？”

你究竟知不知道我有多受欢迎？有多少人追？你知不知道？你不知道我为你放弃了什么！

周明沣回：“我知道。”

他开始面无表情地如同念经一样念着：“陆江丁，陈季，盛祁……”

姜津津率先败下阵来，抱住头：“你赢了，你真的赢了。”

还好陈年老醋周老板情报有误。他只知道这些转正了的前男友，还不知道那些尚处于暧昧期就被她刷下来的。

跟姜津津在一起的第五年。

周明沣的某个朋友异想天开，为了讨夫人欢心，斥巨资开了一家圆夫人少女时期梦想的信馆。

这家信馆也是邮局。为客户保管信，在客户指定的时间寄出去，即便是二十年也可以，当然前提是这个信馆能开二十年。

周明沣跟姜津津都是比较实际的人。如果周明沣要给姜津津开这样一家店，姜津津也只会拒绝并且要求折现。

于是，周明沣在朋友的游说之下，成了这家邮局的第一个客户。他写了一封信，盖上邮戳，寄给二十年后的姜津津。

二十年后的姜津津应该比现在更加啰唆，大概也能接受他难得的情绪外露，也能接受他像个老头一样絮絮叨叨地写下的这些内容吧。

致津津：

你在二十八岁生日时问过我一个问题：你在我心里像什么事物？

我不知道该怎么回答。这几年我一直在想，心里有一个模糊的答案，但我不知道具体名字，直到前些天我带你回了老家一趟，在路边看到了一些植被，上面有红色的花。我儿时家境清贫，没有尝过什么好吃的零食，只记得四五岁时母亲接我回家，为我摘了几朵花，让我吸花的尾部，我尝试了一下，是一种很甜的味道。它是我童年时期唯一尝过的，非常喜欢的甜。

我大学时期也曾经有过失败的经历，那时候不如现在稳重，抽烟也是那时学会的。

有一次为了跑业务，孤身一人去了偏僻的工厂，那时候交通不发达，我走了很长的路，直到暮色降临，我在路边看到了这种花，尝到了这甜味后，又一次踏上了这条路。我还记得，那是我创业路上的第一桶金，为我日后的成功打下了基础。

你对我而言，就是这样的花。

就在我写下这封信的时候，手机居然给我推送了“真的有宿命吗”这个话题。我很无奈，在遇到你之前，大数据从未为我推送过这种信息，我从前也从不会浪费一秒钟的时间去看这种无聊信息。

你是不是又用我的手机搜索了什么奇怪的东西？

遇到你之后，我的确开始贪恋时光。我点开这个话题，很认真仔细地浏览，甚至也开始希望，真的有宿命存在。

我希望能跟你去探索宇宙的浪漫，过很多种截然不同的人生。

有时候你是女老师，我是消防员；有时候你是餐馆老板娘，我则是加班到很晚的上班族；或者有时候你是一棵树，而我是在树下驻守的一颗石头。

这封信你可能二十年后才会看到，不过没关系，那个时候我们有更多的时间因为这封信展开讨论。

而这二十年里，我有很重的任务在身，比如，让你继续待在我身边，直到看到这封信。

你的周

番外二

结婚基金

周衍考上大学后，就踏上了自食其力的道路。

一方面，他成年了，又有着大学生这个身份，想找一份兼职已经不是什么难事了。新生军训之后，他就着手开始找工作了，每天都很忙。

另一方面，他知道学校设立了奖学金，这笔钱是他不想错过的，所以还不能像别的同学那样松一口气、好好享受大学生活，他每天的时间至少有一半分给了学习。

因此，他很忙很忙，忙到姜津津都看不下去了。

某日，姜津津在周衍的日常吹捧之下，终于心花怒放，为他设立了一个结婚基金。

她准备一点一点往里打钱，等到周衍大婚当日，她再交给他，算是她这个仙女的一点心意。

姜津津并不缺钱，周明沣宠妻无度，时不时会准备一点小惊喜。

当然，周明沣的“宠”，在周衍当初夸下海口恨不得要与周明沣断绝父子关系时，他这个亲儿子就注定无福享受了。

除此之外，姜津津开的店生意越来越好，每个月的利润让她喜不自胜。现在的她，终于如愿成了一名小富婆。

周衍在知道结婚基金的存在后，顿觉人生有了后盾。

偶尔跟严正飞碰面了，也会有意无意地提起这件事，用让人牙酸的语气说道："也不知道姜女士是怎么想的，我才十八岁，她居然就想那么远的事，还给我准备结婚基金……真不知道该让人说什么才好。"

严正飞阴阳怪气地回他："这么不高兴的话，就让姜女士把结婚基金给我好了，我不怕压力的。"

周衍白了他一眼："现在天还没黑，你做什么梦呢？你有什么资格让她给你准备结婚基金？我跟她是什么关系，你跟她又是什么关系？！"

严正飞无语至极，所以这家伙只是来炫耀一波，都十八岁的人了，成年了啊，居然还这么幼稚。

周衍想了想，又补充了一句："还有，姜女士是你能叫的吗？"

那是他周衍的专属称呼！

严正飞只能沉默不语：老天爷，快把他从前霸道冷酷、人狠话不多的衍哥还回来！他不想认这个幼稚鬼当哥，太掉价了！

不管怎么说，周衍心里是很喜欢这个结婚基金的，倒不是说盼着结婚，毕竟这事儿离他太遥远了，他连女朋友都没有，准确地说，连喜欢的对象都没有。他知道，他喜欢的是这份被人在意的感觉。

这个结婚基金，一开始的立意是很好的。

姜津津想起来就往里打钱。正所谓积少成多，她想等周衍结婚的时候，这大概是一笔巨款，到时候她在周衍媳妇儿心目中的形象得多高大呀！

周衍也是高兴的，每次闷头工作或者学习时，想起这么一笔钱，他也不慌了。

谁叫他有了坚强的后盾呢？

直到某一天，周衍缺钱了，深更半夜想起了结婚基金，灵光一闪，第二天，期期艾艾地跟姜津津提起这事，想要提前支取部分。

姜津津的心情是一言难尽的。

周衍的理由也很充分："我只不过是提前很多年取出来用，放心，你给了多少我都记在心上，反正这笔钱也是给我的，对不对？"

姜津津只能感慨一句，真是逻辑鬼才，令人无从辩驳。

最后，她还是让周衍支取了一部分。当然，他取了多少钱，她都记在了小本本上，还让他在下面签了名。

周明沣知道这两人的小动作，不由得感叹道："你们俩，是一个愿打，一个愿挨。"

姜津津心生不满，去掐他："那还不是你从来不给他钱。"

周明沣用实力诠释了什么是黑心肝的资本家，他推了推鼻梁上的眼镜，沉静地说："当时你也在饭桌上。他说过什么，你应该还记得。"

姜津津被逗笑："小心眼啊小心眼，那我说过的话，你是不是也都记得呢？"

"……"周明沣不想回答这个问题。

如果他说记得，想必她会问某年某月某日她说了什么话。

如果他说不记得，她一定会揶揄他，果然在他心里还是儿子重要。

"好啦！"姜津津也不为难他，亲亲热热地挽着他的胳膊，"别一副如临大敌的模样，好吗？"

周明沣诚实回答："抱歉，你在问我这种问题时，我没办法不这样。"

姜津津扑哧一笑，她觉得周某人过于可爱了！

事实证明，有的事情是不能开头的，一旦开始，就停不下来了，比如周衍对结婚基金的预支。这也是辛苦他了，每次都要绞尽脑汁地想各种理由，不过姜津津每次也都答应了。

于是某一天，姜津津发现，没有钱了！结婚基金全部被取光了！

周衍你这个败家子！！！

全部花光后，周衍又觍着脸来找姜津津。

姜津津看着如今脸皮厚如城墙的周衍，一阵恍惚，当初那个高冷话少的周衍去哪里了？能不能把他换回来？！

周衍说："要不，你就当我结婚再离婚，又要结一次婚？"

这意思是说，还能不能再设立一个结婚基金。

姜津津静静地看了他一会儿："你的脸呢？"

她忍不住在心里吐槽道：你还只是一个二十岁的大学生，连女朋友都没有，就已经在构思未来会离一次婚，又结一次婚了？！

周衍甚至还说："其实这是正常的，你看我妈结了几次又离了几次，我爸也是结了两次。我是他们生的……"

姜津津指向门口："出门右转不送。"

番外三

毕业照

一转眼就是毕业季，周衍的大学生活也即将画上句号。

毕业的时候要穿学士服拍毕业照，这一天很重要，意味着学生时代终结，转而要踏上社会。

周衍现在对姜津津几乎毫无保留，可在面对爸爸时，他仍然不算话多。姜津津很重视周衍的毕业典礼，一早就将这一天所有的工作都推了，当然她也没忘记提醒周明洋，平日里当工作狂没问题，这一天，他这个爸爸还不在场的话，那可是要被周衍记一辈子的。

周明洋深以为然。

他这个被周衍盖章过的“重妻轻儿”的爸爸，自然不太介意被儿子记小本本。但他比较担心姜津津会因此发难，所以跟助理打过招呼，无论如何也要将这一天空出来。

现在周家又多了一个书房，是姜津津要求腾出来的。

书房的墙壁被她改造成了照片墙，专门用来挂回忆照。

毕业典礼的前几天，姜津津在翻周明洋的老照片时，意外看到了他穿学士服的毕业照，可谓是非常新鲜，像是穿过了时光，看到了年轻时的他，面容稚嫩，眼神却意外地很坚定。

姜津津的手摩挲着照片，手指轻触到照片中他的眉宇。

对于她来说，没有参与到他的青春时代，的确算得上是一桩憾事。

看着他的毕业照，那样的心情越发强烈，同时，她心里也有了一个很巧妙的主意。

她本身就是风风火火的性子，不管做什么事都不愿意拖延，第二天从店里出来后，便回了母校，本来是想找找看有没有毕业照底片的，却碰到了以前的辅导员，他现在已经升职了。她说清楚来意后，辅导员笑道："底片说不定找不到了，不如你重新拍一张，正好这几天我带的学生有毕业的，借一套学士服还是可以的。"

这属于破例，不过姜津津值得。

去年，姜津津给学校捐了一笔钱翻修了图书馆。

姜津津也很诧异："这也可以的吗？"

辅导员笑着点头："没关系，本来你也是这里毕业的学生。"

这样当然更好啦！姜津津喜不自胜，辅导员出面给她借了一套学士服，她穿上后还真有种回到学生时代的错觉，拍了几张满意的照片后，又马不停蹄地让人洗了出来。

她正在悄悄地办一件事。一件兴许不能让周明沣这个历经千帆的老男人触动，但说不定能让周衍这个年轻男人热泪盈眶的大事！

两天之后就是周衍的毕业典礼。

经过四年的相处，周衍的同学、室友都知道，他和这位后妈最亲。

姜津津游走在一群年轻人中，只觉得自己也被感染了，偷偷地跟周明沣咬耳朵："老周，你说我混在他们中间，会不会被当成同龄人呀？"

周明沣面不改色，却伸出手圈住她细白的手腕。

他近来确实比较介意年龄差这件事。

旁人说也就算了，她现在问这个问题，无疑是在拨老虎须。

"回去说。"周明沣一本正经地回。

姜津津这才发现，自己犯了他的禁忌。

商界谁人不知，周明沣此人有一条忌讳，禁止提他跟夫人的年龄差，主要还是因为某篇《豪门最甜老夫少妻》的帖子刺激到他了。女人在意年龄，殊不知男人也在意，尤其是碰上爱情时，爱人又比自己小十来岁。

周明沣是上天的宠儿，他周身气度非凡，站在这群大学生中，也丝毫不会逊色，并且因为常年位于发号施令的上位，气场非寻常人能及。姜津津也不得不承认，哪怕有一大堆二十出头的年轻男大学生，她还是一眼就能在人群中看到他。

姜津津反手去勾他的掌心，眼睛眨啊眨：“不要怪我问这样幼稚的问题，实在是……有了危机感啊！”

她扬了扬下巴：“你看，那几个女学生可一直往你这边看呢。”

周明沣神情无奈，却很吃她这一套。

连他自己都未察觉，他的眉梢间满是自在惬意，明显是被哄好了。

周衍过来的时候，看到的就是眼前这一幕。

这几年，他的功力见涨，这亲密无间的场面不会让他退却了。他现在就仿佛没看到一般走了过去。

“等下一起拍几张照片吧。”周衍说。

姜津津点头，分别给周明沣还有周衍使了眼色，父子俩心领神会，都是一米八以上的大个子，自发地为她站成一堵墙，而她则打开手包，以最快的速度补妆，再抬起头时，又是整个学校最靓的家长。

三个人拍了好几张照片。

明明该是主角的周衍，很自觉地站在了旁边，将中间的位置给了姜津津。

于是，在镜头前，姜津津在中间，左手挽着周明沣，右手挽着穿学士服的周衍。

给周衍拍照的同学有些疑惑，迟迟没有按下快门。

周衍催促：“别问，问就是我们周家的传统。”

周家的传统，中心位永远是这位姜姓女士。

同学明了，按下快门。

毕业典礼圆满成功。

晚上，吃过晚饭后，姜津津以公事为由来到书房，在照片墙的最中间，是三张照片。

中间的是姜津津穿着学士服在学校补拍的照片。

左边是年轻时候的周明沣，他也穿着学士服，整个人如同松柏一般，器宇轩昂。

右边是今天正式毕业的周衍，他一脸意气风发，脸上满是笑容，与姜津津初见他时的冷漠截然不同。

如果说周明沣是树，那么周衍则是小太阳。

姜津津看着这挨在一起的三张照片，心里莫名感动。

周明沣进来时，看到她正凝视着照片墙，再看看那三张照片，一时也怔住了。

随后，他无声无息地从背后抱住姜津津，下巴抵在她的发顶，语气温和地说："这就是你准备的惊喜？"

姜津津靠在他怀里，点了下头。

"就等着周衍明天看到，然后抱着我痛哭流涕了。"

周明沣那金丝边眼镜下的双眸染上了淡淡的笑意。

第二天，周衍来到姜津津的书房，果然有了不小的反应。

"喂，姜女士，你这样太犯规了！"

"你让我觉得，以后我不给你养老，我的良心就是被狗吃了！"

姜津津分外得意。

番外四

养老庄园

周明沣要在江皇建造一座养老庄园的事情，姜津津很早以前就知道，毕竟周老板某年的圣诞节礼物就是庄园设计图。

看得出来，周明沣对这件事情尤其上心。

姜津津没出现之前，周明沣虽然对此也有计划，但那时想的是交给别人全权处理，对他而言，庄园不过是退休之后的一处住所罢了。

姜津津出现之后，那么这座庄园的意义就不同了。他公事繁忙，没有足够多的时间陪她，还好她性格开朗，对此也没什么怨言，好在他们也有一辈子的时间。他希望的是，当他退休以后，陪她游山玩水，也能彼此陪伴着度过余生，那么这一处庄园，必然是要令她十分喜欢的。

光是设计师，周明沣就请了一个团队。

团队的设计师们每天痛并快乐着。快乐是因为周总出手阔绰，给他们的酬劳也是前所未有的丰厚；痛苦是因为周总跟周太太这两位甲方要求很多。

周总比较务实，希望庄园能考虑到退休人士的需求，尽量做到方便、便捷。周太太生性浪漫，她满脑子都是天马行空的想法，对她而言，那可不是什么养老庄园，她此生都与养老这个词没有关系，她不服老、永远年轻、永远热烈，所以，用更准确的说法，那是爱巢。

于是光是设计图纸，前前后后就用了近一年的时间才最终确定下来。

施工团队的老板是周明沣的一个学弟。饭局上，他偷偷问周明沣预算多少。

周明沣低头看着无名指上的婚戒，淡然一笑："不用顾忌预算。"

他的前半生，一门心思都扑在了事业上，功夫不负有心人，他取得了世俗眼中的成功。

至于儿子，既然已经放出话来不会要他一分钱，那么，他建造一座给自己的庄园，自然要极尽奢华与浪漫，只要她喜欢，即便散尽家财，即便最后一分钱也用完，又有何妨。

学弟自罚一杯："这是多余的问题，只要嫂子喜欢，什么预算不预算的。"

想想也是，周明沣何许人也，他名下资产无数，一座庄园算什么。

想当年周明沣冷静自持，哪怕是在最意气风发的年纪，他也沉稳得很，谁又能想到在他四十岁时能碰到令他心驰神往的女人？！

谁也想不到啊，要不是亲眼看到，他也不能相信，周明沣有一天爱上一个人会是这般模样。

这不，饭局还没结束，周明沣就很自觉地给夫人打电话汇报行程，语气温和中透出一丝宠溺："应该还要一会儿，不会很久，没有其他活动。放心，没有喝酒。对了，这家的海鲜做得还不错，要不要给你带一份回家？"

那边不知道说了句什么，周明沣低笑出声，眉眼之间是说不出来的松快。

学弟不由自主地竖起了耳朵，无奈周明沣刻意压低了声音，传到他耳朵里的只有几个字：不胖，很瘦。

学弟憋住笑，大概是周太太在那边抱怨要减肥，所以周明沣才这样哄她吧。

此时，周明沣的身上多了丝烟火气息。

挂了电话后，学弟喝了一些酒，热气上头，便壮着胆子调侃道："没想到学长也是妻管严。"

周明沣默不作声地喝了口茶：妻管严？这比什么"豪门最甜老夫少妻"要顺耳得多。所以，他默认了这个说法，没有反驳。

"江皇那块地选得真是好。"学弟说起了公事，"那边有一处天然温泉，到时候在庄园里可以增加温泉池，下雪天泡温泉，的确是美事一桩。"

周明沣微笑颔首："我太太很喜欢泡温泉。"

学弟大笑："看到设计图，我又去实地考察了。这样说吧，等建起来了，哪怕是神仙在那里住一天都要乐不思蜀。"

周明沣闻言顿了顿，神仙也会乐不思蜀吗？希望如此。希望某位姜姓仙女，能够在这座庄园乐不思蜀，与他相伴余生。

或许他晚年期盼来生时，能够听到她说一句“我愿意”！

周明沣举起杯子，里面不是酒，而是清茶，跟学弟碰了一杯，他眉目舒展开来，语气沉静地说：“借你吉言。”

饭局结束后，周明沣开车回到家，姜津津正在客厅电视前玩游戏机做运动。

这个游戏机是周衍斥巨资买的，用的都是周衍的“血汗钱”。

周明沣手里提着带有餐厅标识的打包盒，姜津津余光瞟到后控诉他：“我不是说我不吃嘛，为什么还要带？周明沣，你就是我减肥路上的拦路虎！你从今天开始改名吧，不叫周明沣了，就叫周老虎。”

原来的周明沣，现在的周老虎微笑着开口：“我的错，你先记在备忘录上。”

备忘录也是有典故的。

姜津津此人小心眼，当然，目前为止也只有周明沣跟周衍有资格感受她的小心眼。

她的备忘录里，会记录某年某月某日，周衍说了什么话让她不开心了，也会记录某时某分某秒周明沣做了什么事让她抓狂了。

对此周氏父子表示，虽然不懂她为什么这么做，但大为震撼。

姜津津闻言扑哧一笑。

周明沣又问：“那你吃还是不吃？”

姜津津扑了过去：“谢谢老公。”

周明沣一手提着打包盒，一手又要抱着她，低头看她，四目相对，笑了起来。

这是平凡的夜晚，也是周明沣更爱姜津津一分的夜晚。

【全文完】